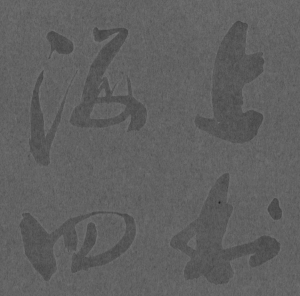

上海四书

潘大明文集系列丛书

文论卷

潘大明文集系列丛书

海上四书

潘大明 著

文论卷

上海三联书店

字码成的空间堆陈过往（代序）

1. 说实在的，《海上四书》并非是什么刻意设计的产儿。事实上，任何的设计往往比较脆弱，经不起时间击打，容易崩溃。而且，四十年前撰稿写文时，没有此般愿景，预设一个写作计划完成这样一套书，应该说彼时缺乏这般的智慧、能力和意志。即便将来，都无法奢望自己，写成这些作品和文章。

这不是什么谦辞，一切纯粹始于无意识的自觉行为，由兴趣而发轫，喜欢写什么便写什么，写成的样式也非设定，而是根据不同的材料做成不同的文章，犹如厨师视采撷的食材，做成怎样的菜蔬，须符合食材特点，是一种自觉的拿捏。与之相适应的便是要求语言风格的不同，这恐怕与写作前的思维方法有关。于是，便有了编辑时以文体分类的小说、纪实文学、文论、散文随笔特写四卷。在我看来，这四种文体差别化的表达，综合起来可以比较完整地反映思想感情，对人与事情的认知、理解和看法，在广度和深度上具有某种价值。其实，这样的归类有些牵强，某些作品和文章难以用文体归纳，小说不像小说，似散文；纪实不像纪实，似小说；文论不像文论，似散文；散文不像散文，似小说、文论、纪实。这并不奇怪，泾渭分明的分类，过于简单机械。何况，我喜欢混搭着写，笔下的作品和文章时常有些不伦不类——文体难辨。

作者近影

　　我是一个不喜迁徙的人，漫长的日子里并未久离或者移居他地，长年的生活圈半径没有超过 10 公里，而 20 岁以前几乎没有走出 5 公里之外，出生的妇产医院在家对面，就读的学校在这范围里，即使后来换了好几样工作，也在家的附近。这样，导致我耳闻目睹的人与事大都集中在这一狭小的空间里，这里有洋房、弄堂、棚户；有街宇、河流、铁路、公交、渡轮；有工厂、商店、医院、学校，生活着各色人等，熟悉他们的过往和喜怒哀乐，笔下反映的人与事，自然而然有了聚焦，大部分写的是这一区域的现实与历史，成了一种巧合。于是，书名顺理成章用了"海上"两字。

文字通常需要以某一种视角来反映自然与社会，局限成了必然，而由文字形成的文体，容量始终有限，无法包容全部，即便是瀚浩文字构成的鸿篇巨制，也无法如愿。人无法超越文字、文体的桎梏，进行无限制地码字，实施创作与写作。这样的局限和无奈，反映出人认识外部事物和表达的软肋。这样，就需要克服，进行多视角、多层面、多种文体方式、多种语言风格的表达，用不同文体对同一人物、事件行文，以不同视角、层面加以认识反映，表现的方法技巧也不尽同。这样的探索，我称为"交互式表达"，彼此交错可以使读者，获得一种立体的感受，对人物、事件的认识，可谓客观、多面、生动起来。交互式的表达，在书中得以体现。在文论卷里，有对于现代七君子思想形成的特点及人格现实意义的理论探索，同时在纪实文学卷中以形象生动的方法写就他们人生的轨迹和最后的命运；二十世纪八九十年代的赴日留学潮，不仅通过小说，还有报告文学、人物特写不同的文体加以反映，构成一种的立体感。这样的文字在书中还有不少，比如，在散文随笔中，可以找到形成小说、论文、纪实文学作品的思路和认识问题的方式方法；为普通人撰写的特写，人物可以在小说中找到影子。这种交互式的表达，反映同一时空中出现的纷繁的人与事，依靠文字建立一个形象生动、透彻、明晰，逻辑可循的曾经世界，以告诉未来，使读者对人与事的认识生出立体感。

然而，即便这样有意无意的力争，最终仅能解决某一时空内发生的故事，揭示其中的必然联系，根本上挣不脱文字文体的束缚，四十年的无意识的探索结果可想而知。尽管有朋友认为，这样的"一种无意识的探索和形成的作品，经过四十余年的积累，有其独特的文化和历史价值"。我想它的价值，恐怕还是历史价值大些，不管是感性还是理性的文字，都留下一段历史，渗透着自身的喜怒哀乐和理性的思考，无疑是对那些渐行渐远的大历史的细节诠释，哪怕是小说塑造的一系列人物，他们的所思所感所为，也多多少少能折射出时代的影子。

以现实主义写作方法而形成的小说，呈现读者面前的是人物形象，底色必须符合生活逻辑和社会常识，小说中的人物、故事如此，连塑造人物形象的细节也不能逃脱，可以虚构，不能违背逻辑、常识、小说营造的氛围和人物自身的发展规律。那么，纪实文学所形成的人物、事件，依托于史料和研究，本身是在某一个特定时空中发生过的真实存在，不能违背历史事实进行虚构。它的思维活动和创作过程以理性思考为主，非以感性为主体的创作。而文论纯粹是建筑在大量资料及前人的研究成果基础上，形成的具有作者自身独特见解的抽象思维的产物，它可以直接反映作者的主体思想意识。散文特写，似乎是作者在某一种特定时空中产生的思想感情火花式的流露。基于上述的思考，四十年的创作和写作似乎没有白费，自觉构成了一个内部循环的体系，不仅表达了自己的认知、感情等，同时，又形成了自身的一种循环体系，有助于读者认识作者的孜孜以求所付出的心血，而这些心血与文字融合在一起，传达给读者的是一种怎样的情状和心态？这只能由读者阅读之后萌发的感受而定。

2. 大概与早年的兴趣、偏好和文化积累相关，形成观察社会、认识社会、反映社会的方法，自然选择小说。本想以此为谋生手段，而梦想往往被现实打破，发表几篇小说后，再难以变成铅字，生存变成首屈一指的事情。在小说创作的途中，我没有像同辈的作家一样坚持不懈地努力耕耘，中途打断了很长时间，这种间断性的努力，使我有得有失，失去的是我没有一鼓作气地成就自己，而间断性的努力使我变得成熟，对小说这种艺术形态的文字要求也顺理成章地达到心里想要的预期。人可以一鼓作气成就自己，而间断性的努力也是一种磨炼，我想未来也许不会轻易放弃这门手艺，会在长时间里间断或趁热打铁完成一些作品，可能会得到读者的青睐，也可能得不到读者的喜欢，一切只能随缘。

应该说，我尝试过不同的小说创作方法，浪漫主义、意识流、象征主义、荒诞主义的手法，终究逃不脱自己的个性和擅长，用一种现实主义的方法来从事。现实主义的方法，贴近生活，反映生活实际，强调作品的真实性和客观性，通过艺术的典型化，真实地再现生活，忠实于生活的本来面貌，注重细节的真实描写。

确立以现实主义的方法进行小说创作，笔下大都为生活在周边的小人物，题材大概可以分为三类，文化知识界、产业工人和工厂、弄堂与棚户居民，反映了他们在历史转型时期的生活情状、心理变化；人物细节源自生活，合乎生活逻辑，又丰富了人物形象，构成二十世纪中叶至本世纪初的上海众相谱。早期的小说写工厂工人生活的不少，原因是我熟悉。这类作品可以说是二十世纪五十至七十年代工厂文学的延续，与其不同的是，如何站在人性和时代变革的基点上，塑造他们的形象，留下那个时代他们的细节，为未来提供有价值的材料，这是非小说之外其他样式的文体难以做到的。我喜欢把人物置于事件、特定环境中加以塑造，如发还资本家定息、发行国债、第一次股票发行、第一批个体户出现、赴日留学潮、企业改制、城市改造等，都是上海人经历过的事情，由此人们产生的心态和应对。这些大都自己碰到过，涉及的人与事至今活动在我心里。

这些四十年间留下的小说，保留下当时的社会风情和人物的细节，令我感到欣喜，因为它为那个时期留下一份真实。但是，小说的价值不仅单纯于此，还必须具有独特的艺术表现的形态，抹去这一点，单纯肯定它留下的历史痕迹，不足以肯定全部，这也是我试图把这些作品整理成篇，进行加工和完善的一个原因。

　　小说除去人物形象的塑造，情节的设置，为人物活动和情节发展提供典型环境，语言占据重要的地位，语言是否有特色，一定程度上决定了作品成功与否。小说卷中不少作品用沪语写成，而沪语的应用恰恰是我擅长的事情。我是比较早使用沪语写作的，几乎与写作同步。记得，用沪语写过一篇小说，发表在上海一家文学杂志上，北方的某个评论机构，说是混沌难懂，意义不大，就不知他们读懂与否。沪语具有一定的复杂性，一方面它是发展的、多变的，在同一的时期表达相同的意思，可以用不同的词汇；比较多地吸纳外来词汇，有英文、日语、俄罗斯语，更多的是国内其他地方的词汇。另一方面，使用沪语时需要过滤，一些低俗、晦涩、过时久远的词汇须去掉，保持叙述语言的气韵，免于庸俗。

　　现代小说是新文化运动向西方学来的，它的手法技巧，如人物塑造、故事结构、环境创设，自成一体，值得借鉴。晚清传统意义上的小说以故事为主体，叙述如行云流水自然流畅，细节信手拈来，人物含蓄耐读，可惜到了二十世纪二十年代，逐步衰而微，淡出人们视野，现代小说让人爱不释手。大概到了八十年代末，晚清传统意义上的小说一度让我着迷，大量阅读这一时期的小说，一定程度上，影响了我的创作。

　　如今写成的小说，不似早期写的小说那样具有冲突的场景和戏剧性的效果，渐渐地趋于平静和散淡，塑造更接近于真实的人物。同时，赋予小说某种散文化，符合生活的实际，可能也是自己对生活的认识、生活实际发生了某种变化，平静的叙说成了后期创作的特点。

　　3. 写的小说难以付梓，拿什么抵敌表达的欲望，加上谋生手段发生变化，我去了一家文化单位上班，开始了历史研究，写成历史纪实文学一路的作品。这样的作品，由历史人物研究着手，这似乎与小说创作有着某种关联，内在的都离不开人，只不过来源不同，一个直接源于生活，一个源自史料、采访、考察等，强调真人真事为依据，人物、事件都需要依据，而小说可以虚构人物、情节和环境。二者都可以反映社会现象，纪实的直接通过真实事例反映，小说则通过虚构的故事隐喻或象征社会现实。它们都需要叙事技巧，纪实文学为了使故事吸引人，叙事方法可以借鉴小说的倒叙、插叙等。

这一类型的写作，自觉比小说创作容易，在占有一定的史料后，把握史实、事件、人物，进行文学加工，便可以写出纪实文学形态的文字。它不同于小说创作云里雾里的虚构，以形象说话，又避免论文之类的枯燥，只有抽象的逻辑思维，干巴巴的立论与论证过程。应该说，纪实文学在文学与论文之间，占据一种中间的位置，既有思辨的考量又有形象的表述，它可以把描写、抒情、说理熔于一炉，洒脱地运用。它的许多的手法在小说创作时已经得到历练。这样，开辟了一条写作的新途径，成了一种新的门类。后来，事实也证明了这一点，小说难以发表后，接二连三地刊出的是纪实类作品，直至长篇历史纪实文学的出版。

历史纪实文学作品以研究为基础，在掌握史料的同时，我喜欢采访、实地考察，走访相关地区和人员，寻找体验感和鲜活的材料。读书行路并举，这应该是古人倡导的一种状态，其实，外国的一些先贤也这般提倡，只不过不被人说起。在行的过程中，发现一个有趣的现象，虽然过去几百年甚至上千年，坟茔依然是丘墓，只不过有兴衰之变；兵营依然是驻军，有的变成了公安、巡捕房；学校依旧是学校，样子变了，名字变了，根本却没有变；还有官府，那里出没的人变了，所办事务大同小异；村舍依然是人的聚居地，基本格局没变，历史的信息依然存在。所以，实地察看，成了我写纪实文学的一个必要条件。挖掘史料，也成了一桩有趣的活计，记得某年去上海档案馆，工作人员告诉我，要查的史料，别人已查过无数遍，不会有新发现。我执意，她无奈拿出卷宗，在乏味之际，突然发现一张当年公安局发放津贴的单子，上面写明分兵几路、几时、几人，每次多少钱，还有人员签名。我欣喜，直接把它写到书里。挖史料，还有一种，对当事人有过交往的人的采访，以及后人（包括研究者）。没有新的史料、感受、想法，千万别动笔开写。这样，提供不了新的东西给读者。

概括地说，纪实历史文学以历史研究为基础，实地考察为支撑，纪实文学的笔法，反映的人和事，以上海为主，涉及江南和淮河流域。呈现一种以研究为主，另一种以行走为主，二者兼用，仅有主次之分。以研究为主，比如，《1936′腥风血雨的中国》以上海为原点，俯瞰处于全面抗战爆发前夕中国各种政治势力的角逐，各式人物的运作，各种事件的爆发，与上海的关系，尤其写了一批中产阶级知识分子，他们在历史裂变时的所作所为，涉及的人物有鲁迅、沈钧儒、章乃器、邹韬奋、李公朴、陶行知、王造时、史良、沙千里、胡愈之等，在掌握大量史料的基础上，进行实地寻访和采访，进行研究，他们的思想成因、为什么会出现在彼时，他们的共性和差异，彼此关系，命运结局为什么不同。通过文学加工，把史实与文学性糅合在一起。

另一种以行走为主，形成的关于淮河流域的纪实作品大体属于这一类型，以考察、走访调查为基本方法，行走为线索，串联起沿途的古物遗址、人文历史、风土人情、民俗习惯、美食饮酒等，同时，加上自身思考、研究，比如《"淮夷"的星穹》《湖畔对话以及帝王的诞生》《昆明，明朝的那些故事》等等。这些作品，不需要借助特定的环境、人物、故事塑造的形象让人感知，无需婉转隐晦表达，可以直抒胸怀，这可能与我的性格有关系，直白的表述也是一种表现的手法。

以真实为基础，实地考察为支撑，纪实的笔法表达，形成一种含有研究、思考、形象、感人、走访等多种元素在内的作品，我把它归纳为纪实文学，若是说大散文也无妨，界别难以厘清。

4. 历史上，小说长期被视为不入流的文字，纪实类的作品既不被小说家看好，又不被专家认可，它的地位有点尴尬。而小说与纪实作品，在专家眼睛中都得不到垂青。我不得不做些论文，比如毕业、评定职称、参加一些学术会议，论文不可或缺。我没有经过学院派写论文的严格训练，总以为模式化的东西，写起来束手束脚，而常人稍许认真照着模式套用，大致可以达到目的。有时候，故意不按套路，自顾自写，一次应邀参加一个学术活动，由一家著名大学召集组织，结果论文没被发表在论文集中，大概是编辑者认为不合规制。

这次在编辑论文卷时，我回顾收入集子的文章，总觉得有些别扭，有的按照学院派的路数来做，关键词、索引、注释一应俱全；有的洋洋洒洒，一路说论，虽有悖学院派的规制，却有一些古风气韵。改哪种都于心不忍，用在论文卷中，恐怕读者生出误解。苦恼之际，打电话请教友人，他说不用论文卷，改用文论卷便可。两字掉个儿，好像服帖了许多。于是，把原来合乎规矩的论文要素全部删去。

论文是可以通过课堂教育训练出来的，治学态度严谨、严密的理性思维、具有独特性、论点新颖独到、材料具有独特性。我的视野依然囿于上海，聚焦近现代史出现的人物、思潮事件、团体、出版物等对象，例如《救国会：一个消失的政党》一文，探讨仅存现代史上十四年的中国人民救国会，它在上海诞生的原因、社会属性、纲领的形成和对全民抗战的促成作用，以及在力求民族独立、民主自由解放运动中的贡献。在《现代七君子精神之探》一文中，首次在史学界对七君子的精神作了归纳总结，并指出了它的现实意义。《现代七君子：一个专门名词》一文，初次提出了用现代七君子命名七君子事件的当事人。《以邹韬奋为例：论二十世纪初知识分子对中西文化的兼收并蓄和自我更新》，详细分析了邹韬奋在新文化运动期间，思想转换过程，由原先接受传统的儒家思想，如何转向接受西方文化，继而形成自己的人格。应该说，此文史料充足且丰富，分析细致且丝丝紧扣。我想它对今天的知识分子依然具有某种借鉴作用和参考价值。

这些文字更似学院派的论文，或者写作时，就是按套路来的，后来删去摘要、关键词、部分注释和引文出处。而下列的文章，起写时就是论述文，带着一些率性。陶行知与上海有千丝万缕的关系，他的教育方法特色鲜明，我在《解读陶行知的方法论》一文中，没有长篇大论地论述，而是就他的一句话，进行了解读，读来轻松。《抗战胜利：是中国近现代社会民主进程的必然》没有做具体的论证，而是提出了一个观点：二十世纪二十年代至四十年代中期，中国战胜外来民族的入侵，赢得了胜利。原因何在？帝王专制的统治模式已成过去，而处在民主进程中的中国现代社会，在维护民族利益的旗帜下必然战胜外来入侵。这是抗战胜利的内在因素，过去被人忽略。有限的论证也是粗线条的，比如说到晚清后期至二十世纪二三十年代，中国社会开始发育，结构中出现了中产阶级群体，他们向海外学习政治制度、思想流派、教育方式、文化艺术、科学技术、市场经济，自觉或不自觉地运用于中国社会实际，重新架构起社会价值体系。这一时期，民主思想的宣传和普及持续不断，高潮迭起。1912 年后，国家进入立宪、总统、国会、多党、舆论出版自由的民主实验期，经济运行以市场自由经济为模式。虽然有政治强人闹复辟、玩贿选、搞暗杀、图割据、欲独裁，都没能挡住中国社会的民主要求和对共和的渴求，民主共和成了多数人的共识，国家权力归人民已深入到小学课本。民主共和的国家观念植入国人心中，客观上为抗日胜利作了精神、物质、人才上的准备。由于，证明这一观点的史料丰富且为人熟知，无需太多的举例，也省略了。

在文论卷中，《回眸，1995 年世界经济》《外资流入邻近国家》两篇，比较另类，涉及世界经济，超出我的研究范围。其实，那时我兼任着电视台财经栏目的特约撰稿人。对于经济的关注，一向长久，我的小说不少题材与经济有关，而作为财经类栏目的撰稿人，自然需要大量研读相关资料、与行业专家为伍，请教、访问，不断学习，研究的方法为同一个原理。收录的这两篇非学院派模式的论文，是一种说论，恐怕是当年观众所需要的，而学院派的论文模式恰恰是学院需要的，另有一功。

5. 散文随笔特写专访之类，写起来比较自由，可以是对生活感悟、自然景色的描写，或写真人真事，或基于想象的情感表露，手法灵活多样，描写、叙述、象征、托物言志、借景抒情等十八般武艺都可派上用场；文采斐然追求语言的优美和意境的营造，朴实无华反映人与事的本原，道理通俗易懂亦可。一般而言此类文字，是作者对外界、内心的短兵快的反映，需要敏感的触点，一气呵成。特写是一种新闻文体，写这一类的文章，无疑是我由研究近现代史，转身去了新闻工作的第一线，做起了编辑和记者。我一直以为，特写是新闻文体中，文学含量高的一种，通常可以围绕一个特定的事件、人物、场景等进行深入细致的描绘，生动的细节描写增强表现和感染力。大概是写过小说的缘故，写起来也就没有碰到太多的障碍。应该说，不管散文随笔，还是特写专访，以短文居多，长文为鲜，但不拘泥于此，有话则长，无话则短。

为方便阅读，此卷分为散文随笔篇和特写篇，否则就会生出乱蓬蓬堆放的感觉。散文随笔篇反映对生活、文史的思考和感受以及书评，林林总总的短文，写出我的所思所感，从中可以看到自己成长的经历和追求。特写篇主要对上海出现的潮流、风尚和人物的剖析、怀念、记述等。

散文随笔篇中生活感悟类的有《难说观旭楼》《放歌的代价》《如歌的叫卖》《文学改变人生》《等待新生儿》等，有的感悟现在拿出，恐怕有些不合时宜；文史思考类的有《王充也知道》《青云谱的眼睛》《大师的力量》《辜鸿铭：百年轮回有好运？》《郑板桥与金农（外一篇）》等；

书评类的有《书缘·书争》《豪门尽碎》《中国商人阶层为何如此缺乏力量》《在上海的哭与不哭》等，我写过不少书评，加上拙著出版时写的前言、后记、心得之类，能够收录此卷的毕竟少数。

这部分中，也有篇幅较长的《江南烟雨曾经的泪》《看云起·乡村有故事》《醉纸——那些并没走远的往事》。末篇，有点像自传，从童年时如何醉心于读书、看画，到青少年时痴迷纸上写文画画习字的一些事情。写得有些散乱，并不完整，以待后续。

特写篇不少是关于人物的，写的多半是普通人，笔下的书画家、摄影家、拍卖师、京剧票友、纹样设计师，不是业内高大上的人物，普通且平凡的上海人，他们的故事具有地方特点。

另类的是《一个美国人的创业历程》，写的是一个来自犹他州普洛沃市（Provo）的美国人，带领他的团队到上海创业的事情，之后在江苏、浙江、福建、广东、上海四省一市开设108家专卖店，以网络、规模化的经销形式，开始了他们在中国大陆超常规的发展。有趣的是，在散文随笔篇中收录了《看云起·乡村有故事》，写的是来自安徽一个叫古庵村的三兄弟，几乎赤手空拳，靠着帮人推销茶叶开车拉货，逐步走入他们以前闻所未闻的国际货代、港口物流领域，最后办成集团公司的历程。一中一西、一土一洋，在上海这片土地上神奇地成就了各自的事业。他们之间的同与不同，可以看出一些名堂。

特写中包含着一些小型的报告文学，如《一份来自赴日淘金归来者的报告》《旗袍——中国女性的霓裳》《绚丽多彩装点居室》《渗向人才市场的浊流》等，对于曾经出现的潮流、风尚进行剖析。这些文章，让人读到具体且真实的包括作者自身在内的上海人的思想感情和社会更变的情态、崇尚，不能反映全部也能窥一斑而见全豹。

6. 从开始写作算起的许多日子里，我换过不少工作，写过许多简报、讲话稿、总结、调查报告、论文、新闻稿、电视专题片脚本、舞台剧剧本，这些与谋生有关的文字，回头再看，大部分意义不大，难以收进这套文集。小说的创作，凌驾于我的职业之上，原因出自对于它的热爱，而纪实文学、散文随笔之类，是小说创作搁置后，无奈之下的举措。小说创作在我心目中具有崇高的位置，始终认为它在其他以文字构建的文艺作品中地位独特。为什么这么说？小说往往是作者个体劳动的智慧结晶，以纯文字创造形象和艺术氛围，追求自身的完美，成为一部完整的文学艺术作品，戏剧、电视剧、电影通过文字的架构，需要导演、演员的演绎才能完成。优秀的小说，内含创造力和丰富的想象能力，宝贵的是创造力。尊重小说是我所提倡的，所以在编辑文集时把它列为第一位，为的是彰显创造力的价值。

以小说、纪实文学、文论、散文不同样式的文体表现、纪录、研究过往，文体不同，语言风格自然不同，而内在的关联无疑相一致，即使笔下的小说，坚持社会生活的逻辑和符合实际规律的构想，恪守着现实主义的创作原则，而这种创作的本身不可能超越认知，违背实际以及对人物、故事、环境做逻辑混乱、细节错误的刻画和描写。留下这些细节和故事、人物与环境，可以弥补历史的细节，让人读到更丰富的过往。无论创作还是写作的码字活动，伴随着人的思辨、情感活动而存在，不管它形成的样式如何，就作者而言总是期盼自身塑造的人物符合人性，以人为本探寻本质、反映事物的本来面貌。

同一种题材，以不同的文体进行码字，自鸣得意地称为"交互式表达"，是不是有江郎才尽之嫌？我不好说。需要考量的是这种彼此交互到底能够实现多少，能否达到对人物、事件客观、多面、生动的表述，获得一种立体的感受，塑造一个多维的世界，饱含理性思考和感性感悟，这种无意识的尝试值得与否。我不敢有太多的奢求，不过可以继续下去。另则，以不同语言风格进行表达，小说，纪实文学、文论、散文的语言本该如此，小说语言感性、形象，文论中的语言理性严密，以一种科学研究的方法揭示事件和历史人物形成的规律，使文章变得可读性强、史实事实笃实、内在逻辑严密。但对于小说中出现的上海方言的运用是否有价值，似乎还是有不少争议。这样，苦苦追求的意义又何在呢？

其实，我一直试图探索形象思维与理性思维相融合的方法进行创作与写作，甚至语言表达上也寻求一种相济融合、含量多少不同，形成自己的特色，这样的路难以走通达到预期。我不敢说，自己写成的这些文字都是出色的，可以肯定的是这些创作与写作，无疑促使我掌握用另一种方法感悟人世，这样的方法颇为神奇，充满鲜活的体验和理性的解析。

这四十年间，放到历史长河里来观察，可谓是罕见的熹色初起渐入高光的时期，恐怕这种现象长远才能遇上一次，虽有不尽如人意之处，多半与人的认知局限、利益索求以及自身的努力相关。就总体而言，这个时期，人性一定程度上得到唤醒、个体得以相对的尊重，文化趋于多元，触动经济引擎的转运，推进社会经济的发展，催生生存环境发生变化，城市的快速成长，乡村巨变。激荡的变化，引发人的思想感情行为产生剧烈的变化，身处上海这座城市，这让人感触颇多，无论自己的亲身遭遇，还是他人的经历故事，令人有感而言。

以绵力用字码起的世界，可以视为与宏观叙事的"大历史"相互印证、互为表里的微观"小历史"，展现大时代背景下具体的人的活动，这是鲜活的生活图景和历史画面，也是触及实际之后的思辨和理性的反射，即使是自身的经历，也是这"小历史"渺小的一分子。

我只是过往的行路人，思考感悟后反刍出不同样式的文字作品亦真亦假，恐怕还是真实的成分多了一些，即使表达的某种特殊感受、独特的思考，也是在特定时期、特定环境中个性化的反映。

　　热衷创作和写作的四十年已经过去，我不知道以后还有多少的激情去满足这一爱好，或者说长期养成的癖好，本身会变得淡漠甚至戒欲，不再有火焰。毕竟，一切都在发生变化，自己在变，外部的世界也在变。而不变的是对这座生我养我的城市的挚爱，正是它的魅力，促使我完成书中搜罗的这些文章。而下步如何走，需静观其变。

潘大明

2024 年 9 月沪上

目　录

章乃器的思想与社会实践的意义

自晚清后期至二十世纪二三十年代，中国社会发生了巨变，社会结构出现了具有活力但并不庞大的中产阶层群体，他们向海外学习政治制度、教育方式、文化艺术、科学技术、市场经济，自觉或不自觉地运用于中国社会实际，重新架构起社会价值体系，民主思潮持续不断，高潮迭起，推翻帝制、新文化运动、五四运动接连发生，深刻影响了中国近代史的发展进程，对中国社会的发展产生了深远的影响。1912年，《中华民国临时约法》颁布，确立了资产阶级民主共和国政体；资本主义生产关系在中国获得合法地位；在文化上确立了集会、结社、言论自由，帝制非法、追求共和的观念在社会广为传播。虽然有政治强人闹复辟、玩贿选、搞暗杀、图割据、欲独裁，但都没能挡住中国社会的民主要求和对共和的渴望，民主共和成了中产阶层的主流意识。

同时，中国处在外敌不断入侵的局面中，中产阶层人士产生出强烈的爱国主义思想，而这样的爱国主义，在新的时代背景之下，超越了传统意义上忠君报国和狭隘的民族主义。

章乃器的思想发生、发展，以及形成的特点，正是伴随着这一过程而进行。"七君子"事件发生时，他是银行高级管理人员、经济学家、教授，出版过自己的著作，办过杂志，经济上处在中产阶层上层，相对丰裕的物质生活成为保障他从事社会活动的物质基础。之后，他办企业，成为民族工商业者，创立中国民主建国会，并成为民族工商业者的代言人和中华人民共和国的高级干部。

中西文化并蓄　奠定思想基础

近代西方列强以旷古未有的残酷，打开了古老中国的大门，时刻提醒着华夏儿女记住民族的灾难。同时，西方的政治、文化、伦理道德以及科学技术传入封闭已久的古老中国，对中国的现代化进程起了加速作用。

近代中国内乱外患的现实是激发章乃器形成以爱国主义为特征的思想的一大动力，其理论基础受到了两方面的影响：一则来自他从小接受的以儒学为主体的中国传统文化，二则来自他接触的西方近代文明。他在传统文化积淀深厚的家庭环境中成长，耳濡目染儒家学说和古代忠君报国的故事。他回忆说："很幼小的时候，就不知不觉地上私塾读书去了。当时读的，自然还是'古人之书'；'大丈夫志不在温饱'的一套圣贤、英雄思想，自然是有人会灌输给我的。"章乃器结束私塾学习不久，便进入新式学堂浙江青田敬业小学就读。学校设英文课程，英语的学习开阔了章乃器的视野。他萌生出做发明家的念头，并把发明家与古来圣贤、英雄豪杰同等看待，认为他们具有同样的社会价值，希望自己以此贡献社会。十七岁时，他进入浙江省立甲种商业学校，专攻西方资本主义社会在商品经济发展之后形成的经济学，读到"通商大埠，常位于大江大河下游"时，十分倾倒，觉得它能够反映一切古书中找不到的知识。以后他读到"以最少劳费取得最大效果"的经济原则，更是赞叹不已，激发他研究经济学的兴趣。

鸦片战争以后，中国知识分子所处的文化环境不再是单一的，接受的文化逐渐趋于多元，尤其到二十世纪初叶，知识分子的知识结构比历代士大夫的知识构成丰富。这一时期的知识分子形成的爱国主义思想，不再局限于传统意义上的忠君报国和狭隘的民族主义，现代爱国主义思想增添了反对外来入侵，吸收外来先进文化、科学技术，推动社会政治、经济、文化进步等内容。

提倡民主、科学的新文化运动，促成了五四运动的出现。五四运动在充分弘扬爱国主义精神的旗帜下，促进现代理念向社会纵深渗透。

章乃器结束学业后，进入浙江地方实业银行当练习生，他不能忍受银行下层的职位所带来的人格上的屈辱，无法适应职业的需要。同时，银行的"金饭碗"——打算盘、记账簿一类琐碎的工作，在他看来流以市侩之气，与自己早年形成的圣贤、英雄思想大相径庭。苦闷牢骚加上饮酒赋诗的名士气，使他患上胃溃疡和肺结核。此后他依靠练习静坐战胜疾病后，只身北上，出任北通州京兆农工银行营业部主任一职，后升任襄理。五四运动爆发时章乃器特意跑到北京，成为这场运动的目击者。他曾回忆："每一个有血气的青年，看到了当时报载列强对中国蛮横无理的态度和北京政府的颠顶、黑暗以及种种丧权辱国的情形，尤其是勾结日本帝国主义压迫国内革命势力的情形，恐怕没有一个人不悲愤填胸，热血沸腾起来几乎要炸破了血管……霹雳一声，历史的'五四'运动展开了，兴奋得几乎使我发狂！不管报上说北平的空气如何严重，我不能不请了假，到那里去看一个明白。"他从中看到了民众的力量，为自己没有直接成为他们中的一分子而感到遗憾。1921年章乃器回到上海，重回浙江地方实业银行，由营业部科员成为营业部主任、副经理。

五四运动至1928年济南惨案发生之前，章乃器的思想得到发展，这在《新评论》中完整地表现出来。他长期在金融机构工作，饱受租界内外国人的轻视、侮辱，对列强压迫民族经济有深刻的认识。1927年蒋介石发动政变后，他为蒋介石背叛孙中山的遗愿，摧残民众运动，对人民进行黑暗统治而悲愤，认为若继续沉默不语，国民党将被人民唾弃，祖国统一、强盛将无法实现。他不顾 1927 年的白色恐怖，勇于担负社会责任，希望更多的职业者像他自己一样关心国事，"提倡有职业人的政治运动"。他动用自己的积蓄，独自创办《新评论》半月刊，宣传自己的政治主张。

起初，他试图以一种超然的态度来评论，"我们的立足是公正，我们的目标是一切事物的艺术化，所以我们对于合乎艺术化的事物都要赞美，对于一切反对艺术化的事物，都要反对……倘使要做一个超然的言论机关——一个潮流的指导者，就不许有很具体的主张"。超然没有标准，尤其在政治日趋黑暗、国民党越发腐败的现实面前，保持超然的理想化的办刊方针，不可能实现。他自觉或不自觉地否定了自己的初衷，回到原先固有的立场上——用孙中山的三民主义抨击孙中山的"继承者"。

章乃器认为"中国资产阶级尚未发生，所以用不着马克思的医治——对资产阶级的斗争，那只用得中山先生的预防——限制资本和平均地权"，中山主义才是中国的救国真理。他希望国民党能坚持三民主义，建成一个平等的社会，打倒军阀、官僚、洋奴财阀、土豪劣绅，维持民族资产阶级的适当资本利息，给工农以适当的盈余分配。故此，他对蒋介石统治集团展开一系列的批判，如认为"国民革命的资本化"是对中山主义的反动，"中山先生明明白白地说，民生主义就是社会主义，我们只要问，目下国民党的主义，是否仍是中山主义？"提倡中山主义，抨击蒋介石统治集团的政策、方针，揭露国民党统治的腐败黑暗，成为章乃器创办的《新评论》初期的主要内容。他怀念中山时期联俄联共发动民众打倒军阀和土豪的局面，认为蒋介石发动政变之后，借"停止民众运动"进行疯狂镇压、杀戮无辜的民众，是"灭绝人道的杀人方法"。他尖锐地指出：害怕工农、屠杀工农，已证明国民党站到了大众的对立面，不能代表民众。同时，国民党已经开始堕落，政治腐败、社会黑暗，"国民党和民众，俨若对立的治者阶级和被治者阶级""国民党倘使要继续这错误态度，那么，我要说它要变成一个被毁灭的势力，即不在目前，亦当在不久的将来"。他的论述，在当时险恶的政治环境下，不可不谓是一种大无畏精神的呈现。

章乃器认识到国民党背叛中山主义和民众，看到了国民党的腐败。1928 年 5 月他撰写的《国民党的生死关头》一文中有这样一段文字："现在的国民党如何？在最近的过去，就以'停止民众运动'为名而实施其摧残民众组织的手段，在都市当中，我所只看见党里要人，勾结政客式的商人，分赃自肥；而没看见顾到一些民众的利益的。在乡间，我们只看见党员们坐上土豪劣绅的位置，代行压迫民众的职权，而不再看见真能推翻那位置的，专向穷人头上搜刮的捐税，'萧规曹随'地继续实行下去而且还要'变本加厉'，拿'新财政学原则'按负担能力的大小面征收的捐税。"

他站在中山主义的立场抨击蒋介石统治集团，揭露他们的堕落、腐败、黑暗，本质上希望国民革命迅速打破封建割据，实现祖国统一，祖国可以由弱转强，中华民族可以扬眉吐气。《新评论》出版了 29 期被禁止。

这一时期，章乃器的思想开始发展，他积极吸收外来的先进科学技术、社会文化知识的精华，自觉摒弃传统文化中的糟粕，使自己走向开放和现代化。在这一过程中，章乃器形成了以现代爱国主义为特征的思想，反对外来民族以武力进行政治、经济和文化的侵略；反对阻碍社会政治、经济、文化进步的统治。在关注民族存亡的同时，接受新文化，致力于民主、科学的社会形态的形成。他身上所体现出的现代爱国主义的思想特征，包含在务实的人生态度和追求中，符合实际发展的需要。

依靠民众抗战　主张国共合作

自 1895 年甲午战争后，日本帝国主义成为中华民族最大的威胁。

二十世纪初，聚焦新文化启蒙、问题与主义之争、南北统一等问题的中国人，在济南惨案的发生后，逐步意识到民族存亡的根本问题没有解决，一切努力都会付之东流。各大城市民众罢工、罢市、罢课，举行游行示威，抵制日货，呼吁政府不要屈服于日寇的淫威，对日宣战。

《新评论》从1928年5月15日出版的第十一期开始发生了明显的变化，内容集中对抗日问题做出论述，章乃器发表了《向日本帝国主义者——不是日本民族宣战》《中国民族的自救》等文章，要求南京政府尽早回头，重新实行孙中山的三大政策，抵抗日本帝国主义的侵略。《新评论》辟出大量篇幅发表主张抗日的文章，并在征稿启事中一再要求作者迅速提供这方面的文稿。他表现出一个爱国者在民族存亡的关键时刻敢于挺身而出、为国赴难的高贵品质，对祖国命运的思考以及对时势趋态的敏锐洞察力。

章乃器清醒地认识到抗日不是针对日本民族，需要联合日本民族中的反战势力，共同反对日本民族中占少数的帝国主义野心军阀。中华民族的抗战不是民族之间狭隘的复仇，联合一切反对侵略的力量才是民族战争胜利的保障。

他对中华民族的抗战前途充满信心，信心的源泉则是他对人民力量的深刻认识。他深信中华民族粉碎日本侵略的唯一力量来自民众："巨数的人民散在这般辽阔土地上面，只要坚持不屈服的精神，永不至受任何民族的支配，何况这微乎其微的日本？"同时，他认为危难中的民众，迫切需要组织起来，成立抗日协会，利用大众力量扼杀侵略者。

章乃器还提出具体的抗战主张，认为应该孤立日本的野心家，使他们失去势力，让广大的日本人民对生存不再发生怀疑，允许他们不带丝毫侵略色彩地用他们的人力和财力来开发中国蕴藏的财源，不使日本野心家以解决民族生存问题为借口，把整个大和民族卷入战争；要让世界各国人民了解中国的处境和抗日对维护世界和平的意义。他主张以退为进、以守为攻，放弃由青岛到济南一带，必要时放弃全国的港口，所有的兵力、人力、财力向内地撤退，一面致力于生产，一面增强防守的实力。人们在广阔的农村耕而食，织而衣，能够自给自足。军事上实行全民皆兵，遍设团防，随聚随散。他认为采取这种总退却的政策，直接受到损失的是外国的在华势力，尤其是在中国投资贸易占第一位的日本，我们"牺牲了一部分无关重要的工商业，而保存这人数占人口总数百分之七十五，产物占总数百分九十以上的农业，经济不独无损，反而有益。只消坚持一年，日本帝国主义者即使不肯让步，其他各国会不愿受这无谓的损失而发言"。

章乃器在济南惨案发生后，认识到日本的目的不单纯是为了济南，他们的野心在于对中国的全面侵略，济南事件仅是他们侵略中国的开端。他指出，中华民族应该清醒地认识到他们的野心，准备做出最大的牺牲，抗击日本的侵略。他没有把解决中日民族矛盾的希望寄托在国民党身上，更多寄希望于民众的觉悟和大众的力量。

九一八事变后，作为经济学家的章乃器看到日本帝国主义侵略中国的本质，一针见血地指出：这是日本"在经济恐慌中找求出路的必然行为"。他认为日本依靠输入原料、输出产品获得利润。然而，一旦日本输入减少，对外贸易下降，必然出现制造工业停业、倒闭，失业大幅度增长的状况，出现大规模的经济危机，"日本帝国主义在任何条件之下，必须要开拓海外市场""必然要在中国造成第二甚至第三个'满洲伪国'，然后可以一时的满（足）它（们）的欲望"。

同时，章乃器抨击蒋介石的攘外必先安内的政策杀戮了无数青年，毁灭了大量田园，消耗了太多的枪支弹药，伤耗了民族的元气。他认为根据目前的国家局势，不是实行什么攘外必先安内的政策，而应该采取安内必先攘外或者非攘外无以安内的政策。

章乃器在济南惨案时形成的抗战思想，经历了九一八事变后，更具有科学依据，其抗战思想朝着科学化、理论化的方向发展。他发表《九一八事变后日本经济状况及其对华政策的前途》《三年来之远东战争》《研究现阶段中日问题的任务》等一系列文章，研究、分析战争的历史背景，日本的战争动向、军事准备，中日两国的外交路线，日本的经济现状，中日的出路等问题。

章乃器的抗战思想以经济学理论为基础。他从资本主义经济发展的根本去考察日本帝国主义侵略的本质和必然性，认为日本对华的侵略战争是世界各帝国主义的战争的一部分。二十世纪二十年代末世界大恐慌一开始，帝国主义分子希望发生战争，让别人火并，自己坐收渔利，以解救他们的经济危机和政治危机。日本帝国主义发动的九一八事变，顺应了世界各帝国主义的需要，而它自己也需要通过战争摆脱国内日益严重的危机。他认为，中国肩负着历史使命，"我们应反对帝国主义的战争，在人道主义上，我们应该反对一切残杀人类的战争；而民族的立场上，我们更绝不能帮助我们最大的敌人——日本帝国主义作战"。他指出，帝国主义就是战争的根源，中国不灭亡只有一条路可走——抗战。他认为不必再争论"和与战"的问题，更不必去研究"敌与友"的问题，应该集中精力去研究"怎样战"以至"怎样联合友军，消灭敌人"的问题。第一，要正确估计自己的实力，"在估计自己实力的时候，主要的便是研究如何团结自己的实力问题"；第二，要研究国际形势，如何联合国际友军，一同作战。现代的民族解放战争，不可能孤立地进行，要和国际形势配合起来；第三，要分析日本军事的力量，估计它的海、陆、空军的能力。同时，对英、美等帝国主义的军事力量也要做出分析。

章乃器发展了自己的抗战思想，保持济南惨案时形成的抗战思想的精髓——实现国内的团结、发动民众进行全面抗战。这一观点比原先更为分明。他明确指出国内各党派都应该团结起来："国家生命线要被杀害的时候，我们的主要任务是保存国家生命，而不是任何党派以至任何个人的'政权'。倘使同在敌人的刀口底下，还有人要回忆到过去的历史，顾虑到将来的政权，那就要变成自私自利的愚夫！在这一刹那间，我们除了团结大家的力量，踢开敌人的刀口以外，还应别存妄想吗？"他深信全国人民共同参加救亡运动，人民大众的力量是无法战胜的，即使面对的是强大的日本帝国主义侵略者。任何有着优越武器的反动势力，"都会在武器力量低劣的人民大众前面崩溃下去"。他还指出：中国民族战争的胜利希望，不是建筑在西方列强对日本的制裁上，更不是依靠国联调停可以解决。中华民族应该联合世界平等待我的力量，如苏联、土耳其等国家，以及全世界被压迫大众，包括日本国内的觉悟分子，一同联合起来抵抗日本帝国主义的侵略。

九一八事变发生之后，章乃器较早地提出国共合作携手抗日的观点，与他实现国内的团结、发动民众进行全面抗战的主张，有着密切的联系。

1936 年初，章乃器在《大众生活》上发表了《四年的清算》。此文标志着他的抗战思想发展到了一个新阶段。他回顾了九一八事变以来中国面临的危机，希望政府拿出勇气立刻纠正自己的错误，不要继续以党派利益为重，不顾民族利益，断送民族的前途。"将错就错，甘为敌人的虎伥而不肯自拔，那不但是误国，而实在是不折不扣的卖国了！"他抨击国民党政府在国策、外交路线制定上，对外表现出动摇、软弱、拖延，对内实行法西斯专政，导致中国在四年间，失地由三省变为四省以至今天的六省，对内又花去大量的人力、物力、财力。他疾呼，南京政府应立即停止自杀性的内战，马上开放民众运动，组织民众，唤起人民抗敌的情绪，马上撤销新闻封闭。他认为在半殖民地的民族解放运动中，政府摧残民众组织、压制抗敌言论,而高谈什么"准备抗战",那不是自欺便必然是欺骗民众。"只有人民团结起来，只有民众抗敌情绪的高涨，中国人民方可能有生命财产的保障，中国民族才可能获得解放；这个讨论，还有人能加以反对吗？"

在此之前，章乃器形成了只有全民联合起来共赴国难才能御敌的思想。他表示，"非立刻停止自杀的内战，决不足以言抗敌；非立刻组织民众的力量，也决不足以言民族解放"。他站在国共两党之外的立场上，不主张推翻国民党政府，提出组建抗日政府、监督停止内战、开放民众运动等观点，引起社会的广泛关注。他的这些思想也成为救国会早期思想的灵魂。

章乃器的抗战思想构成其这一时期的现代爱国主义精神的主体内容，对于全面抗战前夕的中国社会有一定的影响和价值，他的许多观点被具有爱国心的民众接受，并在历史检验中证明了准确性。

从济南惨案到九一八事变，历时三年多，来自日本的入侵步步紧逼，驱散了沉浸在启蒙运动中的中国人的预想。当时许多中产阶层人士认为中国当务之急是铲除残余军阀，否则，国家不能统一，一致对外便是一句空话。他们希望在国内打倒军阀，等到军阀灭亡了，全国人民的共同目标便是对付日本的侵略。同时，他们认为要驱逐日本侵略者，保卫土地身家，非有实力不可，而提高中国社会的综合实力，改变工业落后、文化水准低下、生活贫困的状况，培养强有力的民众，成了一件头等重要的事情。九一八事变后，他们的思想出现变化，清醒地明白抵御外来入侵已经迫在眉睫——入侵者不可能等到你强大了才灭亡你。那么，对于积贫积弱的中国来说，如何抵御外来入侵，赢得战争才好？他们认识到需要全体民众团结一致做出最大的牺牲，发挥出最大的力量，而不在于一党一派。随着民族矛盾的日益尖锐，他们挺身而出，组织爱国救亡团体，呼吁不分党派、阶级地一致抗战，其爱国举措思想基础在这一时期形成。九一八事变后，他们把民族存亡问题提高到压倒一切问题的高度。

践行抗战主张　投身救亡运动

停止内战、联共抗日的构想，需要积极推动才能实现。讲究实效的章乃器挺身而出，不计个人得失，组织、领导抗日团体，呼吁国内团结一致抗日。

1935 年 12 月 12 日，章乃器联合上海文化、教育、艺术界二百八十三位知名人士，发表《上海文化界救国运动宣言》，提出坚持领土和主权的完整，否认一切有损领土主权的条约和协定等八项主张。十五天后，上海文化界救国会经过紧张筹备正式成立，章乃器被选为执行委员。二十八天后，上海各大学教授救国会在章乃器等人的推动下宣告成立。四十七天后，上海各界救国联合会成立，章乃器被推选为执行委员，统一领导上海的抗日救亡运动。1936 年 5 月 6 日，救国会机关报《救亡情报》正式发行，发刊词申明："我们明白各社会分子的利益，只有在整个民族能够赓续存在的时候，才能谈到。在这大难当头，民族的生命已危在旦夕的时候，我们必须联合一致与敌人及敌人的走狗——汉奸斗争……我们深望各地方各界的读者，一切不甘做顺民的人们，能炼成钢铁一般的阵线！"

5 月 31 日，来自二十余个省市、六十余个救亡团体的七十余位代表汇聚上海，出席全国各界救国联合会成立大会。会上通过了《全国各界救国联合会宣言》和《抗日救国初步政治纲领》两个重要文件，建议各党各派立刻停止军事冲突，释放政治犯，派遣正式代表进行谈判，制定共同抗敌纲领，建立一个统一的抗敌政权。全救会愿以全部力量保证各党各派对于共同抗敌纲领的忠实履行，制裁任何党派违背共同抗敌纲领的行为。大会声明：全救会现阶段的主要任务，就是促成全国各实力派合作抗敌，没有任何政治野心，没有争夺政权的企图，组织全国救亡只不过是尽一份人民的天职，站在人民的立场上，不帮助任何党派去攻击其他党派，保持高度的超然性和独立性，维护民族的共同利益。会议举行了两天，章乃器等十五人被选为常务委员。

会后，全救会在上海各大报纸上发表了措辞激烈的《全国各界救国联合会对时局的紧急通电》。《通电》说："（南京政府）亟宜立示决心，领导于上；全国民众，自应群起响应，督促于下。务使全国兵力，一致向外，抗日战争，立即展开，恢复我已失之河山，拯救我被压迫之同胞……"

由他发起、组织的救国会自诞生起，便是不被国民党政府承认的抗日团体，以后逐渐发展成为具有政党性质的政治团体。从成立时通过的两个文件来看，救国会试图保持高度的超然性和独立性，以第三方的立场"制裁任何党派违背共同抗敌纲领的行为""不帮助任何党派去攻击其他党派""维护民族的共同利益"。这个团体以结社、集会、抗议示威、舆论表达的形式，敢于与强权抗争的民主精神，有效促进了国内各个政治派别达成团结一致抗日御侮的共识等优势，为全民的民主抗日意识的增强、战时生存知识的传播作出贡献。

这个所谓第三方的立场，可以视作当时中产阶层主流意识的立场，很大程度上也代表了大众的声音。

声势浩大的救国运动在上海开展，反对内战、反对妥协、反对投降的群众性示威活动震动海内外。1936年6月10日，章乃器与沈钧儒、李公朴应蒋介石之邀赴南京，当面拒绝蒋介石提出的救国会必须要在国民党统一领导下进行工作的要求。

"七君子"事件爆发后，章乃器遭到关押，国民党中的一部分人提出"七君子"出狱后进入反省院才能释放的条件，他与沈钧儒等人坚决反对，宁可坐牢，也不愿进反省院。

抗战民主并举　不惜流洒鲜血

清朝恰逢世界处于发展的重要历史阶段，中华民族失去与世界同步发展的机会。然而，二十世纪三十年代至四十年代中期，中国人民战胜了日本帝国主义的入侵，赢得了胜利。原因何在？高度集权的专制统治丧失民心，必然导致亡国，而处在争取民主、要求民主的现代中国社会，国家政权不再为某一个人、某一个家族、某一个利益集团所有，而已经成为知识分子的主流意识。在维护民族利益的旗帜下，形成团结一切力量抵御外来入侵的意识和促进这一局面的出现，使得抗战胜利成了必然。

在民族利益和民主意识的引领下，救国会自社会发轫，直接服从于民族利益，比较早地提出促进执政党与在野党、社团在全面抗战前统一认识，只有全民族的团结一致御侮，才能赢得民族的新生等观点。之后，在野党拥有的武装在不改变军事单位结构的前提下存在，且承认其自治；战时国民参政会的成立吸纳各党各派和无党派人士参加，形成了多党共存、参政议政、监督实施的局面；同道人结党结社，办报出刊；党派人士、社会贤达、地方乡绅通过选举监督地方政府运行，参与管理。当然，中国社会的民主基础差、起步晚、不完善，甚至出现权力过于集中、民主势力屡遭打击的现象。这些阻碍民主发展的做法，严重伤害了民族利益。为此，章乃器一边投身抗战，一边要求民主、还政于民。

全面抗战实现后，章乃器务实地提出"少号召，多些建议"的主张。他认为政府已经转向抗战，应当多给政府一些信任，"大家应该是集中力量、培养力量之不遑"。不久，他出任安徽省财政厅长，解决了安徽的财政问题，帮助了新四军。后来他办企业，提供战时物资。与此同时，要求民主的呼声更高。章乃器和沈钧儒、邹韬奋以救国会代表的身份发起统一建国同志会，他起草了《统一建国同志会的简章》和《信约》。在《信约》

中，可以明确地看到他们对民主的要求和对国家军队职能的限定。章乃器与吴蕴初、吴羹梅等八十九位工商界人士联合向国民党五届十二中全会递交《解决当前政治经济问题方案之建议书》，明确要求政治民主、生产自由、保障人权。之后，他与黄炎培等三十人联合发表《民主胜利献章》，再次提出实现民主、保障人民自由权利、开放言论、维护民族工商业等九项主张。

抗战胜利不久，章乃器萌生了动员不靠做官吃饭，不靠做官发财的工商界人士参加民主运动，组织起来，成立一个民主政治团体。他与黄炎培、胡厥文等商谈发起以民族工商业家和知识分子为主体的政治团体。1945年12月16日，中国民主建国会经过三个多月的筹备，在重庆白象街实业大厦举行成立大会。大会通过了由章乃器起草的政治宣言和组织纲领。

1946年1月10日，由共产党、国民党以及各民主党派（民盟、青年党等）组成的政治协商会议在重庆开幕。章乃器作为经济顾问，参与了政治协商会议。政治协商会议陪都各界协进会等十九个团体发起，在重庆较场口广场举行陪都各界庆祝政协会议成功大会，章乃器等二十余人组成大会主席团，他被推举为大会筹备会负责人。大会遭到国民党特务的破坏，章乃器等六十余人被打伤，这就是"较场口惨案"。

之后，中国民主建国会推派章乃器、孙起孟等人赴香港，筹建港九分会。章乃器为召集人。

回眸章乃器与同时代的许多爱国民主人士，无可非议的是：近代中国社会民主意识的发育、成长和实践，构成了他们存在的空间。同时，他们为了这个空间的存在、拓展，或呐喊，或抗争，乃至牺牲。正是这个空间的存在，使他们在民族危亡之际，举起抗日救亡的旗帜，为全面抗战的实现作出贡献，在全面抗战实现后，他们一边呼吁、投身抗战，一边要求民主；在抗战胜利后，他们一边要求民主，一边反对内战。本质上他们明白民主在抗战中和对抗战胜利后的中国的重要作用。

坚持实事求是　依照法理办事

中国的思想精英形成的哲学思想是一种实实在在的人生哲学，体现出求真务实的精神。近代中国知识分子没有割断融入血液中的务实精神，表现出不唯上、不唯书的态度，实事求是，服务于社会和国家，即使为此牺牲个人利益也在所不辞。章乃器在中华人民共和国成立后的不同时期，都体现出强烈的求真务实精神，反对"教条主义""本本主义"和脱离社会实际的观念与理论，坚持依理依法办事的科学态度，注重工作的实际效果。

中华人民共和国成立后，摆在新生政权面前的是严重的经济困难。经济发展缓慢、工业底子薄弱的中国，经过连年的战争，遭到极为惨重的损失，尤其在中华人民共和国成立前夕，国民党撤离时留下了一副烂摊子。要恢复经济，困难重重，西方势力实行封锁，国内私有产业者人心浮动、观望、等待，工厂缺乏原材料，工人大量失业，还出现投机商囤积居奇、哄抬物价、通货膨胀的局面。如何有效地恢复经济，关系新政权的生死存亡。章乃器一边利用自身在工商业界的影响力，写文章、发表演讲，鼓励复业；一边建议发行"人民胜利折实公债"，支持恢复生产。

作为经济学家、金融家和企业家的章乃器先后出任全国政协常委兼财经组组长、中央人民政府政务院政务委员、财经委员会委员，为共和国的经济恢复和发展立下汗马功劳。

1951年夏，政协全国委员会组织西南土改工作团，团长章乃器率团进入川南、川西、川北等地推动指导土改工作。他理解农民的心情，但认为仇恨不能取代国家的政策和规章制度，提出依法、合理对地主展开斗争。他在合川订出"群众打地主，干部负责，干部打地主、干部受处分"的规定。他的工作原则在实际中产生了良好的效果，一些地主，富农在理、法面前主动交出地契，接受改造，有人甚至找到章乃器，交代自己过去的罪行，请求政府处理，"斗理斗法是使地主真正低头完全被斗垮的最有力武器"。这样的做法被一些人误解为保护了地主阶级的利益。为此，西南局专门派人对章乃器领导的一些土改地区进行补课。章乃器坚持自己的工作方法，组织人员写成工作总结，上报有关部门，据理力争，认为打人，甚至打死人不是土改的目的，只要地主没有犯过罪，又同意接受土改，对他的思想意识的改造是长期的；即使他们犯过罪，也应该由政府依法办理，而不是当场把人打死；如果他们不愿接受土改，也应该斗理斗法让他们低头，接受改造。

1952 年，章乃器出任中华人民共和国第一任粮食部部长。他深感中国共产党的信任，也深知关系人民的生计，不敢有任何的怠慢，工作认真、负责，注重实效和科学管理。他每天工作逾十小时，假日往往也在工作。

怎样对粮食的采购、销售做出统筹管理，成了创办不久的粮食部的一项重要工作。由于农村中的一些奸商和富农通过争购、套购的手段大量囤积粮食，造成国营粮站脱销，黑市猖獗，购少销多的困难局面，国家粮食库存告急。这种局面不扭转，直接影响社会安定。章乃器协助中央政府制定了粮食统购统销的政策，把粮食流通领域置于国家计划的严格管理之下，解决了粮食的供求矛盾，稳定了物价，打击了农村不法分子的争购、套购粮食的行为，有效地增加了国库存粮，扼制了粮食返销，使中心城市的粮食供应逐步正常化。

他保持自己作为学者、专家的科学态度，坚持实事求是的工作作风，力排各种违背实际的做法，严格依照经济规律办事。国库存粮多了，需要大量建造仓库，章乃器对建筑不在行，就请来建筑工程师，听取他们对建造粮库的意见和设想，保证了一批具有"四无"（即无虫害、无鼠害、无霉腐、无火灾）功能的安全粮食仓库的顺利建成。

在制定食用粮生产标准时，他坚持主张以科学标准和对人民健康负责的精神，让人民吃到清洁、新鲜、富于营养的粮食，确定每百斤稻谷出米的新标准。同时，他还根据实际情况，提出粮食发展的方向，认为在粮食基本满足需要的情况下，应该大力发展粮食加工业，方便人民的生活。

勇于表达诤言　无畏遭受处分

新民主主义阶段，中国民主建国会（以下简称"民建"）这个以民族工商业者以及知识分子为主体的政党，其历史功绩已得到肯定。那么，它在进入社会主义阶段后怎样发展，起到什么作用？对此，民建内部持有不同的观点。

在新民主主义阶段的初期，民建定下了团结、扶助、教育、改造民族工商业者的主要任务，部分人提出组织上实行资本家、工商企业职员、革命知识分子各占三分之一的会员吸收制度。章乃器赞同民建在新形势下的任务。但是，他不主张民建内部以三分之二的革命知识分子和职员来改造三分之一的民族工商业者的做法，认为这样做会影响民族工商业者的积极性，不利于经济的发展。他认为，民族资产阶级的政党应该属于工商业者，工商企业职员和知识分子在民建只是为他们服务。在政治上，民建的同志通过内部的相互教育和帮助，达到政治水平的共同提高和本身事业的发展，而不是由"某些先知先觉以致自命为积极分子的人们去团结一班落后的、可怜的工商业者，去扶助、教育、改造他们"。工商业者的团结、扶助、教育、改造的任务，只有在中国共产党的领导下才能完成。

1953年9月，毛泽东邀请章乃器等民主党派和工商业界部分代表，专门谈了资本主义工商业的社会主义改造问题，阐述实行国家资本主义的方针、政策和步骤，指出这是一项长期的工作，而且需要资本家自愿，让一部分目光远大且愿意向中国共产党、人民政府靠近的资本家说服其他资本家。私人资本向国家资本主义的方向和平过渡，是那个时代民族资本主义选择的方向。民建决定努力将工商业者会员培养成为工商界的骨干分子，认真接受社会主义改造，贯彻国家过渡时期的总路线。之后，民建的性质得到肯定，即人民民主统一战线之内的主要由民族资产阶级组成的统一战线性质的民主党派。民建作为党派的性质被确认，民建内部一些人认为的民建仅是政团或不承认它是民族资产阶级政党的观点被否定。章乃器关于民建是中国共产党领导之下的民族资产阶级政党的观点得到认可。他继而又提出民建是红色资产阶级政党的观点，理由非常简单：如果不是一个进步政党，不可能在中华人民共和国存在。章乃器的观点遭到民建内部一些人的反对和批判。

1956年，中共中央完成了对资本主义工商业的社会主义改造，中国共产党第八次全国代表大会明确提出国内矛盾已由工人阶级和资产阶级的矛盾，转换为"人民对于经济文化迅速发展的需要与当前经济文化不能满足人民需要的状况之间的矛盾"，社会主义基本制度已经确立。章乃器适时地提出以下观点：应该调整原工商业者与工人之间的关系，他们之间已不存在对立矛盾；民族资产阶级政治和经济上的两面性已经基本消除，留下来的只是残余或者尾巴。章乃器关于两面性的观点遭到民建内部一部分人的批判，认为他否定了民族资产阶级的两面性的存在，从而无须继续接受改造。

章乃器不隐瞒自己的观点，敢于直抒己见，在几次民建中央常委扩大会议上与他人争论。他认为，历史上中国民族资产阶级具有的两面性是政治上革命与不革命甚至反革命的两面性，以及经济上有利于国计民生的积极性与不利于国计民生的消极性的两面性。但是随着对民族工商业者的改造的步步深入，尤其在工商业者接受了社会主义改造之后，民族资产阶级正向工人阶级转化。作为阶级，民族资产阶级已经消亡，两面性的内容也发生了变化，政治上不可能不革命甚至反革命，经济上不可能发生不利于国计民生的"五毒"，他们存留的资产阶级意识和生活方式，通过"轻松愉快"与"和风细雨"的工作方法，加以改造，而不是用什么"脱胎换骨"的办法。因为思想意识问题，不是民族资产阶级所天生具有的"阶级的烙印"，只能在"皮肤"上而非"骨子"里。他认为，如果说实行了改造后的民族资产阶级还具有两面性的话，那是"积极一面是主导的、发展的，而且还有很多的积极潜力可以发挥；消极一面是次要的、萎缩的，而主要的消极表现是自卑和畏缩"。章乃器为民建在 1949 年以后的性质、工作方针的制定费了不少心血。在中共领导下如何搞好民主党派工作，对于包括他在内的许多民主党派人士都是一个新的课题。章乃器孜孜以求，不断探索，坚持自己的观点，积累了有益的经验。

1957 年 5 月 8 日，中共中央统战部主持召开民主党派负责人帮助共产党开展整风运动的座谈会，章乃器尖锐地批评了宗派主义和教条主义。章乃器自然不会忘记民族资产阶级问题，他坚持认为中国共产党对工商业实行社会主义改造之后，民族资产阶级作为阶级的形态已不复存在。原工商业主与工人之间不再构成两大对抗性的阶级，他们同属社会主义中国的公民，经过一段时间的改造，完全可以得到信任，其特长可以发挥。对工商业主的资产阶级意识的改造是一个长期而细致的思想教育问题。同时，他还认为资产国有化后，原工商业者的尾巴——定息是一种非劳动所得，由原资产化为国有以后，国家通过银行拨给的收入不是剥削所得。故此，他在会上强调官僚主义比消亡的资产阶级更为威胁社会，将成为社会主义的敌人。

章乃器觉得自己的话还没有讲完讲透，当夜伏案疾书，完成了《从"墙"

和"沟"的思想基础说起》一文。他的观点迅速遭到批判。

在6月26日至7月15日召开的第一届全国人大第四次会议上，章乃器发言，强调自己"从主观上检查不出有反共反社会主义的思想"，他在《我的检讨》中写道："我绝不会反党、反社会主义。我到死都是忠于党、忠于社会主义的。立志、下决心，是每一个人的主观可以决定的。哪能设想，一个在黑暗时代，在敌人千方百计地威逼利诱之下，都不肯表示反共的人，今天反而要反党？哪能设想，一个在资本主义的泥坑里就追求社会主义的人，在今天社会主义事业已经取得如此辉煌胜利的时候，反而要反社会主义？八年来，我丝毫也没有意识到要依靠什么政治资本搞争名夺利的勾当。我一心依靠党，愿在党的安排下做一名自食其力的普通公民。"整篇检讨，没有否定自己的观点，反而不断完善充实。所谓检讨，也局限于观点中的偏颇部分。他的检讨被一部分人说成狡辩，这些人还虚拟出一个以他为首的小集团，称其网络遍及各省。章乃器没有被这些莫须有的罪名吓倒，继续申辩，给中央写了三万言的长文《根据事实，全面检查》。他痛苦地写道："我对党披肝沥胆，希望党对我推心置腹。"重申自己不能颠倒是非对待别人，也不能泯灭是非来对待自己。他表示甘愿接受处分，指出："一个只能受褒奖，不能受处分，只能升职，不能降职，只能为官，不能为民的人，不能不是十足的官僚。他不但当不起一个革命者的称号，而且不配做一个社会主义的公民。"

中华人民共和国成立之后，曾经出现在近现代史上的民族资产阶级逐步没有了存在的土壤。章乃器已经成了国家体制内的人员，社会属性发生改变，这是政权和体制更替所造成的必然。作为体制内的国家工作人员，他努力工作、实事求是、独立思考、建言献策，一部分思想观点虽然没有被当时的人们接受，但是，正确性被事实证明。

章乃器的思想和社会实践并没有因为他生活的历史阶段过去了而失去

意义，其强烈的爱国主义和求真务实的精神，敢于坚持自己的思想、不畏惧强权、勇于抗争的精神，不屈服于艰难困苦、敢于向命运做挑战、保持昂扬向上的精神，超越了时代的局限和阶级的限定，成为现代社会精神的重要组成。

（原载《章乃器年谱长编》 上海交通大学出版社 2023 年 5 月版）

解读陶行知的方法论

导语：什么是方法？"一种以解决问题为目标的理论体系或系统，通常涉及对问题阶段、任务、工具、方法技巧的论述"，哲学的定义似乎有些难懂，而一般通俗解读为获得某种东西或达到某种目的而采取的途径、步骤或手段。贯通中西文化的陶行知是大教育家，对教育方法的阐述，没有这么玄奥，"行""做"是他实现教育目的的途径、步骤和手段。在他的理念中，"行"便是一种重要的教育方法。行者，实践也。实践是获取正确认知的必由之路，只有实践才能出真知。他对于行动、知识和创造三者关系的表述生动形象，将三者比喻为老子、儿子、孙子的关系，而行动和知识的最终目的是实现创造。

陶行知的伟大在于把深奥的理论诠释为通俗易懂的表达，让普通人能够明明白白地去做。就他自身而言，不仅是这样说的，也是这样做的，他的言传身教在今天依然具有标杆意义。

认清问题，研究问题，解决问题，为好教育发明工具；制造工具，运用工具，是真文明。

——引自《陶行知全集》第7卷，第1018页。四川教育出版社。

解读：发明工具，运用工具是人类的标志，对人类步入文明社会具有重要作用。从某种意义上来说，教育也是人类发明的工具，是文明传承和进步的体现。如何运用这一工具呢？那么，就需要发明工具，这个工具便是"问题"。

通过认识问题，进入研究问题的环节，再到解决问题的阶段，这是一种文明的教育方法。让学生在实践中发现问题、认识问题、解决问题的过程，也是能力提高、思想发展、精神升华的过程，这才是最好的教育方法。教育的好方法，是教育的根本所在。空谈生活教育没有用，真正的生活教育以好方法为出发点，好工具为抓手，多实践、少空谈，提高学生的综合素质。

我们要在"事"上去指导学生修养他们的品格。事应当怎样做，学生就应当怎样修养，先生就应当怎样指导。

——引自《陶行知全集》第1卷，第67页。四川教育出版社。

解读：陶行知是注重"行"的大教育家，在他"行"的理念中，做事便是一种。在他看来，老师要在具体的"做事"中指导学生的修养，形成他们的品格，在特定环境和时间里做恰当的事情，至于事应当怎样做，学生得到怎样的修养，老师应给予指导。这是生活教育论中"教学做"合一在教育中的具体体现。其实，老师自己也是"事"，他不能把个人的消极情绪带进学校和教室，这样会影响学生的心理。教师积极了，学生才会变得积极。教师的一言一行，会影响学生的一生。

品行、修养教育，不仅能给学生传授各种思想道德的知识，同时也能让学生利用这些知识加强对自身行为的规范，从而成长为一个品德高尚的人。应该告诉学生，学校作为一个集体要有规矩，学生是学校的一分子就应该遵守规章制度。不仅如此，让学生体会到集体的力量和温暖，他们才能遵守集体的规定，成为集体中的有机组成部分。

教学做是一件事，不是三件事。我们要在做上教，在做上学。不在做上用功夫，教固不成为教，学也不成为学。

——引自《陶行知全集》第 1 卷，第 106 页。四川教育出版社。

解读：在陶行知心目中，教、学、做是一个融合在一起的事儿，对老师而言便是做上教，对学生来说，是做上学，从老师与学生的教学关系来看，"做"成了他们之间的纽带，维系着他们的关系。老师用做来教是真教，学生拿做来学是实学，不在做上用功夫，教不成教，学不成学，教学的重要方法就是做。从教育观看，老师与学生并没有严格的区分，没有年龄界限，会的教人，不会的跟人学。因为一个活动对事说是做，对己说是学，对人说是教。陶行知曾用种田为例，表示要在田里做的必须要在田里学和教。

"教学合做一"的教育方法，要求教的方法根据学的方法而设定，学的方法依照做的方法确立教而不做不能算教，学而不做也不能算学，要在做的过程中获取知识。

以教人者教己，在劳力上劳心。

——引自《陶行知全集》第 11 卷，第 649 页。四川教育出版社。

解读：这句话，大致可以理解为以教育他人的心态进行自我学习，在付诸实践、劳动的同时开动脑筋进行思考，这是陶行知为晓庄师范题写的对联，也是他对施教者的要求。

教师应以身作则，重视实践，在生活实际中增长知识、陶冶情操，教师的学习动力是"为教而学"——为了教好学生而驱动自身的学习。教师先做好自己了，起到良好的师表作用，具有真正的师能，才能有资格去教育学生。想有好学的学生，必须有好学的先生。所以，作为教师一定要时时学习、不断学习、终身学习，做一个与时俱进的知识型教师。充分准备好每一堂课的教学内容，让学生喜欢上课，使课堂更高效，这些都是值得老师研究和探索的。老师要言传身教，融会贯通；要学生学的东西，教师要弄明白，要学生做的事情，教师必须身体力行带头做。老师要活到老，学到老，对自己的专业要精益求精，敢于攀登高峰。

行是知之始，知是行之成。
　　　　——引自《陶行知全集》第 2 卷，第 4 页。四川教育出版社。

解读：陶行知一生几次改名，最后定为"行知"，可见他对"行"的重视。行者，实践也。实践是获取正确认知的必由之路，只有实践才能出真知。实践是认知的开始，而认知又是实践的升华，最终达到知行合一的目的。实践过程中遵循的重要法则是求真务实，要保持实事求是的科学精神。人生就是一个不断实践、学习和提升的过程，当学生跟随老师踏上实践的旅途，他们的领悟将远超出单纯书本的学习。

实践是对书本知识的检验，让人们看到事物真实的一面。陶行知的"生活教育"理念，实际上就是通过生活开展教育，从生活入手进行学习。他认为有了生活教育就能"随手抓来都是学问，都是本领"，接受生活教育能增加自己的知识，增加自己的力量，增加自己的信仰。生活教育是知识的重要来源，也是创造的基础。身临其境，动手尝试，才有真知，才有创新。

认知来源于实践，动手操作是一项集趣味性、挑战性、思考性于一体的活动，它能够唤起学生的好奇心，激发学习的浓厚兴趣，将其运用在教学中，可以产生良好的课堂反应。学生的思维是从动作开始的，切断动作与思维的联系，思维就不能得到发展。课堂要以学生为中心，让学生"行"，把枯燥的知识在学生的实践中灵动起来，激发学习的激情和主动性，激活学生的思维，促进思维的发展。

　　行动是老子，知识是儿子，创造是孙子。有行动之勇敢，才有真知的收获。

　　　　——引自《陶行知全集》第 3 卷，第 506 页。四川教育出版社。

　　解读：行动和知识的最终目的是实现创造。创造是知识的产物，知识是行动的产物，就是说创造靠的是知识和行动。它们之间的关系是，行动是根本，知识是工具，创造是果实。没有行动和知识，创造便不可能产生。行动是实践，是第一性的，需要勇敢大胆地去做；知识是行动后的产物，比行动更进一步，创造比知识更高一筹，是实践行动加知识的产物。只有付出了行动，实实在在的做事，才能将书本上的理论转换为自己拥有的知识，获得了知识，才能学会创造，要想获得知识必须行动。创造不是凭空而来，只有在充分掌握事物的运行规律和本质后，才能在此基础上进行创造，所以创造的前提是拥有知识。

　　强迫不如说服，命令不如志愿，被动不如自动。说服是教育的方法，志愿是教育的成果，自动是教育所启发的力量。

　　　　——引自《陶行知全集》第 4 卷，第 351 页。四川教育出版社。

　　解读：强迫的教育效果不如说服，命令的教育效果不如志愿，被动的教育效果不如自动。我们应该看到，说服是教育的方法，志愿是教育的成果，自动是教育启发下产生的自觉。所以，说服、志愿、自动式的教育方法之所以行之有效，是因为调动了学习者的积极性以及学习的主观能动性，因而可以达到良好的教育效果。

对人的教育，是要育人，还是仅仅停留在教人上？回答自然是育人。凭主观愿望办的教育，教育对象往往不一定接受。教育者要改变教育的方法，使所办教育适合教育对象的口味；还要重视示范引导作用，树立榜样，使教育对象内心产生动力，达到教育的目的。

尊重人类的理性，凡是人类都是可以教的，我们奋斗的工具是爱力不是武力。

——引自《陶行知全集》第 2 卷，第 463 页。四川教育出版社。

解读："没有爱就没有教育"，这是陶行知教育思想的真谛。爱的教育是一本大书，具有引导性和启发性，其内涵不仅是教育学生如何去关爱他人，也启发引导家长和老师如何去爱他的孩子、学生。

除了父母，与学生最亲近的人就是教师。教师与学生朝夕相处，如果每天以一个过于严厉的形象出现在学生面前，就算课上得再精彩，恐怕他们也不愿意与教师诉说自己的想法，不愿把教师当成亲近的人。严厉虽是爱，但这种爱无法传递到学生心中。作为教师，对学生首要的是尊重，尊重他们的人格和个性。师生在人格上是平等的，教师不应凭个人好恶而褒贬学生，不能伤害学生的自尊心，教师没有爱就不能教育学生。热爱学生，喜欢学生，以温和慈祥的态度、和蔼的语言对待他们，使他们与自己越来越贴近。在两颗心逐渐融为一体的过程中，教师按规范导之以行，帮助、促进学生进步。教师的工作方法力求灵活，态度上力求亲和、管理措施上力求创新，爱学生，就有教育；学生爱教师，就产生教育效果。

我们不论研究什么学科，总要看一个明白，想一个透彻，多发些疑问，切不可武断盲从。

——引自《陶行知全集》第 2 卷，第 221 页。四川教育出版社。

解读：人对于外界事物的认识，必须多一些存疑，带着疑问去看世界，探索真相，同时保持自身个体的独立性，避免武断和盲从。武断就是过信自己，盲从就是过信他人。过信自己，以为自己一定正确，对他人的建议充耳不闻，固执己见；过信他人，则会毫无主张和主见，迷失自我。应带着疑问去看世界，认识事物，克服武断和盲从。我们不妨把客观与主观、验证与空想作比较，主观和空想容易为成见所误，客观和验证能给人们提供接近事实的思想材料，纠正思想的错误，使得结论正确。所以，在研究的过程中需要多提出疑问，这是研究一切学科的基本态度。

必须有战斗到底之意志，才能克服大的困难。翻书，求师，访友，再自己去经验，再加上一个恒字，一定成功。

——引自《陶行知全集》第 4 卷，第 462 页。四川教育出版社。

解读：一个人想要成功，应该怎么做？首先要不断磨炼和提升自己，获得强大的意志力，这种力量不仅能够管控个体的精神世界和行为举止，而且能够让心智达到前所未有的高度。意志力是一把能够开启人的洞察、征服、驱动力和恒心的神奇钥匙，一个人一旦形成战斗到底的意志，必然能克服困难。翻书，求师，访友，再自己去经验，是成功的另一个方面。比如，学生不做详细的研读和理解，做事没有恒心，一拿题不会做，就翻书找答案，久而久之就会养成不会思考，也懒于思考的坏习惯。人若想有所成就，一定要在实践中学习。不仅需要看书，也需要向师友们学习、花时间去归纳、总结，形成自己的经验。

有了意志力，有了坚持到底、持续不断的恒心，加上实践中的学习，尽管过程特别艰苦，但回报也会是丰厚的。再加上持之以恒，就能达到成功的目的。

行动生困难，困难生疑问，疑问生假设，假设生试验，试验生断语，断语又生了行动，如此演进于无穷。

——引自《陶行知全集》第 2 卷，第 114 页。四川教育出版社。

解读：这些朴素的文字，揭示了学习、做学问、寻找事物真谛的规律。在陶行知心中，实践过程中遇到困难不是坏事，恰恰能让人产生疑问。有了疑问，人们会去寻找答案，假设的答案通过实验形成阶段性的结论，然后在实践中验证答案的正确性，反复循环不止，便可获得真理。

困难、疑问是在探索事物真谛过程中必不可少的环节，而假设、断语的成立与否，要通过实践加以验证。

努力，努力，努力向前进，努力向上进。先把脚步儿站稳，再把方向儿认定。一步一步的走，一步一步的近。千万不要回过头来，别人的闲话也不要听，战胜困难全靠要自信。努力，努力，创造个好命运，自己的力量要尽。

——引自《陶行知全集》第 7 卷，第 242 页。四川教育出版社。

解读：努力向前进，是许多追求上进者共同的状态。陶行知提醒人们的是在追求进步时要站稳脚步，认准方向，这才是关键。方向错了，努力没有用；步伐不稳，容易半途而废。努力是一步一个脚印扎实地前行，渐进式地接近成功的目标，成功不可能一蹴而就。而在这个过程中，耳根子要硬，不听信别人的闲言碎语，不怀疑自己的努力，不选择放弃。

在今天，我们要告诉努力中的学生：方向要明，脚步要稳，坚忍不拔，不畏困难，充满自信，坚定地向前、向上，其中自信十分重要。作为老师有责任培养学生的自信。自信心是成功的第一秘诀，无自信心，即无斗志，貌强内弱；有自信心，就有斗志，可以冷静地思考克敌制胜的办法。

做事即修养，修养即做事。修可以丰富经验，养可以活泼精神，身体且亦因之健全。

——引自《陶行知全集》第 1 卷，第 276 页。四川教育出版社。

解读：做事可以丰富经验、活泼人的精神、健全身体，陶行知对做事一直是十分推崇的，他把它等同于修养。简而言之，做事可以提高人的综合素质。

教师是学生的榜样，要提高学生的修养，就要注重教师自身的修养。同时，要为学生创造"做事"的环境，通过做具体的事情，来促进学生的综合提高。

做事使学生修身，使学生身体健康，品性好、性格好，而这一切建立在快乐之上。老师营造宽松的学习环境，给学生提供表现自我的机会，大胆放手让学生自主学习，为他的创造性思维发展助力，而快乐的学习氛围，必然使得学生的精神活泼。

人生要忙也要玩。但是最要紧的是，忙的时候忙，玩的时候玩。若是忙的时候玩，玩的时候忙，都是错了。

——引自《陶行知全集》第 8 卷，第 6 页。四川教育出版社。

解读：忙和玩，构成生活的两个方面，应该说两者是生活不可或缺的组成部分。一个有娱乐的学生，可以因生活愉快而体力充沛、精神旺盛，有助于学习热情的提高；一个老师在忙工作之余，抽出时间去"玩"，不要吝啬为"玩"所付出的时间与精力，尽管它所需要你付出的心力不会少于从事某一项工作，但是它所给你精神上的愉悦与振奋，不是一味地工作可以带来的。

对于一个热衷事业的人来说，忙于工作固然重要，"玩"也同样重要。老师也可以带领学生多多参与社会实践活动，在"玩"中实践。但重要的是应将二者划清界限，该玩的时候玩，该学习的时候学习。如同当下许多年轻人说的"尽心地工作，尽情地娱乐"，不能忙于事业时想着玩，玩时又惦念工作，最终工作、娱乐都没有达到预期。

（原载《陶行知语录》 上海人民出版社、学林出版社 2022 年 9 月版）

从陈云与章乃器的关系看统一战线的作用

　　共和国成立初期，财政、金融、粮食等面临诸多的困难，陈云作为党和国家主管这方面工作的主要领导人之一，充分发挥民主人士、知识分子中学有专长的人士在财政、金融的技术管理及国际汇兑、国外资料之收集与编译方面的作用。同时，他虚心求教、充分听取他们的意见和建议，发挥他的特长和主观能动性服务于国家。但是，他也看到了他们身上存在的缺点，认为教育改造非常重要。

　　在长期的革命、建设和改革中，陈云不仅自觉执行党的统一战线政策，而且结合实际情况勇于探索、创新，形成的一系列关于统一战线的理论和实践经验，构成党统一战线思想的重要组成部分。他与党外人士章乃器的合作共事，可以说是一个范例。陈云虚心向章乃器求教外汇知识、充分听取他的意见和建议，发挥他的特长和主观能动性服务于国家。从中，可以看到陈云的胸怀和品质。

　　1. 历史渊源。1922年章乃器的胞弟章秋阳考入商务印书馆发行所做学徒，结识陈云。1925年6月初，陈云与章秋阳参加商务印书馆发行所"五卅"反帝爱国运动，两个月后商务印书馆举行第一次罢工前夕，陈云、章秋阳积极酝酿，据《时报》8月23日报道："开大会，签到者约四百余人、由职工会委员长陈云主席、章郁庵（章秋阳）报告经过情形，并邀众讨论办法，结果一致赞成宣告成立职工会……"陈云任职工委员会委员长，章秋阳为商务印书馆罢工委员会委员、谈判代表。这期间，陈云秘密加入中国共产党，后担任中共商务印书馆总支部干事兼发行所党支部书记（章秋阳一度也担任过发行所党支部书记，任期无从考）。12月下旬，陈云、章秋阳等人再次组织发动商务印书馆工人罢工。

1927年春，上海第三次工人武装起义即将爆发，陈云与章秋阳等人陪同周恩来、赵世炎多次到商务印书馆工会，并参加周、赵召集的中共党员和工会骨干会议。周、赵了解了前两次起义的情况，并观察东方图书馆周围地形。蒋介石发动"四一二"政变，陈云与章秋阳相继离开商务印书馆，在不同的领域、地区继续从事党的地下活动。1931年5月，陈云调任中共中央特科负责人后，派章秋阳通过章乃器的关系进入金融界，了解金融情报，协助处理大宗外汇市场的兑换事情。

1935年7月，陈云奉命到达上海，化名李介生住进法租界天主堂街永安旅馆。由于上海的地下党组织遭到国民党政府严重破坏，他无法与之接上关系，也找不到章秋阳。他通过查电话簿找到章乃器，由章乃器通知章秋阳（公开身份为上海东方信托储蓄公司高级职员兼上海华商证券交易所经纪人）。为保障安全，章秋阳把陈云转移到法租界霞飞路（今淮海中路）358弄尚贤坊21号的家中，后又移至英租界山西路老泰安里的三姊唐文云的家里，把陈云隐藏起来。经章秋阳与在中共上海临时中央局机关工作的杨之华等联系，使陈云了解中共地下组织遭受破坏的程度。9月上旬，陈云赴莫斯科，向共产国际报告遵义会议等情况。

2. 互帮互学。1949年5月10日，时任东北财经委员会主任的陈云从东北到北平，筹组中央财经委员会。5月21日，陈云便约章乃器、千家驹、沈志远到住所谈话。章乃器等人建议：应尽快着手向香港商人购买棉花；上海解放后，应禁用禁持外币，以便使银行换入一千万美元，作为人民政府对外活动的外汇。在交谈中，陈云提出了一些急需解决的财经问题，要章乃器等人加以研究，并致信周恩来，汇报谈话情况。

为解决接管上海后的粮煤供应，章乃器力排众议，主张利用外轮运煤，最终被陈云接受。陈云在谈到他们的合作关系时说："我们过去在这方面经验很少，甚至在许多问题上是没有经验的……以前没有大城市，现在有了大城市，有了国际贸易问题。有一天，晚上十点钟，我还拖住章乃器先生给我上课，讲讲外汇问题。章先生就讲，在外汇中，进出口占第一位，侨汇占第二位，其他零碎的是第三位。所以，合作是必要的，只有大家合作，工作才能做得好。"

同年6月4日，周恩来主持召开各民主党派负责人及在北平的各级党政机关负责同志参加的会议，宣布在中国人民革命军事委员会之下建立中央财政经济委员会，由陈云等人负责筹备组织，在召开新的政治协商会议、成立民主联合政府以前的几个月内，计划并领导国家的财政经济工作。不久，中央财经委员会成立，陈云出任主任，章乃器与黄炎培、胡厥文、孙晓村、盛丕华、胡子昂、吴羹梅等五十人为委员。他们在参与财经委员会的工作中，为抑制通货膨胀、统一财政管理、调整工商业实现社会经济稳定，做了大量工作。

7月19日，陈云受中共中央委托启程赴上海，调查上海经济情况，研究解决全国财政问题，章乃器等人一同前往。陈云主持召开的华东、华北、华中、东北、西北五个地区财政、金融、贸易部门领导干部参加的财经会议；章乃器等人与上海的工商界人士座谈，调研经济形势。他利用自己的影响，积极宣传新政权的经济政策。他对于陈云解决战争状态下的南北货运交通、对外贸易等难题，主持反击上海、天津等大城市的纱布、粮食投机活动的大规模经济战役，提出过不少有价值的建议并得到采纳。为稳定金融和发展生产，章乃器等人建议发行公债，陈云在上海期间，对发行公债的问题进行研究。陈云和华东局向中央的报告中提出，为克服财政经济困难，抑制市场物价，拟在城市和新区的农村市镇发行公债二千四百亿元旧人民币。

不久，毛泽东为中共中央起草复华东局电，请对发行公债问题加以说明："（一）二千四百亿元的用途；（二）为什么需要二千四百亿元之多，是否可以减少；（三）估计城市工商业家对此项公债的态度将如何，是否会拥护，如不拥护，是否有失败之可能；（四）利息四厘是否适当，为什么是适当的"等五项。八月十五日，陈云复电中央，对发行公债的数额、用途、利率和还本付息的时间等问题作了说明。十七日，毛泽东再次为中央起草致陈云并告饶漱石、陈毅电："公债问题关系重大，请陈云立即回来向中央报告，加以讨论然后决定。同时，请饶、陈试探民建方面资本家的意见，电告我们。"

华东局统战部在上海金门饭店八楼开会，章乃器等提出粮食、劳资、失业、公用事业、各地征粮问题，潘汉年等报告现状与处理方法。

蔡北华在《难忘的记忆》一文中说："解放初，他（章乃器）随同陈云同志到上海研究和解决上海财政金融和物价问题，他在这方面有丰富的经验，提出了不少有价值的意见。当时我主持上海工商行政管理工作，对我们也有不少帮助。"

9月，陈云与薄一波致电中共中央，汇报吸收民主人士、专家学者与大学教授参加银行工作的情况，有的给以顾问名义，如章乃器……"他们在旧银行的技术管理及国际汇兑、国外资料之收集与编译方面给我们的帮助也不少。他们都具有较高的文化业务知识，也愿意做工作，但缺点是对我们的政策、作风、情况不了解，工作不够实事求是，喜欢出头露面，不愿意进行具体深入的钻研，故教育改造非常重要。"

3. 精诚合作。1949 年 10 月 19 日，章乃器出席中央人民政府委员会第三次会议，会议通过政务院各部、会、院、署、行人选，陈云被任命为政务院副总理、财政经济委员会主任、重工业部部长。章乃器以民主建国会代表、上川企业公司常务董事的身份当选为政务院政务员、财政经济委员会委员，任命通知书由毛泽东签发。

三天后，章乃器前往朝阳门大街儿爷府财经委员会参加中央财经委员会成立会议，听取陈云关于财政金融现况、农业、工业、交通的报告。陈云在讲话中回顾了党领导的财经工作的发展过程，分析了当前的财政金融和农业、工业、交通等方面的现状。提出至明年第一季度应进行的工作：（一）召开全国农业会议，统计全国粮食、棉花的总产量，研究明年可能增产的数字与方法，计划修堤、挖井、造林等工作。（二）召开工业各行业会议，计算几种主要产品的产量、原料供给、成品分配和运输等问题，组织考察生产情况，力求各地生产的相互衔接。（三）在商业方面，拟定主要外销产品的收购计划、收购价格和经营方式，拟订必需的进口货物计划并准备充分的外汇，努力维持几个大城市的供求平衡，避免物价波动。（四）在交通方面，以主要力量修复军事前线的铁路，加强现已通车的路线，争取几条主要铁路迅速通车；组织轮船运输与加强内地的水陆运输；统一全国邮电事业。（五）准备召开全国财政会议。以上各项工作，都以各主管部门为主，由计划局协助组织全国性的专门会议。讲话还提出，各部机构应迅速成立，并制订各部组织条例。章乃器发言赞同。

会议推举章乃器、宋劭文、胡子婴等人起草《财经委员会组织条例草案》交下次委员会议讨论。

之后，陈云、章乃器参加中南海勤政殿中央人民政府政务院扩大政务会议。副总理、政务委员就职。政务会议决定：各部办公厅主任或副主任，经常举行联席会议，经常汇报事务问题。推董必武（召集人）、章乃器、王昆仑、辛志超等起草办公制度、公文来往等办法。派员到南京接收国民政府各部会文卷人员等事。各部应订组织条例，先订通则，推黄炎培（召集人）、罗隆基、陈劭先、齐燕铭、孙起孟、许广平讨论起草。各部每两月提出综合性报告一次，经常每月一次。任命齐燕铭代理秘书长以及政法委员会秘书长、财经委员会秘书长、副秘书长、各局局长、副局长、文教委员会秘书长、副秘书长、监察委员会秘书长、副秘书长人选，皆通过。定每星期四下午三时常会，下星期二临时会。夜十二时半散会。

10月25日，陈云、章乃器出席中央人民政府政务院第二次政务会议。会议讨论通过关于指导接收前国民党政府中央机构工作委员会工作的原则：（一）各机构由中央人民政府逐步接管，中央接管前由地方代管；（二）提请中央人民政府批准设立中央统一接管工作机构；（三）对原各机构工作人员，在调查研究后因才使用，合理分配工作。会议决定成立指导接收工作委员会，由陈云负责拟订该委员会工作条例。决议组织接收委员会，由陈云、董必武、邵力子、章乃器等及下列五人即政务院一人（副秘书长郭春涛），人民革命军事委员会一人，最高人民法院、最高人民检察署及政治法律、人民监察两委员会合推一人，财经委员会一人，文教委员会一人组成之，由副总理陈云总负责。

11月4日，章乃器出席政务院第四次政务会议。陈云在会上介绍中财委各部将次第举行二十三个专业会议的安排。这些会议包括水利、农业生产、丝绸、猪鬃皮毛油脂、保证各大城市供应、航务公路、成立邮务总局、成立电信总局、钢铁、机器制造、电器、稀有金属及有色金属、煤炭、石油、动力、纸张、粮食、税务、盐务、财政、铁道运输、进口物资计划等会议。章乃器主持或参加了相关会议。

同月 30 日，政务院小组讨论公债问题。周恩来主持，陈云、章乃器以及陈叔通、李烛尘、施复亮、罗隆基、饶漱石、邓子恢、马寅初、邵力子、黄炎培十四人参加会议。12 月 7 日政务院举行公债讨论会，陈云主持，章乃器与马寅初、邵力子、陈劭先、陈叔通、王昆仑、王绍鏊、施复亮、罗隆基、黄炎培等，通过《1950 年第一期人民胜利折实公债条例（草案）》，后经中共中央讨论研究，十二月十六日中华人民共和国政府政务院通过。

不久，章乃器在《人民日报》上发表《拥护执行 1950 年的全国财政收支概算》，文中他表示：公粮——农业税的收入，占总收入的 41.4%，居第一位。农民的负担仍很重，但由于"政府将在水利的改善上减少农民灾荒损害，在农具、畜力、肥料、种籽的供应，副产的推广，金融的周转和运销的调剂上，帮助农民增加收入"，农民生活水平会有很大提高。其他各项税收——主要是城市税，这主要由工商业者来负担。由于这中间的许多间接税仍转嫁给农民，农民负担比工商业者沉重，所以政府发行的折实公债"要求工商业者认购，真是符合'公平负担'的原则了"。公营企业的收入占总收入的 17.1%，虽然所占百分比不高，但已经很难能可贵，他认为："这一项目的收入，将会逐年迅速长大，这是完全可以预期的，这一棵美丽的幼苗，是值得全国上下珍惜爱护的"。当时通货膨胀相当严重，但章乃器认为共产党"有一个不可及的特点，就是'实事求是'，说得出做得到，甚至是宁可说得少一些，做得多一些"。在 1950 年度的财政预算中，财政赤字为 18.7%，除了靠发行公债来弥补其中的 38.4% 以外，剩余的 61.6%，还是要靠增发钞票来弥补。但随着解放区的扩大，加上其他各项措施的配合，物价将趋于稳定，人民币的信用度提高，人民就不会急于抛出人民币而抢购货物。这样中央政府可以腾出更多资金投入到生产和建设上，使财政经济状况趋于好转。

1950 年 1 月 1 日人民建设折实公债发行，第一期发行一万万分（每分之值按当时物价计算约等于一万二千元旧人民币），对于迅速医治战争创伤，克服当时的财政经济困难起到十分重要的作用。其还本付息的金额以当时若干种类和数量的生活必需品市价加权平均折算，以免受物价波动的影响。此项公债原定分两期发行 2 亿分，后因国家财政经济状况开始好转，实际共发行一期 1 亿分，每"分"之值，以上海、天津、西安、汉口、广州、重庆六大城市的大米（天津为小米）6 市斤、面粉 1 市斤半、白细布 4 市尺、煤炭 16 市斤的批发价格，用加权平均方法计算，由中国人民银行每旬公布牌价一次。这次公债发行数量虽然不大，但对弥补财政赤字，回笼货币，调节现金，稳定金融物价等，都起了很好的作用。1950 年 3 月以后，随着公债款的上缴和其他一系列措施的实施，国家财政收支已接近平衡。此后，全国的物价也逐步稳定下来。

1952 年 8 月 7 日经中央人民政府委员会第十七会议通过，章乃器被任命为中央人民政府粮食部部长。次年 9 月 6 日，人民日报发表社论《增加生产，增加收入，厉行节约，紧缩开支，超额完成国家计划》，强调要组织动员群众挖掘潜力，增加生产，组织物资交流，做好税收工作，以实现增产增收；各单位要削减事业拨款，节约行政费用，党政军民要节约粮食。通过增产节约，保证超额完成国家计划。不久，粮食部召开全体干部大会，布置增产节约工作。章乃器在会上作报告，说明增产节约的意义后指出：粮食部门的增产节约工作，首先要抓住粮食经营和粮食调运两个中心环节。在收购方面，粮食价格要拟定得合理，国家要掌握大量粮食，用以稳定物价，配合国家建设事业；在销售方面，应合理地、适时地掌握各种差价，力求政治任务和经济核算结合起来，避免不必要的赔本。同时，还应从减少费用入手，为国家积累资金，特别是要减低调运费用。国家所掌握的粮食，很大一部分需要调运，在粮食商品流通费中，运费所占比重最大。粮食部门必须深入进行调查研究，掌握产销、仓库容量等情况，力求使粮食摆布平衡、调运计划准确，避免迂回运输和倒流等浪费现象。在粮食保管、加工和基本建设方面，要有计划、有步骤而又积极地实行苏联专家的建议，充减少粮食损耗率，提高粮食加工成品率，节省建筑材料。此外，他为粮食部机关内部厉行节约做了布置。

9月14日，章乃器出席中央人民政府委员会举行第二十五次会议，作关于全国粮食情况的补充说明："我国粮食生产逐年增加，但为了适应随着全国人民生活逐步改善的日益增长的粮食需要，一方面应积极增加粮食的生产，另一方面要努力节约粮食，防止对粮食的浪费。"

同年10月10日，召开的全国粮食紧急会议，会上陈云作《实行粮食统购统销的报告》。他指出，在目前，全国粮食供应紧张的情况下，仍要出口一部分粮食，不能打减少出口粮食的主意。在16亿公斤出口粮中，有10亿公斤是大豆，这主要是用来跟苏联等国换机器的。2.7亿公斤是用来跟锡兰换橡胶的。还统购统销。13日陈云作会议总结，传达了毛泽东的意见：农村的征购面，今年控制在50%左右，而重点又是50%中的50%，即占农户数25%左右的余粮较多的户；征购、配售的名词可以改一下，因为日本人搞过这个事情，这两个名词很吓人；征购要照顾农民的需要，不要把余粮都收走，还要留点给他们；今冬明春农村工作仍然以生产为中心，粮食征购在春节前基本办完；要特别注意落后乡的工作。关于名称问题，陈云说："粮食部长章乃器先生主张将配售改为计划供应，我们不如也将征购改为计划征购，简单地说，新的粮食政策合起来就叫统购统销"。同月16日，中央政治局召开扩大会议，通过了经全国粮食会议讨论的《中共中央关于粮食统购统销的决议》等文件。

4. 平反昭雪。1975年1月，第四届全国人民代表大会第一次会议在北京举行，陈云当选为副委员长。章乃器曾致信陈云，申诉被错划右派的问题。

4 月 25 日，陈云在人民大会堂同章乃器谈话，向他转告中共中央关于摘掉他右派分子帽子，恢复他全国政协委员职务、安排他到财政部当顾问的决定。谈话时财政部部长张劲夫在座。事后，由于"四人帮"的干扰，章乃器的工作问题未能得到解决。据当时在场的张劲夫回忆，谈话是在大会堂南门的一个小房间里进行的："章先生听了之后没有讲感谢的话，只讲我过去讲的意见没有错""我和陈云两个懂得他的意思，是你把我搞错了，我不是右派，把我搞成右派，要改正他就满意了。"

1977 年 4 月，章乃器病重住进北京医院地下室。据家属回忆陈云得悉后，极为关心，指示有关部门嘱咐医院尽力抢救，并定期向他报告病情。

1980 年上半年，中共中央起草改正"右派"的 60 号文件时，章乃器"原被列在'不予改正'之列"，章立凡将申诉信以及章乃器当年的言论汇编和遗作《七十自述》呈送胡耀邦，并分别向邓小平、陈云上书。"胡德平（胡耀邦的长子）、安黎（安子文的女儿）夫妇很同情我，安黎征求她父亲的意见，安子文说：'章乃器是好人，应该平反。'"安子文对章乃器的评价被反映给胡耀邦，胡耀邦把章立凡的申诉信批转给邓小平，同时陈云也表达了平反的意见。应该说，章乃器的"'右派'错案最终得以改正，中共高层意见的平衡是有决定意义的。"

在邓小平、陈云的关怀下，被错划为"右派分子"一案得到平反。

（原载《陈云与党的历史——庆祝中国共产党成立 100 周年学术研讨会论文集》 陈云思想生平研究会等编 2021 年 7 月）

救国会：一个消失的政党

　　一个消失在历史舞台上七十余年，且被人遗忘的政党——中国人民救国会，它诞生于风起云涌的全面抗战前夕，终结于新中国成立不久，在现代史上仅存短暂的十四年。它经历了怎样的艰难困苦，建立下了怎样的历史贡献，为什么在1949年末出人意外地宣布结束退出历史舞台？这些悬念，一直让人记挂。现在不妨来回顾一下它的历程，从中找到答案。

　　应该说，救国会的十四年可以分为三个阶段。第一阶段，1935年下半年到1937年上半年，呈现的特点是一个松散、自发性的民间团体，呼吁国内一切力量团结一致抗日。这是救国会的历史上斗争最激烈的阶段，有很大影响，一定程度影响中国现代史的进程。第二阶段，1937年下半年到1945年底，与全面抗日战争进程相行相伴。这个阶段，实际上变成了政治团体，一边坚持抗战，一边要求民主，发起统一建国同志会、中国民主政团同盟，参加民主同盟，许多活动与民盟结合在一起。进入第三阶段，1945年底到1949年末，改名为中国人民救国会，确立政治纲领、组织规程，建立中央执行委员会和常设机构、会员登记制度等，显示出政党特质。反内战、反独裁、求民主、求解放成了它的重要政治诉求，制订了以建设新中国为目标的政治纲领，直到响应中共召开政协的号召，参加新政协。

实际创办人

救国会的成立与宋庆龄、何香凝、马相伯等人有着密切的关系，马相伯是救国会第一阶段的一面的旗帜，他能够在二十世纪三十年代中期公开面向社会，与南京政府做抗衡、协调。而实际创办运行者是哪些人呢？一般认为是沈钧儒、章乃器、邹韬奋、李公朴、王造时、史良、沙千里。当然，还有许多知名或不知名的知识分子。但是，这七位人士因为七君子事件，从而确立他们在救国会中的地位，公认为实际发起人和运行者。

这七个人大致的经历职业是什么呢？沈钧儒，时年60岁，清末进士，留学日本私立法政大学。回国后参加辛亥革命，1912年加入中国同盟会。曾任国会议员、广东军政府总检察厅检察长、上海法科大学教务长。著名律师；章乃器，时年38岁，浙江实业银行副经理、中国征信所董事长、光华大学教授。创办《新评论》月刊。政治评论家、经济学家；邹韬奋，时年40岁，圣约翰大学毕业。1926年接任主编《生活》周刊，1932年7月创办生活书店，任经理。政治评论家、新闻记者、出版家；李公朴，时年33岁，曾半工半读于美国俄勒冈州雷德大学。归国后，创办申报流通图书馆、申报业余补习学校，任馆长和代理校长。创办《读书生活》半月刊。社会教育家；王造时，时年33岁，五四运动学生领导人之一，清华大学毕业，赴美国威斯康星大学就读政治学，获博士学位，后到英国任伦敦经济学院研究员。回国后，任上海光华大学文学院院长兼政治系主任、教授，律师，创办《主张与批评》《自由论坛》等刊物。社会学家、历史学家、法学家；史良，时年35岁，上海法科大学毕业，律师，上海律师公会执行委员。主编刊物《雪耻》，宣传民族独立，反对列强侵略；沙千里，时年34岁，学徒出身，凭着自学考取上海法政大学法律系。律师。职业界青年文化团体——蚁社执行委员，主编《青年之友》周刊、《生活知识》月刊，翻译著述《合作》《合作运动概观》。

说是七人，如果陶行知不是受救国会派遣，出访欧、美、亚、非28个国家，宣传抗日救国，介绍中国大众教育运动，他就是第八位君子。陶行知遭到同案通缉。

七君子事件的发生、作用，奠定了这个政党的政治基础和历史地位。从实际创办人和运行者的经历、职业中，可以看到这一政党的主要工作方式和方法，以及它的社会基础。

作为这一政党实际创办人和运行者，他们各自经历了漫长的人生道路，然后在发动群众运动基础上创办政党。这绝非历史的偶然，本质上无法摆脱历史发展过程中内在规律的支配，反映了他们思想实质的一致和实践目的的同一性。比如，他们都吸收了传统和外来文化的精华部分，服务于祖国的需要；发动民众，联合国内一切力量抵御外来入侵；高举民主、抗战两面大旗，争取民族的独立、富强。

救国会的由来

救国会的第一阶段，可以追溯到1935年9月，沈钧儒与章乃器、邹韬奋、陶行知、李公朴、周新民等组成10人小组，以聚餐会形式进行活动，讨论时局和救亡的方针，酝酿筹建救国会等事宜。章乃器在《我和救国会》一文中回忆：聚餐会"公开召集的是沈（钧儒）老。当时所用的是叙餐会形式，每一二星期叙会一次，上次决定下次会的日期和地点。"经过酝酿和准备，12月12日沈钧儒、章乃器、邹韬奋、陶行知、李公朴、王造时等上海文化教育艺术界283位知名人士，联名签发《上海文化界救国运动宣言》，提出坚持领土和主权的完整，否认一切有损领土主权的条约和协定；坚决反对在中国领土内以任何名义成立由外力策动的特殊行政组织；

坚决否认以地方事件解决东北问题和华北问题；严惩一切卖国贼并抄没其财产；全国民众立刻自动组织起来，采取有效手段，贯彻救国主张等八项主张。

这一阶段的标志是 12 月 27 日，上海文化界救国会的成立。成立大会在西藏路宁波同乡会举行，沈钧儒、章乃器、陶行知、王造时等三百余人出席，选举马相伯、沈钧儒、章乃器、邹韬奋、李公朴、陶行知、史良、王造时等三十五人为执行委员。章乃器回忆：文化界救国会成立在讨论名称时，沈钧儒说：不要加"抗日""反日"字样，如定名为"抗日救国会"或"反日会"，日本人拿到文件便向政府交涉，要求解散组织，甚至抓人，日本浪人也可以直接来捣乱，定名为"救国会"，敌人便无所借口了。

沈钧儒在会上表示："本会以团结上海文化界同人，推进文化运动，发扬民族精神，保障国家主权领土之完整为宗旨。我国现已至危急存亡之秋，凡我国民，均应自动奋起，以负救亡图存之重任。文化界为国民之先导，更应悉力赴难。惟本界尚无救国之组织，力量不集中，故本会之成立，实为必要，且有极大之意义。目前各地学生已首先发动救国运动，整个文化界自应加声援，并团结全国民众，务期达到救国之总目标，争取中华民族解放之实现。"

单纯成立文化界救国会是不够的，1936 年 1 月 28 日，在上海市商会大礼堂召开纪念"一·二八"淞沪抗战四周年和上海各界救国联合会成立大会。社会各界代表八百多人参加大会，沈钧儒主持会议。推选沈钧儒、章乃器、李公朴、陶行知、邹韬奋、王造时、史良、沙千里等组成执行委员会，决定创办《救亡情报》等刊物。会后，大会主席团成员一起率领群众游行，由宝山路江湾路直至庙行"一·二八"淞沪抗战无名英雄墓，来回四五十里。一路高呼口号，高唱《义勇军进行曲》，抗日歌曲，沿途不少群众加入游行，队伍扩大达两千余人。领导群众在英雄墓前庄严宣誓抗战到底。

5 月 6 日 由上海文化界救国会、妇女界救国会、职业界救国会、大学教授救国会、国难教育社共同创办的《救亡情报》出版，这系上海各界救国联合会的言论机关。后来，成为全救会的机关刊物。

5 月 31 日，在上海博物馆路 131 号（今虎丘路 131 号），七十余位代表来自二十余个省市、六十余个救亡团体，举行全国各界救国联合会成立大会。会上通过了《全国各界救国联合会宣言》和《抗日救国初步政治纲领》两个重要文件，建议各党各派立刻停止军事冲突，释放政治犯，派遣正式代表进行谈判，制定共同抗敌纲领，建立一个统一的抗敌政权。全救会愿以全部力量保证各党各派对于共同抗敌纲领的忠实履行，制裁任何党派违背共同抗敌纲领的行为。会议举行了两天，宋庆龄、邹韬奋、陶行知在未出席的情况下当选为执行委员；沈钧儒、章乃器、李公朴、王造时、史良、沙千里等十五人当选为常务委员。全救会在上海各大报纸上发表了措辞激烈的《全国各界救国联合会对时局紧急通电》："（南京政府）亟宜立示决心，领导于上；全国民众，自应群起响应，督促于下。务使全国兵力，一致向外，抗日战争，立即展开，恢复我已失之河山，拯救我被压迫之同胞……"

相继成立的救国会

上海文化界救国会成立前后，申城相继成立了由史良、胡子婴、罗琼、沈兹九等人牵头，组成的妇女界救国联合会；上海各大学教授救国会在沈钧儒、章乃器、王造时等人的推动下宣告成立；袁牧之、陈波儿组织了以电影界编导、演职人员为主体的上海电影界救国会；上海各界救国联合会成立；由公司、字号、海关、银行诸业中下层职员参加的上海职业界救国联合会成立；陶行知等成立了教育界救国组织——国难教育社；上海市学生救国联合会成立；全国学生救国联合会成立；上海著作人协会成立，章乃器、李公朴、王造时当选为理事；以产业工人为主体的上海工人救国会成立。

在上海文化界救国会成立不久，全国各地陆续出现了救国会，它们与上海出现的救国会有一定的联系，肯定其宗旨和主张。北平成立文化界救国会、西北抗日救国会、南京救国协进会、厦门抗日救国会、香港抗日救国会、武汉文化界救国会等。在全国各界救国联合会成立不久，南京各界救国联合会，全救会华南区总部、西北各界救国联合会，旅欧华侨抗日救国会，美国、暹罗（今泰国）、菲律宾、新加坡、缅甸、越南等国华侨也成立了救国会，并与全救会取得联系。

救国会为什么出现在上海？这绝非偶然。它是中国经济最为发达的都市，救国会的实际创办人工作、生活在上海，有的留学归来定居上海；有的大学毕业留在上海；有的移居上海，图谋发展，成为业界翘楚。他们为上海的繁荣做出贡献，上海这座城市为他们的发展提供了平台，在个体利益得到相对保障的同时，赢得一定的社会知名度和影响力。第一次淞沪会战结束后，上海似乎已经不是抗战的第一线，但是，上海人民对日寇的残暴行径记忆犹新，要求抗战的呼声日益高涨。上海的虹口是日人居住的集聚地，日本浪人经常骚扰中国人的生活，令国人愤慨；上海集中了相当的日资纱厂，华人劳工与日方资本家矛盾尖锐，日趋白热化。所以，1935年底上海出现救国会，以至于后来诞生了全国性的救国会组织，是历史的必然。上海是当时的经济、文化中心，又与相距不远的政治中心南京联系密切，集聚着大量的中产阶级人士，他们中的优秀分子在民族危亡的时刻勇于担负历史的重任，自觉地投身到抵抗外来侵略的洪流中，便自然而然地成为民众公认的领袖。在上海他们拥有广泛的群众基础，一旦抗日救亡领袖与群众相结合,必然形成一股强大的抗日力量。同时,影响国内和海外。

上海一度成了全国救亡运动的中心,并诞生了拥有武装的国共两大政党之外的第三股势力,一定程度上超越了党派利益而站在民族的立场上呼吁团结国内一切力量抵御日本的侵略,具有一定的说服力和广泛的社会影响。

救国会与救亡活动

声势浩大的救国运动在上海开展,救国会发动反对内战、反对妥协、反对投降的群众性示威活动,如二八纪念活动、三八妇女节举行的反日大示威的活动,激发了上海乃至全国老百姓的抗日热情。

1936年5月,救国会发起纪念五卅运动十一周年游行活动。6月21日,上海各界救国会联合会组织千余市民、学生,整队赴京请愿,北站被请愿的队伍占领。军警赶到现场,请愿团撤出火车站。请愿活动造成上海的铁路运输中断六个小时,引起中外各界的关注。

7月初,国民党第五届二中全会在南京举行,全救会决定推派沈钧儒、章乃器、史良、沙千里、彭文应赴京请愿。国民党中央拒绝接见。

9月,上海各界救国会提出了《"九一八"五周年纪念宣传大纲》,举行九一八纪念会,政府借口宣布取消。沈钧儒、章乃器、李公朴、王造时、史良率领群众突破警戒线,高呼纪念九一八口号,高唱救国歌曲。游行队伍到达老西门,军警们一拥而上,用刺刀和棍棒殴打示威者,血案终于发生。南京政府的暴行引起了社会各界的公愤,宋庆龄、何香凝发表声明:"请一致主持公道,严办负责官吏,抚慰受伤人民,释放被捕诸人,以安人心,至为企盼"。

鲁迅病逝。在中国共产党推动下救国会出面举办鲁迅葬礼,并把葬礼办成一场宣传抗日救亡的群众性运动。10月22日，鲁迅的灵车朝西郊万国公墓缓驶，车后紧随着宋庆龄、蔡元培、救国会部分领袖。他们走在这支近万人组成的队伍前面，身后的社会各界民众手持白色小旗，唱起了挽歌，送葬队伍足有两里多长，队伍中不时爆发出"打倒日本帝国主义"的呼声。

救国会关注上海日商纱厂的工人命运，他们长期受到日方的残酷剥削，人身没有保障。1936年11月初，上海出现大规模的日商纱厂工人罢工，得到救国会的舆论和经济上的大力支持。《救亡情报》发表《日厂华工同盟罢工和我们》的社评，支持罢工。上海各界救国联合会呼吁，全国同胞援助日商纱厂罢工工人，"我们希望全上海十一万的大中学生，能够首先发动节食运动，减省饭费五分之一，这样我们就可以永远维持日商纱厂罢工工人的生活，而可以使他们长期奋斗下去。"救国会领导人纷纷解囊相助，向罢工工人捐赠一日薪水，声援罢工。

七君子事件

救国会的高光时刻，是七君子事件的出现。南京政府在日本帝国主义的要挟下，联合上海租界当局，于1936年11月22日深夜至23日凌晨，沈钧儒、李公朴、王造时、沙千里被捕，关押在公共租界静安寺巡捕房；上海市公安局联合法租界当局逮捕史良、章乃器、邹韬奋，他们被关押在法租界卢家湾巡捕房。12月4日傍晚，除史良外，沈钧儒等六人被押解到江苏省高等法院接受审讯，后被移送吴县横街看守分所，开始长达239天的监狱生活。年末，史良自动赶到江苏省高等法院投案，转入司前街看守所收押。

七君子被捕的消息，成为新闻热点，民情沸腾，社会越发动荡不安。

通过新闻媒介和大众传播工具，七君子案件传遍海内外，引起社会各界进步人士的同情和支持，为全民抗战的局面形成打下舆论的基础。11月23日出版的《立报》率先刊登七君子被捕的消息。宋庆龄在上海为沈钧儒等人被捕发表声明。两天后，李宗仁、白崇禧等人向南京政府军事委员会副委员长冯玉祥以及孙科、居正等人发出特电，指出："沈钧儒等七人平时或主教育或主言论，其为爱国志士，久为世人所公认，如政府加以迫害是使全国志士寒心。"11月26日，冯玉祥致电蒋介石，认为七人热心国事，把他们羁押起来，会引起社会的公愤，请求蒋介石释放他们。于右任、孙科、李烈钧等20余位国民党中央委员发电报给蒋介石，请求慎重处理此案。陶行知在海外做了大量的营救，在华侨中宣传、声援，联络爱因斯坦、杜威、保罗·孟禄、罗素等世界名人向南京政府施压。

1937年4月起诉书一公开，上海的几家大报纸纷纷发表文章，指责南京政府破坏团结，影响国内民众的国防心理的形成。开庭前后，全国一些主要城市报纸，如南京《新民报》、天津《益世报》、北平《民报》都撰文公开自己的立场。一时，全国再一次出现了声援爱国七君子、要求国内联合统一抗日的群众性运动高潮。6月25日，上海文化界谢六逸、胡愈之、夏丏尊、欧阳予倩等百余人，联名呈请南京政府恢复沈钧儒等自由，并请求撤销对陶行知等人的通缉令。同日，宋庆龄、何香凝、胡愈之、胡子婴、彭文应、潘大逵等十六人发起救国入狱运动，声明救国与爱国无罪，表示"沈先生等一天不释放，我们受良心驱使，愿意永远陪沈先生等坐牢"。

7月5日，宋庆龄、胡愈之、胡子婴、彭文应等人来到苏州江苏省高等法院，为救国而要求入狱。宋庆龄一行前往囚室探望七君子。次日，她出面电告南京政府，申诉江苏省高等法院的无理和傲慢，表达自己入狱的决心。

九一八事变后，张学良与沈钧儒、王造时相识，为他们宣传、支持抗日的精神而感动。之后，张学良的密友、实业家杜重远来到上海，与邹韬奋、胡愈之结成好友，并受到他们的影响，表示愿意积极做张学良和东北军的工作，促使东北军转向联共抗日。张学良到上海，告诉杜重远，他和陕北红军已商谈合作抗日，取得了协议，中国共产党已派重要人员秘密进入东北军司令部。

西北各界救国联合会与张学良、杨虎城建立了密切的联系，得到他们的同情和支持。西北各界救国联合会与设立在上海的全国各界救国联合会一直保持着联系，对全国救国会通过的各项文件都一致同意，并在西北地区传达了会议的文件和精神。1936年夏，日本政府和伪蒙军制造"绥远事件"，救国会致电张学良，希望他不忘丢失东三省之痛，支持绥远抗战，阻止南京政府与日本进行和谈。

七君子被捕的消息传到西安，张学良派部下少将处长应德田前往上海市公安局看望，并转告他们张学良反对内战、联共抗日的决心。张学良到了洛阳，单独见蒋介石，请求蒋介石释放被捕的七君子，同时痛陈国情，说明了只有坚决领导抗日救亡的，才可称得上是中国的领袖，才是中华民族之灵魂的道理。

12月12日，张学良与杨虎城将军发动西安事变，扣押了蒋介石。他们向蒋介石提出的第三个条件就是立即释放在上海被捕的爱国领袖们。1955年身居台湾的张学良在自述中，言及发动西安事变时思想变化的原因，"朋友之奉劝，如沈钧儒、王造时之鼓励"等六项。

"七君子事件"激起国内外的强烈反响，有效地促进了全面抗战的局面及时形成，为全民抗战的实现做出了难以磨灭的历史贡献。

共产党与救国会成立以及对七君子的营救

救国会的第一阶段，在酝酿时共产党人就参加了聚餐会，周新民 1926 年加入中国共产党。七个人身边，都集聚一些共产党人，比如胡愈之、许德良、章秋阳等等。一些共产党员秘密加入不同的救国会组织，他们不建立组织，互不发生联系，各自开展工作。

1936 年 4 月，中共中央派冯雪峰回上海，与救国会的领袖们取得联系，转达毛泽东和中共中央的抗日民族统一战线政策。

冯雪峰去了香港，与刚从苏联回国途经香港的潘汉年接头，明确由胡愈之负责救国会的工作。潘汉年在香港，说服救国会领导人邹韬奋、陶行知用接近《八一宣言》的基本观点，起草告全国同胞书。邹韬奋、陶行知签字后，由邹韬奋回上海征求沈钧儒、章乃器签名。经过章乃器反复修改由四人共同署名，在《生活日报》《生活知识》等报刊上发表并出版单行本。

毛泽东于 8 月 10 日《致乃器、行知、韬奋、钧儒诸先生及全国救国联合会全体会员们》的长篇信函，响应沈钧儒等 4 人联名发表的《团结御侮的几个基本条件与最低要求》。

潘汉年向中共中央汇报了共产国际与中共代表团联系的情况，以及国统区的抗日救亡运动。9 月下旬他离开陕北重返上海，携有毛泽东给沈钧儒等四人的信函。毛泽东代表中共中央，对沈钧儒等人所著的《最低要求》一文，作了肯定的答复，并在信中说："我委托潘汉年同志与诸位先生经常交换意见和转达我们对诸位先生的热烈希望。"

中国共产党鼓励党员参加救国组织和各种形式的救国运动，无条件地服从救国抗日组织的规则、纲领和决议，通过救国会宣传抗日主张、发动群众，既保护自己，又能通过救国会把许多失散的党员重新集合起来。由此可见，救国会起到了中国共产党组织在国统区起不到的作用。参加救国会的中共秘密党员还有钱俊瑞、胡乔木、钱亦石、徐雪寒等人。

七君子事件发生后，1936年11月30日，中共中央机关报《红色中华》刊登《反对南京政府实施高压政策》。同日，中国共产党在法国主办的华文报纸《救国时报》刊登了《抗日救国运动领袖——章乃器等七人突被捕》的消息，并附文介绍了章乃器。该报还发表社论，号召国内外同胞团结起来，争取七人的自由，达到全国万众一心抗日救国的目的。

12月1日，中共中央和苏维埃中央临时政府在有关绥远抗战通电中强烈要求南京政府开放人民抗日救亡运动，实行言论、集会、结社的民主权利，立即释放政治犯及上海各爱国领袖。

西安事变发生后，周恩来率中共代表团到达西安，与张学良、杨虎城、宋子文谈判，提出释放政治犯，保障民主权利，主张先释放在苏州关押的七君子，然后再放蒋介石。南京政府代表宋子文主张到京后再释放爱国七领袖。

《救国时报》于12月12日发表《全欧侨胞群起援助救联会领袖响应冯玉祥十万人签名运动》《三百多名旅美华侨为营救七君子，联合发表〈旅美华侨为营救七先生告海外同胞〉》，以示声援。

1937年4月11日，刚进入延安不久的毛泽东致电潘汉年："闻法院对沈钧儒等起诉将判罪，南京又有通缉陶行知事，爱国刊物时遭封禁，我方从上海所购之书被西安政训处扣留，南京令华北特务机关密捕我党党员。以上各事完全违反民意，违反两党团结对外主旨，望即入京向陈（立夫）、张（冲）诸君提出严正抗议，并要求迅即具体解决。"同日，周恩来得知苏州法院以"危害民国罪"将教国会领袖沈钧儒等"七君子"提起公诉后，致电张冲，指出国民党此种作法"大失国人之望"，希望张"进言当局，断然改变此对内苛求政策"。第二天，中共中央作出决议，要求国民党政府释放七君子和全体爱国政治犯，彻底修改《危害民国紧急治罪法》，给予民众宣传抗战的民主权利。同日周恩来致电叶剑英，告以为沈等七人被捕及通缉陶行知等事，毛泽东已电潘汉年赴南京谈判，并准备发动援救沈钧儒、陶行知等的运动。要叶通知中共西安地下党组织准备响应。4月15日，周恩来致电蒋介石，要求释放章乃器等爱国领袖七君子。指出沈钧儒等七人"其心纯在救国"，"锒铛入狱已极冤"，苏州法院的作法"不特群情难平，抑大有碍于政府开放民主之旨"，要求释放，并取消对陶行知等五人的通缉。4月24日《解放》周刊发表的《中国共产党中央委员会对沈、章诸氏被起诉宣言》。5月23日，周恩来致电中共中央，准备赴庐山见蒋介石，商议共同纲领、联盟或改组国民党、释放政治犯等包括释放"七君子"等问题。

在强大的社会舆论支持下，经过中国共产党、南京政府抗日派、宋庆龄等社会著名人士以及国际友人的声援、营救，最终七君子在七七事变爆发后的第24天，停止羁押，交保开释。

救国会的第一阶段，经历了两年时间，呼吁国内一切力量团结一致抗日。虽然是一个松散的自发性的民间团体，却是救国会的历史上斗争最激烈的阶段，具有很大的社会影响，一定程度影响中国现代史的进程。同时，为了建立政党打下了基础。

抗战不忘记民主

出狱后，救国会进入第二阶段，他们一边坚持抗战，一边要求民主，由于与中共关系密切，屡遭国民党的打压。组织内部出现分化，它已没有第一阶段的轰轰烈烈，许多活动与统一建国同志会、中国民主政团同盟、民主同盟结合起来在一起。

沈钧儒等七人应南京政府的邀请，到南京会见了蒋介石等党政军要员以及马相伯等著名爱国人士。陈立夫、叶楚伧同他们谈判，要求解散救国会。遭到拒绝，他们表示，国民党政府既已对日作战，救国会的成员，愿在既定国策之下，努力全民救国运动。但是，等他们回到上海时，八一三战火已燃，救国会这一松散的民间团体，实际上已隐匿在创办者的个人活动中。战事打响的第六天邹韬奋创办了《抗战三日刊》，撰稿人有邹韬奋、章乃器、李公朴、沙千里等人。面对中日战争全面爆发的新局面，邹韬奋充分认识到对平民实行战时教育的重要性，他提出在抗战的"政治准备落后于军事的行动，实有迅速补救的必要。例如后方民众的整个的彻底组织和工作计划，都要有通盘筹划的打算和切实的执行。"他试图通过《抗战三日刊》与民众一起完成政治上的准备，"反映大众在抗战期间的迫切要求，并贡献我们观察讨论所得的结果，以供国人的参考。"《抗战三日刊》的出现，可以视为救国会的代言刊物。不过，它的编辑人是邹韬奋。救国会的功能，许多由成立不久的上海文化界救亡协会取代。这个组织是国共两党第二次合作的产物，救国会不构成主导，救国会个人参与救亡协会组织的活动，比如为前线官兵捐募手套等。

同时，救国会创办人对于时局变化的认识不尽相同，影响到救国会八一三战事爆发到迁徙武汉这一阶段的活动。9月1日，章乃器在《申报》上发表了一篇《少号召，多建议》的文章，认为："在国策已经确定的今天，我们都应该少作政治的号召，多作积极的建议。"他的主张引起社会的关注，持不同意见的人士认为：在国民党压迫人民的情况下，单是向国民党建议是没有用处的，必须直接"号召"群众起来同国民党作斗争，否则，就不能坚持抗日，也不能抵抗国民党的反动。救国会内部也有人持同样的观点。章乃器没有去武汉，赴香港后，去了安徽出任财政厅长。邹韬奋撤出上海去了香港，转道去了武汉。王造时回到江西吉安。沈钧儒、李公朴、沙千里、史良相继来武汉。同时，北平救国会张申府、刘清扬等也聚集到武汉。救国会的主干人员，分别来到武汉。武汉成了救国会的主要的活动基地。不过，由于形势的变化和成员的离散，它的参与者，影响力明显下降，抗战前救国会那种组织形式和它号召的广泛的群众运动，不复存在。

沈钧儒到达武汉不久，组织召开了一次由 16 名救国会成员出席的工作会议，决定："为联系各地救亡工作，使得整个地有计划地积极推进，必须有一核心的组织。"该组织"暂定名为座谈会"；暂以刘清扬寓所为通讯处。会议还确定了得以参加座谈会成为该会成员的原则："凡参加某种实际工作，并负责该项工作之领导责任者，而在认识上对抗战、联俄及开放民众运动的主张无怀疑者，经本座谈会干事通过后，方得为座谈会之一分子。"推定王昆仑、刘清扬、曹孟君、张申府、沙千里五人共同草拟《工作纲领》。第二天举行二次会议，张申府报告座谈会建立经过。讨论了《最近救亡工作纲领》，推举李公朴、何伟、黄松龄、孙晓村、刘清扬、曹孟君、沈钧儒为干事，办理座谈会的一切事宜。

1937 年 12 月，沈钧儒、李公朴和柳湜在武汉创办了《全民周刊》，提出加强全民族的统一战线，将单纯的政府与军队抗战，转变为全面的、全民族的抗战，以克服当前的民族危机，作为它的基本任务。次年 7 月，《全民周刊》与《抗战》三日刊合并，出版了《全民抗战》三日刊，另一言论机关《国民公论》旬刊也在汉口创刊。这个刊物在坚持团结抗战，提倡民主，批评时政方面，与《全民抗战》有同样的鲜明性。

全面抗战初期，包括沦陷区在内的全国各地的救国会会员和救国会所号召动员的广大青年群众，到前线和后方及敌后游击区，参加抗敌工作，在抗日民主运动中，起到了相当的作用；救国会中大批的共产党员和革命知识分子进入陕北、苏北、华北和华中解放区，参加八路军和新四军，在实际斗争中，锻炼出不少优秀干部。

救国会主要领导人积极投身到如火如荼的抗日运动中，用自己的所长服务于抗战。同时，他们继续为中国社会的民主化进程努力，形成了一边坚持、支持抗战；一边要求民主、还政于民的特点。这样做，使他们认识到民主在抗战中的重要作用和未来建设独立、强盛的国家的意义。

这时，救国会已被认为一个政治派别。1938年7月，沈钧儒、邹韬奋、陶行知、史良等作为救国会的代表，被聘为国民参政员，王造时由江西省推举为国民参政员。他们出席了在汉口召开的第一届国民参政会第一次会议。沈钧儒当选驻会委员。会议期间，沈钧儒、邹韬奋、王造时、史良等人提出的议案是《切实保障人民权利案》《调整民众团体以发挥民力案》《具体规定检查书报标准并统一执行案》《设立省以下个各级民意机关案》等。1938年10月28日，国民参政会第一届二次会议，在重庆国民政府军事委员会礼堂召开，沈钧儒、邹韬奋、王造时、史良参加会议，会议通过史良、沈钧儒等人提出《加强战时文化食粮输送工作案》；邹韬奋等四人联名提出的《请撤销战时图书杂志原稿审查办法案》。

救国会与统一建国同志会、民盟

1939年5月章乃器从安徽回到重庆，他发现救国会活动的圈子很窄，"工作也只是重复中共的声音和行动，而不能加以发展和扩大，所以起不了多大的影响。同时，内部已经发生了张申府和沈（钧儒）老争夺领导权的斗争，而且已经表面化。"

同年10月，沈钧儒、邹韬奋、章乃器以救国会代表身份发起统一建国同志会，王造时也参加了该会的成立活动。章乃器起草了《统一建国同志会的简章》和《信约》。在《信约》中，可以明确地看到他们对民主、宪政的要求和对国家军队职能的限定。之后，统一建国同志会在重庆青年会秘密成立，参加会议的有救国会的沈钧儒、邹韬奋、章乃器；第三党的章伯钧；中国青年党的左舜生、曾琦、李璜；国家社会党的罗隆基；中华职业教育社的黄炎培、江恒源；乡村建设协会的梁漱溟以及社会贤达张澜、光升等。会议选举黄炎培、张澜、章伯钧、左舜生、梁漱溟为常务干事。该会的宗旨为："集合各方热心国事之上层人士，共就事实，探讨国事政策，以求意见之一致，促成行动之团结。"订有信约十二条，要求在宪法颁布后，立即实施宪政，成立宪政政府，一切抵触宪法之设施和法令，应即中止和宣布无效；凡遵守宪法之各党派，一律以平等地位公开存在。统一建国同志会的成立密切了国共之外的抗日党派和主张抗日的无党派人士的联系，在组织上实现了各党派的初步联合，为后来中国民主政团同盟的成立打下了政治上和组织上的基础。按照后来《中国民主政团同盟成立宣言》和《光明报》社论的说法，统一建国同志会是民盟的前身。

统一建国同志会成立时，由黄炎培、梁漱溟将信约十二条和会员名单托王世杰、张群转交蒋介石审查。随后梁漱溟去见蒋介石，说明这个组织的第三者立场。蒋介石认为救国会是"中共的外围"，对沈钧儒、邹韬奋参加表示不放心。梁漱溟说："与其让他们在这一组织的外面，还不如约在里面。"最后，蒋介石提出以不组织正式政党为条件始允许成立。

救国会也是中国民主政团同盟创议组织之一，1941年3月19日，中国民主政团同盟在重庆诞生，会议通过了《中国民主政团同盟政纲》《敬告政府与国人》和《中国民主政团简章》，选举产生了中央执行委员黄炎培、张澜、左舜生、张君劢、梁漱溟、章伯钧、罗隆基等13人。黄炎培为中央主席（于同年10月辞去主席职务出国后由张澜继任），左舜生为总书记。民主政团成立时处于秘密状态。会议的前一天，民主政团的部分人员认为救国会与共产党关系密切，怕遭国民党反对，不同意救国会参加同盟。但是，救国会发表声明支持民主政团的主张，在行动上与它配合一致。

1942年初，沈钧儒在重庆参加民主政团同盟，救国会正式加入民主政

团同盟。该盟逐步成为救国会、第三党、青年党、国家社会党、中华职业
教育社、乡村建设派的三党三派的政治联盟。在所谓的三党三派中，救国
会带有明显的左翼政派特征，对同盟的政治倾向起到了一定作用。救国会
参与民主政团同盟的政治活动，通过它来实现自己的政治主张。在全面抗
战后期国统区的民主运动中，救国会是一支重要力量。1944 年 9 月 19 日，
民主政团同盟在重庆上清寺特园召开全国代表大会，改名为中国民主同盟，
沈钧儒当选为中央常务委员，李公朴参加民盟的云南支部活动，被推选为
省支部执行委员，沙千里参加了民盟创建初期的活动。次年 10 月初，民
盟召开临时全国代表大会（即第一次全国代表大会）。会议产生了第一届
中央委员会，推选沈钧儒为中央委员会常委、青年运动委员会主任；陶行
知为中央执行委员、中央常务委员、任民主教育委员会主任；李公朴当选
为中央执行委员，兼教育委员会副主委；史良当选为中央常务委员。

<h2 style="text-align:center">救国会的分化</h2>

　　政治上导致救国会领导人分化的是 1941 年 4 月 13 日，苏联和日本为
彼此的利益，签订《苏日中立协定》，苏联承认我国东三省为"伪满州国"，
日本承认外蒙独立。消息传到重庆，引起社会各界的强烈不满，救国会领
导人沈钧儒、张申府、李公朴、章乃器、王造时、史良、沙千里等九人联
名致函斯大林，表示不予承认。后经中共领导人周恩来解释，恐怕被国民
党利用反苏反共，签名的大部分人表示收回。章乃器反对，他认为救国会
是一个独立的政治团体和派别，应该具有独立性，反对苏联的这个做法。
于是，他脱离救国会，后来成了民主建国会的主要创办人之一。王造时是
信函的起草者，后被人误认为是他强迫他人签名。其实，这件事的本身，
他们没有错。而同意或不同意收回是政治态度，涉及救国会何去何从的问

题，救国会大部分领导人，接受了中共的意见，也预示了它的未来发展走向。

邹韬奋是在这件事情发生前两个月，出走香港的。从 1940 年秋开始，国共第二次合作出现严重倒退，继而发生皖南事变。重庆政府对各民主党派和民主人士实行高压政策，矛头直指救国会。军政部长何应钦在国防最高会议上诬蔑沈钧儒、邹韬奋、沙千里要在重庆领导暴动，发动"有组织的谣言攻势"，并下令军警严加防范。沈钧儒、邹韬奋等受到特务的监视，一些无辜青年受到株连。随后，重庆政府封闭了邹韬奋创办的各地生活书店，扬言要逮捕多数是救国会成员的各地进步文化人士，《全民抗战》和《国民公论》被迫停刊，邹韬奋被迫出走香港。

到香港后，救国会成立了海外工作委员会，由邹韬奋、杨东莼负总责。他在香港重新恢复的《大众生活》的出版，由他任主编，金仲华、茅盾、乔木、夏衍、胡绳、千家驹任编辑。邹韬奋等在《复刊词》中提出，五年后重新出版这个刊物的任务，是"如何使分裂的危机根本消灭，巩固团结统一，建立民主政治，从而使抗战坚持到底，以达到最后胜利"；坚决表示："对于进步的，有利于民族前途的一切设施，固极愿尽其鼓吹宣扬之力，但对于退步的，有害于民族前途的现象，我们也不能默尔无言。"

5 月 29 日，邹韬奋等九名救国会留港代表联名发表《我们对国事的主张》，痛斥国民党对日寇的妥协投降倾向和对进步文化事业的摧残。从这月开始，他在《华商报》上连续发表了《抗战以来》史料长文，7 月印成单行本出版，系统地揭露了国民党自"七七"抗战以来，消极抗日，积极反共反人民，实行法西斯专政的真面目。他写的《对反民主的抗争》一书，对国民党反民主的种种谬论和暴行，作了尖锐的抨击。邹韬奋这个时候的言论，是他抗战时期言论的精华。他的宣传鼓动，在国内外特别是南洋华侨中产生了很大的影响。

香港沦陷后，邹韬奋撤回广东东江抗日民主根据地，之后，在共产党的帮助下，离开广东到达苏北抗日民主根据地。1944年7月，病逝于上海。救国会的其他成员回到桂林、重庆和昆明等地。

改名为中国人民救国会

1945年8月14日，日本侵略者宣布无条件投降，中国人民抗日战争胜利结束。随着中日民族矛盾的解决，国内矛盾上升，人民面临的是国内斗争。这时，救国会进入发展的第三阶段，政治纲领明确、组织严密，全面接受了中共的政治纲领，制订了以建设新中国的目标。

1945年冬，聚集在重庆的救国会会员召开会议，认为救国会争取抗日胜利民族解放的政治任务已经完成，决定将救国会名为中国人民救国会（仍简称救国会），宗旨为"团结国人建设独立自由幸福的民主的新中国"。制订了新的政治纲领和组织规程。政治纲领规定：中国人民现阶段的革命任务，"是反对外来的殖民帝国的民族压迫，反对国内封建主义与法西斯主义残余势力的压迫，因之，其革命性质，还是资产阶级性的民主主义革命，而不是社会主义革命。但它不是停留在民主主义革命的阶段，而是经由民主主义革命走向社会主义。民主主义革命的目标，是建立一个以全国绝对大多数（人民）为基础的联合战线的民主联盟的民主国家制度，即是建立一个独立自由平等的人民共和国。"同时，会议认为，当前的任务是彻底消弭内战，加强团结，在和平、统一、团结、民主的基础上，实行一切民主改革，经过政治协商会议，立刻结束国民党一党专政，成立临时性的民主联合政府，然后经过普选的国民大会，制定宪法，成立正式的联合政府。纲领没有指明工人阶级的领导权问题，但要求建立以全国绝对大多数人民为基础的统一战线的民主联盟的走向社会主义的民主国家制度。显然，纲领接受了中国共产党的政治主张和毛泽东的新民主主义革命思想，是和中共的民主革命时期纲领相一致的。

人民救国会推举沈钧儒、陶行知、沈志远、罗叔章、宋云彬、胡子婴、邓初民、刘清扬等十九人为中央执行委员，沈钧儒、陶行知、史良、曹孟君、李公朴、何惧、萨空了七人为中央常务委员，由沈钧儒任主席，史良任秘书长，陶行知任组织部长，邓初民任宣传部长，并吸收了一批新会员。

1946 年 1 月 9 日，沈钧儒发起创办的《民主生活》周刊出版，实际上是救国会的言论机关刊，由宋云彬任主编。发刊词说：抗战胜利了，但中国人民没有得到胜利果实；抗战结束了，但我们的内部冲突又起，"问题的症结，都在于不民主"，指出："现在是人民的世纪，人民是国家的主人。我们始终是站在人民方面的，我们愿做人民的喉舌，用我们笔来反映人民的公意，喊出人民的苦痛，启发人民的觉悟，协同人民进步，以发挥民主精神，实践民主生活。"《民主生活》只出了十二期，因故停刊。

1946 年 1 月 10 日，由中国国民党、中国共产党以及各民主党派（民盟、青年党等）组成的政治协商会议在重庆国民政府大楼开幕。由于中国共产党和各民主党派、民主人士的共同努力，政治协商会议最后通过了有利于人民而不利于国民党一党专政的政府组织、和平建国纲领等五项决议案。沈钧儒作为民盟内人民救国会的代表参加，史良分别作为法律顾问参与了政治协商会议。

2 月 10 日上午在重庆较场口广场举行陪都各界庆祝政协会议成功大会，李公朴、史良、章乃器、郭沫若、李德全等 20 余人组成大会主席团，推举李公朴为大会总指挥，章乃器为大会筹备会负责人。大会遭到国民党特务破坏，李公朴遭到毒打，伤势严重。

不久，沈钧儒和救国会其他负责人回到上海，救国会工作重心，继续从事民主运动。李公朴在昆明，于 7 月 11 日晚，在外出归途中，于青云街大兴坡遭暗杀，次日凌晨逝世，年仅 46 岁。陶行知被列为黑名单上的第三名，朋友打电话告诉他要提防"无声手枪"时，他说："我等着第三枪。"他一面作好了牺牲准备，一面继续坚持斗争。陶行知临危不惧，夜以继日地整理自己的文稿，终因劳累过度，突发脑溢血，于 7 月 25 日逝世，享年 55 岁。救国会在短短的十几天里，失去两位重量级的负责人，损失惨重。

11 月间，国民党单方面决定召开国民大会，沈钧儒坚决主张拒绝参加国大。1947 年 1 月下旬，他与史良参加了民盟的一届二中全会。不久，上海三区百货业职工会发起"爱用国货，抵制美货"运动，在南京路劝工大楼举行讲演会，遭特务打死打伤十余人。沈钧儒、史良、沙千里等九名律师，发出启事，支持该运动，声援被害者，并以法律维护他们的权利。

1947 年 5 月，救国会在上海召开一届二中全会，要求停止内战、实现永久的和平，恢复政协路线，重新召开党派会议解决争端，实现真正民主。鉴于这一年一月民盟二中全会议决取消党派盟员，盟员均以个人为单位，人民救国会决定以自己的名义公开活动。由于国民党厉行白色恐怖，公开活动不可能进行，连起草的宣言也未能发表。

南京政府内政部宣布民盟为非法团体，非法劫持了民盟一部分领导人，强迫他们宣布解散民主同盟，张澜遭到国民党特务的严密监视。沈钧儒不顾自己的安危，让家人带着铺盖，来到张澜寓所，与他同住。民盟被迫宣布解散，11 月底，沈钧儒秘密离沪，抵达香港。次年 1 月，与章伯钧等召开民盟第一届中央委员会第三次全体会议。沈钧儒在会上致开幕词宣布："三中全会的使命，是要恢复本盟总部，继续进行艰巨的政治斗争。"这是民盟历史上具有划时代意义的大会，标志民盟彻底抛弃了中间路线，与中共携手合作，为实现民主、和平、独立、统一的共和国而奋斗。沙千里以史良代表的身份参加了这次大会，并协助沈钧儒起草文件。

这一年 5 月 1 日，中共中央发布五一劳动节口号，号召各民主党派、各人民团体及社会贤达，迅速召开政治协商会议，讨论并实现召集人民代表大会，成立民主联合政府。救国会与在香港的各民主党派致电毛泽东同志，响应中共提出的筹开新政协的号召。9月，沈钧儒离开香港前往东北解放区，随后，救国会的其他负责人亦陆续到达解放区。1949年9月，救国会的代表参加了在北平召开的中国人民政治协商会议。

救国会在总结这段历史时表示："救国会在这一时期改名为中国人民救国会，配合中国共产党，进行反帝、反封建、反官僚资本的斗争。本会大部分同志们参加了中国民主同盟和其他民主党派，坚持人民观点和革命立场，坚决反对中间路线和第三条道路，反对对美帝国主义和国民党反动政府存和平妥协的幻想。一九四八年五月，中国人民救国会和各民主党派在香港共同响应中共'五一'口号，主张召开新政协，建立民主联合政府。"

北上·解散

1948年4月30日，中共中央发布了《纪念五一劳动节口号》，号召"各民主党派，各人民团体及社会贤达，迅速召开政治协商会议，讨论并实现召集人民代表大会，成立民主联合政府"。沈钧儒、沙千里响应召开新政协建立民主联合政府的号召。9月下旬，沈钧儒搭乘波尔塔瓦号苏联货轮，于9月29日到达哈尔滨，受到中共代表李富春的接待。之后，他的学生、战友沙千里作为第二批民主人士到了哈尔滨。

救国会的中心转移到北平，成立了临时工作委员会。

1949年5月31日，沈钧儒电告史良等人北上。6月15日，新政协筹备会开幕，沈钧儒为筹备会常务委员会副主任。救国会产生参加新政协的代表为沙千里、孙晓村、萨空了、千家驹等十一人，沈钧儒、史良、胡愈之为民盟代表出席会议。9月21日，中国人民政治协商会议第一届全体会议召开，选举产生第一届全国委员会和中央人民政府主席、副主席及全体委员。之后，沈钧儒被任命为最高人民法院院长、政协第一届全国委员会副主席；史良被任命为司法部长；沙千里被任命为贸易部副部长。

救国会渴求的一个独立、完整的人民共和国经过十几年的与共产党人的合作奋斗，终于屹立在东方。对共和国，他们倾注心血、倾注期望，期望它强大、繁荣；期望她有健全的法律制度、高度的人民民主。他们既是社会活动家，又分别为法律、金融、教育专家，在获得新生的古老国度里，有着广阔的发展前景。他们秉承一贯的实事求是的精神、踏实肯干作风、敢于发表铮言的风格，在共和国的史册上镌刻下大写的人生。

1949 年 12 月 18 日，沈钧儒、史良、沙千里同意解散中国人民救国会，认为该会所号召的政治主张已经实现，作为政治性的组织已经没有必要存在。由于一九四七年以后人民解放军全面反攻的巨大胜利，中华人民共和国诞生，中央人民政府成立，救国会一贯的政治主张得到了全部实现。中国人民解放事业获得了基本的胜利成功。结束宣言回顾了十四年救国会走过的战斗历程，指出：中国人民革命的胜利，完全依靠了人民的伟大力量，中国共产党的正确领导和人民解放军的英勇善战，救国会在团结人民，启发和教育群众，为争取民族解放和人民民主革命事业的胜利方面，作了一些工作，完成了一部分战斗任务；表示今后要在中国共产党的领导下，为社会主义和共产主义的光明未来而继续努力奋斗。

同日，王造时在上海主持了中国人民救国会上海分会的座谈会，会上宣读了《中国人民救国会结束宣言》。

1949 年 12 月，沈钧儒在民盟一届五中全会上当选为副主席。1956 年 2 月召开的中国民主同盟第二届中央委员会第一次全体会议上，沈钧儒当选为民盟中央主席。1959 年 4 月，在第二届全国人大常务委员会第一次会议上，再次当选为副委员长。1963 年 6 月 11 日，沈钧儒病逝。刘少奇、周恩来、朱德、陈毅等党和国家领导人参加追悼大会，国家副主席董必武致悼词，对沈钧儒的一生作了极高的评价。

史良对司法的民主原则十分重视，主张法院独立进行审判，实行人民陪审员制度，审判公开进行，被告人有辩护权等。她参与主持制定共和国第一部大法《婚姻法》，1950 年 5 月 30 日《婚姻法》正式实行。改革开放后，史良历任民盟中央主席、第五届全国政协副主席、第四届全国人民代表大会常务委员会副委员长，1985 年 9 月 6 日病逝。

王造时参加上海法学会的活动，担任华东军政委员会委员、华东文教委员会委员，被复旦大学聘为法学教授。1957 年被错误地打成右派，不久被平反。1971 年 8 月 5 日，他病逝在狱中。1980 年 8 月 19 日，政协上海市委员会、复旦大学联合召开追悼会，悼念杰出的爱国人士、著名教授王造时。

共和国成立后，沙千里被任命为贸易部副部长、商业部副部长。1953 年 11 月被选为全国工商联秘书长。以后，他又被任命为地方工业部部长和轻工业部部长。1958 年为第二任粮食部长。改革开放后，沙千里任第五届全国政协副主席。1982 年 4 月 26 日去世。

邹韬奋被追认为烈士，李公朴被追认为烈士。1957 年曾参与谋害李公朴的凶手蔡云旗在江苏盐城县南洋区被捕，被判处十年徒刑。邹韬奋与战友李公朴的遗骸，一同安葬在上海龙华烈士陵园。

光阴如梭、时光飞逝，八十多年来，一个伟大的民族历经苦难，不屈不挠，发奋拼搏，走向新生，这是那个时代敢于担当的人们作出的贡献，让今天的我们为此感动且引以自豪，在缅怀他们的同时，激发出为实现中华民族伟大复兴的中国梦而努力的巨大动力。

（作于 2021 年 6 月 21 日沪上）

江南文化与王剑英明中都城遗址研究

　　江南的水雨、富庶和对精致生活的追求，往往给人柔弱缠绵的印象。而真正的江南文化内核，却是江南人在长期征服江河海洋的过程中，形成的刚毅品性、旷达心胸、坚强不屈的精神和求真务实的作风，这些在江南士人的身上集中表现出来。明末的反抗异族入侵、清末对共和的追求，在历史的风云中，都留下了他们的可歌可泣的事迹。他们传承以儒学为主体的传统文化，同时又不断开放、兼收并蓄外来文化，架构起江南文化的显明特征，社会普遍崇尚文教，重视文化、科学教育和艺术修养；文化呈现开放性与包容性；处世呈现理性和自信，排斥骄横和狂妄。在特定情况下，江南文化也会骄奢，但不构成主流。

　　王剑英生长在江南这一片土地上，27 岁时方北上求学，他身上表现出的文化特征，明显带有江南士人的文化特点，这些由江南文化演化而来的人格特征，成为他对明中都进行独立、艰苦、执着考察的重要力量源泉，成为科学、严谨细致地研究明中都遗址的人文精神和科学方法的重要来源。

　　王剑英 1921 年出生在江苏省太仓县，据他的妻子陈毓秀回忆：他"俊秀文雅，风度翩翩，天生一个江南书生的美丰仪；他热情宽容，性格随和又好脾气。"他早年在家乡接受教育，后考入南京中央大学政治经济系，1945 年大学毕业后，又回到太仓娄东中学执教历史和地理，任教三年后，考上北京燕京大学研究院。

　　他是清初娄东画派的开创者王时敏的后裔，王时敏是清初大学士王锡爵之孙，翰林编修王衡之子。由此可见，王剑英出生在"书香门第、官宦之家"。他的先祖在元末"红巾起义"中，为躲避战火，逃至江南。后代其中一支，于弘治年间进入太仓。远祖王涌善于经营成为太仓的巨富。王锡爵于嘉靖四十一年会试名列第一（会元），廷试名列第二（榜眼）。后来其子王衡在顺天乡试名列第一，万历二十九年（1601年）进士及第为第二名，被时人誉为"父子榜眼"。王锡爵的后代不乏科场得意之人，其家族延续到清代成为名符其实的簪缨世家。

　　王剑英出生在江南士大夫之家，耳濡目染的是以儒学为主体的传统文化。比如传统文化中"敬不是万事休置之谓，只是随事专一，谨畏不放逸耳"（《语类》卷十二），"敬"是士人入世后的一种全神贯注的心理状态，后世强调"敬业"精神便由此而来。这是儒家伦理中的"天职"观念；入世苦行强调勤劳，不虚过时光，不作不食等美德。"这些美德当然也随着'执事敬'的精神而出现于儒家的伦理之中。克勤克俭、光阴可惜，这些都是儒家的古训，本无待外求。"江南民间文化中也体现出克勤克俭的精神，"黎明即起，洒扫庭除，要内外整洁""一粥一饭，当思来之不易，半丝半缕，恒念物力维艰"等，这些读起来朗朗上口的名句，融合在江南人的精神世界中，一定程度上成了一种信仰。

　　到了近代，江南得开风气之先，文化融入西学的优秀成分，这是在王剑英之前的江南士人努力的结果，比如晚清的著名教育家唐文治，他主持的教育机构，鼓励学生融贯中西、学可经世、用可养性。王剑英早年求学的教科书沿袭了这一点。另外，家学渊源极深的他，不可避免地受到传统文化的熏陶，经过新文化运动洗涤的传统文化已经融入了许多的现代成分，体现在江南士人身上更具有开放性和科学性。而传统文化中的精华部分，如积极入世的人生态度，依然保留下来，左右着士人的行为。

1. 入世的积极人生态度。1969 年王剑英下放到地处凤阳的高教部五七干校，在黄泥铺接受劳动改造，"每天喂猪，干些又脏又累的活，一边还要检查交代自己的问题，还经常被批斗"，后被转送到县城内的干校总部继续接受改造，人生处于低潮。他没消极对待，随波逐流，而是利用空余时间，在明中都遗址上寻找字砖，查阅《凤阳县志》《凤阳府志》，形成中都城轮廓，决定进行实地考察。他把自己的想法汇报给干校负责人，获准后，"每逢星期天，便身背水壶，带点馒头咸菜，清晨就骑车出门，到处寻找遗址，访问群众，测量绘图，至晚方归。"

原本作为一个劳动改造对象，无需主动去理会明中都遗址的存在，在交错着责任、专业精神、爱好和改变命运、不虚度光阴的想法下，决定了他的"入世"的选择——对明中都遗址进行全面的考察研究，从而揭开 600 年前明中都建筑的神秘面纱，抢救即将消失的文化遗产，担负起社会责任。

其实，这不仅局限于对明中都考察，"入世"的态度贯穿他的一生。在逆境中，他坚持锻炼身体，沿着公路进行长跑，认为有一副好身板，回到北京后可以继续从事心爱的编辑工作。在暮年，他表现出对家乡发展的关注，建议并发起的"太仓在京人士经济科技咨询服务处"，撰写《刘家港的兴起发展与未来展望》一文，论证家乡刘家港开发建设的可行性和巨大的经济潜力。这些，也验证了他的人生态度。他常说"人生一世，要为社会做点事情，要给后人留下点东西"。

入世的人生态度还包含着"敬业"的观念，强调入世的苦行、勤劳、节俭、惜时等美德，在他对明中都的考察研究过程中得以充分体现。

2. 理性、科学的研究态度。王剑英在实地考察中都城遗址时，没有仅依靠文献资料，重视对实际状况的考察。限于当时的条件，他用自行车测量，据当年参与勘察的刘建桥回忆："测量数据相差 100 余圈，第二次相差 200 余圈，第三次相差 90 多圈，后来王老师又测试几次，数据都不一样，他又用手推车子走了几趟，数据仍不一致。又测二道城东墙基，自测几次，接着我俩又到中都外城进行查看，见到外城或大或小，宽窄不一，断断续续，高低不平，这时王老师再也不提用自行车测量了。王老师做事认真负责，每到一处，找老乡问这问那，时刻不忘用笔把主要遗址记录下来。"自行车测量不行，干脆用"计步测距"的土办法，测出的距离与用现代仪器测出的结果完全吻合，以致他养成了一边走路一边数步测距离的习惯。

他确证了明初迁都北京之前，明成祖朱棣修建北京的年代。《明史》等史书都有明确记载，治史者深信不疑。他在写教科书时发现了疑点，经过大量文献考辨，最后根据《实录》《祖训》等史料，纠正了持续几百年的谬误，得出了"始于永乐十五年"的结论，并指出传统的"永乐四年"的说法，只是"诏建北京"而非动工，这个结论被史学界广泛接受和采用。

这不是他在考察明中都、研究明史时才具有的治学态度，据陈毓秀介绍，在他从事编辑工作时，已经体现出"不迷信古人，也不迷信权威，发现问题就钻研，不怕下苦功夫。为了查清一个史实细节，核对一个年代，落实一条边界，考证一个已经被认可了千百年的谬误……他常常要跑遍京城几大图书馆，查遍各种文献进行对比、考证、辩析。"

3. 低调内敛的人格特征。从《明中都》一书的前言中，我们可以读到王剑英用冷静、平淡的口吻进行的表述，"从 1969 年到 1975 年，我在安徽凤阳呆了将近六年。我利用这个机会，寻访考察了明初营建的中都遗址，搜罗阅读了有关的文献资料，于 1975 年初写成《明中都城考》上篇历史篇初稿。1976年初作了增订，印了二稿。1981年上半年，再次到凤阳对明中都遗址进行了考察"，表现出他内敛、宽阔、自信的性格特征，这是传统江南士人的典型性格特征，没一个字提及自己的作用、所遇到的困难和人生的不平遭遇，而且在全书中也没有这样的表述。前言的三分之一篇幅是用来感谢别人和机构的。

这种低调和内敛也在他的编辑生涯中得到体现，在编辑加工别人的书稿时，细致详尽，亦审亦改，全力以赴。比如对《中国历史地理概论（上、下册）》的编辑加工，他从篇章结构、论述内容到引证文献、文字地图，进行了深入细致的编辑加工：修订补充内容，核对引文，换用第一手材料，或改用更好版本，增补最新科研成果。他与作者进行商榷的来往书信多达上百封；审读意见和补充、改写内容的文字多达数万字。作者对他感激不尽，该书两次获奖之后，写信给他说："这本书实际上是你和我两人共同的研究成果……我岂敢掠人之美，独自享受国家给予该书的殊荣。因为这一成果，首先应归功于你。"但是，王剑英只想着出好书，在编辑岗位上默默地付出了职责之外的贡献。有人曾对他说："文责自负，你何必花那么多精力、时间为他人作嫁衣。"他只是一笑置之。

"乐于助人且又不计人过，不言人短，不去揪心于小利小害、是是非非的处世态度与大家风范"，源于他的自信和豁达的人生观。

王剑英的低调内敛，也表现在他处理与李克强的关系上。王剑英回到北京后，经常与李克强书信来往，1977年恢复高考他鼓励李克强报考北大。到北大上学后，李克强经常利用休息日来王剑英家聊天，请教他应该读什么书。王剑英给他开了一串书单。后来，李克强当上了领导干部，与王剑英保持联系，逢年过节送来贺卡、花篮果篮。王剑英不张扬这些，也不利用这层关系办什么私事。

4. 沉醉于文化而引以自豪。王剑英不吸烟、不喝酒、不玩牌、不逛商场，最大的爱好是读书、旅游，这也遵循着传统文化中"读万卷书、行万里路"的古训，与他一起旅游是一种享受，能从他的海阔天空、说古道今中进入更广阔的时空中赏心悦目、心旷神怡，忘却人间烦恼。其实，嗜书才是他真正的爱好，比如在考察研究中都城时，他自费往来于凤阳和北京、南京的图书馆之间，每天自己带一壶茶水一盒冷饭，在善本室中抄录文献中有用的材料，并且把它们分门别类一一编目，自己动手用针线装订成册。其中 20 余册数十万字保留至今。当时，他的工资被部分扣发，余额中大部分用于差旅食宿，遗址摄影设备、洗印材料采购等，在南京查找文献最困难的时候，不得不把每顿饭压缩为二两光面、一碗白饭、没有菜。由此而病倒。

他爱书有癖，见好书从不释手。他时常到琉璃厂、中华书局、中国书店去走一走看一看，每次少不了买几本感兴趣的书带回家，数千元一套的《明实录》《清史稿》《资治通鉴》《二十五史》等都是新版本，一出版马上买齐，以替换下原有的旧版本。买到新书后，他把旧书送给需要的朋友。改革开放后，他生活依然简朴，买书却慷慨，"有时候他写一篇文章、编绘一幅历史地图或审一部图籍所得的报酬远远没有他特意为此而买的书的费用大"。这样的结果直接导致家里的藏书逾万册，占据很大的空间，他引以自豪。

王剑英一生兴趣广泛，唱歌、演戏、绘画、摄影、游泳、舞剑、划船，对美食也情有独钟。平日里他安于粗茶淡饭，但不时也有所挑剔，他有很多爱吃的美味——天福号的酱肘子、浦五房的酱肉和熏鱼、稻香村的桂花、百果年糕……据陈毓秀回忆："从小生长在江南水乡大宅门里的他，最爱吃的是螃蟹。他吃螃蟹利索、干净、快捷，吃完一个蟹，收收拾拾，把碎乱的壳全装回到蟹兜中，仍然是一个完整的螃蟹。有时他也把蟹壳做成一个蝴蝶，摆在餐桌上展翅待飞"。

故人已逝，这位吮吸江南乳汁而长成的人士，一生心系江南，却在淮河边的一座废墟上烙印下不可磨灭的功绩，无意间传播了江南文化，植入于衰败的帝都中，服务于今天的人们。若他的先祖在元末明初，已成了江南大户，遭遇朱元璋移民，二十世纪七十年代对明中都的研究，就不可能由他来担当，历史将是另一种写法……

（作于 2021 年 5 月沪上）

现代七君子：一个专门名词

笔者在七君子事件的研究中，经常碰到一个问题，当有人问及笔者是研究什么的，回答："七君子事件"，有人还能说上一些，比如邹韬奋、李公朴、史良。如果只告诉他研究"七君子"的，对方就搞不清楚了，谬误百出，有说谭嗣同、刘光第……

1936 年国内全面抗战的局面尚未形成，民族到了危亡的时刻，以沈钧儒、章乃器、邹韬奋、李公朴、王造时、史良、沙千里为代表的知识分子发起成立救国会，他们不计个人得失、毁家纾难，致力于全国团结一致御侮的局面形成，遭到由国民党主导的南京政府逮捕、关押。事件激起国内外的强烈反响，中国共产党人、宋庆龄、爱因斯坦、杜威、罗素等民众的声援、营救，引发"西安事变"，有效地促进了全面抗战的局面的形成，为全民抗战的实现做出了贡献。

史学界给这一事件命名为"七君子事件"，形成专用名词，国内研究现代史的学者一般都明白它的内涵。然而，对于该事件当事人，史学界一直没给出固定名称加以命名，出现了救国会七君子、爱国七君子、七君子等说法，导致概念模糊和混乱，出现不准确，有异义和偏颇的问题。

1. 在上海一家著名陵园里，有一座七人的群雕，命名为"救国会七君子纪念群像"，据了解，这是民盟中央建立在这里的。"救国会七君子"，把沈钧儒等七人仅局限在救国会的概念中，并不恰当。1935年末，救国会成立，它是一个松散且没有固定办公地的组织，处在半公开的状态中，总体上考量它的影响力弱于七人的名声，比如沈钧儒是当时的大律师、章乃器是上海银行界的少壮派领军人、邹韬奋是新闻出版人、王造时是留美归国的教授、李公朴是社会教育家，史良、沙千里是当年颇具影响力的青年律师。当年，毛泽东写的信函都给他们个人，而非救国会组织。七人被捕后，从国际名流、社会贤达、主战政府要员发出的营救、声援的声明、电文来看，也都直接用了七人中某几个人的称谓。由此，可见他们的社会声望。

后期的救国会长期处在秘密状态，1941年致信斯大林的公开信，用的是个人名义；救国会集体加入民盟后，许多工作以民盟的名义开展。1949年12月以后，随着中国人民救国会的宣布解散，救国会淡出历史，自身也成了历史名词。另则，史学界从来没有用救国会领导人被捕事件、救国会七君子事件命名这一现代史上的事件。

也有一些出版物、相关图片实物展，称为沈钧儒等七人为"爱国七君子"，七君子的思想和事迹以爱国主义为主要特征，但爱国主义并不能包涵他们的全部思想和人生实践，诸如他们还有法律、经济、教育、新闻出版的思想，笼统地用爱国概括七人的思想、行为、实践，并不精准。另外，爱国主义有广义、狭义之分，有古典与现代之分，称他们为爱国七君子容易简单化并产生误解。

中国社会科学院近代史研究所周天度在主编七人的传记时，用的是《七君子传》（中国社会科学出版社1989年版），用"七君子"专指沈钧儒等七人显然不合适，历史其他时期也出现过七君子、七子、七贤等，极容易混淆。这也是笔者与人交流时，产生误解的重要原因。

2. 2017 年初秋，笔者在复旦大学新闻学院、上海市中共党史学会单位等主办的"韬奋与同人——2017 韬奋研究学术论坛"上，率先使用了"现代七君子"的概念，作了题为《现代七君子精神初探》的报告，后该文收入《邹韬奋研究》第六辑（上海锦绣文章出版社 2018 年 12 月版）。但是，笔者并没就使用这一名称，而加以说明。

笔者以为，"七君子"古代有之、近代有之，而在中国现代史（1919 年—1949 年）上除沈钧儒等七人被冠于七君子外，没有其他。何况，七君子事件爆发在现代，以现代七君子命名七人具有合理性和科学性。

历史事件、人物群体的命名有一定的规律，常见方式以纪年、名号、历史阶段加以命名，是史学的通例。年号纪年法，采用中国古代帝王用来纪年的名号；天干地支纪年法，古代的一种纪年方式，民国纪年法，还有宰相大臣姓名、事发地点等命名的，如商鞅变法、王安石变法、玄武门之变等。

1898 年是农历戊戌年，6 月至 9 月，以慈禧太后为首的守旧派势力向以光绪皇帝为首的改良派发动一场血腥政变。政变的结果是，持续了百余日的戊戌变法宣告失败，谭嗣同、康广仁、林旭、杨深秀、杨锐、刘光第以及徐致靖，七人中除后者外，其余均被杀，史称戊戌七君子或戊戌六君子。这是用农历年份来区分其他"七君子"的命名。建安七子是用皇帝年号来命名，建安是东汉末年汉献帝的第三个年号，使用时间从 196—220 年，它是当时七位文学家的合称，包括陈琳、王粲、孔融、徐干、阮瑀、应场、刘桢。这七人大体上代表了建安时期除曹氏父子（即曹操、曹丕、曹植）外的文学成就。

在笔者的记忆里，没有用政治术语或文学概念来命名历史事件的当事人，如称谭嗣同等七人为"变法七君子""爱国七君子"，称陈琳等七人为"文学七子"，这些似乎违背了史学命名的规律。

七君子事件发生在中国现代史中期，影响了 1936 年以后的现代史发展走势，有效促进了在全面抗战前夕实现国内联合抗战局面的形成。所以，笔者以为采用"现代七君子"，特指沈钧儒等七人，符合史学研究的基本规律，即现代史上的七君子，简称为现代七君子。

3. 其实，除去七君子事件发生在现代史上、符合史学命名的基本规律等原因外，还有深层次的原因，决定了这一命名。

史学界一般认为，中国现代历史始于1919年五四运动到1949年共和国成立为止。七人中，除沈钧儒的思想由晚清改良派思想蜕变而来，其余人的思想形成与新文化运动、五四运动关系密切。章乃器、邹韬奋、李公朴、王造时、史良、沙千里都是在新文化运动中接受民主与科学思想，五四运动的亲历者、参与者，有的还成为学生运动的领袖。

五四运动爆发时，王造时、章乃器正在运动的发源地——北京。清华中等科二年级的学生和年级长的王造时，被选为清华学生代表团成员之一，与北京各校采取一致行动，带领同学到东安市场宣传演讲，当即被捕；山东军阀马良枪杀抵制日货的学生，济南、天津、北京各校学生组织代表团向总统徐世昌请愿，要求惩办肇事官员，王造时又遭拘捕。他对五四运动怀有深厚的感情，认为五四运动和新文化运动："粉碎了几千年来套在中国人民头上的精神枷锁，解放了人们的思想。"与此同时，章乃器亲历了这场伟大的变革，留下刻骨铭心的记忆和憾缺。李公朴在镇江发起组织爱国团，抵制日货，鼓励学生们砸店、焚货，打击奸商的助日行为。结果，被店主开除。武进女子师范学生会长史良，被推选为三校联合会副会长、评议部主任。她与同伴们一起组织游行，演讲，查抄日货。年轻的史良偏向于克鲁泡特金的无政府思想，幻想中国成为一个公道社会。

五四运动的中心移到上海，邹韬奋参加《学生联合会日刊》的编辑工作。之后，他发表《青年奋斗之精神与国家前途之希望》，文章具有政治宣言性,不仅触动了儒学伦理道德观要求下形成的社会基本构成单位——家庭,而且,还指出了实现自己主张的社会力量和途径,把中国的希望寄托在他心目中的"新人物"的身上。这样一个群体在中国传统社会中从未出现过,具有强大的人格力量,改造世界的动力来自他们本身内在的动因。

七人具有深厚的传统文化基础,又有接受外来文化教育的背景,七君子事件发生时,他们是知识分子,又是中国进入现代阶段培育出的中产阶级人士,经济上相对丰裕,为保障他们从事社会活动提供了物质基础。他们的社会属性——中产阶级知识分子,是中国进入现代阶段特有的产物。

这一中产阶级知识分子群体,显形的集合状态存在的时间不长,于同时同地同案被逮捕,从 1936 年 11 月关押至 1937 年 7 月,短暂的相聚,体现出他们共同的精神追求,和思想实质的一致,实践目的的同一性。而作为隐形的集合体存在有一百多年的历史,经历了纷繁的变迁和动荡,这些历史现象掩盖不住历史发展过程中的内在规律,比如,在集合状态出现之前,七人关注着民族存亡问题,主要精力放在新文化的教育普及、民主生态的形成上。济南惨案后,尤其在 1931 年九一八事变发生后,民族存亡问题提升到他们首要关注的高度,逐步形成只有全民联合才能御敌的共识。显性集合状态过后,他们又回到了隐性的集合状态中,处于这一状态的七人精神实质、行为所需达到的目的,依然具有同一性。

这一集合体的发生、发展到终结,与中国现代社会发展进程紧密相连,在现代史上具有一定的代表性,代表了当时许多中产阶级知识分子的走向。所以,以现代七君子命名"七君子事件"的当事人,符合历史事实和历史学的规律。

(2021 年 1 月于锦园观旭楼)

略论朱元璋对苏松太地区人力资源再配置的意义

人作为生产力的第一要素，是推动社会经济发展的重要因素，如何配置人力资源直接关系到一个地区乃至国家的发展。以农业立国的中国古代社会，一般而言，掌握先进生产技能、资金丰裕的个体或小群体，在客观条件制约发展时，向地域广阔、可利用耕地丰富，人力资源不足的地区流动，实行人力、财力的再配置，这种以发展经济为目的配置，一般遵循的是经济发展的自身规律，和追求利益实现的个体或小群体的自觉行为。

然而，在高度集权的专制时代，皇权支配社会的一切资源，呈现出以帝王意志转移的特点。帝王的决断与社会实际相一致时，帝王意志实现的结果一般而言是正能力的。然而，相背离时，他的决断便为错误，实际上违背经济和社会发展规律，成为一种反动。

1. 历史上黄河决堤通过泗水进入淮河，淮河水系遭到破坏，中下游地区出现连续的灾害，又由于抗元的兴起，许多人口随着征战的大军离开故土走向全国，淮河中游尤其是凤阳地区出现了人烟稀少、土地荒芜、百姓生活极端贫穷的局面。至正二十六年（1366）四月，朱元璋回到故乡，心情沉重，对中书省臣说："吾往濠州，所经州县，见百姓稀少，田野荒芜，由兵兴以来，人民死亡，或流徙他郡，不得以归乡里，骨肉离散，生业荡尽，此辈宁无怨嗟？怨嗟之起，皆是以伤和气。尔中书其命有司遍加体访，俾之各还乡土，仍复旧业，以逐生息。庶几，斯民不至失所"。在这些地区，税源几近枯竭，陷入"租税无所从出""积年逋赋"的困境。

洪武二年（1369）九月，朱元璋召开老臣会议，明确表示在临濠（今安徽凤阳）建中都，并得到拥护；在《奉安中都城隍神主祝文》朱元璋再次表示：朕今新建国家，建都于江左，然去中原颇远，控制良难。择淮水以南，以为中都。

建中都于凤阳，凤阳不可能在一片荒芜中求得发展，它需要拥有经济、文化的基础，而人是这些基础的根本。朱元璋为了充实中都人口，他重新配置人力资源，诏令从全国各地向凤阳移民，其民族有汉、回、蒙古、瑶等，人员成分贫民、富民、文人、军士、罪官、罪民等，总数约 55 万（包括军卫人数约 30 万），其中洪武七年一次移江南民达 14 万，再加上正统年间以后北方流民进入凤阳府，移民人数占总人口的百分之八十。

在我国移民史上，大规模的移民一般由北方向南方迁徙，元末明初却出现了江浙人口向淮河流域迁徙的现象。据统计，当时江南移民的数量高达 16 万人，苏（州）松（江）太（仓）地区首当其冲，这些所谓的移民，其实是朱元璋对人力资源进行的配置。

中都罢建后，朱元璋把南京作为主要的人力资源导入地。洪武十三年（1380），取苏、浙等地四五万千余户富民，填实南京；洪武二十四年（1391），徙天下富民 5300 户"以壮京畿"。

人力资源再配置的实现，成为耕地增加的主要原因。同时，应该看到朱元璋颁布的其他配套政策也促进耕地的恢复。比如，战争中被抛荒的耕地，已被他人耕垦成熟的，成为耕垦者的产业，"其田主还乡，仰有司于附近荒田内验数拨付耕作"。洪武三年（1370），朱元璋下令将北方郡县近城的荒地分给无田的乡民耕种，"户率十五亩，又给地二亩与之种蔬，

有

余力者不限顷亩,皆免三年租税"。这一政策在苏州府太仓也得以实施"见丁授田一十六亩"。后来还规定陕西、河南、山东、北平等布政司及凤阳、淮安、扬州、庐州等府,允许农民尽力垦荒,官府不得征税。洪武二十八年(1395),明朝政府又颁发法令:"凡民间开垦荒田,从其首实,首实一年后官为收科。"虽然取消原先永不起科的规定,但农民取得了合法的土地所有权。上述法令的施行,使许多农民获得小块耕地,成为自耕农,拥有扩大再生产的能力,也比佃农经济具有更大适应性和灵活性。

这些相关政策的出台和提倡的"安民为本""藏富于民"主张,实行休养生息,与恢复和发展生产有着紧密的联系。由于明朝政府无法在这些地区实现税收,迫切需要实行开垦荒田、授田男丁,推行屯田、水利,提高农民的生产积极性、鼓励农业生产,出现人口增加、耕地增加的局面。

应该看到大规模的人力资源再配置和相关的一系列配套政策出台,给凤阳、南京地区带来的耕地面积扩大,比如凤阳,据王其榘在《明初全国土田面积考》一文中说,"凤阳府田赋,大总原额田地并溢额及清出田地共有十九万八千六百五十五顷余,今实在成熟田地共十四万九千八百零二顷",他运用的数据出自康熙二十四年《凤阳府志》卷二和《建置沿革》卷十《田赋》。洪武二十六年凤阳有四十一万顷耕地,到清康熙时仅剩十五万顷左右。

就全国的耕地而言,洪武十四年到二十四年间,增加了二十万七千零三十一顷余。据《宋史·食货志》的记载,北宋时期最高的耕地数是在宋真宗天禧五年(1021),当时全国耕地总数为五百二十四万七千五百八十四顷。《元史》不记载全国土耕地数,无法比较。据王其榘考证,明初耕地数是四百五十万顷,这是对当时实际耕地的最高估计(不包括军屯和南都牧马草场以及那些永不起科的土田数字在内)。

　　显而易见，由于元末明初的连年战争和自然灾害，耕地锐减，明初在朱元璋的大规模的人力资源再配置和一系列扶持政策出台后，有效地促进了耕地的恢复，虽然没有达到历史的高峰值，但是，也出现耕地增长迅速，对经济发展起到一定积极的作用，有效稳定了朱元璋的集权专制统治。

　　2. 帝王支配一切资源的最终目的是维护统治的有效性和长久性，人力资源的再配置也不例外，从江南的苏松太富户大量被迫迁徙和朱元璋对该地区实行的赋税政策，可以看得格外清晰。

　　苏松太地区在我国南宋初年，就有了"苏常熟，天下足"的说法，它和常州在当时，已是南宋最主要的商品粮基地，苏州、常州的丰收可以确保南宋的商品粮供应，苏州的经济地位居南宋全国之冠。在元灭南宋的过程中，江南未发生多少战事，入元后依然是全国经济的重镇。随着棉花种植和棉纺织业的迅速发展，松江府逐渐成为棉布的主产区，以至有"衣被天下"之称。而且，这片土地面临一段绵长的海岸线，海产品和对外贸易，丰富当地人的生活。

　　这一地区，在元末曾经是张士诚的大本营，张士诚在这里经营了十年之久，形成了一定的影响力。朱张大战时，朱元璋久攻不下。即使张士诚被俘至应天府自缢后，还有人一度谋反，民间依然有纪念活动。这一地区，经济发达、人文思想丰富，不利于朱元璋的集权统治。由经济而延及文化的打击、摧毁，使其不再拥有任何反抗的基础，这是朱元璋的本旨。

　　朱元璋大规模地迫使这个地区的富户、文人，迁至三百多公里外的淮河中游，客观上剥夺了他们的耕地拥有权，使这一地区出现大量的土地抛荒的局面，所以有了日后在苏州府太仓实施"见丁授田一十六亩"的土地再分配的做法。也有学者认为："（朱元璋）采取一些抑制豪强的措施。豪强地主占有大量土地，在乡里横行霸道，并隐瞒丁口和土地，向农民转嫁赋役负担，是造成社会动乱的一个祸根。当时的江南是经济最发达的地区，豪强地主的势力也最为强大。明朝建立前后，明太祖几次下令将依附于陈友谅、张士诚、方国珍的江南豪强和元朝孤臣孽子迁到凤阳。他还下令把江南一些富户迁到南京"。如果，仅仅用官方修订的"正史"，冠以这部分人为"乡里横行霸道，并隐瞒丁口和土地，向农民转嫁赋役负担"的豪强恶霸，恐怕有些以点概全。根本的原因是这批富户、文人，在朱元璋心目中是敌对势力，构成天下"不太平"的根源之一。

这样的人力资源再配置，不是单纯的以发展经济为目的，而是在政治目的挟裹下的产物。同时，带有明显的惩罚性。江南的欠发达地区依然存在，尚有可开发的空间，苏松地区的人力、资金向那里流动，对经济发展更具有价值和可行性。但是，朱元璋没有这样做，而是把他们迁徙至淮河中游，以解决那里的贫瘠和荒芜。同时，试图解决中都的人力、物力、财力不足的困境。

朱元璋重点打击的是江南富户，明朝学者方孝孺在《逊志斋集》卷二十二《才苓子郑处士墓碣》说："当是时，浙东、西巨室故家，多以罪倾其宗"。松江人朱孟闻"家饶于资"，洪武初则"徙居濠梁"；又有"大姓谢伯理氏，繇云间徙临淮之东园"，而且强迫遣送，似乎无需安排什么罪名和理由，只要是家中有钱就有可能成为打击对象。清人杨复吉《梦阑琐笔》谈及明初松江的流放："岂独（华亭）路氏，就松属若曹、瞿、吕、陶、金、倪诸家，非有叛逆反乱谋也，徒以拥厚资而罹极祸，覆宗湛族，三世不宥"。松江拥有雄厚财产的家族，在明初无一例外地遭受朱元璋的惩罚，牵连甚至延续几代人。

明初时，朱元璋将所有直接或间接曾与张士诚有往来的江南文人押解到金陵，后又发往濠州。杨基、徐贲、余尧臣等曾经在张士诚政权任职的文人都被遣送濠州，很少有善终，徐贲下狱死；杨基被谗夺官，死于公所。

昆山顾瑛只是因为儿子曾任元官，也被发配濠州，"缙绅士大夫"，明初"谪居临淮"。"杭、湖、嘉兴、松江等府官吏家属，以及郡流寓之人凡二十余万并元宗室神保大王黑汉等皆送建康"。

吴中巨富顾德辉，轻财善结纳宾客，筑别业曰玉山佳处，与客赋诗其中。著有《玉山草堂集》。至正27年（1367年）顾德辉一家被迫迁徙凤阳，第三年便在贫困和屈辱中死去，时年不足六十岁。他在《往凤阳至虎丘》七绝中写道："柳条折尽尚东风，杼轴人家户户空。只有虎丘山色好，不堪又在客愁中。"

在洪武元年（1368）以后的六年时间里，松江富户、诗人邵亨贞的家庭连遭厄运，长子邵克颖因受牵连，获罪入狱；时隔不久，次子邵克淳又被迫迁至濠州，后死在那里。洪武六年，邵亨贞风光一时，曾为翰林院编修，奉诏归娶，刘基曾为此事作诗以赞颂他的女婿张宣，后张宣被贬谪濠州，途中不幸身亡。饱经沧桑的花甲老人邵亨贞，承受了一次次的内心煎熬。

家居华亭吴淞的沈复吉，自幼喜好书，擅长并精通医术。明初徙居临濠，仍以行医为生。邵文博是松江大户，家有园亭甚美，取名沧州一曲。贝琼于元末应邀至其家授学，教其子麟。明初被迫全家迁往凤阳，并亡故于此，其子麟在父亲死后，仍将当年"沧州一曲"匾额悬于凤阳陋室，以表达对家乡的思念。

配置去凤阳的江南士人的生活十分凄惨，郑真在《荥阳外史集》《东涧草堂记》中，描绘松江文人夏文彦在凤阳的境况时，曾言"松江夏氏士良，系名谪籍，得而乐之，构草堂以居，耕田贩牛，温饱仅足"。贝琼在洪武八年，做中都国子助教，《清江贝先生文集》卷二十六《沧州一曲志》言"洪武六年，余起为国子助教，越二年又奉命分教中都"，在生命的最后四年，贝琼在凤阳度过，对迁于此的文人生活状况较为了解，文人"冻馁疾殁不可胜数"。《清江贝先生文集》之《中都集》中有大量描绘凤阳生活条件艰苦的文字，艰辛的生活，更加深了人们对故乡的思念。管讷在《蚓窍集》卷六《送兄勉翁自凤阳回淞》写道："把酒灯前醉复倾，别离无限乡情。一身千里久为客，百岁几时长见兄。春雨园庐青草遍，暮云丘陇紫芝生。白头遂我东辕日，数亩圭田得耦耕。"《贺张季自临濠还乡》的作者董纪云写道："十年淮甸叹离居，喜得归来有敝庐。衣裂去时慈母线，囊留别后故人书。四邻访旧多为鬼，三径开荒半是墟。且把钓竿重整理，江南还有四腮鱼。"谢应芳《考妣祝文》言"伏念某儿子木，屯田临濠，如落陷阱"。

朱元璋清查全国户口，建立严格的户籍制度。同时，《大明律》规定：如有逃户依律问罪。这样，把移民牢牢地拴在这片土地上。但是，移民的逃跑几乎天天在上演，尤其逢自然灾害时。在抗争中，更多的人屈服了强权，在淮河中游两岸贫瘠的土地上繁衍生息。

一手把那些富户、文人迁出原居住地，造成江南经济、文化毁灭性的崩溃，有效地铲除可能对新王朝产生的威胁。另一手就是征收高额的税，让生活在这片土地上的人们没有更多的资金留存在自己的手里，失去经济能力，无力形成反抗势力。这样，也有助于迫使他们离开故土。

朱元璋对这一地区采取惩罚性的赋税政策，原因主要是"张士诚据吴，太祖屡攻之不下，怒其民为之守。故张氏灭，独加三吴赋税"，明朝的谢肇淛在《五杂俎》中写道："三关赋税之重，甲于天下，一县可敌江北一大郡，破家之身者往往有之。"洪武年间苏松常地区的赋税，约占全国的六分之一，仅松江一府就约占浙江赋税的一半。重赋造成百姓流离失所，被迫接受朱元璋的配置也成了必然。同时，严厉的海禁使这一地区的沿海居民失去生活来源。朱元璋彻底消除这一地区危及统治的力量存在。

明末清初思想家顾炎武在《日知录·集释》卷十《苏松二府田赋之重》条有统计说："洪武中，天下夏税秋粮以石计者总二千九百四十三万余，而浙江布政司二百七十五万二千余。苏州府二百八十万九千余，松江府一百二十万九千余，常州府五十五万二千余，是此一藩三府之地，其田租比天下为重，其粮额比天下为多。"

巨额的赋税给百姓套上了沉重的枷锁，直接导致"苏、松二府之民则因赋重而流移失所者多矣"的局面出现。后来又有了这样的记载："至洪武以来，一府税粮共一百二十余万石，租既太重，民不能堪，于是皇上怜民重困，屡降德音，将天下系官田地粮额递减三分、二分外，松江一府税粮尚不下一百二万九千余石。愚历观往古，自有田税以来，未有若是之重者也。以农夫蚕妇冻而织、馁而耕，供税不足，则卖儿鬻女。又不足，然后不得已而逃。"

据民国学者李根源、曹允源在《吴县志（二卷）》中记载，明初曾有官员对不堪重负荷的百姓表示同情，上疏给朱元璋"请减重额"。朱元璋不仅拒谏，甚至罗织罪名，上疏官员得到的却是"赐死"的下场。洪武十年（1377），朱元璋诛死倡议者苏州知府金炯和户部尚书滕德懋，且因此严禁苏、松人士任户部官员。

3. 朱元璋的对苏松太地区实行的一系列政策，就某种程度而言恢复、拓展了淮河中游地区的耕地，促进这一个地区的经济、文化的发展。但是，这只是一种表象，耕地的扩大，并非意味着产能的提高，如果配置的生产第一要素的人缺乏积极性，产能必然低下且勉强供于自身温饱，产生的经济效应十分微弱，文化的创造更无从谈起。

有人也会说，这一人力资源的再配置，一定程度上促进地区发展的平衡和人口导入地区的经济繁荣，是牺牲个体或小群体利益，实现国家整体进步和发展的战略部署。

以儒学为主体的传统文化，长期倡导的价值观以牺牲个体或局部群体利益而服从于人群利益，这种价值观左右了中国社会二千多年，在帝王集权的历史时期，这样的道德与价值观往往直接服务于帝王和依附于帝王的小集团，或者说，在强调所谓的群体利益时，直接满足了帝王和他主导的小团体的利益。元末明初江南的人力资源再配置政策，最后的结果是朱元璋成了大赢家，这个赢在于他的政治目的实现，在经济上的意义并不显著。所谓的地区发展平衡和人口导入地区的经济繁荣，只是一种假象，隐藏的是帝王不可告人的政治目的。在淮河泛滥不解决的情况下，单纯的人口导入，根本上解决不了淮河流域的贫困；中都的罢建又使这片土地失去了一次发展的机会，无数的被配置过去的人力资源，发挥着低效能，继续着贫困。

淮河中游与江南经济发达地区之间，经集权者的配置，在某一个历史时期出现相对的发展平衡，这是以原本繁荣地区的倒退、崩溃和贫困地区的有限增长为代价而形成的不可持续性的局面，实际上它们之间的绝对差距依然存在，这是自然地理位置、人文等诸多因素所致，并非简单的人力资源再配置可以解决。

另则，一个经济繁荣、文化发达的地区，孕育的创新能力显而易见，而它的衰弱甚至倒退，阻碍了创新能力的形成，继而使一个地区乃至一个国家陷入迟滞发展的怪胎中。

可以说，朱元璋在元末明初对苏松太地区的人力资源的再配置，政治价值的实现远远超过了经济意义。

（原载《第二十届明史国际学术研讨会论文集》　中国明史学会编2019 年 8 月）

《生活日报》与鲁迅生前最后一次专访的公开发表

鲁迅生前最后一次接受专访，且作公开发表，无疑是一份研究鲁迅的重要历史文献。但是，1949 年后，它没有出现在公众视野里，也没有引起研究者的广泛关注，反而一度引发真伪之辩。这篇专访到底是怎么形成的，为什么在邹韬奋创办的《生活日报》公开发表，本文将作出分析，并完整公开这篇专访——《前进思想家——鲁迅访问记》，从中可以看到鲁迅临终前的思想，与邹韬奋当时的思想存在的异同。

一

1936 年初，邹韬奋主编的《大众生活》被迫停刊，他前往香港筹备《生活日报》的出版。4 月胡愈之偕同潘汉年从莫斯科回国，途经法国巴黎，胡接到邹韬奋从香港发来的电报，邀请他到港帮助筹办《生活日报》。

不久，潘汉年、胡愈之来到香港，胡向邹韬奋介绍了共产国际关于建立国际反法西斯统一战线的方针和中共的"八一"宣言，告诉邹韬奋，报纸不能接受"两广"地方实力派的经济支持，搞反对蒋介石的宣传，应该由反蒋抗日转向联蒋抗日。

6 月 7 日，邹韬奋任社长兼主笔的《生活日报》在香港创刊，胡愈之协助邹韬奋主持社务工作。《生活日报》每日销售两万份左右，成为当地销量最高的日报。邹韬奋在创刊词中表明："本报的产生正在中华民族危急存亡最迫切的非常时期。在这样的非常时期，凡是中华民族里面不愿做奴隶的每一分子，都有他的对于民族应负的特殊任务，在舆论界服务的报人们同样地也有着他们的特殊任务。"他指出，"以全国民众的利益为一切记述评判和建议的中心标准。"在谈到办《生活日报》的目的时，他认为要努力促进民族解放，积极推广大众文化，从民众的立场，反映全国民众在现阶段内最迫切的要求，"我们做中国老百姓的人们，不管张三李四，不问何党何派，在行动上抗敌救国的便是全国民众的好友，在行动上降敌卖国的便是全国民众的仇敌；今日在事实上表现抗敌救国的是友，明日在事实上降敌卖国，就即时是敌。民族解放运动所争取的是民族大众的利益，所以必须唤起民众，共同奋斗，揭破汉奸理论的麻醉，制裁汉奸疯狂的行为，灌输抗敌救亡的知识，指示抗敌救亡的实践。"这些主张和认识，是邹韬奋自 1935 年末救国会成立前后主张联合国内一切力量抗日救国思想的延续和发展，又与此时"八一"宣言的主张相一致。

　　1936 年 6 月 13 日出版的《生活日报》第 7 期第 7 版前进专栏中，刊登了《前进思想家——鲁迅访问记》一文。这是，鲁迅生前最后一次接受记者采访，公开发表的采访记，且在 1949 年新中国成立后没有收录《鲁迅全集》和其他相关的集子中，也没有引起研究者的关注。关于这篇访问记的来龙去脉，《生活日报》为什么刊登这篇访问记，本文将展开分析。

二

　　1936 年伊始，56 岁的鲁迅身体状况越来越差，他在日记中写道："病情已经很深重，肩与胸一直在剧痛。"到了 5 月 15 日，"病又作，从那以后，一直热度不退。"他一直在接受治疗，居家未出。

5月18日，他冒着小雨来到北四川路底（今四川北路2050号）的内山书店，接受一位素不相识的年轻记者的采访。

前来采访的记者叫陆诒，时年25岁，公开身份《新闻报》记者，实际上他还是上海各界救国联合会机关报——《救亡情报》的编委兼记者。

采访从鲁迅对1935年"一二九"以来全国学生救亡运动的感想而起，然后谈了救国团体最近所提出的"联合战线"这问题，鲁迅认为在民族危机日益深重之际，联合战线口号的提出，当然必要。接着，他谈到文学问题，主张以文学来帮助革命。最后，话题集中到汉字改革上来，鲁迅认为新文字运动应当和当前的民族解放运动，结合起来同时进行，是每一个进步文化人应当肩负起来的任务。整个采访历时半个多小时。在陆诒看来，采访过程中鲁迅情绪热烈、态度兴奋，绝对不像一个病人。之后，鲁迅便卧床不起。期间，鲁迅亲自校阅了这篇访问记。

在他5月20日的日记中，就有"得徐芬信"的记载。1936年5月30日出版的《救亡情报》发表了署名为芬君的《前进思想家——鲁迅访问记》。同月29日，病重的鲁迅使用了强心剂。两天后，史沫特莱请美国D医生来诊断，病已危急。冯雪峰生前回忆，重病中的鲁迅读过这篇发表的访问记。

从这次采访，到10月19日病逝的五个月中，鲁迅没有再次接受媒体专访的记载。

鲁迅为什么在病重期间，冒着细雨接受《救亡情报》采访，《救亡情报》又是一张怎样的报纸？

1935年12月12日，包括邹韬奋在内的上海文化、教育、艺术界283位知名人士，发表救国运动宣言，提出坚持领土和主权的完整，否认一切有损领土主权的条约和协定等八项主张。之后，上海相继出现了妇女界、文化界、电影界、大学教授救国会等组织。1936年1月28日，上海各界救国联合会成立，推选邹韬奋与沈钧儒、章乃器、李公朴、王造时以及其他一些人士为执行委员，领导民众抗日救亡运动。

《救亡情报》是该会的秘密发行的机关报，1936年5月6日出版创刊号，每星期出版一张（四版），每遇重大事件出版专辑、号外，同年末，因沈钧儒、章乃器、邹韬奋等七君子被捕，和西安事变发生，被迫停刊。在它的发刊词中明确告诉读者："各社会层分子的利益，只有在整个民族能够赓续存在的时候，才能谈到。在这大难当头，民族的生命已危在旦夕的时候，我们必须联合一致，与敌人以及敌人走狗——汉奸斗争。"

在救国运动宣言签名、救国会各类活动中，找不到鲁迅的名字，也没有他公开站出来支持的记载。有一次，救国会主要领导者章乃器在冯雪峰安排下，与鲁迅见面，章乃器介绍了救国会的性质、组织机构。鲁迅看着他，没有表示什么意见。章乃器回忆："会见的结果并不好。"

那么，《救亡情报》问世仅仅十多天后，鲁迅为何接受了它的采访呢？据陆诒回忆，这次采访由上海各界救国联合会实际负责宣传工作的中共地下党员、新知书店负责人徐雪寒安排，并交代了采访目的，"主要是征询他（鲁迅）对当前抗日救亡运动的看法和组织文化界联合战线的意见。"陆诒根据徐雪寒提供的地址、接头暗号，顺利地进行了采访，当天写完稿子后，交给了编辑刘群。"这篇稿子是经过何人送请鲁迅先生审定的，我从来未打听过。"陆诒曾经这样说。

是谁预约鲁迅作这次采访，又是谁把采访稿送达鲁迅审阅的疑问，目前尚无史料可供破解。但可以肯定的是，这与徐雪寒、冯雪峰等人有关。

救国会成立时，中共地下党人周新民、钱亦石、钱俊瑞、徐雪寒等参加了救国会工作，他们相互不暴露身份、不发生组织关系。4月，冯雪峰受中央委托，秘密潜回上海，与救国会的领导人正式取得联系，转达毛泽东和中共中央的抗日民族统一战线政策。他是第一个公开身份与救国会领导人接触的中共党员。而且，这一时期的冯雪峰与鲁迅交往密切，"住在鲁迅先生那里"。

可以判定的是，中共地下党人策划了这次采访，才有鲁迅带病冒雨前去接受采访的事。

三

原先，陆诒在《救亡情报》上发表文章，署的是静芬的笔名。可是，这一次他另起笔名芬君，居于文末。

这篇访问记发表后，产生了一定的社会影响。鲁迅病逝后，出版的《鲁迅先生纪念集》《鲁迅访问记》《鲁迅全集补遗》都收录了这篇访问记。新中国成立后，这篇访问记便消失在《鲁迅全集》等相关的著作中，没有全部公开过。

对于这篇访问记，曾经出现过真伪难辨的说法，由于那时难以确认作者、文风又与鲁迅不同，于是，有人认为这篇访问记是伪作。1980 年第 1卷《新文学史料》上发表了严家炎的《鲁迅对〈救亡情报〉记者谈话考释》，通过对鲁迅关于联合战线的阐述的比对，确认它的可信。但是，他没有查证出作者是谁。紧接着，在该刊第 3 卷上发表了陆诒的《为〈救亡情报〉写〈鲁迅先生访问记〉的经过》，澄清了事情的事实。但是，严文与陆文都没有完整地公开这篇访问记。那么，鲁迅在这篇访问记中到底说了些什么呢？

《前进思想家——鲁迅访问记》

满怀着仰慕和期望的情绪，去访问我国前进思想家鲁迅先生。在一个预约好的场所，他坐在那里，已经等了一刻多钟。一见面，我就很不安地声述因等电车而延过时刻的歉意。他那病容的脸上，顿时浮现出宽恕的而又自然的微笑，对我说："这是不要紧的；不过这几天来，我的确病的很厉害，气管发炎，胃部作痛，也已经有好久居家未出，今天因为和你是预先约定好的，所以不能不勉强出来履约"。听了他这些话，已足以使我内心深深的感动了！

谈话一开始，首先问他对于去年"一二九"以来全国学生救亡运动的感想。他鼓起浓密的眉毛，低头沉思了一下，便说："从学生自发的救亡运动，在全国各处掀起澎湃的浪潮这一个现实中，的确可以看出，随着帝国主义者加紧的进攻，汉奸政权加速的出卖民族，出卖国土，民族危机的深重，中华民族中大多数不愿做奴隶的人们，已经觉醒的奋起，挥舞着万众的拳，来摧毁敌人所给予我们这半殖民地的枷锁了！学生特别是半殖民地民族解放战争中感觉最敏锐的前哨战士，因此他们所自发的救亡运动，不难影响到全国，甚至影响到目前正徘徊于黑暗和光明交叉点的全世界。再从这次各处学生运动所表达的各种事实来看，他们已经能够很清楚的认识在民族解放战争前程一切明明暗暗的敌人，他们也知道深入下层，体验他们所需要体验的生活，农民工人加紧推动这些民族解放战争的主力军。在行动方面，譬如组织的严密，遵守集团的纪律，优越战术的运用，也能够在冰天雪地中，自己动手铺设起被汉奸拆掉的铁轨，自动驾驶火车前进，这一切，都证明这次学生运动，比较以前进步得多，这是一个可喜的现象！但缺憾和错误，自然还是有的。希望他们在今后血的斗争过程中，艰苦的克服下去。同时，要保障过去的胜利，也只有再进一步的斗争下去；在斗争的过程中，才可以充实自己的力量，学习一切有效的战术。

其次，我问道全国救国团体最近所提出的"联合战线"这问题。他很郑重的说："民族危机到了现在这样的地步，联合战线这口号的提出，当然也是必要的，但我始终认为在民族解放斗争这条联合战线上，对于那些狭义的不正确的国民主义者，尤其是翻来覆去的投机主义者，却望他们能够改正他们的心思。因为所谓民族解放斗争，在战略的运用上讲，有岳飞文天祥式的，也有最正确的，最现代的，我们现在所应当采取的，究竟是前者，还是后者呢！这种地方，我们不能不特别重视。在战斗过程中，决不能在战略上或任何方面，有一点忽略，因为就是小小的忽略，毫厘的错误，都是整个战斗失败的源泉啊！"

接着，他谈到文学问题，他主张以文学来帮助革命，不主张徒唱空闻高论，拿"革命"这两个辉煌的名词，来抬高自己的文学作品。现在我们中国最需要反映民族危机，鼓励战斗的文学作品，像"八月的乡村""生死场"等作品，我总还嫌太少。在目前，全中国到处可听到大众不平的吼声，社会上任何角落里，可以看到大众为争取民族解放而口流的斗争鲜血，这一切都是大好题材。可是前进的我们所需要的文学作品的产量还是那么贫乏。究其原因，固然很多，如中国青年对文学修养太缺少，也是一端；但最大的因素，还是在汉字太艰深，一般大众虽亲历许多斗争的体验，但结果还是写不出来。

话题一转到汉字上来，他的态度显得分外的愤慨和兴奋，他以坚决的语调告诉我："汉字不灭，中国必亡。"因为汉字的艰深，使全中国大多数的人民，永远和前进的文化隔离，中国的人民决不会聪明起来，理解自身所遭受的压榨，整个民族的危机。我是自身受汉字苦痛很深的一个人，因此我坚决主张以新文字来替代这种障碍大众进步的汉字，譬如说，一个小孩子要写一个生僻"的口"字，或一个"口"字，到方格子里面去，也得要花一年功夫，你想汉字麻烦不麻烦？目前，新文字运动的推行，在我国已很有成绩。虽然我们的政治当局，已经也在严厉禁止新文字的推行，他们恐怕中国人民会聪明起来，会获得这个有效的求知新武器，但这终然是不中用的！我想，新文字运动应当和当前的民族解放运动，配合起来同时进行，而进行新文字，也该是每一个前进文化人应当肩负起来的任务。他扶病谈话，时间费去半小时以上。谈话时热烈的情绪，兴奋的态度，绝对不想一个病者，他真是个永远在文化前线上搏斗的老当益壮的战士！这次访问所给予我深刻的印象，将永恒的镌铭在我的脑际。

临别时，我还祝颂他早日恢复健康，目送他踏着坚定的步伐，消失在细雨霏霏的街头。

（本文抄就后，经鲁迅先生亲自校阅后付印）

以上文中的□，为本文作者无法辨认的字。

四

邹韬奋为什么在《生活日报》创刊不久转发了这篇访问记呢？访问记的作者陆诒不仅兼着《救亡情报》的记者，同时还担任着《生活日报》驻沪记者。据他回忆：当时共同参与《救亡情报》筹备工作的恽逸群，应邹韬奋邀请去了香港，出任《生活日报》的新闻编辑兼外电翻译，对《救亡情报》上发表的重要文章大都加以转载。于是，《前进思想家——鲁迅访问记》便出现在《生活日报》。陆诒发给《生活日报》的稿件通常用的是静芬，恽逸群从行文风格上来判断芬君就是静芬，所以《生活日报》发表该文时，作者署名为静芬，而非芬君。

除了上述原因之外，从鲁迅谈话的内容来看，他关于学生运动、联合阵线、汉字革命的想法与邹韬奋的大体一致，这也是《生活日报》转载这篇访问记的重要原因所在。

鲁迅认为学生自发的救亡运动，在全国各处掀起澎湃的浪潮，从中可以看出民族危机的深重，中华民族中大多数不愿做奴隶的人们，已经觉醒，学生们发起的救亡运动，不仅仅影响到全国，甚至是全世界。学生运动所表达的各种事实来看，他们已经能够认识到民族解放战争过程中出现的敌人，"在行动方面，譬如组织的严密，遵守集团的纪律，优越战术的运用，也能够在冰天雪地中，自己动手铺设起被汉奸拆掉的铁轨，自动驾驶火车前进，这一切，都证明这次学生运动，比较以前进步得多，这是一个可喜的现象！"邹韬奋在《再接再厉的学生救亡运动》一文写道："我们大声疾呼奉告全国的人们，学生运动的前途怎样，便是整个民族的前途怎样！凡是不愿自己和子子孙孙做亡国奴的人们，都应该督促各界组织起来，结成'联合战线'，和学生运动联系起来，分工合作，发动民族解放的战争，抢救这个垂危的国家。"鲁迅、邹韬奋都在学生发起组织救亡运动中，看到希望、力量，给予学生运动热情鼓励和高度评价。

对于联合战线问题，他俩的认识也高度相似。鲁迅说："民族危机到了现在这样的地步，联合战线这口号的提出，当然也是必要的，但我始终认为在民族解放斗争这条联合战线上，对于那些狭义的不正确的国民主义者，尤其是翻来覆去的投机主义者，却望他们能够改正他们的心思……"邹韬奋说："在努力于民族解放的大目标下……结成'联合战线'共同努力。在已有觉悟而仍不免中立或踌躇的分子，也应当知道不加入'联合战线'共同努力，即无异替反动方面增加力量，也就无异于做了汉奸，做了民族的罪人！"

团结一切可以团结的力量建立民族解放斗争的联合战线，鲁迅认为是必要，同时希望那些国民主义者、投机主义者能够改正，改变狭义、善变的做法；邹韬奋对中立或踌躇的分子的警示，似乎也是出于结成广泛的统一战线需要。

鲁迅认为，"汉字的艰深，使全中国大多数的人民，永远和前进的文化隔离，中国的人民决不会聪明起来，理解自身所遭受的压榨，整个民族的危机……因此我坚决主张以新文字来替代这种障碍大众进步的汉字……"邹韬奋在《中国文字大众化》一文中表示"中国的文字，有许多反映着封建社会的意识。试举一二简单的例，一个人的死，原是一件很平常的事，但是就有崩（天子死），薨（诸侯死），卒（大夫死），终（君子死），死（小人死），等等的麻烦！""大众说话，阿猫阿狗的死是死，老子儿子的死也是死，不但简单明了，在意识上便一扫封建的意识。""我们不但要努力使文字在形式上大众化，也要努力使文字在意识上大众化。"

鲁迅、邹韬奋对汉字改革的认识是一致的，传统的汉字阻碍文化的普及和社会的进步，改革成了必然。但是，他们呈现的激烈程度是不同的，鲁迅更尖锐，邹韬奋更显平和，也犹如他们不尽相同的文风和个性。

由于，救国会没有获政府的注册登记，作为它的机关报《救亡情报》，处在秘密编辑出版发行的状态中，社址从不挂牌，通讯由"五大救国团体常务委员处转"，没有固定办公地点；为免遭破坏，还必须频繁调换印刷所。该报主要通过救国会成员分发或在群众集会上散发，以及由报摊小贩秘密出售。《生活日报》是在香港公开发行的报纸，故此，鲁迅的这篇访问记，真正公开发表的是在《生活日报》上。以后，《新东方》杂志（第一卷第五期）进行了转载，《夜莺》杂志（第一卷第四期）作了摘要，产生了一定的社会影响。

（原载《第五届韬奋学术研究会论文集》 江西师范大学新闻与传播学院等编 2019 年 11 月）

现代七君子精神初探

以往，人们通常把现代七君子看作政治活动家、社会活动家、革命烈士、民主党派人士、爱国人士，这些大都是共和国成立之后方使用的。然而，他们的一个重要属性——中产阶级知识分子身份往往被忽略，这一社会属性在史称他们为七君子时起便烙印在他们身上。1949 年以后，国家体制出现了变化，这一社会属性赖以存在的土壤逐渐消失，于是，便有了本文上述的称谓，比如民主党派人士、爱国人士等。

自晚清后期至二十世纪二三十年代，中国社会由专制集权的大清帝国，向资本主义的共和体制激变。社会结构中出现了极具生命力但并不庞大的新社会阶层——中产阶级群体，他们积极接受海外新的思想，努力学习海外的政治制度、教育方式、文化艺术、科学技术、市场经济，自觉或不自觉的运用于中国社会实际，重新架构社会价值体系。在这群体引领下民主思潮持续不断，高潮迭起，洋务运动、维新运动、推翻满清、新文化运动、五四运动……1912 年后，中国社会进入了立宪、总统、国会、多党、舆论出版自由的历史时期，经济运行以自由市场经济为模式，虽然有政治强人闹复辟、玩贿选、搞暗杀、图割据、欲独裁，都没能挡住中国社会的民主要求和对共和政治的渴望，民主共和成了中产阶级主流意识。七君子的成长、发展过程，与这一社会进程高度契合，最终他们成了中产阶级群体中耀眼的一部分。

七君子具有良好的传统文化基础，又有接受外来文化教育的背景。事件发生时，他们是经济学家、法学家、教育家、出版家、教授、律师和新闻记者，出版过自己的著作，办过报纸杂志，认同他们是知识分子不需要花费许多笔墨；经济上他们又是那个时代的中产阶级，拥有信征所、律师行、出版社、书店、学校、图书馆等，经济上处在当时中产阶级的中上端水平，相对丰裕的物质生活成为保障他们从事社会活动的物质基础。

这一中产阶级知识分子群体，作为显形的集合体存在仅二百五十多天，而作为隐形的集合体有着一百一十年的历史跨度，经历了晚清、民国开国、北洋军阀、南京政府、抗日战争、共和国成立、"反右"、"文化大革命"、改革开放的变迁和动荡。这些纷繁变换的历史现象，遮掩不住七君子出现的历史规律，他们七人各自走过漫长的人生路，于同时同地同案被逮捕，反映了他们思想实质的一致和实践目的的同一性。1936年11月至1937年7月七人短暂的相聚，呈现在史册上无疑是一种显性的集合，体现出他们共同的精神追求。然而，在这一时期之前，七人长期处在一种隐性的集合状态中。同样，显性集合状态过后，他们又回到了隐性的集合状态中，这一状态的精神实质、行为所需达到的目的，依然具有同一性。比如，济南惨案前，他们在关注民族存亡的同时，主要从事着新文化的教育普及工作、民主生态的形成。惨案后，尤其在1931年九一八事变发生后，民族存亡问题提升到他们首要关注的高度。1936年以前，他们基本上形成了只有全民联合才能御敌的共识。于是，他们发出代表中国人民心愿的时代强音。

七君子出现在上海绝非偶然，当时他们都工作、生活在上海，有的留学归来定居上海；有的大学毕业留在上海；有的移居上海，图谋发展，成为业界翘楚。他们为上海的繁荣作出贡献，上海这座城市为他们的发展提供了平台，在个体利益得到相对保障的同时，赢得一定的社会知名度，产生社会影响力。

第一次淞沪会战结束后，上海已经不是抗战的第一线。但是，上海人民对日寇的残暴行记忆犹新，要求抗战的呼声日益高涨。上海的虹口是当时的日人居住的集聚地，日本浪人经常骚扰中国人的生活，令国人愤慨；上海集中了相当的日资纱厂，华人劳工与日方资本家矛盾尖锐，日趋白热化。所以，1935年底上海出现了各类救国会，以至于后来诞生了全国性的救国会组织，是历史的必然。上海是当时的经济、文化中心，集聚着大量的包括七君子在内的中产阶级人士，他们中的优秀分子在民族危亡的时刻勇于担负历史的重任，自觉地投身到抵抗外来侵略的洪流中，便自然而然地成为民众公认的领袖。同时，在上海他们拥有广泛的群众基础，一旦抗日救亡领袖与群众相结合，必然形成一股强大的抗日力量。

从现代七君子百余年的走向考量，这一集合体呈现出自觉或不自觉地摆正个体与群体的利益关系，在个人利益相对得到实现后以群体利益的实现为目标，不惜牺牲自身的利益而膺服于多数人利益的实现。随着社会发展而不断调整人生的轨迹，服务于人群和社会需要的求真务实的精神；敢于坚持自己的思想，不畏强权，勇于表达和斗争的精神；不向艰难困苦屈服，敢于向命运挑战，始终保持昂扬向上的精神以及他们经过拼搏为社会、祖国的繁荣做出贡献的精神。时代不同，他们的追求不同，新文化的启蒙和普及、抗战与民主，不变的是他们对统一、繁荣、民主和宪政的追求。他们在民国时期没有沦落为政客，坚守自己的主张，而不做交易；在共和国时期，他们坚持自己的理想、主张，力图一个伟大的共和国屹立在世界上。这一集合体的发生、发展到辉煌以及终结，与中国社会发展进程紧密相连，又由于他们的奋斗加速了某些历史进程，这是他们对现代中国的贡献。这一集合体，在中国现代史上具有一定的代表性，代表了当时许多中产阶级知识分子的命运走向。

七君子精神形成的基础

近代西方列强以旷古未有的残酷，打开了东方帝国的大门，罪恶烙印在中华民族的史册上，时刻提醒着华夏儿女记住民族的灾难。同时，西方的政治、文化、伦理道德以及科学技术传入封闭已久的中国，对中国社会现代化进程，起到加速作用。近代西方文化与中国传统文化的撞击，绽放出两种不同的文化精华构成的夺目礼花，装点着二十世纪中国的夜空。

十九世纪中后期至二十世纪初，西方列强对中国政治、经济、文化的侵略不断加深，中国出现了严重危机。与此同时，也诞生了新兴的社会力量，使中国走向新生。陈天华等人笔下的中等社会，或称为中产阶级，在这一时期产生，到二十世纪二三十年代得以空前的发展，成为社会的重要力量之一。

作为中产阶级一部分的七君子，经历了辛亥革命推翻清王朝的社会巨变，但是中国社会内乱外患的现实没有改变，中国的前途、最终归宿没有找到，严酷的现实构成激发他们形成以爱国主义为特征的思想的一大源泉；理论基础则来自从小接受的以儒学为主体的中国传统文化，以及由此形成的中国社会的文化氛围。七人长期生活在传统文化积淀深厚的家庭环境和传统文化的氛围中，耳濡目染儒家学说和古代忠君爱国的故事，人生早期教育的蓝本除去儒学的基本经典外没有其他。同时，不容忽视的是近代西方文化的传播，使他们的思想呈现与此前的知识分子不尽相同，更显现出与时代相结合的特点，符合现实需要。他们所建立的爱国主义观，具有鲜明的新爱国主义特征。

沈钧儒出生于官宦之家，5 岁开始启蒙，青少年大量阅读早期维新派人士郑观应、薛福成的著作，同情戊戌变法的志士仁人，希望通过改良使祖国摆脱厄运，变得强盛起来，他的爱国主义思想的形成与早期维新思想和戊戌时期的变法思想有着密切的联系。章乃器出生在青田的一个乡绅之家，他回忆说："幼少的时期，就不知不觉地上私塾读书去了。当时读的，自然还是'古人之书''丈夫志不在温饱'的一套圣贤、英雄思想自然是有人会灌输给我的。"与章乃器一样，邹韬奋、史良的家学源渊深厚，上一辈人均受过严格的传统文化教育，到了他们一代，同样都接受了以传统经典《三字经》《千家诗》、四书五经为主体的启蒙教育。邹韬奋 5 岁开始发蒙，10 岁读《孟子》。史良也曾回忆过二十世纪初叶社会文化氛围和家庭文化传统对她爱国主义思想形成的作用，她的父亲是一位饱受儒家教育却未能走上仕途的知识分子，除了教授女儿正规的经书外，还将历史上一些自己钦佩的民族英雄的故事告诉女儿，教育她要像他们一样具有民族气节和爱国主义精神。长大后，史良学着儒家后期代表人物曾国藩每天记日记，以达到"三省吾身"的目的。李公朴、王造时、沙千里也受到传统文化的熏陶，影响他们的思想启蒙。王造时在接受启蒙教育时，他的老师见他聪颖过人，希望他长大成人后像古代杰出的士大夫一样成为国家的栋梁，开创一代风气，将他原名雄生改为造时。

以儒学为主体的中国传统文化经历了几千年的发展，沉淀出糟粕和渣滓，但总的说来，它讲究治术、面对现实，而不是脱离实际；理性而非神学；有条件地主张变革，追求对"道"即社会发展规律认识，随着历史的发展，它能够实现自我更新、自我开放，以适应现实需要。因此，近代以来，中国传统文化与严酷的现实一经接触，不但变成了近代爱国思想的思想基础，而且还有许多成分或因子直接向近代爱国主义思想发展和演化。七人受到以儒学为主体的传统文化影响程度不一，但儒学对于他们爱国主义思想和人格的形成，显然起到了很大的作用。

　　在考量他们的社会环境和所接受的教育的同时，应该把视线转向他们的本体，个性和自身的思辨方法。现代儿童问题专家十分强调家庭对孩童个性形成的作用，认为人的个性形成与早期生活的家庭环境有极大的联系。

　　家庭环境影响并非单纯指家庭文化环境的影响，它还包括家庭经济、政治地位、社会关系、父辈以及祖辈的性格等综合方面，对儿童的个性形成起到潜移默化的作用。若分析七人中沈钧儒、章乃器、邹韬奋、史良的家庭，可以十分有趣地发现他们的家庭社会地位都呈现出一种衰败的趋势，官宦世家、书香门第，到了父辈一般只维持着一个空架子，甚至有的连门楣都无法装点，生存出现困难。

　　邹韬奋、史良有过不惜领施米、找人借钱的经历；沈钧儒、章乃器虽没有过刻骨铭心的为经济贫困而挣扎的记录，毕竟家庭政治地位已滑坡，由官宦世家、前清状元、进士、举人沦为中小城市的平民。沙千里的家庭文化政治背景不同于上述四人，相同的是他从一个较为富庶的工商业家庭退回到贫困线上，成为城市贫民，迫使他从小担负起家庭的重任。家庭昔日的荣耀与现实所处的地位构成了难以和谐的客观事实。于是，一种朴素的冲动往往表现为对社会现实桎梏的冲击。

　　家庭政治、经济地位的下降，在他们心灵深处烙下无法抹去的记忆，世态炎凉、人情世故，他们从家庭由盛转衰的过程中，认识得尤为清楚。鲁迅曾表示家庭巨变给自己的影响，他说："我其实是'破落户子弟'，不过我很感谢我父亲的穷下来（他不会赚钱），使我因此明白了许多事情"。

　　在这一种现实环境下，他们很容易产生反抗心理，又往往以个人英雄主义的色彩表现出来，试图改变现状。个人英雄主义与家庭对他们寄予的期望紧密地捆绑在一起，形成坚韧不拔、执著不息、藐视权威、不甘屈服、坚持实事求是以及与广大民众相联系的性格。仔细分析现代史上一系列著名人物的成功案例，不少与家庭境遇的更变联系在一起，这现象绝非偶然，在他们成功的后面是破落家庭促使他们形成的独特性格，"破落户子弟"的性格成了他们成功的不可或缺的重要原因之一。中国近代百余年间不乏"破落户子弟"出身的伟人，这一现象值得社会学家和人才研究者的重视。

史良的性格十分典型，敢于冲破中国社会固已形成的伦理道德标准，违背封建社会对女性的要求，敢于离经叛道，走向社会，像男性一样卷入社会的大潮，执著追求，她不顾自己所处的封建道德依然惯性十足地支配着社会关系的生存环境，抛头露面，仗义执言，干一番轰轰烈烈的事业。离开了她的性格，恐怕很难有七君子之一的她，中国现代史上也不可能出现如她的一位杰出女律师。

李公朴、王造时的家庭不同于上述五人。李公朴直接来自城市贫民之列，带着贫民社会特有的豪放、侠义，形成坚毅、勇敢、不惧困难的性格特点。一个贫民出身的孩子，要成为社会有用之才，其中的甘苦，可想而知，离开了毅力和勇气，要取得成功比登天还难。他早年向《生活》周刊投稿，文稿并不是篇篇都能刊用，但是他不问收获，依然热情百倍地写稿。他敢于做社会最底层的工作，以达到自己的目的。在美国勤工俭学时，他为了考察美国社会，甘愿在开往纽约的货船上做水手都不愿干的下等活，以换取旅费。王造时的父亲由一个靠卖苦力为生的雇工奋斗成为富裕的商人，父亲不断进取的精神，对他的影响十分明显。他敢说敢做敢当，不畏强权，敢于冒险不怕牺牲。

王造时的性格，带着一种强烈的反叛性，不迷信，不盲目崇拜，不惧权威，敢于直抒胸臆。他第一次离家赴省会南昌，准备投考清华学堂，却迟迟不见招生广告，无法知道报名时间、地点。他暗自忖思，会不会少数人把持了清华在江西的招生？用庚子赔款开办的清华学堂基本上免费，毕业后可直接送往美国留学，条件优渥。他越想越感觉有这种可能，心中气愤。他邀来学友，一起去闯省政府。刚走进省府大门，荷枪实弹的卫兵横枪拦住他，十四岁的王造时镇定自若，陈述自己的要求，扬言要见省长。大兵见稚年学子口若悬河，聪明可爱，便放了行。一连闯过三道关，终于拿到了招生简章，参加考试。还有一件事，也能说明问题。梁启超站在改良立场上抨击以孙中山领导的资产阶级民主革命，王造时在《清华》周刊发表《梁任公讲学的态度与听讲的态度》的文章，对梁启超的观点提出不同的看法，认为中华民国之所以出现南北分裂、派系纷争的局面，不是孙中山和国民党的责任，恰是梁所领导的依附北洋军阀的进步党和研究系的责任，而辛亥革命的成功和中华民国的创立倒要归功于孙中山和国民党。梁启超知道后，生气地要求清华校长曹云祥处罚王造时。曹云祥三番四次地把王造时叫去，让他写悔过书，向梁启超道歉，否则以侮辱师长名义开除。年仅二十一岁的王造时回答说："在学校里我是学生，但在社会上我是公民。梁任公可以谈论国事，我也可以谈论国事，梁任公可以批评孙中山和国民党，我亦可以批评梁任公和研究系""如果学校把我开除我就要向法院起诉，向社会呼吁。"王造时的性格，使他走向成功，也注定他的一生带有悲剧色彩，尤其一旦形成独立完整的思想后，悲剧变得不可避免。

其实，七人的个性均表现出成功者必备的基本要素，坚毅、执著、向上，不迷信权威和反对强权；坚持真理；依照事实的本来面目认识世界、对待社会，忠实履行自己的职责。虽然他们七人的个性各显不同，侧重也不一样，然而个性的基本面可以说是一致的，否则他们无法成功。

他们的爱国主义思想和人格形成，与他们的早期家庭环境影响形成的个性和他们能够正确认识国家、个人的两者关系，有着密切的联系，把自身的利益和国家的利益捆绑在一起，自觉地作二位一体的思考，表现出"以天下为己任""天下兴亡匹夫有责"，在祖国危难之际直接表现为"常思奋不顾身，而殉国家之急"的气节。这样思考个人命运的方法是决定他们未来成为爱国者的内在动因，指导他们服从国家、民族的利益，根据时代的要求来不断塑造自己，促使自己成为社会的脊梁。

邹韬奋曾在他青少年时期的作文中精辟地阐述了国家和个人的关系，"汝之国非独立国也，汝之身不过奴隶"，他又说："国家之盛衰兴亡，与吾青年之升沉荣瘁有密切之关系焉，其兴吾青年之受荣独至，其亡吾青年之受祸亦独惨。"

近现史上出现的爱国主义不同于古典爱国主义朴素、单纯，包含浓重的忠君底色，它是一种新爱国主义，从古典爱国主义基础之上发展而来，共同具有抵抗外来入侵，反对外来民族以武力进行政治干涉、经济掠夺的内涵。同时，表现为积极吸收外来的先进科学技术和文化，推动政治体制的民主化和经济、文化的发展，摒弃古典爱国主义中愚忠愚孝的糟粕，走向开放和多元化。因此，新爱国主义可以说是一个内涵丰富的复合性概念，符合近代中国社会现实的需要。

沈钧儒在中进士之后，没有停留于此，赴东京日本私立法政大学学习。回国后积极投身立宪运动，认为中国传统中已存在民治思想，但体现民治思想的立宪方法中国没有，因此应该向欧洲、日本学习。他与杨度、恒钧在北京设立了宪政公会，认为立宪制度本质为君王民众相结合，君王应该鼓励民众参政，民众以爱国为本心，君王、民众之间互相督勉，促使国家进步。辛亥革命胜利之前，他的立宪梦破裂，摆脱了维新思想的桎梏，加入资产阶级民主派的行列。

章乃器、邹韬奋等人在启蒙时，便接触到了西方近代文明。章乃器结束私塾学习不久，进入了新式学堂青田县立敬业小学就读，学校设有英文课程，开阔了他的视野，萌生做发明家的念头，并把发明家与古来圣贤、英雄豪杰同等看待，认为他们具有同样的社会价值，希望自己成为发明家贡献于人类。

邹韬奋结束旧式教育之后，依照父亲实业救国的愿望进入福州工业学校，接受新式教育。此后，就读于上海南洋公学附属小学。南洋公学是西方文化传入中国之后的产物，公学中有一批直接留学英美归国任教的教师，又时常邀请海外或学成归国的学者李佳白、俞凤宾等来校作演讲，加上他喜欢阅读海外通讯、海外传记，这些在他心中烙下了深刻印象。

大量的阅读和听讲是他认识西方社会的第一步。他认为，如果中国早日向西方学习，也不会产生"夜郎自大数千年，以为横宇宙之间莫吾"的局面。在向西方寻求强国之途的观念指导下，他在五四时期建立了比较系统的以杜威实用主义哲学为主体的教育观和伦理观，试图通过普及平民教育使民族和祖国强大起来。

王造时、史良、李公朴、沙千里分别在五四运动之前接触到新式教育和西方文化。王造时进入安福县高等小学前就读到了外国地理和历史，高小二年级时，他阅读了《时报》《申报》等报纸，感知到西方的正义、人道、公理、民主等概念，并在心灵中留下不可磨灭的印象。五四前夕，年仅十五岁的王造时考入清华中等科学习，从偏僻的赣中山乡来到北京，少年王造时感受到心灵洞开的喜悦，一方面亲身体验到了现代教育的种种优越，另一方面北平正处在新文化运动高潮中，各种西方思潮汇成一股巨流撞击他的心灵。他努力学习，不断触摸时代的脉搏。

史良进入武进县女子师范学校，接受新式教育，她的新思想、新生活，都是从这里萌芽发端的。

李公朴接受新文化的思潮，比七人中的其他人都为艰难，他的妻子张曼筠在回忆文章中说，贫困的生活迫使李公朴过早地离开学校，"到镇江合兴盛京广洋货店去做学徒，学生意，给老板跑腿、做饭，直到倒马桶。就是这些'生意'，他一学三年半。开头两年多，每月只得到月规钱两角，最后一年，每月才算有了一块钱的收入"。李公朴经历了社会底层的生活，广泛地接触了各行各业的劳动者，也挤出时间阅读一些新书报，朦朦胧胧地接受了一些西方民主思想。正是这些启蒙，使李公朴成了五四运动中的出色青年之一。

外来文化激荡着七人的胸怀，开拓他们的视野，为他们形成新爱国主义奠定了基础。在他们的知识构成中，出现了中国传统文化与西方现代文化并存的局面，如何兼收并蓄两种不同的文化，客观上不会是一种平和的过程，呈现出痛苦，比如邹韬奋既为祖国的落后、愚昧而叹息，呼吁向西方社会学习但又害怕西方文化的冲击，发出"今者欧风美雨，汹汹而来，国人每蔑视祖国之善俗，而徒窃他人之皮毛，滔滔狂澜不知所届怵大陆之将倾"的惊呼。

对中西优秀文化的继承，先决条件是对两种文化作出客观的评判，这对于青年人来说，并不容易，因为这需要成熟和经验。当时，他们不可能恰如其分地鉴别，尤其对西方文明，鉴别力较弱，偏向于对他们来说全新的外来文化，这不是一种偶然。青少年时期容易接受强调实现自我价值的人生哲学，西方文化中对人的个性的肯定，正是他们渴求的行为指导。他们在后来的经历中，逐渐变得成熟起来，对外来的文化不再是轻信和盲从，而是有机地融合两种文化的精华部分，服务于中国社会现实。

中国近代史开始以后的知识分子，所处的文化氛围不再单一，他们接受的文化趋向于多元，尤其到二十世纪初叶，知识分子的知识结构比历代士大夫的知识构成丰富。这是新爱国主义出现在近代的重要文化原因。同样，七人身上中西文化并存于一体的现象，也是他们产生新爱国主义思想的基础。

五四运动的激荡

提倡民主、科学的新文化运动，推动了五四运动出现，注入这场思想、文化领域的革命具有强烈的爱国主义色彩。五四运动爆发时，王造时、章乃器正在运动的发源地——北京。清华中等科二年级的学生和年级长的王造时，被选为清华学生代表团成员之一，与北京各校采取一致行动，带领同学到东安市场宣传演讲，当即被捕；山东军阀马良枪杀抵制日货的学生，济南、天津、北京各校学生组织代表团向总统徐世昌请愿，要求惩办肇事官员，王造时又遭拘捕。王造时对五四运动怀有深厚的感情，他认为五四运动和新文化运动："粉碎了几千年来套在中国人民头上的精神枷锁，解放了人们的思想。"

与此同时，章乃器亲历了这场运动。他商校毕业后，进入浙江地方实业银行当练习生。后只身北上，出任北通州京兆农工银行营业部主任一职。北通州邻近北京，使得他有机会目睹了五四这场伟大的变革，留下刻骨铭心的记忆和憾缺。憾缺自己不能亲身投身其中，只能做一个旁观者。

1919年邹韬奋为筹学费去江苏宜兴做了一个时期的家庭教师。五四运动的中心移到上海，他回到上海，参加《学生联合会日刊》的编辑工作。李公朴在镇江发起组织爱国团，抵制日货，鼓励学生们砸店、焚货，打击奸商的助日行为。结果，被店主开除。与此同时，武进女子师范学生会长史良，被推选为三校联合会副会长、评议部主任。她与同伴们一起组织游行、演讲、查抄日货。年轻的史良偏向于克鲁泡特金的无政府思想，幻想中国成为一个公道社会。

五四运动爆发时，沈钧儒在南方从事反对北洋军阀的活动，同时提倡新道德新文章。1920年12月沈钧儒的《家庭新论》在《中华新报》连载，商务印书馆出版了《家庭新论》单行本。沈钧儒从家庭的角度考察中国社会，揭示弊端。认为漫长的封建社会，没有形成展示人与人关系的社会，所谓社会由势力极强的家庭构成，家庭占据了重要地位，"一般存在的潜势力，还是认家庭来做个中心"。他提出革除旧式家庭的弊端，主张温和的革命，寄希望于儿童。他把儿童看成建设中国未来民主社会强有力的童子军，认为儿童不仅是夫妻双方爱的维系物、家庭的主体，更是社会的一分子，不过是家庭的一个过客。于是，不仅要使儿童自由地得到发展，摒去一切上辈人的恶习，而且应该让更多的"儿童脱离家庭范围，进入于至社会同等教育之中，间接弥除家庭不平等的惨遇，直接以造成儿童平等的家，齐了家才能治国平天下"。

　　无独有偶，邹韬奋也倡导家庭革命，发表《青年奋斗之精神与国家前途之希望》一文，文中向全国青年呼吁："坚持其奋斗之精神与社会腐败恶习宣战也！"他认为中国社会腐败的根源是儒学伦理道德观维护下的封建家庭关系，所形成的"彼此倚赖而互失其自立精神"，使人（尤其是青年）"丧失了独立的性格和意志"，阻碍政治进入规范和铲除腐败制度。他"力倡家庭革命""以达健全国民之目的"。这篇具有政治宣言性的文章，不仅触动了儒学伦理道德观要求下形成的社会基本构成单位——家庭，而且，还指出了实现自己主张的社会力量和途径，把中国的希望寄托在他心目中的"新人物"的身上。这些"新人物"不仅英俊有为、体魄坚强，而且精神方面具有"忠恳真挚之热诚，百折不回之毅力，与己身之腐败恶习奋斗，与家庭之腐败恶习奋斗；不受前人种种腐败陈言所羁縻，不受现在种种腐败环境所诱惑，卓然自立奋往前迈"的特性。这是一群中国传统社会中从未出现过的新人物，邹韬奋理想中的社会新生命，他们具有强大的人格力量，改造世界的动力来自他们本身内在动因。文中表达的思想，表明邹韬奋已结束以儒学为主体的传统文化与西方外来文化所形成的两种观念并存的局面，打下了较为完整接受西方思想观的基础，表达了当时社会中相当部分新青年的心声。1921年邹韬奋毕业于圣约翰大学，次年离开穆藕初创办的上海华商纱布交易所，进入中华职业教育社编辑《教育与职业》月刊以及职业教育丛书；撰写了大量职业教育、职业指导的文章。

1921 年章乃器回到上海，重回浙江地方实业银行，由营业部科员成长为营业部主任，独自创办的《新评论》半月刊出版，发表《国民党的生死攸关》，抨击蒋介石统治集团，揭露国民党的堕落、腐败、黑暗。出版第29 期后被禁止。

新文化运动后期，李公朴进入武昌文华附中求学，因闹学潮被开除学籍。之后，他考入上海沪江大学附中，后升入大学，一边读书一边工作。1926 年他从上海前往广东参加北伐军，次年 8 月随东路军进入上海。李公朴遭到国民党右派的排挤，被迫离开国民党军队。也就在李公朴考入上海沪江大学附中时，史良从女师毕业，来到上海继续求学。1925 年参加五卅示威游行，被捕。获释后，主编《雪耻》。1926 年秋，史良与百余名同学脱离上海法政大学，进入上海法科大学（1930 年改名为上海法学院）学习，一年后毕业。沙千里也是脱离上海法政大学，转到上海法科大学求学的学生。1931 年起，他与史良分别在上海开始了律师生涯。

五四运动后，王造时在《清华》周刊上发表多篇论述改革清华，实行教育民主与学生自治的文章，参与了学生会的组建工作。1925 年 8 月，王造时公费赴美国威斯康星大学主修政治学。四年后，获得博士学位，赴英国出任伦敦大学经济学院研究员，研究费边社会主义。

1925 年 10 月《生活》周刊创刊于上海，由中华职业教育社主办。次年 10 月起邹韬奋任主编，他"以公正独立的精神，独往独来的态度，不受任何个人团体的牵掣，尽心竭力"地去办《生活》周刊，成为中国抗日战争前有影响的时事和青年修养刊物。

1928 年李公朴赴美国俄勒冈州的雷德大学勤工俭学，他认为实现中国同美国一样强大的理想，应该走中山道路——三民主义与建国方略，克服贫富悬殊、垄断政治的社会现象，团结在孙中山的旗帜之下，铲除黑暗腐朽势力，注重经济建设，发展实业、商业、交通，普及教育，让人们的生活富裕起来。

这一时期，七君子思想开始启蒙、发展，形成以新爱国主义为特征的思想，反对外来民族以武力进行政治干涉、文化侵略和经济掠夺。在关注着民族存亡的同时，接受新文化，从事新文化的教育普及工作，致力于民主、科学的社会形态形成。他们积极吸收外来的先进科学技术、社会文化知识的精华，摒弃传统文化中的糟粕，使中华文化走向开放和现代化。他们身上体现出的新爱国主义思想特征，符合近现代中国社会实际发展的需要。

济南惨案的警钟

1840年至1949年一百余年间的中国历史，弥漫着一股浓烈的战争硝烟。可以毫不夸张地说中国近现代史是一部战争史，以中华民族求生存抵抗外来入侵的民族战争为主干，历时105年；与民族战争几乎同步发生的是国内新旧政治势力裂变导致的战争，历时近百年。中国百余年间旷日持久、周期频繁的战争在整个人类历史上并不多见，外患内乱笼罩在中华民族近现代数代人身上，外求图存、内求新生成了几代人奋斗的目标。

自1895年甲午战争后，日本帝国主义成为中华民族最强劲的对手。二十世纪初，聚焦新文化启蒙、问题与主义之争、南北统一的中国人，在济南惨案发生后，意识到民族存亡的根本问题没有解决，一切的努力都会付之东流。各大城市民众罢工、罢市、罢课举行游行示威，抵制日货，呼吁南京政府不要屈服于日寇淫威，对日宣战。七君子的焦点逐渐转向关注民族的存亡问题。

济南惨案爆发，身为上海法科大学教务长的沈钧儒，率领学生上街检查日货、宣传反对日本帝国主义暴行，组织学生军事训练。章乃器主编的《新评论》，从1928年5月15日出版的第11期开始内容发生了明显的变化，集中对抗日问题进行论述，要求蒋介石及早回头，重新实行孙中山的三大政策，抵抗日本帝国主义侵略。

邹韬奋关注济南惨案的全部过程，他主编的《生活》周刊试图用纯客观的立场，不带任何批评地综述济南发生的事件，以唤起国人的注意，为将来留下一份真实的史料。在惨案发生前《生活》周刊就在《一周鸟瞰》中反映了日本出兵山东的动向。惨案发生后，《生活》周刊刊登《济南惨案后我们应该怎样》的长文，"日本的野心，实实在在想并吞我们中国的土地，奴隶我们中国的人民，我们必须万众一心，永远深切地将日本兵兽行牢牢记在心里""全国国民从今日起必须要下一个决心，于中国统一后，用十年苦工夫，积极为对日宣战做准备。日本逼迫我国，已达极点，我们中国要有翻身的日子，非和他打一仗不可。"邹韬奋赞同作者的观点，附了自己简短的评语："全体国民有一致的觉悟，有一致的决心，有一致的准备才行。"此后，邹韬奋发表了一系列文章阐述自己的主张，如《一致》《对付国仇靠什么》《丢脸》。自7月1日起《生活》周刊历时两个余月，用大字注明"时刻勿忘暴徒强占济南的奇耻"。

1930年5月王造时离开伦敦，游历欧洲各国，访问苏联，取道西伯利亚回国。他接受了光华大学的聘请，担任政治系主任兼教授、文学院长，兼教授上海法学院等大学的课程。他创办了刊物《主张与批评》《自由言论》，遭到南京政府的查禁。同年8月李公朴结束留学生活，游历欧洲各国，11月回到上海。邹韬奋在《生活》周刊上发表文章欢迎他回国。

1931年九一八事变发生，身为第四届上海律师公会执监委员的沈钧儒，与王造时、张耀曾等著名大学教授、社会知名人士两百余人，联名致电宁粤会议，陈述对时局的主张。全国各地大学生举行大规模的示威游行，赴南京向国民党中央请愿，遭到血腥镇压，沈钧儒以法律为武器，力争青年学生不受摧残。12月中旬，沈钧儒与褚辅成等发起浙江省国难救济会。

同时，他参加了中华民国国难救济会的创建工作。

作为经济学家的章乃器一针见血地指出：九一八事变是日本"在经济恐慌中找求出路的必然行为"。他把矛头直指南京政府，抨击蒋介石的"攘外必先安内"的政策。

事变发生后，邹韬奋再也不能用纯客观的立场，来综述这一事变，他在《生活》周刊上发表了《应彻底明了国难的真相》《唯一可能的民众实力》等四篇呼吁抗日、揭露日本侵略者野心和残暴的"小言论"，大声疾呼："全国同胞对此困难人人应视为与己有切肤之痛，以决死的精神，团结起来作积极的挣扎与苦斗。"同时，对南京政府以及张学良在东北奉行不抵抗主义进行揭露，一针见血地指出："其实这种'不抵抗主义'就是'极端无耻主义'。"这一时期，邹韬奋把挽救中国危亡的希望寄托在中山主义和南京政府身上，认为尤其在九一八国难之后，需要国家政权来领导人民的救亡运动，而且孙中山的三民主义本质上就是救国主义，他站在中山主义立场上提倡社会主义，抨击国民党的腐败和对外的投降政策。

在九一八事变发生半个多月的时间里，王造时出版了《救国两大政策》长文，在文中他主张对日实行抗战，对内实行民主，取消一党专政，集中全国人才，组织国防政府。他与章益、谢循初发起组织上海各大学教授抗日救国会、上海各抗日救国团体联合会。与此同时，李公朴也密切关注九一八事变和之后爆发的第一次淞沪战争，上海成立废止内战大同盟，他出席并报告在日内瓦参加国际和平协会的经过。

史良、沙千里发出不愿做亡国奴的同胞，应该立刻起来发动神圣的民族战争的呼声。这时，他们已是上海有一定影响的律师，通过法律维护正义，保护进步人士，为民申冤。沙千里主持的蚁社和主编的《生活知识》，由提倡青年修养转向宣传抗日救亡。

1932年1月28日第一次淞沪战争爆发，沈钧儒率领学生赴前慰问抗战将士，并与王造时、史量才等抵制在洛阳召开的国难会议，重申抗日救亡主张：改变一党专制，阻碍民众参与政治的局面，实现宪政，让人民有充分的言论、出版、集会、结社自由，承认政党的独立性，地方实行自治等。1932年12月，他参加了宋庆龄、蔡元培等人发起组织的旨在营救一切爱国的政治犯、争取人民的言论、出版、集会、结社等自由权利的中国民权保障同盟，奔波在反独裁、争民主、保障人权的第一线，营救爱国人士和共产党人，如陈赓、罗登贤、牛兰夫妇等。

章乃器参加了上海各界民众团体救国联合会，亲临火线，支援抗战将士。邹韬奋主编的《生活》周刊不仅反映了第一次淞沪战争战况，而且鼓励民众支援抗战将士抗敌，抨击南京政府抗战不力。

1932年国难会议召开时，王造时被推举为干事。不久，他与熊希龄、左舜生前往北平督促张学良出兵东北，收复失地。继而，与南京政府谈判结束训政、实行宪政和抵抗日本帝国主义侵略。行政院长汪精卫接见他们，答复毫无诚意，他和沈钧儒等其他一部分会员决定拒绝出席洛阳国难会议，发起组织民宪协进会。他创办《主张与批判》半月刊，发表《对国家认识》一文，指出："谁要包办国家，以个人或少数人的利益，牺牲大多数人的利益，我就反对谁"。

自济南惨案后，尤其是九一八事变至1933年间的《生活》周刊，成了"愈痛于帝国主义的侵凌与军阀官僚的误国，悲怆愤慨，大声疾呼，希望能为垂危的中华民族唤起注意与努力"的报刊。

1933年11月，十九路军蔡廷锴、蒋光鼐等公开宣布与南京政府决裂，在福建成立中华共和国人民革命政府，王造时应邀秘密前往，发表《为闽变忠告当局》，忠告南京政府没有一个媚外政府能长久的；停止一切以武力征服压迫异己的行动，保障言论、出版及政治结社的各种自由；取消一专政，召集人民代表会议，还政于民。12月2日《生活》周刊发表胡愈之的《民众自己起来吧》支持蔡廷锴等人的行动，南京政府下令查封《生活》周刊。

章乃器陆续出版《章乃器论文集》《中国货币制度往哪里去》（合著）、《中国货币金融问题》著作，被上海光华、沪江大学聘为教授。1934 年 4 月，他与宋庆龄、蔡元培、何香凝、马相伯等发表《中国人民对日作战的基本纲领》，共同发起中华民族武装自卫委员会。

1934 年王造时的《中国问题的分析》一书出版，书中指出："若要根本推翻现存的腐败政府，就不能不起来革命。但是一班被治阶级要革一班治人阶级的命，就不能不实行最危险、最有效、最可悲、可痛、可泣、可泪、慷慨激昂的举动，就是革命运动……"

1935 年 8 月邹韬奋回到上海，创办《大众生活》，次年 2 月停刊。他离开上海，去香港筹备《生活日报》的出版，7 月底由于发行受限，经费不支，不得已自动停刊。1936 年 8 月，邹韬奋从香港回到上海，把《生活日报》的副刊《生活星期刊》移至上海单独出版。这一时期，邹韬奋认识到在中国资本主义不可能得到发展，未来前途是由大多数民众的共同奋斗而实现的一个平等、自由的社会。

从济南惨案到九一八事变，历时三年多时间，来自日本的入侵步步紧逼，驱散了沉浸在启蒙运动中中国人的预想，当时许多中产阶级人士认为中国当务之急是铲除残余军阀，否则国家不能统一，一致对外便是一句空话。他们希望在国内未统一的情况下，一致打倒军阀，等到军阀灭亡了，全国共同目标便是主要对付日本的侵略。同时，他们认为要驱逐日本侵略者，保卫土地身家，非有实力不可，提高中国社会的综合国力，改变工业落后、文化水准低下、生活贫困的状况，培养强有力的民众，成了一件重要的事情，邹韬奋表示："我们此后对于实业发展、民众教育，尤其是生产的教育，使他们在精神及物质方面都有水平线以上的程度，不可不十二分的注重"。提高国家综合国力，改变工业落后局面，增强民众的文化素养，改变民众生活贫困的状况，宣传现代国家理念，确立宪法政治，孜孜寻找一条摆脱贫穷落后的强国之路，成了他们至关重要的工作。

九一八事变后他们把民族存亡问题提高到相当的高度，清醒地认识抵御外来入侵已经迫在眉睫，入侵者不可能等到你强大了才灭亡你。那么，对于积贫积弱的中国来说，如何抵御外来入侵，赢得战争？他们认为需要全体民众团结一致做出最大的牺牲，发挥出最大的力量，而不在于一党一派。随着民族矛盾日益尖锐，他们挺身而出，组织爱国救亡团体，呼吁不分党派、阶层一致抗战。在 1936 年以前，他们基本上形成了只有全民联合起来共赴国难才能御敌的共识。

自觉投身抗日救亡运动

七君子身上表现出的务实精神，不仅在于他们在国难当头时及时把战日作为头等大事，而且在于他们敢于挺身而出，不计个人得失自觉组织起来，领导抗日团体，促进国内一切政治力量团结一致抗日的具体事例中得以体现，呈现出不畏强权、不向艰难困苦屈服，始终保持昂扬向上的精神风貌。

1935 年 12 月 12 日，沈钧儒、章乃器、邹韬奋、陶行知、李公朴、王造时联合上海文化、教育、艺术界 283 位知名人士，发表上海文化界救国运动宣言，提出坚持领土和主权的完整，否认一切有损领土主权的条约和协定；坚决反对在中国领土内以任何名义成立由外力策动的特殊行政组织等八项主张。之后的第九天，上海妇女界由史良等人牵头，组成妇女界救国联合会；第十五天，上海文化界救国会经过紧张地筹备成立，选举沈钧儒、章乃器、邹韬奋、李公朴、史良、王造时等二十七人为执行委员；第二十八天，上海各大学教授救国会在沈钧儒、王造时、章乃器等人的推动下宣告成立。第四十七天，上海各界救国联合会成立，推选沈钧儒为联合会主席，章乃器、邹韬奋、李公朴、史良、王造时、沙千里及其他一些人为执行委员，统一领导上海的抗日救亡运动。

次年5月6日，救国会机关报《救亡情报》发行，发刊词申明："我们明白各社会分子的利益，只有在整个民族能够赓续存在的时候，才能谈到。在这大难当头，民族的生命，已危在旦夕的时候，我们必须联合一致与敌人及敌人的走狗——汉奸斗争……我们深望各地方各界的读者，一切不甘做顺民的人们，能炼成钢铁一般的阵线！"

在上海救国运动的影响下，北平文化界成立了救国会，南京、天津、保定、济南、安徽、厦门、广州、广西、武汉相继出现了救国组织。以上海为中心的抗日救亡运动遍及全国，显示出上海这座城市的担当和人民抗日救亡运动的强大生命力。

1936年5月29日，来自二十余个省市、六十余个救亡团体的七十余位代表，会聚上海，出席全国各界救国联合会成立大会。会上通过了《全国各界救国联合会宣言》和《抗日救国初步政治纲领》两个重要文件，建议各党各派立刻停止军事冲突，释放政治犯，派遣正式代表进行谈判，制定共同抗敌纲领，建立一个统一的抗敌政权。全救会愿以全部力量保证各党各派对于共同抗敌纲领的忠实履行，制裁任何党派违背共同抗敌纲领的行为。大会声明全救会现阶段的主要任务，就是促成全国各实力派合作抗敌，没有任何的政治野心，没有争夺政权的企图，组织全国救亡只不过是尽一份人民的天职，站在人民的立场上，不帮助任何党派去攻击其他党派，保持高度的超然性和独立性，维护民族的共同利益。会议举行了两天，会上选出沈钧儒、章乃器、李公朴、王造时、史良、沙千里等十五人为常务委员，邹韬奋在未出席的情况下当选。

会后，全救会在上海各大报纸上发表了措辞激烈的《全国各界救国联合会对时局的紧急通电》。《通电》说："（南京政府）亟宜立示决心，领导于上；全国民众，自应群起响应，督促于下。务使全国兵力，一致向外，抗日战争，立即展开，恢复我已失之河山，拯救我被压迫之同胞……"

七君子自发组织起来的救国会是诞生在南京政府体制外的社会抗日团体，以后逐渐发展成为具有政党性质的政治团体。从成立时通过的两个文件来看，它试图保持高度的超然性和独立性，以第三方的立场"制裁任何党派违背共同抗敌纲领的行为""不帮助任何党派去攻击其他党派，维护民族的共同利益"。

这个团体以结社、集会、抗议示威、舆论表达，与强权做抗争，有效促进了国内各个政治派别达成团结一致抗日御侮的共识；为全民的民主抗日意识的增强、战时生存知识的传播作出贡献。这个所谓第三方的立场，可以认定为当时中产阶级主流意识的立场，很大程度上也代表了大众的立场。

声势浩大的救国运动在上海开展，反对内战、反对妥协、反对投降的群众性示威活动震动海内外。6月21日，上海各界救国会联合会组织千余市民、学生，整队开赴北站，请求发列车赴京请愿。上海北站被请愿的队伍占领，到南京的铁路运输中断。请愿团群众在李公朴、史良、顾执中等救国会领导人率领下，高呼"请政府立即对日宣战""停止内战一致对外""驱逐华北日兵出境"的口号，与中西捕探以及大批保安警察对峙。军警当局以请愿团不听劝告，拟强迫驱散，派出大批手持竹竿的军警赶到现场。请愿团为避免流血事件，全体撤出火车站。请愿团没有达到去南京请愿的预期，却造成了东方大都市上海的铁路运输中断六个小时，引起中外各界的关注。7月10日，国民党第五届二中全会在南京举行，全救会推派沈钧儒、章乃器、史良、沙千里、彭文应赴京请愿。国民党中央拒不接受请愿。

在国运险恶、日寇入侵加剧的 1936 年，纪念九一八中国人民抗战爆发五周年具有独特的现实意义。沈钧儒在《怎样纪念"九一八"》一文中，号召人们在 9 月 18 日中国人所有的学校、工厂、商店等一律停止营业，于 10 时同时敲钟鸣笛举行纪念大会。此时此刻，每一个中国人应想念祖国的统一；铁蹄下同胞的呻吟和与敌人枪击的抗日义勇军们……

上海各界救国会提出了《"九一八"五周年纪念宣传大纲》，救国会领袖和市政府谈判，政府默许救国会提出的召开一个盛大的九一八纪念会。南京政府授意上海市长吴铁城设法阻止救国会组织的九一八纪念活动，吴铁城强硬宣布停止纪念活动，取消纪念会。救国会领袖没有退缩，发动两千人左右进行"游击宣传"，每宣传队四人，散布在上海的大街小巷。第二天，沈钧儒、章乃器、李公朴、王造时、史良以及大批救国会成员和群众集结，准备乘车赶往漕河泾，不想大批军警已暗伏在南市小东门一带，一见市民已聚拢，挥舞棍棒驱散人群，手无寸铁的群众被迫撤离。一部分群众在王造时、史良的率领下，突破警戒线，向老西门进发，高呼纪念九一八口号，高唱救国歌曲，秩序井然。史良遭到殴打手臂、背部多处受伤。上海各界救国联合会紧急发表告全国同胞书，指出当局不惜用刀棍对参加纪念九一八的徒手群众施行残酷的压迫，是想向日本帝国主义证明中国人已忘了九一八，"这还不是单纯的压迫，这中间还有毒辣的预谋，对敌人束手无策，一味乞怜，而对自己的同胞，则压迫唯恐不周，摧残唯恐不毒；这种误国的官吏，我们不能不宣布其罪状于全世界，以求人类理智的裁判。"

鲁迅病逝，救国会出面筹措资金、落实墓地、组织葬礼。把葬礼演绎成一场宣传抗日救亡的群众性运动，这是民族的需要、时代的需要。葬礼上他们呼吁使没有参加联合战线的人，都觉悟了来参加；使每个人每天都做一小时有利于民族解放的工作。

上海持续出现日商纱厂工人罢工。1936 年初，日商大康纱厂工人梅世钧被日方管理人殴毙，引起社会哗然，酿成一次波及上海主要日商纱厂的罢工活动。在日商纱厂做工的工人，命运悲惨。1935 年世界经济危机已经过去，经济略见好转，中国市场日益兴盛，棉纺织业需要增加，销路也顺畅起来，日商为了获得丰厚的利润，依然维持经济大萧条时工人的待遇，压榨工人，待遇苛刻，延长工作时间，减少工资，工人稍有疏忽，即罚扣工资，动辄开除，至于无理诟骂与殴辱，更为常事。工人每日做工 12 小时至 18 小时不等，工资则仅大洋一角几分，最多亦不过三角几分。

救国会一直关注日商纱厂劳资间日益尖锐的矛盾，不断揭露了日商残害中国工人血淋淋的事实，在 5 月出版的一份《救亡情报》上，刊登了关于女童工惨死经过的文章；6 月 14 日又刊登了两个工人遭日人毒打致伤的经过。以后，陆续发表了《铁蹄下女工的呐喊，停工后要不到工钱》《日商纱厂的工人生活状况》等文章，引起了社会的震动。同时，作为救国会机关报的《救亡情报》悄悄地在一些日商纱厂的工人中流传，日商纱厂出现了工人自发组织起来的救国会，罢工、怠工事件不绝。

上海出现声势浩大的全市性日商纱厂工人的大罢工。日本政府驻上海领事馆、驻上海特务机构密切关注着罢工事态的发展，不断密报日本本土的外交部和情报机关。日军大批进驻纱厂，企图以重型武器镇压罢工。黄浦江上出现了日军增援的军舰，剑拔弩张，大有一触即发之势。

日商纱厂工人大罢工一开始，便得到救国会七君子的支持。《救亡情报》发表《日厂华工同盟罢工和我们》的社评，支持罢工，并警告日寇不许用武力镇压；把一场劳资矛盾扩大成民族之间的斗争。同期《时事一周》中章乃器热情地写道："久受奴隶待遇的上海日纱厂工人，到这时也完全觉悟了。他们发动了十多家纱厂一万六千人的大罢工……他们是不愿意再做亡国奴了，这是救国阵线力量扩大的一个重大的表征。"

救国会召开孙中山先生诞辰纪念日纪念会，会议最后，沪东区日本纱厂的一位女工登台演说，揭露日商的残暴和工人们的反抗，引起与会者同情和义愤，纷纷慷慨解囊援助工人们的正义斗争，沈钧儒、章乃器、李公朴、王造时等救国会领导人也不例外。沈钧儒等人当即致电国民党桂系高级将领李宗仁，请他支持日商纱厂工人罢工，给予罢工道义和物质的援助；邹韬奋与他主持的生活书店全体员工向罢工工人捐赠一日薪水，声援工人罢工。上海各界救国联合会率先发言呼吁，号召全国同胞援助日商纱厂罢工工人："我们首先希望全上海十一万的大中学生，能够首先发动节食运动，减省饭费五分之一，这样我们就可以永远维持日商纱厂罢工工人的生活，而可以使他们长期奋斗下去。"

救国会和其他爱国群众团体成立日商纱厂罢工后援会，把募来的款换成米票，发给工人兑换成米，保证了工人的生活和罢工的顺利进行，直接影响了日本在华的利益，日商受到沉重打击。不仅如此，在1936年的氛围中，日商纱厂的工人罢工有着十分鲜明的反侵略的意义，构成中国大地上反对日本帝国主义侵略运动的一个重要部分。

日本政府不可能坐视不管，驻上海总领事派员与上海市政府协商解决罢工的办法。日方认为，日资纱厂的罢工完全超出劳资纠纷的范围，纯属暴动，背后有抗日救国会、共产党的支持。日本方面提出立即逮捕罢工的支持者救国会章乃器、沈钧儒、李公朴及其他五人等要求，并以出动日本海军陆战队相威胁。事后，领事馆发送密电告知日本本部，表示已敦促上海市政府逮捕救国会领导人章乃器、沈钧儒、李公朴等人。一心想着避开中日争端的南京政府，在日本帝国主义的要挟下，于1936年11月23日凌晨制造了震惊中外的七君子事件。

抗战不忘记民主

在北方外来民族入侵面前，黄河长江流域建立的汉族政权，往往土崩瓦解，典型的是宋、明两朝代。北方外来民族统治，长达 370 多年，占华夏有文字记载历史的十分之一强。而且，满清统治时期恰逢世界处于发展的重要历史阶段，华夏民族失去与世界同步发展的机会。极为罕见的是二十世纪三十年代至四十年代中期，中国人民战胜了外来民族的入侵，赢得了胜利。原因何在？回答非常简单，封建专制的统治模式必然导致亡国，而处在争取民主、要求民主的现代中国社会，在维护民族利益的旗帜下必然战胜外来入侵者。

在民族利益和民主意识引领下，救国会发轫自社会，直接服从于民族利益，比较早地提出执政党与在野党、社团在全面抗战前认知的统一，只有全民族的团结一致御侮，才能赢得民族的新生。之后，出现的是在野党拥有的武装在不改变军事单位结构的前提下的存在，且承认割据自治；战时国民参政会的成立，吸纳各党各派和无党派人士参加，形成了多党共存、参政议政、监督实施的局面；同道人结党结社，办报出刊；地方政权除汉奸外，党派人士、社会贤达、地方乡绅通过选举决议、监督政府职能的开展。当然，中国社会的民主基础差、起步晚，不完善，甚至出现执政党利用手中过于集中的权利，干涉、镇压、围剿，使得民主势力遭受打击；执政党不能与在野党、社团以及社会人士进行有效沟通，把国家真实情况有效传递给人民。这些，阻碍民主发展的做法，严重伤害了民族利益。为此，七君子一边要求、支持抗战，一边要求民主、还政于民，成了他们的特点。

全面抗战实现后，七君子要求民主的呼声更高。1938 年 7 月 6 日第一届第一次国民参政会议在汉口召开，沈钧儒、邹韬奋、王造时、史良担任第一届国民参政员，沈钧儒当选驻会委员。会议期间，沈钧儒、邹韬奋、王造时、史良等人提出的议案是《切实保障人民权利案》《调整民众团体以发挥民力案》《具体规定检查书报标准并统一执行案》《设立省以下个各级民意机关案》等。1938 年 10 月 28 日，国民参政会第一届二次会议，在重庆国民政府军事委员会礼堂召开，沈钧儒、邹韬奋、王造时、史良参加会议，会议通过史良、沈钧儒等人提出《加强战时文化食粮输送工作案》；邹韬奋等四人联名提出的《请撤销战时图书杂志原稿审查办法案》。

沈钧儒、邹韬奋、章乃器以救国会代表身份发起统一建国同志会，王造时也参加了该会的成立活动，章乃器起草了《统一建国同志会的简章》和《信约》。在《信约》中，可以明确地看到他们对民主、宪政的要求和对国家军队职能的限定。救国会当时的活动，体现了他们一边要求民主、一边要求抗战的特点。沙千里回忆道："救国会在重庆的骨干有三四十人，我们经常联系，交换情况，研究对国事的态度，并采取一致的行动。在白色恐怖下，这些活动只能采取隐蔽的方式……我们在重庆同国民党的斗争，主要是围绕两个问题进行的。第一是坚持民主，要求开放民众运动，争取人民的民主自由权，反对独裁。第二是坚持持久抗战，坚持国内团结，反对制造摩擦，反对妥协投降。"

第二届国民参政会将举行，沈钧儒、邹韬奋、王造时、史良等人被指定为国民参政员。遭遇迫害的邹韬奋拒绝参加这次会议，离开重庆，途径桂林去香港。在香港，他发表一系列反对独裁，要求民主的政论性评论文章；恢复出版了《大众生活》周刊；与茅盾、范长江、金仲华等九人联名发表《我们对国事的态度和主张》，痛斥抗日中的国民党和政府的动摇、对文化事业的残酷迫害。在邹韬奋后期著作中，宣传抗日和要求民主的特征十分鲜明。

章乃器与吴蕴初、吴羹梅等八十九位工商界人士联合，向国民党五届十二中全会递交《解决当前政治经济问题方案之建议书》，明确要求政治民主、生产自由、保障人权。之后，他与黄炎培等三十人联合发表《民主胜利献章》，再次提出实现民主宪政、保障人民自由权利、开放言论、维护民族工商业等九项主张。民主政团同盟在重庆上清寺特园召开全国代表大会，改名为中国民主同盟，沈钧儒当选为中央常务委员，李公朴参加民盟的云南支部活动，被推选为省支部执行委员。1945年10月，民盟召开临时全国代表大会（即第一次全国代表大会），通过《政治报告》《临时全国代表大会宣言》《中国民主同盟纲领》《中国民主同盟组织规程》。会议产生了第一届中央委员会，推选沈钧儒为中央委员会常委、青年运动委员会主任；李公朴当选为中央执行委员，兼教育委员会副主委；史良当选为中央常务委员。《中国民主同盟纲领》集中体现了他们对民主、宪政的期盼。

　　1945年冬，在沈钧儒领导主持下，救国会改名为中国人民救国会，在《中国人民救国会政治纲领》中，明确救国会"在和平、统一、团结、民主的基础上，执行一切民主改革，建立独立、自由、平等、幸福的新中国。"次年一月，《民主生活》周刊创刊，《发刊词》表示："只有民主，才能保证我们的胜利，使人民得到胜利的果实，享受种种自由，过着和平、幸福的日子。只有民主，才能保持我们已经取得了的崇高的国际地位，才能使中国成为维持远东以至世界的和平的柱石"。12月16日民建经过三个多月的筹备，在重庆白象街实业大厦举行成立大会。大会通过由章乃器起草的政治宣言和组织纲领。

　　1946年1月10日，由中国国民党、中国共产党以及各民主党派（民盟、青年党等）组成的政治协商会议在重庆民国政府大楼开幕。政治协会议历时22天于1月31日闭幕。签订《关于政府组织问题的协议》《和平建国纲领》《关于国民大会的协议》《关于宪法草案问题的协议》《关于军事问题的协议》等五项协议。沈钧儒作为民盟代表参加，章乃器、史良分别为经济、法律顾问参与了政治协商会议。

政治协商会议陪都各界协进会等 19 个团体发起，在重庆较场口广场举行陪都各界庆祝政协会议成功大会，章乃器、李公朴、史良、郭沫若、李德全等二十余人组成大会主席团，推举章乃器为大会筹备会负责人，李公朴为大会总指挥。大会遭到国民党特务破坏，李公朴遭到毒打，伤势严重。郭沫若、陶行知、章乃器、马寅初等六十余人被打伤，这就是"较场口惨案"。当晚，政协各方代表推出周恩来等向蒋介石当面交涉，并带去沈钧儒等人联名写给蒋介石的抗议信。惨案引起了海内外极大的震惊，暴行遭到了全国人民的抗议。史良事后代表受伤者起诉，法院判几个小流氓刑期，以此欺骗舆论。

1946 年 11 月，南京第三次和谈破裂后，国民党单独决定召开国民大会，沈钧儒坚决主张民盟发表声明，拒绝参加国大，并将盟内民社党成员参加国大者一律开除盟籍。1947 年 1 月下旬，他与史良参加了民盟的一届二中全会。不久，上海三区百货业职工会发起"爱用国货，抵制美货"运动，在南京路劝工大楼举行讲演会，特务打死打伤十余人。沈钧儒、史良、沙千里等九名律师，发出启事，支持该运动，声援被害者，并以法律维护他们的权利。

1947 年 5 月，沈钧儒、史良、沙千里组织召开中国人民救国会一届二中全会全会通过《中国人民救国会第一届第二次中央全会宣言》要求停止内战、实现永久的和平，恢复政协路线，重新召开党派会议解决争端，实现真正民主。

南京政府公布《戡平共匪叛乱总动员令》，直接出动警察，军队镇压民主运动。三个月后，南京政府内政部宣布民盟为非法团体，沈钧儒决定离上海，出走香港，与章伯钧、周新民、柳亚子、朱蕴山一起商讨民盟的前途。1948 年 1 月，中国民主同盟第一届中央委员会第三次全体会议在港召开。沈钧儒在会上致开幕词宣布："三中全会的使命，是要恢复本盟总部，继续进行艰巨的政治斗争。"这是民盟历史上具有划时代意义的大会，标志民盟彻底抛弃了中间路线，与中共携手合作，为实现民主、和平、独立、统一的共和国而奋斗。沙千里以史良代表的身份参加了这次大会，并协助沈钧儒起草文件。民主建国会推派章乃器、孙起孟等人赴香港，筹建港九分会，以章乃器为召集人。

回眸七君子，无可非议的是近现代中国社会民主意识的萌生、滋长和实践，为他们的出现提供了空间。在民族危亡之际，他们举起抗日救亡的旗帜，为全民抗战的实现作出贡献，在全面抗战实现后一边呼吁、投身抗战，一边要求民主；在抗战胜利后，一边要求民主、一边反对内战，本质上他们认识到民主在抗战中和对抗战胜利后的中国的重大作用。

坚持求真务实、实事求是的科学态度

中国的儒家文化形成的哲学是一种实实在在的人生哲学，偏重于对人生修养、行为规范的研究，建立了一整套伦理原则和道德标准，最终把伦理道德提高到了哲学本体的高度，体现出求真务实的精神。中国知识分子没有割断融合在血液中的务实血脉，表现出不唯上、不唯书，而是实事求是，服务于社会和国家，即使为此牺牲个人利益也在所不辞。

共和国的成立，沈钧儒、王造时、史良、沙千里认为一个代表民众利益的政权已经取代了逆时代大势的政府，救国会所号召的政治主张已经实现，完成了历史任务，作为政治性的组织已经没有必要存在，他们解散中国人民救国会，发表了《中国人民救国会结束宣言》。身为共和国最高人民法院院长的沈钧儒，坚持依法办事，主张审判工作的独立性，注重法院工作人员的构成，认为执法者不仅要站在人民的立场上，自觉接受中共的

领导，而且要具备高深的法律修养和丰富的司法实践经验。共和国第一任司法部长史良，上任后主持制定《婚姻法》，力主《婚姻法》要促进妇女独立人格的形成，给予妇女离婚和男女同工同酬的权利，在经济、文化、婚姻上保证妇女的独立地位。可以说共和国的司法工作在粉碎旧的国家体制之后，从一片空白中发展而来，沈钧儒、史良任劳任怨、兢兢业业与许多法律工作者一起，为民主法制建设立努力工作。1954年第一届全国人民代表大会第一次会议通过的《中华人民共和国宪法》，沈钧儒和史良都认识到这部宪法的特点，认为它"反映了我们国家过渡时期的特点，国家在过渡时期的根本要求和广大人民建设社会主义社会的共同愿望"，也显示出原则性和灵活性的高度统一，肯定了国家现有的四种生产资料所有制形式，保护各种非社会主义经济包括资本家所有制在内的私人所有权，同时规定逐步改变这种非社会主义所有制为社会主义所有制的具体步骤。王造时以法学家的身份，参加上海法学会的活动，为共和国的法制初具规模而高兴。

共和国成立后，摆在新生的政权面前的是严重的经济困难。经济发展缓慢、工业底子薄弱的中国，经过连年的战争，遭到惨重的损失，尤其在共和国成立前夕，国民党政府撤离大陆时留下了一副烂摊子。要恢复经济，困难重重，西方势力实行封锁，国内私有产业者人心浮动，处于观望和等待中，工厂缺少原材料，工人大量失业，还出现投机商囤积居奇、哄抬物价、通货膨胀的局面。如何有效地恢复经济、让生产有所发展，关系到新政权的生死存亡。作为金融家和企业家的章乃器曾先后出任政务院政务委员、财经委员会委员、全国政协常委兼财经组组长为共和国的经济恢复、发展立下汗马功劳。1952年出任共和国第一任粮食部长，工作认真、负责，注重实效和科学管理，提出了粮食的统购统销政策，以确保粮食的供应，解决了粮食供求矛盾，稳定了物价。国库存粮多了，需要大量建造仓库，章乃器听取建筑工程师对建造粮库的意见和设想，保证了一批具有"四无"（即无虫害、无鼠害、无霉腐、无火灾）功能的安全粮食仓库的顺利建成。与章乃器奋斗在同一领域的沙千里，是位被毛泽东称为"沙僧"的实干家，担任贸易部副部长、商业部副部长，他为共和国的经济发展日夜奔波、克勤克俭、兢兢业业。

健在的君子们在各个不同时期都体现出强烈的求真务实精神，他们反对"教条主义""本本主义"和脱离社会实际的观念与理论，个人的得失和利益往往成了次要的一个方面。新中国成立初期，法律制度、司法机构不健全、不完善，司法队伍面临着人员严重缺乏，人员业务素质差的局面，阻碍了法律、司法工作的顺利展开。当时，法院、检察、司法方面的人员主要来自解放区和部队转业军人以及少量的法律学校的学生，他们思想红、根子正，但是缺乏经验和法学方面的素养。根据这一事实，沈钧儒、史良、王造时都主张吸收一部分学有专长、司法工作业务娴熟，并自愿接受中共的领导，进行思想改造的原司法人员参加共和国的法制建设，让共和国的法律、司法工作得到完善的发展，有效地巩固人民政权。沈钧儒认为作为最高审判机构的工作人员，必须熟悉业务，对法律条文有全面、正确的认识，文化素质较高，先后推荐张志让、陆鸿仪、林亨元等人进入高院工作。史良也为吸收一部分过去的法律工作者参加工作努力过，她认为：旧时代的法律工作者并非完全是坏的，他们有正义感，在旧时代曾为人民办过好事，他们有较丰富的工作经验和文化素养，经过改造后可以具体使用，而且进行一段时期的社会主义改造后完全可以得到信任，她进一步说："完全可以让他们成为律师，甚至可以允许他们自由开业"；对一些法学家更应该发挥他们的积极性，不能因为个别中共党员的官僚主义和宗派情绪，影响他们继续为社会主义法学作贡献。史良的这些意见和建议，是针对解放初期法制领域存在的问题提出的，有益于当时的法制建设，但在那时的环境中她的观点没有被采纳。一方面是社会主义法制建设大量缺乏有用之人才，另一方面是把大量旧时代的法律工作者丢置一边，甚至遭到打击，史良心里痛惜。同样，法学家、上海法学会常务理事王造时也为此痛惜，一次他以政协委员身份视察一个区级法院，目睹了一部分工作人员业务水平的低下，他当即指正。回到政协会上，他就审判人员的文化素质、业务能力情况提出了批评，建议吸收大量的改造好的旧时代法律工作者参加共和国的法制建设。他们这些观点，以后都遭到不同程度的批判，史良对此作了自我检讨，王造时为此被指摘为攻击人民法院。

史良强调在司法审判中要做到百分之百的公正，坚持有错必纠、有错必改的工作原则，她对那种"我们错判案只有百分之几"的自满言论进行了批驳，"错案在整个判案中只有百分之几，甚至百分之一，但对于被错判的人来说，则是百分之百地遭受了不幸"。史良批评司法机关在执行"有反必肃、有错必纠"这一原则时打了折扣。案判错了，经过当事人申请，或经有关方面和上级司法机关的指出，审判人员应承认错误，宣告无罪释放。然而，一些审判人员不肯承认错误，还要硬找人家的一点小辫子，判为"教育转改"，其实应该教育的不是无辜被错判者，而是犯了主观主义的审判人员。在那个时代，按客观规律办事，带着一定的危险性。在无产阶级夺取政权后，新生的政权尚不稳固，时常出现这样那样的风浪。不以阶级来划分人，而是根据实际出发，实事求是地办事，不免会被认为是一种右倾。坚持实事求是，一切从实际出发需要勇气和执着，甚至要有不惜头上的乌纱帽、不惜个人的利益以维护真理的精神。

1951年夏，政协全国委员会组织西南土改工作团，章乃器作为工作团长率团进入川南、川西、川北等地推动指导土改工作。他认为仇恨不能取代中共的政策和国家的规章制度，提出依理合法对地主展开斗争。在合川他订出"群众打地主、干部负责，干部打地主、干部受处分"的规定。他的工作原则在实际中产生了良好的效果。但是，依理、法的斗争，被一些人误解为保护了地主阶级的利益。为此，西南局专门派人对章乃器领导的一些土改地区进行补课。章乃器坚持自己的工作方法，组织人员写成工作总结，上报有关部门，据理力争，认为打人，甚至打死人，不是土改的目的，对于地主只要他历史上没有犯罪，又同意接受土改，对他们思想意识的改造是长期的；即使他们历史上犯过罪，也应该由政府依法办理，而不是当场把人打死，如果他们不愿接受土改，也应该斗理斗法让他们低头，接受改造。

章乃器出任粮食部长后，保持了自己的学者、专家的科学态度，坚持实事求是的工作作风，力排各种违背实际的做法，严格依照经济规律办事。在制定食用粮生产标准时，他坚持主张以科学标准和对人民健康负责的精神，让人民吃到清洁、新鲜、富于营养的粮食，确定每百斤稻谷出米九十二斤的标准。同时，他还根据实际情况，提出共和国的粮食发展方向，认为在粮食基本满足需要的情况下，大力发展粮食加工业，要做到大米可以不淘洗下锅，方便人民的生活。

共和国成立不久，中国人民救国会宣告结束历史使命。1952年民建改组，章乃器当选为副主任委员。同年，他与陈叔通、李维汉等筹备成立以团结、教育和改造私营工商业者为主旨的全国工商业联合会。1953年民盟改组，沈钧儒出任中国民主同盟第一副主席，史良为副主席。同年10月，章乃器为全国工商联副主任委员，沙千里任秘书长。1955年民盟主席张澜谢世，沈钧儒继任为主席。

民主建国会这个以民族工商业者以及知识分子为主体的政党，他在新的历史时期的作用、价值、如何开展工作，是章乃器思考的问题。他指出，民族资产阶级的政党应该属于工商业者，工商企业职员和知识分子在民建会内只是为他们服务。在政治上，会内同志通过相互教育和帮助，达到政治水平的共同提高和本身事业发展，而不是由一批积极分子去改造教育、改造他们。他认为，实现工商业者的团结、扶助、教育、改造的任务，只有在中共领导下才能进行。

1953 年 9 月，毛泽东邀约章乃器等民主党派和工商业界部分代表，专门谈了资本主义工商业的社会主义改造问题。之后，民建的性质得到中共肯定，即中国人民民主统一战线之内的主要由中国民族资产阶级组成的统一战线性质的民主党派，民建作为党派的性质被确认，章乃器对于民建是共产党领导之下的民族资产阶级政党的观点，得到认可。后来，红色资产阶级政党被误解为红色资产阶级，遭到严厉批判。

1956 年中共提前十年完成了对资本主义工商业的社会主义改造，中共第八次代表大会明确国内矛盾已由工人阶级和资产阶级的矛盾，转换为"人民对于经济文化迅速发展的需要与当前经济文化不能满足人民需要的状况之间的矛盾"，章乃器认为应该调整原工商业者与工人之间的关系，他们已不存在对立矛盾。同时，民族资产阶级政治和经济上的两面性已经基本消灭，留下来的只是残余或者尾巴。他认为，历史上民族资产阶级具有的两面性是政治上革命与不革命甚至反革命的两面性，和经济上有利于国计民生的积极一面与不利于国计民生的消极"五毒"的一面的两面性。但是随着对民族工商业者的改造步步深入，尤其在工商业者接受了社会主义改造之后，民族资产阶级正向工人阶级转化，作为阶级，民族资产阶级已经消亡，两面性的内容也发生了变化，政治上不可能不革命甚至反革命，经济上不可能发生不利于国计民生的消极"五毒"，他们存留的资产阶级意识和生活方式，通过"轻松愉快"和"和风细雨"的工作方法，加以改造，而不是用什么"脱胎换骨"的办法。因为思想意识问题，不是民族资产阶级所天生具有的"阶级的烙印"，只能在"皮肤"上而非"骨子"里。他表示，如果说实行了改造后的民族资产阶级还具有两面性的话，那是"积极一面是主导的、发展的，而且还有很多的积极潜力可以发挥；消极一面是次要的、萎缩的，而主要的消极表现是自卑和畏缩"。

中国人民救国会宣布解散后，王造时没有参加其他任何党派，一直以无党派民主人士的身份参加社会活动。1957 年 2 月，王造时受上海政协推举参加在北京召开的第二届全国政协委员会第三次全体会议，聆听了毛泽东在最高国务会议上的讲话——《关于正确处理人民内部矛盾》。在全国政协大会上，王造时作了《扩大民主生活》的发言，高度赞扬中共在短时间把中国引向了光明、先进、统一的阳光大道，同时他指出民主人士应该起到监督作用，帮助中共克服官僚主义，把中国的事情办得更好。他打比方说："拿一个或许是不伦不类的比喻来说，做唐太宗固然不易，做魏徵更难。做唐太宗的非要有高度的政治修养，难得的虚怀若谷；做魏徵的非对人民事业有高度的忠诚，更易忧谗畏讥。我想，现在党内各级干部中像唐太宗的可能很多，党外像魏徵的倒还嫌其少。"他认为，民主党派人士要按照"知无不言，言无不尽""言者无罪，闻者足戒""有则改之，无则加勉"这些名言向党提意见。如果民主人士不这样做，一般人更没有机会提意见了。

1956 年 11 月，党的八届二中全会在北京召开。毛泽东在会上就经济、国际形势、中苏关系、大小民主问题作了长篇讲话，并宣布准备在明年开展整风运动，集中对主观主义、宗派主义、官僚主义进行整风。次年 4 月末，中共中央发出《关于整风运动的指示》，要求全党重新进行一次普遍的、深入的反对三项主义的整风运动，以适应社会主义改造和社会主义建设的需要。王造时接受《光明日报》记者的采访，认为"双百方针"是社会主义新文化运动的开始，其意义可以与欧洲文艺复兴运动相比，从中足以看到中国共产党整风的伟大，是其他国家的政党无法比拟的。同时，他小心翼翼地说："中央负责同志可以考虑再发表一个比较具体的声明，保证除现行反革命分子外，一切思想问题概不属追究之列。"王造时希望通过法律的手段，确保鸣放的顺利进行，认为鸣放与社会主义法制建设有着十分重要的关系，通过立法，让人民知道他们的权利和义务，明白自由的界限，在法律的范围内让人民享有充分的言论自由，获得一种安全感。记者问："阻碍人们鸣放的障碍是什么？"他婉转地借助"有的人"之口说："如怕'钓鱼'，怕'放长线钓大鱼'，怕先'放'后'整'，怕'记一笔账'，怕'欲擒故纵'。"他一口气道出了六个怕字，很难说这不是他自己的担忧。"最要紧的是言论有法律的保障。"他反复强调。畅所欲言之后，会带来种种不良后果，王造时是考虑到了。但他不会因为损害个人利益而不讲话，他一开口便触及一个敏感的问题，主张鼓励私人办刊物，"办一些同人性的刊物，不仅自己能'放'能'鸣'，还可以彼此'争放''争鸣'。这对'百花齐放、百家争鸣'是有好处的"。他又主张恢复一些被砍去的社会学科，如政治学、社会学。这些学科解放以后被斥责为资产阶级伪科学，1952年国内高等学校院系调整时这些学科纷纷被撤销，他恳切地说："社会学不仅是资产阶级的，社会主义也需要社会学。社会主义社会同样遇到市政、行政、管理、选举制度等问题，同时，对资本主义国家的政治思想和政治制度进行知己知彼式的研究。"

5月11日，王造时出席上海宣传会议，提出官僚主义不是个别现象，而是普遍存在，不是刚刚萌芽，而是发展到相当恶劣的程度，它阻碍了生产力的发展，影响建设计划，损害了广大人民的物质和精神生活的观点。他一下子把官僚主义问题提到了理论高度，指出了它的危害性，认为："官僚主义者的行为，不管是有心或无心，实际上等于假借党的威信、国家的名誉，做有害党有害国家的事情。官僚主义不铲除，党的威信必定受损害，社会主义建设必定受到阻挠。官僚主义越往基层、越发的严重，而且表现为哪里没有群众的鸣放，哪里的官僚主义越专横，故此鸣放的重点必须放到基层群众身上。""我建议，由党统一领导，配备党政负责同志和党外有代表性的人士组织审查团，去基层推动鸣放工作，让新闻记者在党的领导下，下厂、下乡、下外县，用他的笔杆，反映基层群众的心情。"最后，他指出："鸣放作用是揭露矛盾；揭露的目的是要解决问题。党的方面充分注意到问题解决。""干部在这次运动中对本单位的矛盾要尽可能地边发现边解决问题。解决要求其快，但更重要的是解决要得其当。解决不得其当，等于制造一个新矛盾。党这次大可以切实扩大集思广益的范围。大家共同发现矛盾尽可能由大家共同来解决。理由是多方商讨，可以增加解决得当的机会，共同商定也可分担解决后果的责任。"

正当王造时积极投身到整风运动，帮助中共进行整风时，毛泽东亲笔写了《事情正在起变化》，指出有人正在利用中共整风的机会，向中共发动进攻。并在7月初召开的上海干部会议上，点名批判了王造时。王造时没有退缩，继续就社会主义法制和民主建设谈了自己的看法，强调在一个民主与法制长期软弱的古国里，需要扫除人治的封建残余，加强法治观念。尤其在社会主义国度里，强化人们的法治观念，促进民主是当务之急。他认为，解放以后国家颁布了宪法、重要的法律、法令和其他各项法规，但尚有大量的立法工作没有做，法律尚不完善，空白许多，如人民享有广泛民主权利的法律条文写进了宪法，但还需通过普通的立法把它具体化，真正使它实现。同时，许多法律条款被人们淡忘，出现了不依法办事、人治抬头的现象，要加强对法制的宣传。

王造时作了自我检查，强调自己的动机是好的，只是效果不好，给中共的领导和社会主义事业带来了危害。他在检查中写道："现在我改变了立场，认识自己的错误更清楚，认识我的错误所造成的危害更严重。我愧对党、愧对人民、也愧对自己。我再度向党、向上海人民和全国人民请罪。我由衷地永远感激党给我的改造机会，感谢同志们的耐心帮助。今后我一定要加强学习马列主义，提高政治水平，站稳工人阶级立场，彻底肃清资产阶级民主，特别是费边社会主义的思想，根绝任何形式的政治野心，以残余的岁月，紧密地追随党走，尽其绵薄，全心全意为人民服务，为社会主义建设事业服务，来赎我一生所犯的罪过。"

纵观王造时在 1957 年春夏之际的言论，主体是切中时弊。他在《鸣放的重点放到基层去》一文中，强调官僚主义的普遍性，把个别或局部现象说成普遍现象，认为"官僚主义发展到了相当恶劣的程度，一般说来，越往下层越是专横，违法乱纪的事情越多"，带有一定的推测成分，而不是实际调查的结果。不过就他的全文来看，他没有排斥中共的领导，也没有贬低中共对克服官僚主义的作用，用心是为了帮助共产党进行整风。毋庸讳言，王造时的言论中相当一部分的内容闪耀着社会主义民主法治的思想光芒，他对肃清封建时期的人治流毒，健全社会主义法制，人民民主权利通过立法具体实行，加强基层民主管理等问题，作了有益的论述。他在上海一届四次政协会议上提出，应该考虑把政治协商委员会的视察工作扩大为类似古代的御史制度，享有独立和公开弹劾权，从而可以具体而鲜明地起到互相监督的作用，间接培养、发扬传统的爱国主义精神。他还认为，消除官僚主义的根本方法是健全民主制度，养成群众的民主生活的思想和习惯，充分参与经营管理，让民主扎下根，官僚主义就没有了市场，是对社会主义民主法治建设的很好建言。

1957 年 5 月 8 日，章乃器出席中共中央统战部召开的民主党派负责人帮助共产党开展整风运动的座谈会。会上，他批评了宗派主义和教条主义："有些共产党员在党内讲的是一种是非，在党外又是另一种是非；自己明明错了却不承认错误，而且以此作为共产党党性的表现。"他认为《人民日报》4 月 22 日的社论，提出"工商业者要继续改造，积极工作"的观点，犯了教条主义的毛病。他坚持认为中共对工商业实行社会主义改造之后，民族资产阶级作为阶级的形态已不复存在，原工商业主与工人之间不再构成两大对抗性的阶级，他们同属社会主义中国的公民。他在会上强调，官僚主义比消亡的资产阶级更为威胁社会，将成为社会主义的敌人。之后，他完成了《从"墙"和"沟"的思想基础说起》一文，就中共与非中共、中共党组织与行政系统等关系作了分析，提出了自己的观点。他的这些观点，是以一个爱国人士从爱护中共、建设社会主义的立场出发，绝非反对中共的领导、反对社会主义，观点中包含着科学性和他自己在实践中所取得的经验教训。他的观点，迅速遭到一大批人的批判。

章乃器的上述观点遭到批判。他在《我的检讨》中写道："我绝不会反党、反社会主义。我到死都是忠于党、忠于社会主义的。"他一再重申自己绝不反党、反社会主义，也做好了准备去做一名自食其力的普通公民。整篇检讨，没有否定自己的观点，反而不断完善充实。所谓检讨，也局限于观点中的偏颇部分。此后，他给中央写了三万言的长文《根据事实，全面检查》，重申自己不能颠倒是非对待别人，也不能泯灭是非来对待自己。

沈钧儒得悉中共号召民主党派和无党派人士帮助整风时，为中共鼓励大鸣大放、欢迎党外人士批评的可贵精神所感动，相信经过这次整风，工作中的错误和缺点可以得到纠正、困难可以克服，社会主义事业胜利的前途更有把握。史良自觉提倡整风，在整风一开始就旗帜鲜明地与反党反社会主义的言论进行斗争。她认为，整风运动的目的是要整掉中共党内存在的歪风邪气，从而加强中共在国家事务中的核心领导作用，加强人民民主专政，使社会主义建设事业突飞猛进。她认为，民主党派既然承认中共的领导，中共就有决定权，要相信中共的正确，但不是说不要独立思考，中共要求大家独立思考，作为民主党派，在建设社会主义这一个共同目标下，必须这样做。同时，她就整风的互相监督问题谈了看法，认为互相监督是双方的，民主党派对中共实行监督，同样中共也应该对民主党派进行监督，这样平等。中共需要整风，各民主党派也应该整风，通过整风可以使民主党派更加团结。

《人民日报》以大字标题写着"可注意的民盟动向"，沈钧儒向新华社记者发表了谈话，他温和且带歉意地说："关于民盟的事，我近年由于身体不佳，过问得少，但是我是有责任的。本年3月民盟开了全国工作会议，以后章伯钧、罗隆基两位副主席对盟务工作管得比较多，这件事我原以为是好的，谁知道他们别有用心。最近在报上看到章伯钧、罗隆基等的错误言论，非常愤慨。前天章伯钧忽然到城外来看我，告诉我外面对他的批评很多，说他是野心家、反党、两面派、右派等等。他说：'这些批评我都接受，我学习不够，犯了错误，要求大家帮助。'"沈钧儒号召全盟同志团结起来，批判章、罗等人的言论，坚持走社会主义的道路，拥护中共的领导，拥护人民民主专政。次日，沈钧儒离开颐和园返京，主持民盟中央常务委员会扩大会议，他在会上首先讲话："我以十分严肃的态度来召开这次会议，请大家讨论现在全国人民所注意的一个重大问题。我们民盟的领导人章伯钧、罗隆基犯了很大的错误，现在已经影响到全国。我们民盟一向是坚决主张走社会主义道路，拥护共产党的领导，拥护人民民主专政的。这个政治立场是不能动摇的，这个根本立场如果动摇了，民盟就不能存在下去，更谈不到长期共存了……我们要号召全体盟员，站稳立场弄清是非，使我们民盟在共产党的领导之下，走社会主义的正确道路，不至于迷失了方向。"

史良坚持认为民盟内部两条道路斗争由来已久。在民主革命时期盟内的左派接受了无产阶级、中共的领导，主张把反帝、反封建、反官僚资本主义的革命进行到底；而盟内代表右派势力拒绝中共的领导，坚持走反共亲美的中间路线，他们利用资产阶级知识分子的阴暗落后、消极的一面，笼络落后分子和对党不满的分子，蒙蔽煽惑盟内政治上处于中间状态的高级知识分子，打击、排斥左派，篡夺领导权，结成政治联盟。她认为资产阶级知识分子存在着两面性，积极的一面是倾向走社会主义道路，接受中共的领导，愿意发挥他们的才能，为社会主义服务；消极性表现为基本上没有抛弃资产阶级立场，对资本主义制度和资产阶级的所谓民主自由还有所留恋。她指出：资产阶级知识分子的两面性同社会主义革命的任务不可调和，必须彻底改造，脱胎换骨。

史良经历了疾风暴雨式的"文革"之后，对1957年的这场政治斗争进行了反思："1957年的那场反右斗争显然是被扩大化了，它留下了消极的后果；民盟的工作进入了低潮。'左'的影响一直持续下来，发生了'文化大革命'。"在"文革"这场大的动乱灾难中，她也遭到了一定程度的冲击。

共和国成立，曾经在近现代史上出现过的中产阶级没有存在的土壤，健在的君子们已经成了国家体制内的人物，曾经的社会属性已经消失，这是政权更替和实行的体制不同所造成的必然。君子们原本的诉求，得到了实现，就像他们解散中国人民救国会时说的那样："有了人民政协所通过的共同纲领作为施政方针，有着中国共产党和毛主席的领导，中国的这一条从新民主主义到社会主义、共产主义的道路，是可以坦步无忧的。我们救国会同人彻底认清了这一点，相信了这一点。所以我们今天在大家面前，坚决地愉快地来宣布我们的历史任务的终结。"

但是，这一群体形成的精神没有终结。他们表现出的海纳百川，中西优秀文化兼收并蓄的精神；强烈的爱国主义和求真务实的特征；随着社会进程而不断调整人生的轨迹，服从于人群和祖国需要；他们敢于坚持自己的思想，不畏惧强权，勇于表达和斗争的精神；他们不屈服艰难困苦，敢于与向命运作挑战，保持昂扬向上的精神，超越了时代的局限、阶层的限定，成为我们民族宝贵的精神财富，丰富了民族的精神宝库。

他们在刻苦努力实现个人利益的同时，不惜牺牲这样的利益而服务于大众的实践过程，所形成的人生经验对今天同样具有积极的意义，如邹韬奋从一个既无经济实力，又无权势支撑的穷学生，一步步发展成为出版机构的领导者，集新闻记者、出版产业的经营者和管理者于一身，使他处在当时的中产阶级中上端，表现出的不屈不挠的精神是每一个成功者必备的素质；章乃器从一个不适合银行工作的小职员，怎样努力使自己适合这样的职位，成为具有实践经验又有理论建树高级管理人才，创新地开办中国人自己的信征所过程，表现出的不断修正自己、克服自己的弱点，值得今天的人学习。

（作于 2017 年 9 月。原载《邹韬奋研究（第六辑）》 上海锦绣文章出版社 2018 年 12 月版）

抗战胜利：是中国近现代社会民主进程的必然

在北方外来民族入侵面前，中原地区建立的政权，往往土崩瓦解，典型的是宋、明两朝代。据统计，北方外来民族建立大而统的政权统治中国，约占华夏有文字记载历史的十分之一，长达三百七十多年。而且，满清统治时期恰逢世界处于发展的重要历史阶段，华夏民族失去与世界同步发展的机会。

罕见的是20世纪30年代至40年代中期，我们战胜了外来民族的入侵，赢得了胜利。原因何在？回答非常简单，帝王专制的统治模式已成历史，而处在民主进程中的中国现代社会，在维护民族利益的旗帜下必然战胜外来入侵。这是抗战胜利的内在因素，过去往往被人忽略这一点。

自晚清后期至20世纪二三十年代，中国社会发生了巨变，社会开始发育，结构中出现了极具生命力却不庞大的中产阶级群体，他们向海外学习政治制度、思想流派、教育方式、文化艺术、科学技术、市场经济，自觉或不自觉地运用于中国社会实际，重新架构起社会价值体系。这一时期，民主思想的宣传和普及持续不断，高潮迭起，推翻清朝前的邹容、陈天华等人的呐喊，以及后来的新文化运动、五四运动。1912年后，国家进入了立宪、总统、国会、多党、舆论出版自由的民主实验期，经济运行以市场自由经济为模式。虽然有政治强人闹复辟、玩贿选、搞暗杀、图割据、欲独裁，都没能挡住中国社会的民主要求和对共和的渴求，民主共和成了多数人的共识，国家权力归人民已深入到小学课本中。

民主共和的国家观念植入国人心中，客观上为抗日胜利作了精神、物质、人才上的准备。1927年至1937年中国市场经济的发展，使经济实力大幅提升，在物质上为抗日提供了一定的基础，如军事装备现代化程度的提高；现代工业发展带动本国军工产业的进步，一些现代企业战前创造财富，战时直接转为军用；在民主共和精神的统领下，绝大部分军阀割据被瓦解；民主意识的形成和民主的实践，提升了人民尤其是中产阶级群体的民主自觉和参政意识，人民具有一定程度上的参政、组建政党社团、集会、舆论自由权等。如果没有自由市场经济的发展和思想表达的自由，一切很难化为实现。

当然，抗战胜利除去民主的原因外，社会各个阶层在强悍的外敌入侵面前，团结在捍卫民族利益共同御侮的旗帜下，实现全面抗战，是十分重要的因素。但是，如果没有民主意识的提高、权力最终归属于人民的现代意识的存在、人民一定程度上形成现代国家观念，单纯从民族利益上考量，各党派未必能即刻放下自身的利益，一致御侮。这一点，有一个旁证：宋、明末期，保种留族的意识未必不强，但为小集团利益卖国求荣的大有人在，明末吴三桂就是典型，为权力、美女等利益，很大程度上牺牲了民族的利益。

抗战前夕，国内的党派和社会团体以结社、集会、抗议示威、舆论表达，有效促进了政治派别达成团结一致抗日御侮的共识；为全民的抗日意识增强、战时生存技巧的掌握，做出巨大贡献。在民族利益和民主意识引领下，执政党与在野党、社团在战前认知的统一，甚至拥有武装的在野党，在不改变军事单位结构的前提下存在，承认割据自治；战时国民参政会的成立，吸纳各党各派和无党派人士参加，形成了多党共存、参政议政、监督实施；同道人结党结社，办报出刊；地方政权除汉奸外，党派人士、社会贤达、地方乡绅通过选举决议、监督政府职能的展开。其实，地方自治与县长选举制，抗战前已经实行，抗战时期无论国统区还是中共领导的根据地，都在执行。当然，我们的民主基础差，起步晚，不完善，甚至出现执政党利用手中过于集中的权力，进行干涉、镇压、围剿，使得民主势力遭受打击；执政党不能与在野党、社团以及社会人士进行有效沟通，把国家真实情况传递给人民。这些，阻碍民主发展的做法，严重伤害了民族利益。即便如此，民主还是显现出强大的活力，使我们实现了国内统一，最终战胜了日寇。

也有人会质疑，正是这一时期的民主，使中国更加软弱，才让日寇有机可乘。其实，袁世凯的失败已证明中国社会必然沿着民主共和的方向前进，独裁必亡。民主共和的精神与军人集团的对决，一些军人集团的暂时胜出，并没能长期存在，最终胜出的是在民主共和精神统领下的军人集团，这是历史不争的事实。中原大战后，除局部地区存在内战外，大部分都停止战争，全国树起了民主共和的旗帜。日本军方高层正是看到了一个内战接近尾声，经济得以发展的国家已经形成，便迫不及待地发动全面侵华战争，扼杀强大中国的出现。

有朋友问及，民主精神和制度未必是法西斯主义的对手，欧洲不少民主国家一夜亡国，怎么解释？德国、日本的经济、军事实力高于一部分欧洲国家和中国，但是它们最终没有战胜民主，因为民主是人类共同的价值体现，遵循这一价值体系的人们会联合起来围剿法西斯，这是现代国际社会的法则，而专制对抗专制，如法西斯对苏联，后者战胜了前者，是因为战争属性的决定。但苏联最终消失在二十世纪九十年代。

应该说，近现代中国社会民主意识提高、民主实践的开展，是全民抗战胜利的重要内在因素之一，而党派的作用则是形式上的表现。抗战胜利是中国现代社会团结在捍卫民族利益旗帜下，民主化进程的胜利，体现出现代政治体制、思想意识、文化教育、科技、经济的综合实力。当然，还有许多其他的内外因，这里不作赘述。

光阴如梭，七十五年过去，我们应该超越局限重新认识这一段历史。

（原载《长河秋歌七君子——1936 年七君子事件与他们的命运》 中西书局 2016 年 10 月版）

略论朱元璋与建城筑墙

公元 1368 年，年仅 41 岁的朱元璋建元洪武，立都南京，开创了具有 276 年历史的大明王朝，这也是汉民族建立的最后一个政权。朱元璋恢复了中华，统一了全国。但由于他的高度集权和杀戮、大兴文字狱、办特务机构、恢复殉葬制，颇受历史学家争议。朱元璋的高度集权、建立制度、发展经济、澄清吏治、努力扫除一切他认为可能的威胁，几乎到了病态的地步，为的是朱姓王朝的长久统治。朱元璋是由士兵成长起来的统帅，身经百战，在战争中他学会战争。他认识到建城筑墙在战争中的重要作用，在全国统一后，依然高度重视建城筑墙，认为在天地山川间，筑城修墙是重要的防御手段。

朱元璋是我国历史上最为推崇建城筑墙的帝王之一，他的子孙继承他的遗志，使筑城修墙成了明朝留给中华民族一项重要的宝贵财富。在 650 年前诸暨爆发的新州大战，也让朱元璋尝到筑城的甜头。

1. 建城筑墙意识的形成。朱元璋对我国底层社会有着深刻的了解，他的成功是中国封建社会自给自足小农经济破产后，由赤贫逆袭成为最高统治者的极个别现象。同时，自给自足小农经济的思想构成他封闭意识形成的重要基础。可以说，小农经济的土地价值观，封闭性强、自给自足等特点，促使朱元璋建城筑墙意识的形成。同时，城墙在我国古代农耕社会抵御外敌入侵发挥了重要作用，直接导致朱元璋对建城筑墙的高度重视。

朱元璋来自淮河南岸贫瘠的农村（今安徽凤阳），17岁时，瘟疫伴随着夏季的蝗虫、旱灾夺去了他父母、长兄的生命，他被送入皇觉寺为小沙弥，当杂差。一月后，由于寺院拮据，朱元璋做了行脚僧，即丐僧，游历三年。三年间，他对元末社会有广泛的接触和了解。回寺次年，他参加农民起义军郭子兴部，因英勇善战，被郭招为婿，后升为镇抚。至正十五年（1355）春，率部克和州（今和县），奉命总领诸将，后被授为左副元帅。十六年（1356）三月，挥师攻克集庆（今南京），改集庆路为应天府，以此为中心建立基地，被拥为吴国公，依次消灭孤立无援的江南元军。十七年（1357），亲至宁国（今属安徽）督战，俘元兵十余万，遂取南陵、泾县、徽州（今歙县）、长兴（今属浙江）等要地，阻止江浙周政权首领张士诚向西扩张。次年，命邓愈率军取建德，俘元兵3万。率将士10万克婺州（今金华），设浙东行省，以巩固新占地区。十九年（1359），分兵攻取池州（今安徽贵池）、诸暨（今属浙江）、处州（今丽水）等地，遂西与长江中游汉政权首领陈友谅辖区相邻。

至正二十年（1360），朱元璋招纳浙江刘基、宋濂等人为谋臣。采纳刘基建议，确定先灭陈、后攻张，统一江南、再北上灭元的方略，置主力于西线。二十三年（1363）四月，歼灭陈友谅军60万，并击杀陈友谅，创造中国水战史上以少胜多的著名范例。次年正月，在应天即吴王位，置百官。二十五年（1365），张士诚的部下李伯升重兵攻新州，朱元璋的重要将领李文忠率部从严州星夜驰援，由西北侧后夹击，大败李伯升部，收复诸全州。二十七年（1367年）九月攻克平江，俘张士诚。不久，迫降割据浙东的方国珍。至此，朱元璋统一江南。

十月，北攻元军，制定"先取山东，撤其屏蔽；旋师河南，断其羽翼；拔潼关而守之，据其户槛……然后进兵元都"（《明太祖实录》卷二十六）的方略，遂命徐达、常遇春率军 25 万北征。洪武元年（1368）正月即皇帝位，国号大明。

许多战事朱元璋都亲自督战，战斗中每次攻城克池将士伤亡最大，城池的堡垒作用一览无余；同时在抵御快马利刀时，城池发挥出的优势让人振奋。1359 年前后朱元璋和他统帅的将士们浴血奋战在诸暨这片土地上，其部兴建新州城，这些事实在史籍和民间传说中得到验证。

朱元璋在还没有称帝时，听取了徽州谋士朱升提出的"高筑墙、广积粮、缓称王"的建言（《明史·朱升传》）。作为战略思想，高筑墙是指加强军事防备，巩固后方；广积粮是指发展经济生产，储备粮食，增强经济实力；缓称王则是指不要过早称帝，以免树敌过多。

"高筑墙"不仅是朱元璋的战略思想，也成了他的战术手段。在战时他运用自如，即在军事要地建城筑墙，比如在距离诸暨城南约 30 公里处修建新州城，该地左有大刀山，上有五指山，右有球山，下有勾嵊山，左右山峰连绵起伏，东西相距不过二三公里，城依山傍势，凭险而据。大陈江穿城而过，沿江随处可作码头方便粮草运输，颇有一夫当关，万夫莫开之功。它是婺越通道之咽喉，历来为兵家必争之地。修筑此城，可使战线推进二百余里，实际上已是兵临诸暨城下了。此城既可作婺州之屏障，御敌于百里之外，使进退有充分的余地，又可作行军之跳板，突袭诸暨、绍兴等地。

建国后朱元璋也重视建城筑墙，命令各府县普遍筑城。他认为在天地山川间，筑城修墙是重要的防御手段。小到县城，中到首都，大到国家，都建城筑墙，自朱元璋时代至明朝灭亡的 276 年历史中，城池得到修缮、扩建，近年来国内许多城市陆续发现的城墙大部分为明代修建，便是重要的佐证。

朱元璋是我国历史上最为推崇建城筑墙的帝王之一，我国原始长度以及现存长度、规模最大的南京明城墙和国家城墙——明长城的建设都与朱元璋有着密切的联系。诸暨州城是朱元璋部将胡大海修筑的，新州城也是在朱元璋亲自主导下兴建的。朱元璋时代规划的重要城池，有的还留出大量可供种植的土地，以确保城内的粮食供给，防止由长期围困带来的粮食短缺。

城墙，是古代农耕民族为抵御外敌入侵，使用土木、砖石等材料，在都邑四周建起的防御性建筑；是古代重要的防御设施，由墙体和其他辅助军事设施构成的军事防线。朱元璋在战争中深刻认识到建城筑墙的军事意义和价值。

城墙根据功能有广义和狭义之分。广义的城墙分为两类，第一类为长城国家级的防御体系，第二类属于城市防御建筑，由墙体和附属设施构成封闭区域。诸暨城和新州城的城墙属于第二类。狭义的城墙指由墙体和附属设施构成的城市封闭形区域，封闭区域内为城内，封闭区域外为城外。

明朝的城墙基本依照我国古代城市的城墙结构和功能而建，主要由墙体、女墙、垛口、城楼、角楼、城门和瓮城等部分构成，绝大多数城墙外围还有护城河。诸暨城和新州城的城墙客观上符合这些结构和功能的要求，由于没有当年的图纸和相关历史资料，我们只能作出类推。

我国城墙的雏形大约在新石器时代中期出现。龙山文化时期，中原出现了城墙雏形，南方的良渚文化遗址也出现了这种雏形，主要存在于当时的人类集聚地。随着人类集聚地的不断增加，城市的出现，以后历代都建造，且不断完善。明朝在开国皇帝朱元璋的主导下演绎出一个新的高峰。

2. 从明代边墙说起的建墙技术。长城在明代不称长城，而称边墙，明代建城筑墙的理念、技术、工艺集中体现在它身上。

明长城古北口段由朱元璋修建，洪武十四年（1381）修建老龙头长城、小河口长城。以后陆续修建辽东镇的辽河西和辽河套一带的长城。成化三年（1467）辽阳副总兵韩斌负责修建长城。成化十年（1474）徐廷璋、范瑾督造宁夏河东长城，"自黄沙咀起，至花马池止，长三百八十七里"。成化十五年（1479）十一月，筑宁县沿河边墙。正德元年（1506），又筑三十里长城。嘉靖十年（1531）陕西三边总制尚书王琼于内复筑边墙一道。李成梁修建辽镇长城（九门口长城）。嘉靖二十年（1541）修"嘉峪关墙一道，南至讨来河十五里，北至石关儿十五里，共三十里"。嘉靖二十三年（1544），巡抚曾铣在两边以南建造长城。嘉靖三十年（1551）于北京北部、东部大修长城，至三十四年（1555）结束。

明长城的主要特点是夯土筑城，后期才出现包砖长城，嘉靖三十七年（1558）戚继光在蓟镇建立包砖长城，加厚城墙，又建空心敌台，能存放兵器火药，16年内一共建空心敌台1017座。

我国古代城市的城墙从建筑的原材料区分，有板筑夯土墙、土坯垒砌墙、青砖砌墙、石砌墙和砖石混合砌筑多种类型。

板筑夯土墙的制作技术在修建明长城之前，已经运用得非常成熟，它以木板作模，内填黏土或灰石，层层用杵夯实修筑而成，当时的造价为每一米约一两银子。洪武二年（1369），凤阳明中都城的外城墙用此技术建成。土坯垒砌墙技术在明初也有使用，但一般在取土不便之地采用。新州、诸暨城墙用前一种技术和工艺建造的可能性极大，如果出现砖块砌墙，即包砖，一般为后来所为。纯粹用砖块砌城墙，出现在洪武二年（1369）兴建明中都皇城时，之后扩建南京皇城也不全部是实心砖墙，可以推断新州城、诸暨城的城墙不可能是实心砖墙。

出现这样的状况与朱元璋时代，尤其是初期，征收城砖并非易事有关，那时征收城砖往往遭到农民反抗。至正二十四年（1364），元朝松江知府归顺吴王朱元璋，下令各属县查验民间田地，征收城砖9000万块，松江一府为之惊扰不安。世居县城西王湖桥（今上海华漕乡吴家巷附近）、相传为吴越王钱镠后裔的钱鹤皋，见人心浮动，即竖旗举事，集众三万人，攻陷松江、嘉定，遣子遵义率部赴苏州联合张士诚。遵义部半途遇朱元璋部堵击被歼。继而朱元璋派徐达率部直攻松江，鹤皋率兵抗击，在横沥兵败被俘，事告失败。应该说，反抗征收城砖的事件绝非上述一例，征收城砖的困难，间接证明实心砖墙的使用受到限制。

明朝自始至终对北方防务非常重视，长城、关隘、墩堡的修筑工程几乎没有中断过，逐步形成了"九边"分区防守、分段管理和修筑长城的制度。据《明史·兵志》记载，初设辽东、宣府、大同、延绥四镇，继设宁夏、甘肃、蓟州三镇，而太原总兵治偏头，三边治府驻固原，亦称二镇，是为"九边"。明长城对于明朝政权的巩固，北部地区农牧业生产的安定，国家的安全都起了积极的作用。在防务布局上采取列阵屯兵，分区防守。在修筑工程上采取分区、分片、分段包修。

1952年在居庸关、八达岭城墙上发现的明万历十年（1582）的石碑上就记载着长城的包修办法。长城边还发现了来自朱元璋故乡安徽凤阳的工兵营遗迹，显然是营造长城和守卫边关的官兵遗存。试想诸暨城和新州城的建设，是不是有凤阳籍的军士、工匠参与，修筑工程也采取了分片、段包修的办法呢？一切有待考古发现。

朱元璋时代建城修墙的技术已经到了高度成熟的地步，他的子孙继承他的遗志，使筑城修墙成了明朝留给中华民族一项重要的宝贵财富。

3. 明帝都的特点和一般城市形态。已知的明朝都城可以提供给我们丰富的信息，使我们了解它的规划、设计、技术、工艺。

明朝有三个都城，南京、北京和建造在朱元璋故乡——安徽凤阳的中都城，一个已经建成没有启用的首都。北京是朱元璋四子朱棣在元大都基础上扩建而成的。

洪武三年（1370），朱元璋封朱棣为燕王，就藩北平城。建文元年（1399），朱棣发动靖难之役，并于建文四年（1402）夺位，次年改元永乐。永乐四年（1406）朱棣改北平为北京，开始筹划迁都，实施了一系列扩建北京城的计划。永乐十四年（1416）起，模仿南京皇宫营建北京宫殿。永乐十八年（1420），建成紫禁城宫殿、太庙、太社稷、万岁山、太液池、十王府、皇太孙府、五府六部衙门和钟鼓楼，同时将城墙南段南移0.8公里，以修皇城墙。永乐十九年（1421），朱棣正式迁都北京。

鲜为人知的是朱元璋时代建设的凤阳中都城。起先他并没有把京师设置于南京，而试图设汴梁为都城，放弃后决定以临淮（即今安徽凤阳）为中都，有意把首都迁至凤阳。据《明太祖实录》第45卷记载，洪武二年（1369）九月癸卯，朱元璋举行老臣会议，表示："临濠则前江后淮，以险可恃，以水可漕，朕欲以为中都，何如？"群臣皆称善。至是，始命有司建置城池宫阙，如京师之制焉。

据统计，营建中都城，耗时六年，调集了百万匠役。又有专家根据明代永乐、正德、万历年间建造宫殿所需的人工、资财推算，所需费用大约相当于当时全国六年税收的总和。朱元璋高度重视这项工程的建设，几度亲临视察。

中都城是怎样的都城呢？中轴线统率着我国古代庞大建筑群的全局，集中体现了皇权的专制与威严。明中都城沿这根中轴线左右对称展开，体现三垣理念的"三环相套"即外、中、内三道城，由大到小的布局呈现在世人面前。中都城布局也是如此，外城周长30.36千米，设有八门，街24条、坊104条，还有3市、4营、2关厢、18水关。"禁垣"，即俗称的中城，城墙周长7.67千米，平面呈长方形，中城与明清都城中的"禁垣"一样，设承天门、北安门、东安门、西安门。"三环相套"格局中，最里面的是内城，也就是人们俗称的紫禁城或皇城。凤阳中都紫禁城，周长3.6千米，占地85万平方米，近似方形，四面设4门，南为午门、北为玄武门、东为东华门、西为西华门，占地面积比北京故宫大出了12000平方米。

内城墙高13.17米，女墙高1.98米，合计高度15.15米；墙底宽6.9米，顶宽6.4米，墙顶上平如大道，小型汽车能双向通过。城墙全为长40厘米、宽20厘米、厚10厘米的特制大砖实心砌筑，其他都城的城墙大都是中间夯土两面砌砖的形式。从大砖上的文字，可以读到当时制作者的信息，既可以方便统计制作数量，又可以责任到人。

明中都皇城上承宋元宫城，下启南京和北京故宫。在中国都城史上，中都皇城的布局用建筑图式和语言突出表现了中国传统文化中有关皇权至上的全部内容，开创了皇帝宫室的一代制度。

中都皇城午门，正券两侧及凹字形楼台基部四周，总长500多米的白玉石须弥座上，连续不断地浮雕着龙、凤、鹿、象、麒麟、双狮绣球、牡丹、芍药、荷花、西番莲、云朵等，使人眼睛一亮；在西华门、东华门和玄武门也发现门洞两侧基部砖砌须弥座上，镶嵌着模压的花卉、方胜等，这是中都紫禁城的特点之一。南京和北京的故宫午门基部须弥座上，仅嵌有少量花饰，相比之下，凤阳中都紫禁城午门浮雕在数量和精美程度上是独一无二的。

洪武八年（1375）五月，刚刚结束中都验功赏劳之旅的朱元璋，回到南京的当天，颁发了《中都告祭天地祝文》，叫停了这一浩大工程。《祝文》不长，不足三百字，在回顾设置中都城时的争议和抉择的无奈后，朱元璋简单地用役重伤人的托词，改变了明中都的命运，也改变了凤阳的命运，甚至是改变了中华民族以后六百多年政治、经济、文化发展的格局。

南京是朱元璋为吴国公时的都城，朱元璋在犹豫中才决定把它作为首都。南京的道路系统呈不规则布置，城墙的走向也沿旧城轮廓和山水地形屈曲缭绕，皇宫偏于一边，使全城无明显中轴线，一反唐、宋、元以来都城格局追求方整、对称、规则的传统，创造出山、水、城相融合的美丽城市景观。

明南京城为南北长、东西窄的不规则形，南北10千米，东西5.5千米，周长33千米多，面积55平方千米。南京城有13门，南3门，正门为正阳门；西5门；东1门；北4门。城墙用大石条奠基，完全用青砖包砌，有垛口13616个，藏兵洞200座，平均高度12米左右。城墙依山傍水，尽占地利，十分坚固。北起狮子山，南到聚宝山，西包清凉山，东尽钟山之麓，皆据岗城之脊，犹如蟠龙。

南京的城墙用长40厘米、宽20厘米、厚10厘米左右的大型砖垒砌两侧外壁，中实夯土，唯有皇宫区东、北两侧的城墙全部用砖实砌。南京城墙墙基用条石铺砌，这与新州城古遗址发现的城墙基础部分用条石砌成的建筑方法相一致。

新州城因战争需要而兴建，更强调它的战争功能，主要由墙体、女墙、垛口、城楼、角楼、城门和瓮城等部分构成，瓮城部分可能占有重要地位。还有护城河连接自然江湖，围绕城墙而在。

兴建于至正十九年(1359)的诸暨城墙，不可能在规模上与都城相比较，但是从明都城的史料中，我们可以间接地了解到一般城市的形态，如明中都城周长30.36千米、南京城周长33千米多，而诸暨城周长为4.6千米，一般县级城市仅为都城的七八分之一；明中都城墙有大量的精美石刻，一般城市的城墙不会出现这样的状况，尤其在战争年代修建的诸暨、新州城墙；明中都内城墙用特制大砖砌筑实心墙，南京的城墙是建在条石铺砌的基础上，墙身两侧用砖垒砌外壁，中实夯土，皇宫区东、北两侧的城墙才用砖实砌，可以想象一般州、县城市的城墙基本上采用板筑夯土墙、土坯垒砌墙的方法建土墙，诸暨和新州城墙也不能例外，发现的城墙砖极大程度上是后来包砌的。

关于城市规划中的中轴线的问题。其实，中轴线并不是都城的专利，一般州、县城市大多存在中轴线，明朝诸暨城的南迎薰门至北朝京门之间，必然有着大道相通，左右两侧官署、民居依次散开。但是它不可能如都城那般中轴线开阔，两边的建筑高大、精美，具有皇权内涵和价值。诸暨城的中轴线统率着城内的建筑群，又由于诸暨城是老城，原有的建筑会影响中轴线的笔直和两翼的均衡。

4. 明诸暨城与越国公以及新州城。诸暨位于浙江省中北部，北邻杭州，东接绍兴，南临义乌，在战略上具有重要的地位。诸暨是越国故地，西施故里，为古越民族聚居地之一。秦王政二十五年，设诸暨县，属会稽郡。诸暨是於越文化的发祥地。

诸暨秦时置县建治。旧城，筑于何年无考。唐开元中罗元开建东、北门。唐天宝中郭密之建西、南门。嘉泰《会稽志》引《旧经》："城周二里四十八步，高一丈六尺，厚一丈。"天祐初，吴越国王钱镠遣将王永重修。元至正十九年（1359）朱元璋的农民起义军克诸暨、衢州、处州等地，将军胡大海筑州城，诸暨城开始修建。

胡大海（？—1362），字通甫，泗州虹县人。元朝末年，从朱元璋起事，攻取皖南、浙江等地，任江南行省参知政事，镇守浙江金华。元至正二十二年（1362）二月七日，胡大海在视察士卒演习时，被叛将蒋英以铁锤打死。朱元璋取杭州之后，杀死蒋英，血祭胡大海，并作文以祭。明朝建立后，追赠胡大海为光禄大夫，封越国公，谥武庄。

胡大海筑诸暨城，周长 4.6 千米，为门五：东迎恩，南迎薰，北朝京，西西施，而水门不名。成化以后，旧城渐圮，多据为宫室，惟门存。嘉靖三十四年（1555）冬，林富春重建，城周九里，高一丈八尺。楼门四：东"禹封玉帛"，南"勾乘云物"，西"蠡湖烟月"，北"概浦桑麻"，水门三。自胡大海筑诸暨城至明朝中后期，诸暨城得到修缮和翻建。

唐天宝年间诸暨城仅"城周二里四十八步，高一丈六尺，厚一丈"，经过吴越王钱镠时代的重修和以后历史时期可能存在的扩建，六百年后朱元璋时代已经把诸暨城建设为"围九里三十步"。基本结构和功能决定它具有墙体、女墙、垛口、城楼、角楼、城门和瓮城等部分，是具有一定规模的县级城市。以后清朝顺治十五年（1658），雉堞增高六尺，并二为一，数堞增一炮台，乾隆三十一年、三十四年（1766、1769）再修，都在明代基础上进行，可以说明代奠定诸暨城的格局和规模。

诸暨城西陶朱山雄峙，城东浣江环流。城内旧有五湖，水流萦绕，脉络贯通，处处相连。水自城外西南隅入，至紫山下淳潴为一湖，即三官殿前湖。由紫山下北至郦祠前为一湖，称郦祠前湖。郦祠前东，用徐公堤，堤东名学湖，或称学前湖，堤西为琵琶湖。北出采芹桥，抵北城又为一湖，称火神庙前湖。今仅存郦祠前湖之一部。城内湖与城外河相通，依据古代城市建设特点判断，城墙外围历史上存在过护城河。

诸暨城墙最后的结局，于1939年，日寇据杭州，威胁浙东，县长夏高阳恐有城反资敌用，发动民夫，逐段拆除，仅留东南一隅，为障水之用。1985年9月，城墙列为县级重点文物保护单位，时城残长440米，残高3.5米，宽3.8米。

新州城情况如何？据史书记载：癸卯九月，诸全叛将谢再兴以张士诚兵犯东阳。左丞李文忠令深引兵为前锋，再兴败走。深建议以诸全为浙东藩屏，乃度地去诸全五十里并五指山筑新城，分兵戍守。朱元璋初闻再兴叛，急驰使诒文忠，别为城守计。至则工已竣。后士诚将李伯升大举来侵，顿新城下，不能拔，败去。元至正二十三年（1363）九月，筑诸全新州城，它依山傍势，南北长五里，东西宽四里，大陈江贯穿其中。南北城墙高十丈厚三丈，设有垛口和烽火台；护城河宽五丈深二丈，设四门；江上建有栅栏大闸。派胡德济戍守。新州城在战争中，发挥了重要作用。

次年，张士诚遣李伯升领兵 16 万攻新州。胡德济据城固守，李文忠闻讯增援，内外夹攻，李伯升大败。元至正二十五年（1365），张士诚部下李伯升率重兵攻新州，李文忠率部从严州星夜驰援，由西北侧后夹击，胡德济则自城中鼓噪杀出，大败李伯升部，逐北数十里，斩首甚众，溪水尽赤，收复诸全州。

上述史料证明，新州城在朱元璋与张士诚的博弈中，起到十分重要的作用，为收复诸全州立下大功。

仅仅用一年时间建成的新州城，在战争中发挥出巨大作用，两次打败敌人的重兵包围和进攻，足以证明朱元璋建城筑墙的思想正确性。

（原载《元末新州大战笔谈》 辞书出版社 2015 年 10 月版）

民主先驱：陈天华评传

陈天华（1875年—1905年12月8日），原名显宿，字星台，别号思黄。湖南省新化县人。民主革命的先驱之一。他在反对满清统治、建立民主政体、造就近代国民等一系列问题上的主张，达到了前所未有的高度，起到了推动近代民主革命高潮到来的作用，是对于中国民主革命建设有着重大贡献的宣传家、思想家、革命家。30岁时，他为抗议日本政府颁布的《清国留学生取缔规则》，愤而蹈海殉国。1906年春，遗体经上海运回长沙，公葬于岳麓山。

生平、时代背景、思想概述

1. 陈天华出生于湖南省新化县西北部的下乐村（现新化县荣华乡小鹿村），幼年丧母，父亲陈善为乡里私塾先生。他五岁时随父学习启蒙读本，二十岁后，生活、学习在县城，直到两年后去长沙求学。他认为，近代文明的风气在新化兴起迟于沿海门户开放地区，"1898年左右才开始，上一年新化出现县立速成中学堂前身的实学堂，与长沙的实务学堂，并时为两，即新式学堂的出现。到1905年官私费游学日本者十余人，加上到省城、广西等地学堂求学的学生占全县学生的数十之三"。不过，比较中国当时众多的内陆县份而言，新化的近代文明之风开得尚不属晚，这得益于活跃在近代的湘籍人士，他们在十九世纪六十年代主张洋务，范围包括对外交涉、编练新军、制造枪炮船舰、兴办近代工矿企业和交通运输业、设立学堂、派遣留学等。随着湘人不断来往于湘与外界之间，近代文明之风渐入湘境，成为感知外来风气较早的内陆省份。应该说，当时的湘人极为推崇曾国藩、左宗棠等人，在年幼的陈天华心中留下深刻的印象。随着维新运动风起云涌，各地大办新学，北京大学前身京师大学堂创建，长沙时务学堂的举办。1898 年，新化籍留日地理学家邹代钧怀着"教育救国"的愿望，会同艾敦甫、晏谷如、彭庄仲等创办了新化实学堂，为全国和湖南最早的现代学堂之一，陈天华是实学堂的第一批学生，深受维新思想影响。

陈天华早年的生活时代，正是西方列强加强对中国社会的政治、经济、文化的渗透，统治集团内部也纷争四起，保守派与洋务派之间矛盾激烈，洋务运动的发展受到制约，民族"求强、求富"之路受阻。1895 年 3 月，清政府派出李鸿章前往日本，与伊藤博文、陆奥宗光进行谈判，在日方的胁迫下，李鸿章无条件地与日本签订《马关条约》。该条约为日本蚕食中国打开了大门，以致日本成为中国以后五十年间的头号敌人，中国的政治、经济更加依附于列强，加速了中国社会半殖民地化进程，民族危机加深。

条约签订后，消息传回国内，各阶层人民群情激奋，掀起了一场反对割地投降的抗议运动，加速了中国社会的改良运动的开展，以康有为为代表的维新派面对严峻的现实，要求变法，维护独立和发展资本主义的呼声渐高，这一符合历史发展趋势的举措遭到清王朝守旧派的反对，维新以失败告终。但从另一个角度来考量这场变法，它对资产阶级学说在中国的传播，冲击旧学有着重要的作用，远比变法的某一些具体内容得以实现而意义更大。

1896 年，二十岁的陈天华随父亲离开农村，来到县城生活，由于家境贫寒，经常提篮沿街叫卖，以维持生计。艰苦的生活磨练了他，同时产生一种对社会现实环境不满的反抗心理，又往往以个人英雄主义的色彩表现出来，希望改变现状。

家族成员对陈天华寄予厚望，不甘他沦为沿街叫卖的小贩，便出资周济他进入资江书院就读。经过短暂的学习，1898年考入刚开办的新式学堂实学堂。

新化的新式教育，正是在维新运动进入高潮之后出现的新生事物，陈天华入学期间，勤于学习，关心天下。实学堂的主要组织者周辛铄、肖竹雯、王哲敏等人购得活字版印刷新书刊物，《大同辑报》内容采择《申报》《湘报》《时务报》等报刊上的重要文章，月出一册，陈天华爱不释手，每读必终卷。同时，他博览新学群书，嗜读中西史志，感慨于国家兴亡盛衰，则涕泗横流，他在《述志》一文中写道："大丈夫立功绝域，决胜疆场，如班定远、岳忠武之流，吾闻其语，未见其人。至若运筹帷幄，赞划庙堂，定变法之权衡，操时政之损益，自谓差有一日之长。不幸而布衣终老，名山著述，亦所愿也。至若循时俗之所好，返素真之所行，与老学究争胜负于盈尺地，有死而已，不能为也！"

陈天华志向远大、聪明好学，深得族人的器重，继续资助他求学。1900年春，他离开新化，来到长沙，进入岳麓书院求学。到了省城，他的视野更为开阔，对动荡中的中国有了更多的了解。这时，北方正兴起义和团运动，势头从山东很快蔓延到直隶，并形成了高潮。清政府既害怕这场带有浓重宗教色彩的农民运动，又试图利用它摆脱西方各列强的控制，但在西方列强出兵镇压之后，又不惜"严行查办，务净根株"，走上与列强合流，共同镇压义和团的道路，驻扎在直隶境内的清军按照李鸿章的命令，一方面大肆屠杀义和团，一方面步步后撤，将大好河山拱手让给列强。

1901年9月7日，俄、英、美、日等十一个国家与清政府签订了《辛丑条约》。在严峻的现实面前，年轻的陈天华，逐步认清了清政府对外投降卖国、对内镇压人民的嘴脸，同时也看到了西方列强的本质，逐步形成了把外来势力赶出华夏大地、推翻满清王朝、光复汉族的思想，据冯自由在《猛回头作者陈天华》一文中所言："陈天华遇乡人之称颂胡（林翼）、曾（国藩）、左（宗棠）、彭（玉麟）功业者，辄唾弃不顾，而有愧色。"但陈天华对义和团不切合实际，依靠邪术闹革命，表现出不屑一顾，指出："哪里靠得住，所以撞着洋人，白白送了性命。"

这时，陈天华的学业进步不小，成绩名列前茅，所撰文章，才华横溢，通俗易懂。期间，一位来到湖南的"大人物"赏识他的才华，试图嫁女给他为妻，陈天华效法霍去病"匈奴未灭，无以为家"，婉言谢绝，表示："国不安，吾不娶"。

立大志，做大事，成了青年时代陈天华的追求，他曾写道："莫谓草庐无俊杰，须知山泽起英雄"，并表现出牺牲个人利益，膺服人生崇高理想的献身精神。

陈天华表现出的爱国主义精神，根源来自他从小接受的以儒学为主体的中国传统文化，以及由此形成的中国社会的文化氛围。他出生在传统文化积淀深厚的家庭环境中，耳濡目染儒家学说和古代忠君报国的故事，教育的底色是儒学的基本经典，他在日后的著作中，经常引用儒家经典，便足以说明这一点。同时，也应该看到，西方文化的传播，对青少年时期的他有着明显的影响，尤其在他进入新式学堂学习后，表现得更为显著，这种立足于不同中国传统文化价值体系的外来文化，开阔了他的视野，打破了单一思考的方式，增强了他个体的独立性。

2.《辛丑条约》的签订，激发中国社会掀起挽救民族危机的救亡运动，在众多的反抗斗争中，不容忽视的是一股新兴的政治势力的崛起——资产阶级，它所领导的民主革命终将登上历史舞台成为主角。1900 年 10 月由孙中山为首的兴中会发起惠州三洲田起义，以失败告终，但它标志着以资产阶级民主革命运动已经拉开序幕，并逐渐获得了广大群众的支持，预示着它必将成为推动中国社会进步的动力。后来，陈天华成了这一阵营中富有朝气的宣传家和革命实践者。

资产阶级领导的民主革命的出现，不是历史的偶然，而是中国近代资本主义工业迅速发展的必然。据统计，1872—1894 年的《马关条约》签订前的 22 年间，近代工矿企业约 53 个，资本总额四百六十余万元。《马关条约》签订后，民族危机日趋严重，中国社会各阶层人士深受刺激，许多爱国人士认为发展工业是中国摆脱危亡的一大手段，设厂自救、自办铁路，开采矿产的"抵制洋商洋厂"的呼声日甚，资本主义得到迅速发展，1895—1913 年的不足 20 年的时间内，新创办的资本在万元以上的商办厂矿企业有 463 家，资本总额达九千多万元。也有记载仅 1901—1911 年各种新企业 340 家，资本总额一亿余万元。

中国资产阶级的崛起，为清政府找到比洪秀全式的农民革命更有力的掘墓人，直接促使清王朝走向灭亡。资产阶级在物质、政治、文化意识上经过一定时期的准备之后，必然要寻找代表自身利益的代理人，他们由支持保皇改良的主张转向反清革命，选择了以孙中山为首的资产阶级民主派，去完成推翻统治中国二百六十多年的清王朝，结束在中国存续二千多年的君主专制制度。

陈天华青年时代形成的思想与这一阵营在发展过程形成的宗旨相一致，决定了他一旦有机会接触到这一阵营，便无条件地投身其中，成为他们中间出色的一分子。

1901 年，陈天华转入求实书院继续学业。1903 年初，入省城师范馆，4 月，东渡扶桑赴日本东京弘文学院师范科学习。这时，青年知识分子赴日留学出现了热潮。据有关资料表明，1900 年赴日留学的学生不过七八十人，到了陈天华赴日的这一年已逾千人，五年后增加到八千左右。这一现象的出现，是科举废除新式学堂的出现，旧式教育的瓦解，有别于旧式文人或士大夫的新式知识分子的涌现，在教育上寻求新的衔接点，以达到教育的目的，获得更多的新知识。更主要的原因是，国内不少知识分子对日本的兴起表现出极大的关注，历史上它有过相当时期的封建统治，一度沦为欧美列强争夺的殖民地。明治维新后，资本主义迅速发展，成为能与老牌列强相抗衡的资本主义国家，甲午战争中战胜中国后又与俄国分庭抗礼。东邻岛国发生的变化令中国有识之士大为惊讶，纷纷亲临日本，以谋取强国之道，达到强盛繁荣的目的。

陈天华到达东京后，原本尚存继续接受新式教育的心愿，以期达到延伸教育的目的。很快这一想法被现实打破，抛弃学业，甚至无心仔细考察日本社会，直接投身到了反帝反清的大潮中。

3. 几乎与陈天华抵达东京的同时，盘踞东北的沙俄军队拒绝撤退，并提出七项无理要求。消息传出后，国内人民感到愤慨。上海爱国人士举行集会，抗议沙俄的侵略罪行。据《江苏》第 2 期，《记事·本省时评》记载，爱国人士致电清政府外务部，表示俄国的七项要求，"我全国国民万不承认"，并通电各国外交当局说："即使政府承认，倘从此民心激变，遍国之中，无论何地，再见仇洋之事，皆是俄国所致。"北京、武昌等地学生集会抗议、罢课示威。

消息传到东瀛，1903 年 4 月 29 日，陈天华参加由秦敏鋆、叶澜等召集的留日学生东京反对沙俄侵占中国东北大会，五百余留日学生参加，一致通过组织"拒俄义勇军"（后改为"学生军"），提出宁死"不为亡国人"的口号，每日操演不懈，并派代表回国活动，要求出兵，抗俄学生军愿做先锋，以血肉之躯为引燃火炮的引线，唤起老百姓的铁血气节。他们热血沸腾，情绪炽热，大声疾呼：东北三省的存在，关系着祖国前途和民族命运，决不可等闲视之，坚决表示："头可断，血可流，躯壳可糜烂，此一点爱国心，虽经千尊炮、万支枪支子弹炸破粉碎之，终不可以灭……宁为亡国鬼，不为亡国人。"陈天华是留日学生中最为激烈的一位。会后，他与湖北留日学生程家柽等二百余人报名参加了拒俄义勇队，准备去东北抵抗俄军。

5月24日，陈天华给湖南同胞写了公开信，刊登在《苏报》上，要求湖南同胞在民族危难之际挺身而出，拒俄爱国，奋起挽救国家危亡。这封信写的感人肺腑，催人泪下，据读过此文者回忆："天华誓不欲生，以力薄不足以鼓动全国，遂欲先夺湖南而誓师，而作《敬告湖南人》一文，读者无不坠泪。"

数日之后，陈天华又在《苏报》上发表《论中国学生同盟会之发起》的文章，声援在上海发起组织中国学生同盟会的邹容，期望学生组织起来，不断壮大革命队伍，使中国摆脱帝国主义奴役之境地。他指出中国的兴亡，在于学生，"学生乎，学生乎！吾今谓国亡于学生，公等其承认之耶？其奋怒之耶？若奋怒之，则同盟会其成立矣，而中国兴矣。惟兴惟亡，是在汝！是在汝！"

拒俄义勇队成立不久，遭到清政府与日本政府联合干涉解散，留学生被迫停止练兵习武。这激起了陈天华等一批爱国留学生的愤慨，要求成立以推翻满清王朝为主旨的革命团体，军国民教育会便在东京留学生中秘密形成，陈天华也是秘密成员之一。

拒俄事件在留日学生革命思想的发展中，是一个重要的转折点，他们认为这是列强瓜分中国的开端，亡国即将来了。同年10月夏秋，陈天华的两部重要著作《猛回头》《警世钟》在湖南、东京刊发，号召反对列强侵略，推翻清王朝，建立资本主义。两书对宣传革命起了很大作用，一再重印。陈天华在《警世钟》中假借一个日本学者的口说道："你但问俄国占东三省的事真不真，不要问瓜分的事真不真，俄国占东三省的事倘若不虚，这瓜分的事一定是实了。你看德国占了胶州海口，俄国、法国也就照德国的样儿各占了一个海口，于今俄国占了东三省，请问中国有几块与东三省一样宽的地方？将来分的时候恐怕还不够分哩！于今还来问真假，真正不知时务了。"

在民族危亡之际，陈天华的民主思想趋于完善，在《猛回头》《警世钟》两本小册子之中得以充分的反映，尤其表现出的爱国主义思想更是震撼人心，催人奋进。他用通俗的文字，沉痛指出中国在帝国主义的残暴侵略和清政府的卖国政策下，已处于被瓜分的危境，呼吁各阶层各种职业的人们警醒，对帝国主义、清朝统治者进行斗争，共同担负起救国的责任。应该看到在民族危亡之际，他毅然选择了舍弃只顾保全自身统治地位的清政府，而是把民族利益放在首位的大义。当然，这中间他也会有动摇，但是，改变不了的是这一基本面。

陈天华不仅是杰出的思想家、宣传家，同时也是勇于投身到爱国民主大潮中的革命活动家。

沙俄继续拒绝履行《中俄交收东三省条约》，而且增兵重新占据奉天省城，派兵驻守各衙门及电报局，命令每家每户悬挂俄国国旗，并强迫各处团练缴出军器，企图把东北变成"黄俄罗斯"。据冯自由在《革命逸史》中写道：陈天华闻后"乃大悲恸，啮指血成书数十幅，备陈灭亡之惨，邮寄内地各学校，读者莫不感动。"他的血书寄到国内后，上至巡抚下至百姓反响强烈，许多人表示以献身民族救亡事业。

1903年10月受军国民教育会派遣，陈天华回长沙。11月4日，他和刘揆一、宋教仁、杨毓麟等，以庆贺黄兴30岁生日为名，举行秘密会议，决定组织革命团体华兴会，推举黄兴为会长。次年 2 月 15 日，华兴会在长沙召开成立大会，先后参加的有四五百人，主要是留日学生和国内新式学堂出身的知识分子，重要骨干有陈天华、刘揆一、宋教仁、谭人凤等。华兴会成立后，准备组织起义，设立机构联络新军、会党，陈天华等人联络会党首领马福益，商讨起义计划，并赴江西策反军队。

这一时期，陈天华除了直接参与革命活动外，还积极从事演说、著书，所撰文字，多散见于《俚语日报》，杨源潜在《陈君天华行状》一文中说，陈天华"日与下等社会谈论种、国大事，虽目不识丁者，闻之皆泣下。"不久，《俚语日报》被查封，陈天华再次东渡日本，入东京法政大学。1904 年 8 月，冒险回国返湘。

根据华兴会与马福益商定的起义计划，将于 11 月 16 日慈溪太后七十岁生日那天，预埋炸弹于举行祝寿典礼的场所，以炸死前来参加典礼的湖南高级文武官员，乘势占领长沙，并在岳州、常德、浏阳、衡州、宝庆策动响应。随着时间的推移，起义日期日益临近，陈天华冒着生命危险，赶回长沙策划布置。11 月初，与华兴会有联系的两个会党成员在湘潭县城被逮捕，起义计划泄露，陈天华紧急离开湖南，取道江西，到达上海，与乔装出逃的黄兴等人相聚，在上海设立启明译书局，公开以译书出版为名，实质以此做掩护继续从事革命活动，谋划重组起义。陈天华与黄兴、刘揆一、张继、仇亮等，经常在上海公共租界新闸路余庄里聚会，商量起义，并购得手枪、子弹炸药等藏匿其间。不久，发生了革命党人万福华在福州路金谷香西餐馆枪击广西巡抚王之春未遂事件，余庄里机关遭搜查，查出手枪、炸药、名册会章等，陈天华、黄兴等人被捕。获释后，陈天华表示："事不成，国灭种亡等死耳，何用生为。"革命意志未减半分。

然而，国内时局十分严峻，革命义举屡遭失败，章太炎、邹容因在《苏报》上大量刊载抨击清朝统治者、鼓吹革命的文章，人遭捕判刑、报被查封，陈天华的《猛回头》《警世钟》也被查禁。在好友的劝说下，陈天华三度流亡日本。

4. 在推翻满清王朝的斗争不断出现之际，列强加强了对中华民族的掠夺，并爆发了为在华利益而自相搏杀的战争，给中国人民带来巨大的灾难。俄国在东三省的所作所为，激化了它与日、英、美等国的矛盾。1904 年 2 月，日本袭击停在旅顺口的俄国舰队，日俄战争爆发，它是一场为争夺中国领土并在其领土上进行的帝国主义战争。清政府宣称"彼此均系友邦"，将辽河以东划为交战区，自守所谓的"局外中立"。日、俄双方军队在战区内抢掠中国百姓的骡马牲畜、索要银钱粮草、焚毁官署民居、迫使中国人充当苦役，奸淫杀戮，无所不为。这场战争历时一年多，最终以俄国的失败而告终，签订了严重侵害中国主权的《朴茨茅斯条约》。

革命屡遭挫折，祖国继续遭到蹂躏，列强瓜分危机迫在眉睫，身在日本的陈天华忧心忡忡，尤其回首潜入国内两次筹划起义均遭失败，使他萌生出另择途径完成反清大业之意。他与梁启超等发生联系，此时的梁启超主张的改良主义思想，不再是与清朝政府封建统治势力作斗争的武器，变成了阻挠资产阶级民主派进行革命的障碍，梁启超认为不必推翻清政府，还是由清政府实行"开明专制"为好，资产阶级民主革命不会成功，并可让外国趁机灭亡中国，所以革命极为可怕。陈天华对梁启超的部分观点表示可以接受。

1905 年 1 月，日本《万朝报》刊登了一篇文章，预言中国即将被瓜分，这在中国留日学生中引起了骚动。在梁启超等人的支持下，陈天华撰写了《要求救亡意见书》，要求满清政府实施宪政、救亡图存。他提出，应当实行变法，早定国是，予地方以自治之权，予人民以自由、著述、言论、集会之权。同时，国民应当承担当兵、纳租税、募公债、为政府奔走开导的义务。文中他"提议由留学生全体送派代表归国，向政府请愿，立即颁布立宪，以救危局"。不过，他与梁启超不同，所提出的立宪，不是真正意义上维护清政府的统治，而另有企谋"潜布党人势力于政界，期有所活动"，这是革命的另一种途径，也是他在革命处于低谷，民族矛盾尖锐，国家危亡之际对祖国命运思考的表现所在。然而，他的这一观点一经提出，便遭到黄兴、宋教仁等人的反对，多次进行辩论，陈天华终于放弃，站回到资产阶级民主派的一边，坚定了反清立场，并与宋教仁、田桐等筹备创办《二十世纪之支那》杂志，撰写了《支那最后之方针》《国民必读》等文章，在这一时期他还从事《狮子吼》通俗读物的写作。这些文章著作，强烈抒发了他的反帝和推翻清政府的爱国主义思想，在《狮子吼》中，还就发生于上海震惊国际的"苏报案"作了影射，具体地写了一个理想中的"民权村"，反映其对中国未来社会的追求。

1905 年 7 月 14 日，清政府为了笼络留学生，举行了第一次回国考试，录取十四人，除分别赏给出身外，并授予官职。留日学生金邦平被赏进士出身、授予翰林院检讨。为此，陈天华撰写了《丑哉金邦平》，尖锐地批判金邦平甘愿做腐败无能的清政府奴才，"特吾皇帝而有是子孙也，留学界而有是败类也，不能不重悲不幸也。"同时，他认为金邦平的个人行为不能代表整个留学生，但玷污了这一集体，"十年以来，东邦留学者既日益众，其间一二不肖，亦或污我留学生之历史，然多在私德之范围，以比邦平之无耻贱行，剥丧无良，相去犹远。"

是月，长期从事资产阶级民主运动的孙中山，由欧洲来到日本，积极筹建统一的革命政党，以适合国内革命形势迅速发展的需要，他到达东京后，受到陈天华在内的留日学生及各革命团体的热烈欢迎，一千余人参加了在东京麴町区富士见楼举行的欢迎。陈天华出席了欢迎会，聆听了孙中山的演说，详细记录下欢迎会的盛况，后加以整理发表于《民报》第一号上，他记录到："孙君着鲜白之衣，数人导之，拾级而上，满场拍掌迎之。立在后者，为前者所蔽，跂足以望，拥挤更甚，然皆肃静无哗。东京自有留学生以来，开会之人数，未有如是日之多而且整齐者也……孙君以蔼然可亲之色，飒爽不群之姿，从人丛中出现于演台上，拍掌声又起。"

陈天华对孙中山艰苦卓绝的革命活动和不屈不挠的革命精神，给予高度的赞扬，"孙君逸仙者，非成功之英雄，而失败之英雄也，非异国之英雄，而本族之英雄也。虽屡失败，而于将来者大望；虽为本族之英雄，而其为英雄也，决不可以本族限之，实为世界之大人物。彼之理想，彼之抱负，非徒注眼于本族止也，欲于全球之政界上、社会上开一新纪元，放一大异彩。后世吾不知也，各国吾不知也，以现在之中国论，则吾敢下一断辞曰：是吾四万万人之代表也，是中国英雄中之英雄也。"

在欢迎会之前，孙中山在日本友人的介绍下结识了华兴会领导人黄兴，在"二十世纪之支那社"相聚，商讨建立全国性的革命政党的问题，双方认为分散活动的革命团体已经不能适应形势发展的需要，迫切需要成立一个统一的政党。7月30日，孙中山、黄兴、陈天华等七十多位革命团体负责人聚会于东京赤坂区桧町黑龙会，讨论建立统一政党的问题。孙中山、黄兴、陈天华等就革命形势、建立政党的必要性进行了阐述。孙中山提议将组织命名为"中国革命同盟会"，经过讨论，确定名称为"中国同盟会"。孙中山又提议以"驱除鞑虏，恢复中华，创立民国、平均地权"为纲领。有人对"平均地权"一语提出异议，孙中山根据世界革命发展的趋势和社会民生问题的重要性，对此问题详加解释，最后终于得以通过。陈天华和与会者各书誓约，进行了宣誓："当天发誓，驱除鞑虏，恢复中华，创立民国、平均地权。矢信矢忠，有始有卒，有渝此盟，任众处罚。"然后，陈天华被推举为同盟会章程起草人之一。他致力于同盟会章程的草拟工作，经常与黄兴、马君武就等人相聚商讨章程的内容。

8月20日下午，中国同盟会在东京赤坂区灵南坂本金弥邸召开成立大会。加盟者数百人，籍贯包括全国十七省。会议通过了章程，选举了领导机构成员。孙中山被推举为总理。同盟会总部设立在东京，总部按三权分立原则，设执行、详议、司法三部，国内外设九个支部。在这个新诞生的政党中，陈天华的名字并没有出现在干部名单上。

在资产阶级民主派要求联合组织政党时，陈天华采取了积极和孙中山等合作的态度，成为了同盟会的发起人之一，服从了革命局势发展的需要，基本上结束了革命小团体分散斗争的局面，使革命运动有了统一的领导中心和明确的斗争目标，全国革命运动进入新的阶段。

陈天华还是重要文献《革命方略》的作者之一，成了同盟会在日成立时期的主要代言人之一。但他不计较个人名利，甘于从事具体工作，显示出他的高风亮节。

1905年10月，同盟会机关报《民报》创刊，陈天华担任撰述员。在这本以推翻清政府、建立共和政体、维持世界真正之和平和主张土地国有为宗旨的刊物上，陈天华发表了一系列文章，在第一期上发表了《中国革命论》《论中国宜政创民主政体》《今日岂分省界之日耶》以及《狮子吼》等文章。《狮子吼》的发表影响巨大，成了当时一般人最爱阅读的文章；冯自由在《革命逸史》中也称赞《狮子吼》发扬种族观念，尤感人至深。

东京等地的留学生热情高涨，革命目标明确，令清政府害怕，试图通过日本政府驱逐留日的革命党，限制中国留日学生革命活动。日本外务省催促孙中山迅速离开日本，文部省于1905年11月2日颁布了19号文令《取缔清韩学生规则》。限制留日中国学生的活动，激起学生们的强烈反对，留日中国学生集会，商讨对策，并派代表与清政府驻日公使会面，要求他向日本政府交涉，取消这项规则，自然没有任何结果。

陈天华在对待这件事上，态度前后有变化。他把留日学生视为拯救中国危亡的"一线希望"，也了解他们的心态，许多留学生刻苦求学"以救祖国"，也有一些学生身上带着"求利禄，而不在于居责任"的疵点。面对这一实际状况，陈天华没有马上就这一《规则》作出反应，担心自己的言论损害留日学生的团结。后来，出现了一部分留日学生鼓动停课示威，陈天华担心事态扩大，表示并不赞成。他希望留学生团结一致，有始有终的共同参加反对《规则》活动，他在《绝命辞》中写："则宜全体一致，务期始终贯彻，万不可互相参差，贻日人以口实。"当八十余名留日学生行动起来，投身到反对的斗争中，他支持这一行动。然而，就留日学生的出路何在，留学生们的意见出现了分歧。易本羲、秋瑾等主张回国，在上海办学，以洗日人取缔之耻辱；胡汉民、朱执信等人主张求学宜忍辱负重，两派互相辩论，争论激烈，留日学生总会负责人也拿不出主张，并有意辞职。这时，日本许多报纸刊文诋毁中国留日学生为乌合之众，《朝日新闻》称中国留日学生的行动为"放纵卑劣"，竭尽侮辱之能。

陈天华忧心如焚，于12月7日伏案疾写《绝命辞》指出："近来每遇一问题发生，则群起哗之曰：'此中国存亡问题也。'顾问题有何存亡之分，我不自亡，人孰能亡我者！惟留学生而皆放纵卑劣，则中国真亡矣。岂特亡国而已，二十世纪之后有放纵卑劣之人种，能存于世乎？鄙人心痛此言，欲我同胞时时勿忘此语，力除此四字，而作此四字之反面：'坚忍奉公，力学爱国'。"他希望自己的死，能够换来同胞时刻记住"坚忍奉公，力学爱国"，挽回留学生们的内部团结，以回击日本报纸对中国留学生的攻击。接着，他又向留日学生总会诸干事发出通告，尖锐地批评他们不负责任的工作作风，"闻诸君有欲辞职者，不解所谓。事实已如此，诸君不力为维持，徒引身而退，不欲有留学界耶？"同日，他撰书给湖南留学生，希望他们"养成尽义务守秩序之国民"。第二天，陈天华独自赴东京大森湾投海自尽，结束了他短暂的生命。

陈天华的言行激起了巨大的波澜，广泛唤起了国人和留日学生的觉悟。在南洋从事革命活动的孙中山闻讯后悲哀不已，香港同盟会组织追悼会，各界临吊者千余人。陈天华的战友宋教仁写道，"吾人读君之书，想见君之为人，不徒悼惜夫君之死，惟勉有以副乎君死时之所言焉，斯君为不死也已。"

1906 年的春天，陈天华的灵柩运回上海，中国公学为他举行了公葬，出席者千余人，会上宣读了陈天华的绝命辞，大家痛哭流涕，决定将他的灵柩送回家乡湖南。5 月 23 日。其灵柩运回长沙，各界不顾清政府阻挠，葬在岳麓山。5 月 29 日，长沙在校学生身穿白色学生服行葬礼，送葬队伍达数万人，绵延十余里，岳麓山皆为缟素。革命党人禹之谟等慷慨演说，激扬民心，形成了反抗清王朝统治的大示威。

他去世后，遗著编为《陈天华集》。

人格特征和对新国民的呼唤

在中国历史上以自觉牺牲自己的生命唤起国人的团结、反抗外来侵略、推翻腐朽统治的例子并不多见，陈天华可谓是其中之一。他选择极端的方法，牺牲个人性命膺服民族大义，恰是他的人格所决定，而绝非仅仅是一时冲动。自杀自然是悲剧，就这种形式的本身而言不足以取。然而，值得称道的是悲剧背后所蕴含的巨大的人格力量。

近代中国知识分子，在民族存亡之际，表现出慷慨赴死的精神，是现实社会的必然反映，陈天华表现出的绝对性，显示出他非凡的意志力和舍身忘己的精神，儒学倡导的中庸失去了作用，现实需要一种尖锐的批判和自我献身精神，才能警示世人，革除弊根，重启开端；传统社会中"身体发肤，受之父母"的孝敬父母、感恩生命的价值观，随之变成生命可以为民族利益的实现而牺牲自我的高贵品质，由小爱演绎成大爱。早于陈天华之前七年，视死如归的谭嗣同表示：各国变法，没有不经过流血就成功的，现在中国没听说有因变法而流血牺牲的人，这是国家不富强的原因。有流血牺牲的，从他开始。他终于入狱，从容就义，年仅三十三岁。

陈天华看到国家的腐朽面，同胞表现出的劣根性，据宋教仁回忆，他抱死的心已经长久，悲愤地说"吾实不愿久逗此人间世也"。以死唤醒民众。

时势造就陈天华的人格，也是"天下兴亡，匹夫有责"（顾炎武语）优秀传统文化的体现，"我自横刀向天笑，去留肝胆两昆仑"（谭嗣同语）的精神写照。同时，我们不应该忽略西方文化和日本文化对他的人格形成的影响。

1. 个体根据自然规律和社会规律，对自身行为的后果作出预见和评价，并根据这种预见和评价，自觉地控制自己的行动，这就表现为自我的人格。通俗地说，人格并不是什么神秘的东西，它是自我意识根据道德规范对自己的欲望、感情、意志以及行为的调节能力，意识的能动作用的表现。人格属于意识范畴，在物质与意识、存在与思维的哲学基本关系中，处于第二性。应该说，人格不仅单纯受到社会物质存在的决定，而且受到同属于社会意识形态的伦理道德原则的决定。

陈天华具有思想、情感和控制自己行为的道德品格，受到所处的社会环境、经济条件、教育文化、体能体质等诸多因素影响形成自身的人格。社会环境、教育文化在上面的文字中已经有所表述，他所处的经济条件，也影响他的人格形成，经济基础构成人格形成的一个重要的因素，一定程度上左右了个性的形成和发展。陈天华的早年生活处贫穷的困境中，生活无法得到保障，学业无法维续，二十岁在新化县城以提篮沿街叫卖维持生计，依靠家族成员资助上学。而他又是一个天资聪明、刻苦好学、胸怀大志的青少年，与现实生活困难的矛盾尖锐，需要他形成坚韧不拔、执着不息、蔑视权威、讲究实效、不甘屈服的性格，摆脱贫穷的束缚，成就自己。一个生活在社会底层的青年，要成为社会的栋梁之材，其中的甘苦难以描述，离开了毅力和勇气要取得成功是不可能的。而贫穷的生活，磨炼他的个性，这是他实际生活状况对他的要求，往往也导致他的人格具有绝对化的倾向。

教育的本身使他具有控制自我行为的能力，而他所处的时代传统教育灌输的伦理道德，已经不能适应社会发展需要逐渐衰落，西方近代文明由弱渐强的传播，以伦理道德思想为落脚点，客观上为中国社会培育了一批新人。中西的碰撞、互鉴、交融，使陈天华形成控制能力，同时，他像历代知识分子一样关注社会的伦理道德的建设，在他的主要著作中不难发现这一点。在政治理想确立后对新道德的宣传成了他的一项重要工作，试图以具有新伦理道德思想的民众来实现政治主张和理想救我中国，保我种族，推翻腐败无能的清政府，赶走西方列强，实现民族的强盛。他认为要实现这个目标，又有十个须知，概括起来说就是教育中国人怎样做一个能够担负起拯救民族重任的公民，内容包括爱国、具有种族意识，自强、文明、以民族大业为重，加强团结、勇于献身等，由己身而延及他人，灌输给广大的民众。在这些内容中，陈天华强调保我种族，构成他思想的重要内容。

人们不难发现他的道德思想沉浸在他的文字之间，这不是偶然现象，作为中国的知识分子，向来关注伦理道德，这是知识分子在传统文化中所掌握的认识社会的一个重要方法。

人格同时受到同属于社会意识形态的伦理道德原则的决定。人格通过自觉接受社会伦理道德的约束，体现伦理标准的规范要求，在社会关系中表现出伦理的价值，显示人格的内在本质。可以说，人格与社会伦理道德有一种天然的密切联系，使抽象的社会规范，变得具体和具有现实意义。

陈天华童年所接受的教育，主要内容是以儒学为主体的传统文化构建的读物，到他成熟后所撰写的文章中，能够熟练地运用这些读物中的观点、名言、事例。陈天华在《国民必读》一文中论述国民权利义务时引用了《书经》"民为邦本"的观点，又说秦之前，民重君轻，"民为贵，社稷次之，君为轻，这国民的身份何等尊严"。在《纪东京留学生欢迎孙君逸仙事》一文中，他借《孟子·离娄上》中的一段话作引伸："孟子曰：二老者，天下之大老也，而归之，是天下之父归之也。天下之父归之，其子焉往。"

以儒学为主体的传统文化，从缘起到发展，始终以建立社会的伦理原则和道德理想为根本鸿鹄，偏重于对人生修养、行为规范的研究，建立了完整的伦理原则和道德标准。陈天华受到以儒学为主体的传统文化熏陶，无法摆脱对社会伦理道德现象的关注，更何况这是他从小接受的教育潜移默化地教会他的认识社会的方法，就他个体而论根本无法拒绝这一文化所要达到的目的。

自1898年陈天华进入实学堂学习后，他接受的是新式教育，一直到日本留学。他博览新学群书，嗜读中西史志，对西方社会有比较多的了解，并把相关知识运用到自己的著作中，在他的重要所撰《猛回头》中，可见一斑，比如他说要学法兰西改革弊政，是这样介绍的："法兰西通国只有中国一二省大，却有十三万家的贵族，都与那国王狼狈为奸，把百姓如泥似土的任意凌践。当明朝年间，法国出了一个大儒，名号卢梭，是天生下来普渡世界的人民的，自幼就有扶弱抑强的志气。及长，著了一书，叫做《民约论》。说到这国家是由人民集合而成，公请一个人做国王，替人民办事，这人民就是一国的主人，这国王就是人民的公奴隶；国王若有负人民的委任，这人民可任意调换。法国的人，先前把国认做是国王的，自己当做奴隶看待，任凭国王残虐也不敢怨。闻了卢梭这一番言语，如梦初醒，遂与国王争起政来。国王极力镇压，把民党杀了无数，谁知越杀越多，一连革了七八次命，前后数十年，终把那害民的国王、贵族，除得干干净净，建设共和政府，公举一人当大统领，七年一换。又把那立法的权柄归到众议院来了。议员都从民间公举，从前种种虐民的弊政，一点没有；利民的善策，件件做到。这法兰西的人民，好不自内快乐吗？人人都追想卢梭的功劳，在法国京城巴黎为卢梭铸个大大的铜像，万民瞻仰，真可羡呀！"他不仅对法国的大革命熟悉，对德国、美国、意大利的立国的情况也相当了解，并用四个字加以概括它们的特点，美利坚"离英自立"、意大利"独自称王"、德意志"报复凶狂"。

以教育为手段塑造的人格，在严峻的社会现实面前，显露出自身的脆弱，社会现实对人格的要求膂力强大，当教育的塑造不符合现实需要时，人格的要求转而以实现需要为主。以爱国主义为基本人格特征的陈天华，极易走上舍我而取义之路。

2. 陈天华之前的几代知识分子对固有的伦理道德观由怀疑走向否定，尤其是康有为、谭嗣同、严复等人的出现，批判更为激烈。例如，谭嗣同在《仁学》中尖锐批判的旧伦理纲常，矛头直指君主专制制度，抨击维护旧统治秩序的纲常名教的虚伪性，指出"俗学陋行，动言名教，敬若天命而不敢渝，畏若国宪而不敢议。嗟呼，以名为教，则其教以为实之宾，而绝非实也。又说名者，由人创造，上以制其下，而不能不奉之，则数千年来，三纲五伦之惨祸烈毒，由是酷焉矣。君以名桎臣，官以名轭民，父以名压子，夫以名困妻。"对"三纲"中"君为臣纲"的抨击尤为激烈。

他们一旦掌握了进化论的思想，对以儒学为主体的传统文化的批判变得直接明确起来，对传统伦理道德塑造的人格的批判也十分尖锐，严复尖锐地指出："中国民利已荼，民智已卑，民德已薄"，迫切需要"鼓民力，开民智，新民德"，直接提出了人格改造问题，成了改造国民性的思想先导。所谓新民德，实际上就点明了重新确立伦理原则和道德标准的根本问题。他在对西方近代社会和一系列哲学、政治著作做了研究后，明确指出西方的人格、自由、平等、博爱与中国传统的伦理道德存在抵触，"中国最重三纲，而西人首明平等；中国亲亲，而西人尚贤；中国以孝治天下，而西人以公治天下；中国尊主，而西人隆民……"严复把中西社会的观念不同部分展示出来，呼唤新的伦理道德的诞生，合乎中国社会发展的需要，这有助于陈天华确立新的伦理道德观。

正是陈天华之前的知识分子在祖国遭遇外来入侵，固有的社会经济分配原则受到打击，新的原则尚未确立，社会的伦理原则和道德标准出现混乱。他们希望确立新的伦理道德标准，为新的经济分配原则摇旗呐喊，以求得祖国的独立强盛。陈天华与同代知识分子在前辈的肩膀上形成了以爱国主义为基本特征的政治观、思想观，也逐步形成了伦理原则和道德标准，又为他的政治理想实现打下了基础。

陈天华一生的主要精力，没有与上几代知识分子一样放在批判以儒学为主体的传统文化上，他的贡献集中表现在建立共和体制、驱逐外来入侵，反对腐朽清朝统治的宣传上，对实现政治理想所需要的具有新道德标准的新国民的呼唤上，而后者恰体现他的思想价值。

3. 以儒学为主体的传统文化传导的伦理道德，表现出与时代不能相适应的部分，这正是知识分子自觉否定加以批判的。无论是陈天华之前的知识分子，还是他之后的新文化时期的知识分子，都在做这项艰苦卓绝的工作，以求得用新的伦理道德观来重塑国民性，达到摆脱贫困愚昧，免遭列强蹂躏，走向文明，独立富强的目的。

陈天华在他的著作中，对固有的伦理道德中的糟粕部分进行了批判，这种批判没有形成系统性，零星散见在他的著作中，不具备理论色彩。在他《警示钟》中，批判顽固派即使出洋考察，也不把外国学说输回时指出："内地的人为从前的学说所误，八股以外没有事业，五经以外没有文章，这一种可鄙可压的情态，极顽固的说话。"他认为，儒学所倡导的伦理道德观，耽误了中国人，使中国人只知道八股五经。他批判的特点是把矛头指向顽固不化、抱着旧礼教，阻碍社会进步的那一部人，直接为他的政治斗争服务，表现出一种实用性。他在《狮子吼》一文中，用批判的笔调塑造了一个守旧的总教习的形象，他饱读四书五经，拒不接受近代文明办新式学堂、修铁路，在他看来这些新鲜的事物都是背经离道。

陈天华在《猛回头》中，批判那些深受传统文化教育的读书人，虽然动辄言忠孝，但是"全不晓，'忠孝'字，真理大纲。"即使是外来民族侵略国土，国家灭亡，他们只是讲忠孝二字。他批判传统文化中缺乏种族意识，光讲忠孝，引导守旧的读书人不管哪个民族入侵，都甘愿做奴隶，这分明是"残同种，灭丧纲常"。虽然，陈天华的批判带着强烈的种族意识，但是深入思考一下，他对儒学要求下使人变得软弱，不重视人的存在价值，压制人性，把人分成等级唯上所导致的恶果的尖锐揭露和批判。

陈天华对儒学的批判，远不如谭嗣同、梁启超等人具有系统性，涉及以儒学为主体的传统文化的传导的伦理道德的各个方面，排列出固有的糟粕集中火力进行批判。但是，他与前辈进步知识分子一样，认识到以儒学为主体的传统文化中所传播的道德存在着严重阻碍社会发展的一面，同时，结合自己的需要对传统文化进行批判。

可以说，前辈知识分子集中对儒学的批判，为他宣传新的国民性铺垫了道路，对现实生活中的人们重新认识儒学起到积极的作用。陈天华认识到儒学对于保种卫国依然有着积极的一面，把一个国土辽阔、人口众多的国家凝聚起来，而不至于分裂。何况，儒学总体上形成了讲究治术，面对现实而不脱离实际，呈现理性而非神学，主张有条件的变革，追求"道"

即社会发展规律的认识，随着历史的发展，具有自我更新，自我开放，以适应现实的需要的一面。他在《狮子吼》一文中，塑造一个叫做文明种的总教习，是一个守旧的先生，讲了多年的汉学，所著的书有八九种，都是由明古制，提倡忠孝的宗旨，把讲洋学的人视为离经叛道，可谓是一个顽固不化的旧式知识分子。就是这样一个饱读四书五经的顽固分子，在自己的学生留日归来后开导下，"文明种坐不是，行不是，不要那门生说了"，想好几日，收拾行李，直往日本，在某师范学堂听了几个月的讲，又买了一些东洋文书看了，那宗旨陡然大变，激烈的不得了，一刻都不能安。回转国来，逢人即要人讲新学。文明种变化的过程，间接感受到陈天华对传统文化熏陶下的人的认识。可以说，他们在他的心目中是可以随着现实境遇的变化而变化，一定程度上反映他对儒家积极面的认识。

4. 陈天华的思想以"保种卫国"为第一性，在严酷的外来入侵时，民族矛盾尖锐，祖国遭受到侵略，种族被蹂躏，对此他有清醒的认识。他重要著作《猛回头》《警世钟》中都辟有专门章节论述人种问题，对人种的分布、发展脉络、现状做出介绍。在《猛回头》一文中，他强调保种强国，指出目前是民族存亡的关键时刻，中国不应该变成印度，辽阔的国土不能为本国人民所享用。他担心中国变成波兰，人民飘零异域，更害怕人民变得如犹太种族一样，没有家园。他在《警世钟》中强调：第一，瓜分之祸，不但是亡国，一定还要灭种。第二，各国列强瓜分中国之后，必定保留满洲政府压制汉人。第三，事到今日，断不能再讲预备救中国了，只有死死苦战，才能救中国。第四，现在多死几人，以后方能多救几人。第五，种族二字，最要认得明白，分得清楚。关于"灭种""种族"，在上述五项中占了两条，抵御外来入侵的目的是"保种卫国"，"卫国"的目的是捍卫领土的完整，并非维护清朝统治。保种求存，排除内忧外患，成了他思想的重要一部分。

同时，从他的《猛回头》《警世钟》《国民必读》等著作中，可以看到他大力倡导新的国民性。在《国民必读》中，他认为"何为国民？没有国之时，一定必先有人民，由人民聚集起来，才成了一个国家。国以民为重，故称国民。"他强调国家人人有份，人民不可不管理国家，随便统治者怎样处置，认为君、官、百姓，都要时刻为国家出力，不可仅顾私己。倘若皇帝、官员，做了不利国家的事情，百姓行使国民的权利，另建一个好政府，这才算尽了国民的责任。

参与国家之事的国民，必须具备社会公德、自立精神、平等意识，社会应该解放妇女，提倡平等、独立、自由，国民明白义务和权利等。他提出新国民应该懂得"拒外人，须要先学外人的长处""要想自强，当先去掉自己的短处""文明排外，不可用野蛮排外"等，奉劝做官的人要尽忠报国，当兵的人要舍生取义，世家贵族毁家纾难，读书人明理践行，富的舍钱穷的舍命等。在他的认识中新国民要有学问、武力、合群、坚忍的性格。从他的表述中，可以了解到他的国民性的内涵。

陈天华注重妇女解放，认为中国人口女性占了一半，亡国的惨祸，男女一样都要领受，救国的责任，也应和男子一样要担负。他呼吁："凡我的女同胞，急急应该把脚放了，入了女学堂，讲些学问，把救国的担子，也担在身上，替数千年的妇女吐气。你看法兰西革命，不有那位罗兰夫人吗？俄罗斯虚无党的女杰，不是那位苏菲尼亚吗？就是中国从前，也有那木兰从军、秦良玉杀贼，都是女人所干的事业，为何今日女子就不能这样呢？我看妇女们的势力，比男子还要大些。男子一举一动，大半都受女子的牵制，女子若是想救国，只要日夜耸动男子去做，男子没有不从命的。况且演坛演说，军中看病，更要女子方好。妇女救国的责任，这样儿大，我女同胞们，怎么都抛弃了责任不问呢？"

他所提倡的新国民性，有助于保种卫国，推进社会的进步。

5. 陈天华对中国社会现状有着清醒的认识，他在《警世钟》一文写道："莫讲欧美各国，如今单说那日本国，三十年前，没一事不和中国一样，自从明治初年变法以来，那国势就蒸蒸日上起来了。到了如今，不但没有瓜分之祸，并且还要来瓜分我中国哩！论他的土地人口，不及中国十分之一。他因为能够变法，尚能如此强雄。倘若中国也和日本一样变起法来，莫说是小小日本不足道，就是那英、俄、美、德各大国恐怕也要推中国做盟主了。""俄国到今年四月，东三省第二期撤兵的时候，也不肯照约撤兵（庚子年俄国用兵把东三省尽行占了，各国定约叫俄国把东三省退回中国，分作三期撤兵。吉林、黑龙江、盛京叫做东三省，又叫做满洲，是清朝的老家），提出新要求七款，老老实实把东三省就算自己的了。"

陈天华在文章中，反复告诉读者，外来入侵的事实摆在面前，国人莫忘民族的危机。对国内的现实，他也有深刻的认识。由于，清政府抱残守缺死不肯变法，中国的病遂成了不治之症，亡国灭种就在眼前。"到了戊戌年才有新机，又把新政推翻，把那些维新的志士杀的杀，逐的逐，只要保全他满人的势力，全不管汉人的死活。及至庚子年闹出了弥天的大祸，才晓得一味守旧万万不可；稍稍行了些皮毛新政。其实何曾行过，不过借此掩饰掩饰国民的耳目，讨讨洋人的喜欢罢了。不但没有放了一线的光明，那黑暗倒反加了几倍。"

在《猛回头》中，他对于清政府为维护统治，丧失机遇变法的愚蠢之举，表示了愤慨，"有一班志士，看见时势不好，热心的变法，只想把这国势救转来。哪里晓得这满洲的政府说出什么'汉人强，满人亡'的话儿，不要我们汉人自己变法，把轰轰烈烈为国流血的大豪杰谭嗣同六个人一齐斩了；其余杀的杀，走的走，弄得干干净净。"

　　而民间不掌握先进的思想理论体系的反抗运动，表现出盲目排外和政治上的动摇，比如义和团运动。在他看来这个运动本意是好的，却做了许多不好的事情，"不操切实本领，靠着那邪术。这邪术乃是小说中一段假故事，哪里靠得住！所以撞着洋人，白白的送了性命。兼且不分别好丑，把各国一齐都得罪了，不知各国内也有与我们有仇的，也有与我们无仇的，不分别出来，我们一国哪里敌得住许多国……义和团真正是我们中国的罪人了！"

　　新的国家概念形成。陈天华批判相当一部分国人长期形成的国家与身家的关系，抱定"国是国，我是我，国家有难，与我何干？只要我的身家可保，管什么国家好不好"的观点，他反问："不知身家都在国家之内，国家不保，身家么能保呢？"

　　在《国民必读》一文中，他形象地把国家比喻为一只船，皇帝是舵工，官府是水手，百姓是出资本的船东家，"船若不好了，不但是舵工水手要着急，东家越加要着急。倘若舵工水手不能办事，东家一定要把这些舵工水手换了，另用一班人，才是道理，断没有袖手旁观，不管那船的好坏，任那舵工、水手胡乱行驶的道理。既我是这个国的国民，怎么可以不管国家的好歹，任那皇帝、官府胡乱行为呢？"他认为，国家是公共的产业，不是皇帝一家的产业，"有人侵占我的国家，即是侵占我的产业；有人盗卖我的国家，即是盗卖我的产业。人来侵占我的产业，盗卖我的产业，大家都不出来拼命，这也不算是一个人了。"

　　国民与国家的关系，国民应该具有生命、财产权，言论自由权，结会自由权，在与政府的关系中，国民具有政治参与权，租税承诺权，预算、决算权，外交参议权，地方自治权。国民具有纳租税、当兵、借钱于国家的义务。

　　陈天华心目中的理想国，未受传统恶习侵扰，抵御外族入侵，勇于接受外来优秀文化，具有公益心。它坐落在舟山西南的一个大村里，名叫民权村，该村有三千多户人家，有议事厅，有医院，有警察局，有邮政局；公园，图书馆，体育会，无不具备。蒙养学堂，中学堂，女学堂，工艺学堂，共十余所。此外有两三个工厂，一个轮船公司。"后民权村有几个名人，游历英、法、德、美各国回来，细考立国的根源，饱观文明的制度，晓得一味野蛮排外，也是不行；必先把人家的长处学到手，等到事事够与人平等，才能与人争强比弱……所以他们回了民权村，即把人家的好处如何如何，照现在的所为，一定不行的话，切实说了。即提议把村中公费及寺观产业开办学堂。那时反对的人十有其九。这几个人也不管众人的是非，自己拿出钱财，开了一个学堂，又时时劝人到外洋求学。那些不懂事的人，说他们'如今入了洋教，变了洋鬼子，反了始祖的命令，了不得！'带刀要刺杀他们，有几次险些儿不免。这几个依然不管，只慢慢地开导。到了数年，风气遂回转来了，出洋的日多一日，把一个小小的村子纯仿文明国的办法，所以有这般的文明。"

在他的认知中，中国未来实行的是民主政体，他在分析了中西、日本政体后，认为民主立宪"实中国之势宜尔也。中国舍改为民主之外，其亦更有良策以自立乎？欲救中国，惟有兴民权、改民主。"实现这一目标的手段，他认为"先之以开明专制，以为兴民权改民主之预备。"陈天华形成了自己的政治观，实现资产阶级的民主国家。他的政治观、国家观以及形成的伦理道德观，绝非是偶然，是他所出的特定历史阶段的产物。

文风独特的宣传家

陈天华是中国近代史上杰出的民主革命的宣传家和鼓动者，读他的文章，贴近时事、通俗易懂、激昂慷慨、朗朗上口。他的文风，与早年山乡生活有关，喜欢民间流行的说唱和传奇小说，常谈得难以自止，为他日后的成功奠定基础。

直白明了，反复强调。在他的《警世钟》一文在文首，他使用这样的句式："暖呀！暖呀！来了！来了！甚么来了？洋人来了！洋人来了！不好了！不好了！大家都不好了！老的，少的，男的，女的，贵的，贱的，富的，贫的，做官的，读书的，做买卖的，做手艺的，各项人等，从今以后，都是那洋人畜圈里的牛羊，锅子里的鱼肉，由他要杀就杀，要煮就煮，不能走动半分。唉！这是我们大家的死日到了！"紧接他用同样的句式"苦呀！苦呀！苦呀：我们同胞辛苦所积的银钱产业，一齐要被洋人夺去；我们同胞恩爱的妻儿老小，活活要被洋人拆散，男男女女们，父子兄弟们，夫妻儿女们，都要受那洋人的斩杀奸淫……恨呀！恨呀！恨呀！恨的是满洲政府不早变法。你看洋人这么样强，这么样富，难道生来就是这么样吗……"

文末，"醒来！醒来！快快醒来！快快醒来！不要睡得像死人一般。同胞！同胞！虽然我知道我所最亲最爱的同胞，不过从前深处黑暗，没有闻过这等道理。一经闻过，这爱国的心，一定就要发达了，这救国的事，一定就要担任了。前仆后继，百折不回，我汉种一定能够建立个极完全的国家，横绝五大洲。我敢为同胞祝曰：汉种万岁！中国万岁！"

诗歌、比喻、故事运用自如。陈天华擅长运用民间小调山歌的方式，进行宣传，在《猛回头》中他如在农村说书一样，让人喜闻乐见。

拿鼓板，坐长街，高声大唱；尊一声，众同胞，细听端详：
我中华，原是个，有名大国；不比那，弹丸地，僻处偏方。
论方里，四千万，五洲无比；论人口，四万万，世界谁当？

也有使用格律诗的手法，进行表达和抒怀的。但是，没有晦涩难懂，通俗之词，明白易懂。如《猛回头》文首便用了如下的诗句：

大地沉沦几百秋，烽烟滚滚血横流。
伤心细数当时事，同种何人雪耻仇。

同样，他的重要著作《警世钟》的开篇便用诗歌表明文中要义。

长梦千年何日醒，睡乡谁遣警钟鸣？
腥风血雨难为我，好个江山忍送人！
万丈风潮大逼人，腥膻满地血如糜；
一腔无限同舟痛，献与同胞侧耳听。

在《狮子吼》中，不仅能读到他根据文义作的诗，而且能读到对联，依照《鹧鸪天》《点绛唇》等作的词。

他把国家比喻船，皇帝是舵工，官府是水手，百姓是出资本的船东家。形象且生动，比喻恰当。可以让老百姓一听便明白。他还是说故事的高手，一些复杂难懂的道理，通过故事加以形象地表达，变得通俗易懂。

在《狮子吼》中，他假借故事人物之口说："诸君，学问有形质上的学问，有精神上的学问。诸君切不可专在形质上的学问用功，还须要注重精神上的学问呢。"念祖起身问道："精神上的学问怎样讲的？"文明种道："不过是'国民教育'四字。换言之，即是国家主义。不论做君的，做官的，做百姓的，都要时时刻刻以替国家出力为心，不可仅顾一己。倘若做皇帝的，做官府的，实于国家不利，做百姓的即要行那国民的权利，把那皇帝官府杀了，另建一个好好的政府，这才算尽了国民的责任。"讲到此处，内中一个学生大惊，问道："怎么皇帝都可以杀得的！不怕悖了圣人的训吗？"文明种把此人瞧了几眼，叱道："你讲什么！你在学堂多久了？难道这些话都亏你出得口！"众人忙答道："他不是本村的人，是从外面来附学的，到此才有几天。"文明种道："这就难怪。坐，我讲来你听。书经上'无我则后，虐我则仇'的话，不是圣人所讲的吗？孟子民为贵，社稷次之，君为轻'的话，又不是圣人所讲的吗？一部五经四书，哪里有君可虐民，民不能弑君的话？难道这些书你都没有读过吗？"那学生埋头下去，答不出话来。文明种又道："后世摘出普天之下，莫非王土'那一句书，遂以为国家是君所专有，臣民是君的奴才。你们想一想，这句话可以说得过去吗？"

这样的表达，避免了理论阐述的深奥难懂，既生动又易懂，显示出他认识问题的深刻，又能浅显表达的特点，以达到宣传鼓动的效果。

读陈天华一生留下来不多的文章，强烈感受到的是"子规啼血"般的坚定、执着，"怒其不争"的哀怨和忧伤，"激昂慷慨"的情感和氛围，具有强烈的感染力。

陈天华把毕生的精力倾注在保种卫国、推进中国走向民主体制、实现民族强盛之理想，不惜牺牲生命。他和其他民主先驱，为中国近代拓展出一个民主实验时期，中国走上了民国体制。这个不足四十年的实验，在外来入侵、内部民主意识薄弱和与之相适应的生产关系和分配原则尚未建立的多重因素下，便夭折了。另一种民主形态，取代了陈天华他们试图实现的民主体制。而他渴望的民族复兴，强盛之国力必将在中国出现。应该说，这种新的民主形态也在探索过程中，需要时间的检验。

（1997 年 3 月于曹村观旭楼）

回眸，1995 年世界经济

当 1996 年元旦的钟声即将响起，不妨让我们回眸过去的一年——1995 年的全球经济。在这一年里，世界经济领域相继发生了一系列重大事件，经济增长受到了冲击，但是由于推动世界经济持续增长的有利因素的依在，经济仍然处于上升阶段。因此，经济学家称它为"有惊无险，继续在复苏的轨道上运行。"

经济回升的势头已经在今年出现。据国际货币基金组织的预测，世界经济在 1994 年增长 3.6%，1995 年增长将达 3.7%，从而奠定了未来一年世界经济持续增长的基础。

喜忧参半的西方经济

1995 年西方国家上半年经济增长未能如愿以偿，增长速度明显下滑。下半年随着美元止跌回升，投资者信心增强。西方经济开始复苏，预计 1995 年工业国平均经济增长率在 2.5% 左右，低于上一年度水平。

一度放慢的美国经济实现了美联储预想的"软着陆"，今年三季度开始回升，表现出一定的后劲，今年增速可望保持在 3% 的水平。据经合组织最新预测，明年美国经济仍将保持中速增长，低通胀率和低失业率将成为美国经济发展的基本趋势，但由于结构失衡，巨额的联邦赤字依然困扰美国经济。

欧盟经济并没有像他们自己预测的那样乐观，年初预测 3.1% 经济增长率，现已改为 2.7%，由此我们可以想见欧盟经济并没有如期恢复景气。这其中的原因主要是美元汇价的贬值，使与马克挂钩的欧洲货币高估，对欧盟的出口构成了严重的威胁，使强势货币国家的经济均受到了冲击，欧盟各国内部为了向马约规定的单一货币过渡的标准靠拢，实行了货币紧缩政策，产生了抑制经济增长的副作用，打击了投资者和消费者的信心。

就总体而言西方经济走向复苏，亚洲经济出现持续增长，而日本经济则走走停停，显得力不从心。一场急如风暴的日元升值，严重地冲击了日本的出口业，并波及整个日本经济，使年初出现的回升势头减弱，生产停滞，企业经营困难，萧条的局面从 8 月份一直延续至今。有关专家认为，日本今年的经济增长不会超过 1%。类似这样的连续四年的萧条景象，在日本战后尚属首次，出现这种状况的原因主要在于日本战后形成的以出口推动增长的经济运行体制和前几年"泡沫经济"遗留下来的一大堆包袱。

喜忧参半的西方经济，是西方固有经济矛盾在新的国际格局中寻求解决办法而出现的特殊现象，解决痼疾恐怕还需要相当长的时间。在新的解决办法尚未找到之前，西方经济这种亦喜亦忧的状况还有可能要持续一段时间。

增速居冠的亚太地区

前景广阔的发展中国家的经济，这几年来正以迅猛的势头向前发展，亚洲经济更是一枝独秀，经济增长的速度多年来一直雄居世界经济增长速度的榜首。

　　亚洲银行预测，1995 年亚洲 31 个国家和地区的经济增长率达到 7.6%，亚洲四小龙为 7.7%，东南亚为 7.9%，南亚国家将徘徊在 5% 至 6% 之间。

　　1995 年 7 月，越南正式成为东盟的第七个成员国，标志着东南亚进入经济合作发展的新时期，东盟内部相互间投资达三十多亿美元，新加坡是主要投资国，投资方向在石油、电子、原材料加工等领域，投资地由原来的印尼、马来西亚扩大到越南。

　　在 1995 年夏季召开的第 28 届东盟外长会议上，与会国表示，将全力支持在 2003 年建成东盟自由贸易区。届时，东盟国家内部的 15 类工业制成品的关税率将由现在的 20% 降至 0 到 5% 之间，给东盟地区内部贸易带来了新的动力。东盟也因此有望成为亚洲乃至全球经济发展中的一支新兴力量。可以说亚洲经济在 1995 年出现了质的飞跃，由于日元大幅度升值，使日本对东亚地区的投资明显增长，而已经投资建成的生产企业开始将产品返销日本国内。同时，东亚及东盟各国相互间的经贸关系也不断的加深，从而逐步形成了这一地区内部的良性循环。

　　在积极评价亚太地区经济高速增长的同时，人们的担忧还是存在的，过热的经济加速了工资的增长，增加了通货膨胀的危险。有关国家已注意到这一问题的严重性，开始改变单纯追求经济增长的速度，把抑制通货膨胀作为经济政策的目标之一，力求在低通胀的条件下实现加速发展。由此，预计明年亚洲各国将对经济过热现象进行调控，经济增长速度将放慢到 7.5%，但仍将远远高于西方国家和其他地区发展中国家。

显现生机的发展中国家经济

　　1995 年以亚太为龙头的发展中国家经济继续蓬勃发展。预计 1995 年经济增长率将为 6%，略低于上年的 6.2%，明年将回升到 6.3%。虽然，他们的发展势头总体上来说良好，但是，他们的发展速度参差不齐。

拉美地区的发展中国家，受到墨西哥金融危机的冲击，经济形势不佳，平均增速由上年的 4.6% 降至不足 2%。随着拉美主要国家调整政策已初见成效，出口形势转危为安，贸易呈现顺差，负债下降，明年拉美经济可望有所改善。

1995 年非洲政局基本稳定，地区冲突有所缓和，多数国家继续根据本国实际加强改革和结构调整，地区经济一体化取得新的进展，经济形势正向好的方向发展，增速可望由去年的 2.4% 提高到今年的 2.7%。稳定的政治局面，有助于国家的经济发展，这是一个基本常识。

海湾 6 国摆脱战争创伤之后，1995 年经济得到全面发展。沙特增长率为 1.5%，1995 年已还清海湾战争中支付多国部队巨额军费而筹借的全部贷款。科威特经济增长率为 1%，从 1995 年年中起开始偿还用于战后重建的 55 亿美元借款。由于原油价格稳中有升，每桶油价比 1994 年上涨了 1 美元，海湾国家石油收入可望达到 800 亿美元。石油收入的增加，有力地支持了海湾国家推行的经济改革措施，带动了海湾地区的经济繁荣，使海湾国家步入了新的经济繁荣期。

今年以来中欧五国经济在去年全面出现增长的基础上，继续稳步回升。波兰等五国今年的国内生产总值增幅平均将达到 5.1% 左右；五国的农业生产、外资情况等也继续保持健康发展势头，所有制结构调整也已基本完成，向可兑换货币转变的过程已接近尾声，欧盟在五国外贸中的比重已升至 60% 到 70%。

捷克 1995 年 11 月底率先加入"发达国家俱乐部"——经合组织，预计 1996 年底，匈牙利、波兰、斯洛伐克等国都将先后加入该组织。西方经济界对该地区的经济发展前景普遍抱乐观态度。然而，高额财政赤字，失业过于严重，投资资金匮乏等财经问题依然存在。

区域合作不断深入

国际间区域经济合作在 1990 年代一开始就有了加快发展。区域经济合作以降低贸易壁垒，推进贸易自由化为己任，区域贸易自由化正在成为全球现象。欧盟、北美贸易区和亚太经合组织一边加强内部合作；一边积极地扩大自己的势力范围。在过去的 1995 年这种趋势显得尤为突出。

欧盟于 1995 年 1 月 1 日正式接纳奥地利、芬兰和瑞典之国为盟友，实现了第四次扩大，使欧盟由十二国扩大到十五国，欧盟还在实施"东进"中东欧、南下"地中海"的扩展战略。他们通过了"准备中东欧国家融入欧洲内部市场白皮书"，为这些国家加入欧盟进行前期准备。七月，欧盟正式取消对人员和商品进行过境检查，在六国中全面实施《申根协定》，合作将继续深入。欧盟还宣布，在本世纪末实施欧洲经济与货币联盟的第三阶段，开始使用统一货币。

东盟内部加强合作，相互投资增加。以新加坡为主要投资者的东盟，资金积极向成员国印尼、马来西亚输出。今年七月越南成为东盟第 7 个成员国，资金又流入这个贫困的国家。实现了东盟扩展计划。

亚太经合组织根据《茂物宣言》精神，在今年的日本大阪会议上通过了《行动议程》，发表了《大阪宣言》，体现了各成员国为实现《茂物宣言》确定目标的合作作出的自己承诺和政治决心。这一次会议确定亚太经济合作贸易和投资自由化以及经济技术合作两大支柱构成，并列举了一整套根本性原则，以此指导实现自由化和便利化。

1994 年建立的北美自由贸易区，今年也在谋求进一步扩大。这几年来，国际经济区域化合作的势头强劲。然而，这并没有像人们所想象的那样阻碍全球贸易一体化的进程。相反，这种经济的区域化合作正在走向深入，并促进了跨洲际跨大洋的经济合作趋势。因此，它必将促使全球经济一体化的加速发展。

国际金融市场危机四起

1995 年国际金融市场异常动荡，危机四起。墨西哥金融危机，英国巴林银行倒闭，美元对日元和马克汇率大幅波动，日本大和银行危机引起国际货币体系混乱，金融市场震荡。呈现出世界经济中国际资本规模剧增，流动速度加快，但缺乏有效监督机制的矛盾。

1994 年出现了巴林事件，一个年轻的银行职员一举使英国这家最古老的银行倒闭，成了轰动国际社会的重大事件。也就在这一年岛国日本出现了大和事件，导致它与住友银行合并。这两个事件的出现，暴露出金融管理制度在实施中的不严密性，一系列必要的监管措施严重滞后，使国际金融界出现大波澜，冲击世界金融的正常的秩序。

墨西哥出现的金融危机把该国的经济推向了崩溃的边缘，需要国际社会提供贷款才能挽回局面。这一事件，再次给发展中国家敲响了警钟。墨西哥政府在 1995 年初采取了应急计划，经过努力稍有回暖，但是要康复还需要相当长的时间，留下严重后遗症是不可避免的。

1995 年国际金融领域一个值得注意的动向是银行的合并风潮越演越烈，成为 90 年代以来企业兼并潮中最活跃的领域之一。据美国银行家协会介绍，1994 年全美有 550 家银行合并，而 1995 年 1 至 8 月份全美合并银行数已达 600 家。

在日本出现了三菱银行和东京银行"对等合并"，成为拥有 53 万亿日元的超级银行，占据世界银行业榜首。银行的合并浪潮反映了当今世界经济金融界激烈的竞争和竞争的残酷性。

1995 年，国际主要外汇市场硝烟四起，美元对日元汇率的巨幅波动，历史上美元对日元汇价第一次跌破 1 美元兑换 100 日元的关口，还接连多次跌创新的汇价低点，显示出美元霸主地位逐渐丧失。到年底，美元对日元汇价在 1 美元兑换 100 至 103 日元的范围波动。美元对日元汇率的巨幅波动，促使人们重新审视汇率变动对国际收支平衡的作用，同时也使人们对政府干预政策产生了怀疑。

回眸 1995 年世界经济，在冷战结束，新的世界格局呈现多极化之后，发展中国家地区经济组织以蓬勃的发展势头出现在国际舞台上，显示出强大的生命力，成员国经济发展迅猛；一些老牌的经济金融大国在矛盾和困境中寻找新的途径，复苏迹象已经显露，但要达到一定发展的增长速度尚需时间。

经济的发展，人民生活水平的提高是世界人民共同的心愿，愿 1996 年的世界经济如人们所预期的那样持续稳定地向前发展。

（1995 年 12 月底　上海电视台《财经报道》播出）

外资流入邻近国家

亚洲几度被世界经济组织誉为未来发展最具活力的地区，一些发达国家把目光瞄准这一市场，跃跃欲试注入更多的资本，拓展尚未完全启动的巨大市场。

包括中国在内的许多亚洲国家积极扩大对外开放范围，有效地利用外资，增辟对外融资渠道。这里我们将介绍与我国邻近的新兴工业国及其他发展中国家的资本市场对外开放的经验和最新的动态。

竞相制定优惠政策

与我国相邻的尤其是地理位置处在东亚、东南亚的国家，近年来经济增长率比西方发达国家还要高，许多经济观察家断言：在未来发展中，他们将大力开展贸易，促进工业发展和国内生产总值的上升，以此带动世界经济的增长。

在邻近国家的经济发展中，外资起到了相当大的作用，有的国家和地区的经济腾飞，相当大的程度上借助了世界资本输入得以实现。

由此，邻近国家间正在悄悄地酝酿一场吸引外资的竞赛，纷纷推出优惠政策，吸引更多外商投资。

　　1995 年 10 月太平洋岛国菲律宾宣布进一步放宽投资政策,把原先须经国家投资局批准的优先投资产业项目 60 项简化为 45 项;在土地使用权上,将外商在菲租赁房屋与土地使用权,由原来的 25 年延长为 50 年,并可再一次延长 25 年。在鼓励投资经济特区方面,规定凡在菲律宾任何经济特区内投资 15 万美元的外国投资者及其配偶,未婚成年子女均可获得政府给予的永久居留权。同时还在税收上做出免税、减税的优惠规定。

　　现在不妨把我们的镜头对准位于中南半岛北部的老挝,该国在 1988 年颁布外国投资法,此后又修改新增投资法内容,简化外来投资的审批手续,同时在税收上实施更大的优惠。它在与毗邻的越南、柬埔寨三国中,吸引国外投资增长率最快。柬埔寨不甘落后,1994 年 8 月公布了外商投资法,其中主要规定外资企业缴盈利事业所得税为 9%;税收减免最高可达 8 年,利润汇出不必课税;土地租用期最长可达 70 年。柬埔寨吸引外资的条件比越南和老挝更为优越,对外商更具吸引力。

　　印度政府十分重视外国的直接投资,改变过去光靠借贷的做法。在投资方面,除了国际核能发电和铁路运输领域,外国公司可向印度所有的工业企业投资,合资、合作或独资经营均可。1994 年 8 月,印度宣布与国际货币基金组织条例第 8 条接轨,在经常性项目方面卢比可自由兑换,对于外国投资者来说,卢比已经在资本项目下可以自由兑换,贸易壁垒逐渐减少。

　　邻近国家还根据自身不同的特点,开放原先未开放的市场和未接受外资的行业,制定了一系列优惠措施,吸纳外资,以使它源源不断地进入自己的国家。

　　印度尼西亚在大规模地吸引外资发展经济的基础上,宣布开放本国的股票市场,允许外国公司在股市上发行股票。雅加达股票交易所目前已开始制定外国公司股票上市程序的有关规定,明年开始实施新的资本市场。

集中着南亚半数穷人的巴基斯坦，1995年10月公布了一系列优惠措施，吸引外资以发展高科技产业。这一吸引外资的优惠措施包括免税、减税、财政支持、允许外资公司在巴成立全资附属公司等。同时规定所有专供电脑软件出口业使用的机械设备可减免关税、税项。马来西亚为了吸引跨国公司落地生根，采取一系列新政，其中包括直接聘用外国专家赴马工作，最大限度地简化他们的申请手续；改善国内基础设施，以符合跨国公司的需要等。据统计，仅1993年、1994两年，马来西亚国际贸易工业部就批准了364名外国专家进入设立在马的跨国公司工作。

不单纯是邻近的发展中国家相继制定、修正投资法，就是一些经济已经迅速发展的新兴工业国家也继续向外寻求资本流入的新路径。被誉为亚洲四小龙之一的韩国，为了促进本国资本市场国际化，最近宣布将在1996年上半年对外开放证券市场。韩国将允许外国企业的股票、债券在国内上市，并同意世界银行和欧洲复兴开发银行在韩发行总额达1亿美元的韩国债券。此举使韩国的金融体系置于国际金融大循环中，有效地吸纳、输出资本，促进该国的资本市场国际化。

外资促进经济腾飞

发展经济是摆脱贫困的唯一手段，除此之外的一切努力都是枉然。经济的发展需要资本的注入，保障经济得到有效、高速、健全的发展。邻近的发展中国家如印尼、越南、印度尼西亚等经济发展的背后，是外资的输入。印度尼西亚自1984年以来，经济增长率连年上升，由6%上升到去年的7.4%。国外资本源源涌入的1995年1至9月份，外商投资额已达321亿美元。

两度颁布投资法的老挝，已经接受外国投资总额55.7亿美元，平均每人吸引外资额是四千余美元，项目多达四百多个。大部分投资用于水力发电站的建设。电力向泰国出口，给这个贫穷的国家带来了勃勃生气。

在越南自 1988 年对外开放以来，已经完成外资项目 16 个，价值 3.1 亿美元，正在动工的外资项目 1256 个，涉及资金 163.7 亿美元。这些项目涉及工业、石油和天然气、酒店、旅游等服务业。胡志明市主要商业街上，矗立起了由外资筹建的豪华酒店，改变了过去贫困的面貌。

经过多年内战的柬埔寨 1995 年上半年吸引外资已达 4.12 亿美元，主要外资来自新加坡、英国、美国、澳大利亚等国家，最大投资项目为建筑和建材行业，同时涉及成衣和纺织业。人均国内生产总值 200 美元的贫穷局面将得到改变。

马来西亚在外资介入后，经济一直以每年 8% 至 9% 的速度增长。目前该国注重吸引美国、日本、英国、德国等国家一系列著名大公司来马开设跨国公司，截至 1995 年 9 月，近 500 家跨国公司在马来西亚开设代表处，300 家跨国公司在马成立了区域总部。由此希望把马来西亚建成一个国际金融和商贸中心，推进本国的经济发展和提高金融、管理和服务水平。

新加坡也在努力促使本国成为国际性金融、商贸中心。许多外国金融机构预测，新加坡在 5 年后有可能取代东京成为亚洲最大的金融市场。

外资有力地促进了邻国的经济发展，菲律宾出口经济特区的官员日前说，到 9 月份为止的一年里，菲律宾出口经济特区的投资金额达到了创纪录的 10.3 亿美元。菲律宾有 13 个出口经济特区，特区享受特别优惠政策，例如产品全部出口的厂商可以免缴关税等。

与我国接壤的印度自 80 年代初，开始逐步放松对工业和贸易的种种束缚，取得初步效果。1991 年 7 月上台的拉奥政府宣布进行经济改革，用吸引外资来代替过去靠借外债的做法，使外资在市场发挥更大作用，1990 至 1991 年，印度工业停滞不前，增长率仅为 1% 左右，到 1992 至

1993 年，工业增长率上升到 4%。预计 1995 至 1996 年工业增长率可达 8% 至 9%。"贫穷的印度变了"，这不仅被愈来愈多的印度人所承认，也被愈来愈多的外国人所认可。

印度尼西亚尽管面临来自东南亚邻国的激烈竞争，印尼投资事务部最新透露：1995 年 10 个月吸引的外资已高达 335 亿美元，比 1994 年全年的总额超出了近 100 亿美元。

连韩国这样向"富国俱乐部"发展的国家，也在逐渐开放本国市场，1995 年 1 至 9 月，外商投资共达 14 亿美元，较之 1994 年同期增加了 26.1%、而 1994 年同期总投资为 11.2 亿美元。韩国财经部一名官员说："目前外来投资模式较理想。韩国将继续鼓励对高科技投资的外国公司进入本国。"

外资纷纷流人邻国，刺激这些国家经济腾飞，从流入的外资结构来看，正在发生变化。

外资结构发生"质变"

外资流入邻近国家的结构，近年来出现了新的变化，发达国家及国际机构的官方援助开始缩减，而流入邻国的民间投资开始大幅增加，援助与投资此消彼长差距正在扩大。亚洲开发银行最新颁布的亚太发展中国家主要指标表明，从 1983 年起，亚行对加盟的 35 个国家和地区的官方援助一直保持增长势头，1992 年达到 10 年以来的最高额 165 亿美元，次年官方援助下降 20 亿美元，比上年的高峰期减少了 11.9%。与此相反，1993 年发达国家输入邻近发展中国家的民间资金为 187 亿美元，比上年增加了 44%，开创了历史最高水平。

马来西亚接受官方援助资金由二亿多美元剧减到 9000 万美元，然而外来的民间投资却在一年内增加了 6.7 倍。

流入越南的官方援助几乎减少了一半，菲律宾、印度、泰国吸引官方援助明显减少，而接受官方援助最多的印尼基本上处于停滞状态，民间投资增加不少。

1994 年，印尼和泰国吸收的直接投资均比前一年增长了 3 倍左右。一些专家把邻近国家吸收外资结构发生的变化称为"质变"。亚洲经济研究所的一位官员说：在亚洲民间投资正在取代官方援助的位置，有必要重新考虑对发展中国家进行援助的标准，一部分官方援助资金可以转向东欧、非洲等落后地区，对亚太地区的官方援助今后增加的可能性不太大。

针对外资结构发生变化的情况，邻近国家如印尼、菲律宾、老挝等国纷纷重新修订吸引外资的规定，加大优惠力度。民间投资的输入需要良好的投资环境和保障，获得更大的利益回报。谁能在这方面做好工作，必然会吸纳更多的投资，给经济发展输入新的血液，增添活力。

扩大吸引外资的瓶颈

邻近国家吸收外资的良好势头，有力地推进了本国的经济发展和国家综合实力的增强。但是，不是说继续扩大吸引外资就不存在障碍了，潜在的不利因素依然存在。

世界银行提出的 21 世纪亚太地区 4 个重要课题中，消除基础设施的瓶颈，被列在了首位。经济的发展和外资引入将受到电力、交通运输、电信、供水等方面严重制约。

然而，要解决这些问题，所需投资 1.5 万亿美元，保守的估计也要 9000 亿美元。要筹集这样一笔巨额资金绝非轻而易举，各国国内储存和资本积蓄不可能填补这一巨大的资金缺口，引进国外资金又由于基础设施的瓶颈存在，而变得困难重重，很少有外资公司愿意在基础设施差的地区投资，那样它得到的回报可怜。

一些国际金融问题专家指出，解决资金匮乏的最好办法是邻近和亚洲国家继续扩大开放，建立面向市场的、国际一体化的经济机制。但是，目前东亚地区只有印尼和马来西亚具有公开的资本账户，许多国家尚未置身于国际资本市场的大循环中，有的为了避免金融资产贬值，甚至采取阻挠外资和金融市场发展的做法，不利于这些国家吸引外资。

权威人士指出，为了能够在竞争日益激烈的国际资本市场上争取到更多的基础设施建设资金，亚太各国首先需要有运行良好的国内金融市场和金融机构，使本国的金融体制与国际接轨。

总之，一个发育完备和效率高能的国内金融体系，不仅有助于从国内市场寻求资金，同时也有利于国外伙伴进行金融合作。

东亚国家除去基础设施外，还存在着建立国际一体化的经济机制，消除贫困、发展人才资源和加强社会保障、环境等问题。需要大量吸收资本，尤其是外资，才能彻底摆脱落后、贫困的局面，经济实现真正意义的腾飞。世界银行副行长拉塞尔·奇塔姆说："东亚地区的大多数国家与其说是已接近发展进程的终点，不如说更接近发展过程的起点。对许多国家来说，今后会遇到的挑战要比已经克服的挑战多得多。"

（1995 年 11 月　　上海电视台《财经报道》播出）

以邹韬奋为例：论二十世纪初知识分子对中西文化的兼收并蓄和自我更新

一、传统伦理的危机和邹韬奋这一代知识分子肩负的使命

邹韬奋以文化教育手段传导新的伦理原则和道德标准，重塑国民性，正是他深受以儒学为主体的传统文化熏陶的必然反映。这一文化从源起到发展，始终以建立社会的伦理原则和道德理想为目的，儒学创始人孔子的哲学思想是一种伦理型哲学，他的继承者无一与之相悖。

黑格尔曾经这样评述孔子，认为他是一个实际的世间者，在他的思辨里充满善良、老练的道德教训。黑格尔的评论就孔子的哲学特点而言，说到点子上。孔子和他的继承、发展者，偏重于对人生修养、行为规范的研究，建立了一整套伦理原则和道德标准，最终把伦理道德提到了哲学本体的高度，构成儒学的特点。邹韬奋深受这一文化的熏陶，儒家所倡导的伦理道德影响了他的人生观形成。同时，这种文化所形成的认识社会的方式，渗透在文化中不知不觉向他灌输，无法拒绝。尤其是传统文化传导的认识社会的方法，构成了他认识社会的方法。这样，他不可能置社会伦理道德而不顾，来谈什么社会改进，尤其在社会伦理原则和道德标准出现混乱时，更不可能置若罔闻。

邹韬奋生活的时代，伦理道德处在激变的过程中，二千多年中国社会

形成的伦理原则、道德标准在西方近代文明冲击下暴露出致命的弱点，出现了空前的危机，然而西方近代伦理思想在中国社会传播且脚跟尚没站稳，很快受到同源自西方社会的马列主义思潮的冲击。一个知识分子、文化工作者无法容忍伦理道德原则标准多端的现象存在，而无所顾忌。道理非常简单，如果一个读者问他，具有怎样品性的人才是高尚的人，他用什么标准解答？主编的出版物以怎样的标准来宣传进步、文明、健康？不解决这些问题，出版物有什么生命力和价值？出版物倡导的方向何在？所以，有学者指出，道德实系文化发展的客观目的和逻辑在先的本体，这样的提法应该不为过。

伦理道德并不仅单纯作用于文化，推动文化的发展，对社会的进步也具有重要的意义。道德作为社会上层建筑中的意识形态现象，由社会的物质条件决定，同时对社会物质的生产起到巨大的促进作用，表现出相对的独立性和能动作用。这些作用在相当长的历史阶段内，受到人们的重视，认为人的道德水平、道德品质、道德愿望，决定了整个社会的发展水平。固然，这有夸大伦理道德作用的嫌疑。但是，道德的作用不能抹杀。有学者认为，道德并不是一种纯粹被动、消极的因素，而是一种能动、积极的因素；它有着自己特殊的内在矛盾，并因此有着自身发展的过程；它也能直接对其他社会因素，包括经济因素，发生这样或那样的联系和影响。在一定的历史时期内，它与社会经济分配原则可以是不一致或不平衡，或先于某一社会经济分配原则，或迟缓于某一社会经济分配原则而存在，但必然的趋势则是，社会经济生活与伦理道德要求相吻合。这种吻合，一方面来自伦理道德对经济基础的适应，另一方面则来自经济基础依照伦理道德的要求进行调整。在整个吻合过程中，伦理道德作用显而易见，表现出能动性，绝非被动而不起什么作用。当一种新的利益分配原则去取代旧的经济分配原则的时候，道德便以自己特有的形式，表明维护旧的原则、制度是恶的、非正义的，而推翻旧制度、建立新制度则是善的、正义的，从而唤起人们为推翻旧制度和建立新制度做斗争。

邹韬奋所处的历史时期，正是适合农耕社会的以儒学为根基的传统伦理道德，走向近代工业文明之际，表现出无所适从，而引发的抗争和求新。同时，社会要求新的伦理道德为未来时代的到来而摇旗呐喊。这是一个曲折且漫长的过程。他对伦理道德形成符合客观实际需要的认识，是在抗日救亡的现实面前和接受了辩证唯物主义世界观之后。

在相当长的一段时期内，邹韬奋把伦理道德的作用看得甚是重要，远超出上述的能动性，他与历史上一系列知识分子一样，把社会的改造、自己的政治和社会理想的实现，寄托在道德的进步上，认为道德的进步能够推动新人格的形成，可以促进社会的进步，谋求民族利益的实现。这不是他单个的观点和认知，对于深受传统文化影响的他而言，与其他一大批近代知识分子一样，持有这一观点，龚自珍、魏源、王韬、郑观应、康有为、梁启超、胡适等人，由对旧道德的怀疑，一步步走向否定，和对新道德的探求、呼唤，便足以证明。邹韬奋延续了他们的传统，在整个近代伦理思想演化过程中，起了应有的作用。应该看到，这种努力在新的利益分配原则尚未确立时是艰苦卓绝的，注重于伦理道德的进步和发展，带着比较多的理想色彩，而且所萌生的新的伦理道德观念又由于新的分配原则没有确立而起着变化，需要自己不断调整已形成的伦理原则，进行重新评估和改造。邹韬奋一生经过几次这样艰苦卓绝的扬弃。好在，他和近代许多知识分子一样，是一个爱国主义者，渴望建立一个平等、民主、独立、昌盛的新中国，他们要求的社会伦理原则和道德标准为这一理想社会的实现服务，需要造就一大批以新的伦理原则和道德标准为核心人格的人，献身于民族解放事业。

我们暂且放下理论上的探究，回到先前的话题上，邹韬奋为什么要关注社会的伦理原则和道德标准？除去儒学的要求之外，恐怕传统伦理道德出现了危机也是一大重要原因。

中国近代社会道德标准出现混乱，是旧的社会经济分配原则逐步被打破，新的社会经济分配原则尚未确立而呈现的必然现象。一般认为中国皇帝集权统治的传统社会自清嘉庆之后，已经腐败不堪，危机重重，社会各种矛盾日趋尖锐。衰败的帝国面临着占有先进科学技术和文化完成体系的资本主义的挑战。1840年爆发的鸦片战争标志着民族危机开始，也标志着传统的利益分配模式即将打破，固有的经济关系逐渐解体，与之相适应的伦理道德所形成的国民性暴露出弊端，一些敏感的知识分子朦胧地意识到这一症结，例如，龚自珍感知大厦将倾，抨击官僚阶层的堕落无耻，谴责清王朝统治集团的腐朽、顽固，希望天公不拘一格降下人才来挽救时局。与他同时代的魏源也希望社会改良，对外反侵略，不过他比龚自珍进了一步，主张向西方学习先进的科学技术，"师夷之长技以制夷"，达到富国强兵的目的。他们都没有触及一个关键问题——依靠具有怎样人格内涵的人，实现社会的改良和进步，更没认识到人格内涵中的核心部分社会的伦理原则和道德标准出现了怎样的问题。究其原因，他们的思想扎根于以儒学为主体的传统文化上，政治上无非是维护旧的社会利益分配原则，巩固皇帝集权统治，只是隐约提出了一个人才问题，内涵十分模糊，龚自珍所谓的人才观即"有胸肝，有见识，有是非感"，这样的人一旦居于一定的政治地位，便能除弊图新。至少，也能为此摇旗呐喊。魏源注重提高民族素质。问题是什么弊要革除？什么是新？他们难于回答，还有民族素质需要从哪几方面提高？这些关键问题，他们解决不了，这是历史的局限。他们的进步性表现在，对与中国社会的经济、文化相适应的传统伦理原则要求形成的人格产生了怀疑，在一袭数千年的史册上，打上了一个重重的问号。

随着西方列强侵略的加深，西方文明的不断输入，新兴资产阶级逐渐抬头，传统的利益分配原则进一步遭到冲击，社会的伦理观不可避免地出现动摇。原本一个读书人靠苦读求得功名，谋取一官半职，实现了所谓的人生价值，那末突然有一天，一个寒窗十年尚未求得功名的人，放弃读书求官一途，学了一些洋文，做上了买办，借此发了大财，又用钱捐了一官半职，也算光宗耀祖了，价值观能不发生变化吗？

19 世纪 60 年代，中国社会出现了一批早期维新派人物（冯桂芬、薛福成、王韬、郑观应等人），他们已经不再单纯提倡向西方学习先进技术，而认识到构成中国社会最基本的细胞——人，适应不了社会现实，无法承担社会变革的重任。在要求社会改良的同时，涉及国民性问题。国民性赖以存在的根本，即是伦理原则和道德标准。冯桂芬指出中国与发达国家的差别有四个方面，"人无弃材不如夷，地无遗利不如夷，君民不隔不如夷，名实必符不如夷"，不光中国的科学技术不如西方国家，政治体制，社会民众的心性都存在着差异需要变革，郑观应明确地向盛行的"中学为体，西学为用"说挑战，认为西方国家的"体"，在于"育才于书院，论政于议院，君民一体，上下同心""练兵、制器械、铁路、电线等"只是与"体"相适应的"用""中国遗其体而效其用，所以事多杆格，难臻富强"。

中国社会的症结逐渐探得，过程漫长。然而，这一代知识分子在理性上还没有掌握强有力的思想武器，动摇中国社会固有的道德和伦理观，甚至还维护着它们，表现出极大的矛盾性。中国传统的伦理道德有糟粕和精华，在除旧立新的时代中，必须区分出糟粕与精华，光大精华，清除糟粕，这需要触及以儒学为根基的传统伦理道德的筋骨。他们只能一面怀疑否定依据固有伦理道德原则和标准而形成的国民性，一面又表现出害怕对旧伦理道德作出批判。当然，这在当时的历史条件下，要批判固有道德、区分糟粕与精华非常困难。原因是传统的伦理观势力巨大，制约着人们的生活。又由于历史局限，人们鉴别传统的伦理道德是非理性的，带着明显的社会功利性，往往表现为有利社会进步就是精华。反之，阻碍社会进步的就是糟粕，即所说的有利于新的利益分配原则建立的是精华，维护旧的利益分配原则的就是糟粕。问题是未来社会具有怎样的利益分配原则，在那个时代还是一个未知数。经过数代知识分子的努力，到邹韬奋这一代知识分子认识得就比较清楚了。一方面旧的利益分配原则已经退缩，旧道德的市场每况愈下，新道德的市场扩大，新的利益分配原则已趋向形成；另一方面在邹韬奋以前的后期维新派迅速取代了早期维新派，他们积极向西方寻找到理论武器——进化论，解决缺乏批判旧道德的思想利器问题，有了确立新道德的思想理论基础。而且，他们的政治理想是中国结束专制制度后，势必实行的是资本主义制度，社会利益分配原则与资本主义社会相一致。中国近代史上数代进步知识分子一步步酝酿成了一场批判以儒学为主体的传统伦理原则和道德标准的伟大运动，疾风骤雨式的洗涤，以求最终荡去糟粕，存其精华，达到扬弃之目的。

后期维新派康有为、谭嗣同、严复等人出现在中国政治舞台上，对中西社会的认识有了进一步的深入了解，尖锐地批判了皇帝集权的专制制度和伦理纲常。谭嗣同的批判比较深刻，提出"冲决"纲常名教的封建制度，矛头直指集权的专制制度。他不顾"非圣无法"的压力，大胆揭露维护旧的利益分配原则秩序的纲常名教的虚伪性，指出"俗学陋行，诤言名教，敬若天命而不敢渝，畏苦国富而不敢议。嗟呼！以名为教，则其教已为实之宾，而决非实也。又况名者，由人创造，上以制其下，而不能不奉之；则数千年来，三纲五伦之惨祸烈毒，由是酷焉矣。君以名桎臣，官以名轭民，父以名压子，夫以名困妻……"批判可谓猛烈，火力集中要害。

这一群体在没有掌握先进的理论武器前，只能在传统文化中寻找社会变革的理论来应对顽固派，康有为以孔子假托古圣先王的言论来宣传自己的政治观点和主张，颇有"偷梁换柱"的味道。一旦掌握了进化论，对传统的伦理道德观的批判直接、明确；对传统伦理道德要求的人格的批判也变得尖锐起来，指出中国"民为己荼，民智已卑，民德已薄"，迫切需要"鼓民力""开民智""新民德"，直接提出了对国民性的改造问题，成为改造国民性思想的先导。所谓"新民德"，实际上就指出了重新确立伦理原则和道德标准的根本问题。翻译《天演论》的严复在对西方社会进行了考察，研究资本主义经济政治制度和学术理论之后，明确指出西方的人权、自由、平等、博爱，与中国传统的伦理道德存在着抵触的部分，"中国最重三纲，而西人首明平等；中国亲亲、而西人尚贤；中国以孝治天下，而西人以公治天下，中国尊主，而西人隆民……"严复把中西社会的观念不同部分明确展示出来，对于解决中国社会应该建立怎样的政治制度和伦理道德，才能促进进步的问题，无疑是有益的。

严复偏重理论建树，他翻译的《天演论》对"五四"前的知识分子有较大的影响。《天演论》中渗透着伦理观，即进化伦理学。

邹韬奋在"五四"时期形成的"新人物"的标准，可以说根本的源头在严复的身上。严复的《原强》是梁启超在《时务报》以及《清议报》《新民丛报》上阐述的许多观点的先导，而邹韬奋深受梁启超《新民丛报》影响。推断而论，他的新人物的标准根源当在严复处无疑。严复在《原强》中指出"生民之大要三，而强弱存亡莫不视此。一曰血气体力之强，二曰聪明智虑之强，三曰德行仁义之强。是以西洋观化学治之家，莫不以民力民智民德三者断民种之高下"，成了韬奋后来形成的"新人物"的基本内容。关于这个问题，在谈及韬奋伦理思想形成时再作详论。

严复对中国近代社会的影响，有史可稽，十分明确。不仅资产阶级启蒙时期的思想家受到他的影响，信奉马列主义且成为领袖的人物也受到他的影响，比如毛泽东青年时代就接受了进化论。一代文学巨擘鲁迅在《朝花夕拾·琐记》中回忆青年时代时说："一有闲空，就照例地吃侉饼、花生米、辣椒，看《天演论》。"可见，严复的影响之大，邹韬奋也莫能例外，直接间接地受到《天演论》的影响。

随着中国近代社会新的阶层出现，占去了社会利益的一部分，导致了传统的分配原则出现变化，随之而来的是固有伦理道德的动摇。中国资产阶级的出现，与旧分配制度保护下占取社会总分配最多的阶层，有着千丝万缕的联系，或者说他们就是从旧分配制度保护下的那个阶层中蜕变而来，又与外来势力有着一定程度的联系，这是他们在社会更变时期能够形成特定群体的优势所在。他们将已经占有的财产和资源，转化为资本，办近代工业和商业，以获得更多的利益，在分配上占取了比原先多得多的利益，打破专制制度和以农业为主体自给自足的自然经济形成的分配原则。可以想象，这一群体让人羡慕，即使原先的同僚、旧友也大为赞叹，自然也有表面上还用固有道德标准来横加指责，内心却不得不加以佩服者。

随之而出现的是产业工人、企业管理人员、工程技术人员、律师、翻译、教师、报刊书籍从业者等群体，打破了原先的分配平衡。以拿工人的情况做比较，他们的收入高于农民，农民种地吃饭，收成直接受到自然气候的影响，不能保证收成，而工人的收入相对稳定，产品有市场，工资就有保证，销路好收入还能增加。有资料表明，1890 年上海机器织布局一般男女工人平均月工资为 5 元银元左右，武昌织布官局的每人月收入为 7 至 10 元之间，技术工人有的能达到 30 元，甚至更多。相比之下，农民要悲惨得多，同一时期的直隶农民，年成好时年收入平均只有 18 元，还要交纳苛捐杂税，每月仅有 1 元多的收入。这种状况下，农村中的庄稼汉不能不羡慕城市里的工人，纷纷来到工业集中的城市。随即问题发生了，一个农民在家乡种田，养家糊口，孝敬长辈，另一个农民背井离乡当工人，远离家庭，不能尽对父母长辈之孝道，违背了"父母在，不远游"的传统道德观。但就是这个不尽孝道的"逆子"，每次寄回的钱，解决了家人的生计问题，而且每次寄的钱，是那些在身边恪守孝道、田里刨食的兄弟们无法获得的。因此，传统的孝道就起了变化。新阶层的出现，对传统的伦理道德冲击是直接的，尤其对开放较早的城市和周边的农村，影响不可低估。然而这种冲击力与强大的传统伦理道德的影响力相比较，还是有限的。无论是资产阶级，还是工人和其他群体构成的新阶层在社会总人数上，所占的比例均为少数，在以农业为主体的中国，他们容易被巨数的农业生产者所淹没，影响力有限。康有为、严复、谭嗣同等知识分子的努力结果，也是有限的，戊戌变法的结局证明了这一点。

促动中国知识界对传统伦理道德的深刻反思，是民族遭受外来侵略不断加深，所暴露出的软弱、散漫等一切的人格弱点，近代百余年间外来侵略没停止，知识界对传统伦理道德的反思也从未停止，加上东西文化接触进入深层次，中国传统伦理道德要求的人格的缺点暴露无遗。同时也为以儒学为根基的传统伦理道德的更新提供了机遇。从戊戌变法到辛亥革命，特别是辛丑年前后几年，资产阶级改良派和民主派，都注重中国民族性、国民精神面貌及改造的探讨，以致酿成高潮。原因何在？概括地说，民族危亡大难已临，无论改良派还是民主派都在思考保族留种，寻找民族摆脱危难境地的出路。他们向外寻求起弱扶贫的良药，对内要求改造国民性，两者相辅相成，构成有机联系。改良派梁启超提倡新民说，民主派邹容主张去奴性进人格，孙中山提出进行心理建设等等，从他们一系列文章著作中，反映出以独立自由精神取代奴性；清除国民性中的麻木、旁观的人生态度，增进公德心、义务感；提倡冒险、尚武坚毅取代保守怯弱；自尊、虚心代替夜郎自大、自我封闭，希望吸取外来国民精神的精华，荡涤国民劣根性，铸就新民的目的。透过这些现象，应该看到本质，他们是为建立一个新的社会利益分配原则和社会秩序鸣锣开道，实质上就是为了实现资本主义制度。

那个时代新旧交锋尖锐，足以证明旧势力的强大，民族危难的程度和人格进步的艰难。从龚自珍对人格的怀疑，到 20 世纪初知识分子才明确提出了人格进步的方向，找到中国问题的症结，这是中国人在了解、认识自身的过程中迈出的一大步，触动了造成劣根性的经济基础和文化意识。对于旧人格的批判，引起了人们道德上的裂变，社会道德现象必然出现混乱状态，旧的道德观不可能因为这种批判而彻底消亡，适合它的经济基础没有完全消亡，新的经济利益分配原则没有形成，新的道德观念缺乏广泛滋生的物质基础和文化背景。邹韬奋看到了所处的生活时代"人格之污，气节之晦，江河日下"的局面，发出了感叹，认识到这一点是他对社会伦理原则和道德标准关注的必然结果。他生活的那个时期伦理道德处在新旧交替之际，人们尚未建立汲取中外伦理道德之精华的新的伦理道德观念，或偏颇于传统的伦理道德，或青睐于外来的伦理道德，在建立于两种不同物质和文化基础之上的伦理道德中间打架，一批知识分子肯定传统伦理道德的巨大作用，基于此排斥外来的意识形态，一些激进的知识分子以外来的思想观念来反对传统伦理道德，对传统持着一种彻底否定的态度，尤其在他们找到批判利器之后。

中国近代社会的混乱局面，不仅反映在政治、经济、文化上，同时也反映在道德观念上，这是中国社会发展进程中的必然现象。同时，列强的入侵加深加快了混乱程度，枪炮下洞开的国门，欧风美雨劲吹，为混乱的局面提供了转化的契机——即外来文明的传播。危机与转机并存，一旦确立适合中国社会现实和未来发展需要的伦理原则和道德理想，将有助于社会的进步，而这种伦理道德观必然要融合中外伦理道德的精华。

许多知识分子都想达到这一境界，实际上表现为一方面固守传统的人伦观念，仅求"用"上吸收西方的文明成果，对西方社会的人伦持批判态度；另一方面表现出矫枉过正的急躁和冲动，对传统伦理道德猛烈抨击，两者都难以对中外人伦原则和标准作出公允的评判，精华糟粕难以区别。就整个社会的正确人伦关系的确立，十分有必要进行一场疾风骤雨式的革命，对旧的伦理道德及其影响下形成的人格和社会习俗开展猛烈批判，提高人们对传统人伦原则的认识，矫正他们对传统伦理道德的迷信，带着传统的精华走出来，大胆地吸收外来的文明。可以说在五四运动之前，是较少能有人对中西伦理道德现象作出客观、公允、精准的鉴别，区分精华和糟粕的边界。就邹韬奋自身而言，在这个历史时期，一方面受到传统人伦观的熏陶，一方面又接受了外来文化，内心在寻找一种适合中国社会现实、未来需要的伦理原则和道德标准，但还没有找到。这恐怕也是历史的局限。

邹韬奋之前的几代知识分子，总体上的走势是由对国民性怀疑到批判乃至进入 20 世纪初叶，主张彻底摧毁建立传统伦理道德的理论基础儒学，从而否定旧的伦理原则和道德标准；对外来文明的了解也由浅及深，从主张学习西方的科学技术发展到学习西方的政治、法律、文化等等。但依然有一部分知识分子，在这总趋势的中途走了另一条路。他们怀疑、批判传统伦理道德的理论基础，彻底否定他们不干了，肯定传统儒学中不乏精华，认为一概否定摈弃儒学无助于新国民性的确立。他们不是政治上的激进分子，不认为矫枉过正在一定历史条件下的实际作用，在激进派与顽固派之间，构成了一个独特的重新认识儒学的群体。这一群体的存在，影响了邹韬奋这一群体知识分子的思想形成，经过改造过的课本，向他这一部分人群灌输的中西文化中有益于中国社会未来需要的知识，邹韬奋经过传统文化的熏陶，接受西方文化的教育，经过五四运动的洗礼，重视的是吸取中外之精华，试图把精华紧密地结合起来，以服务于祖国，这是历史赋予这一代知识分子的任务。可以说，整个鉴别、结合的过程复杂、艰苦，经过了反复和尖锐的斗争，从邹韬奋一生的伦理思想的演化过程中，可以看到这一点。然而，这不等于说他自身就已经完成了有机地融合中西伦理道德精华的任务，这项工程是复杂的，需要他以后的数代知识分子的努力。

当然，伦理道德确立的根本问题，还是在于社会经济利益分配原则的确立，如若这一根本问题不能解决或确定下来，知识分子在伦理上的探索只能成为一种先导，为某一种经济利益分配原则的确立摇旗呐喊。近现代几代知识分子的奋斗所表现出的艰苦卓绝，反复更变，恐怕与他们所处的时代的经济利益分配原则几度发生变化有着密切的关联。社会经济利益分配原则不能够确立，自然而然地使他们动摇不定，甚至不惜改变自己原已建立的伦理道德原则，以追逐社会经济利益分配原则确立的需要，出现一种无可奈何的消极。同时，也由于社会经济利益分配原则不能确立，使知识分子难以区分传统伦理道德的精华和糟粕，对于其中的限度更难以准确的把握。传统伦理道德中的消极面和积极面同在，要把握其中的限度，关键是要看社会确立怎样的经济利益分配原则，可以说在经济发展迟滞，物质生产低下，极少数的统治者最终占去利益的绝大部分。在这种社会分配原则下，传统伦理道德中的消极东西，成了优秀的东西，适合了那一个历史时期的分配原则的需要。

所谓精华和糟粕的确定是要有标准的，恰如真理的标准是建立在社会实际中并经过实践检验之后才得以确立一样，失去社会这块土壤，确立的标准难免经不起实践的检验，如果视标准为理性的产物，即使区分了精华和糟粕，也难以说清楚这种区分是否科学，是否符合社会实际和未来社会需要。

当然，这也不是说社会经济分配原则在没有确立之前，人们对于社会新的伦理道德原则的诞生所付出的努力是无用的，它一方面可以促进新的社会经济分配原则的形成，以达到伦理道德原则的确立，表现出它的能动性；另一方面这种追求可以引导人们冲破固有道德的樊篱，走向近代文明，而有助于建立新的人格。在落后与文明之间，跨入文明的框架中，给予人总体素质提高的动力。近现代数代知识分子的努力，有着他们的历史意义和推动中国社会进步的巨大作用，这一贡献无法抹杀。

二、儒学对邹韬奋人格雏形形成的深刻影响

六岁开始《三字经》发蒙的邹韬奋，十岁由私塾先生教读《孟子》，接受的是严苛的经史子集的教育。旧式教育以强制手段，向人灌输知识和人伦观念，影响是无法抹去的客观存在。后来，他进入南洋公学读小学和中学就读，南洋工学以理工科为主，校长唐文治重视学生的道德教育和国文学习，造成风气，他认为道德是基础，学问为屋宇墙垣，亲自给学生讲授经学，编有德育教材。唐文治具有深厚的儒学根底，也考察过法国、美国、日本等国，支持康有为的变法。他编写的德育课本，不是单纯拾些传统儒学的牙慧，而是经过改造，结合社会实际需要，培养人品才能一等的人才服务。当时邹韬奋对理科的学习兴趣不大，重视道德、国文学习，且展开研究，不仅在课堂上认真学习，还利用课余时间读完了《古文辞类纂》《经史百家杂钞》《韩昌黎全集》《王阳明全集》《曾文正公全集》等经典著作。同时，写出了一些研读、体会修身的文章。应该说，他早年接受的文化教育，除去单纯意义上的启蒙智力、传授知识技能外，也向他灌输了以儒学为根基的传统伦理道德观，故他曾自称从小所接触到的是封建思想与旧礼教的那一套"熏陶"，影响匪浅。

邹韬奋的人生观的理论基础，无疑是以儒学为主体的传统文化，形成时期的伦理思想基本上与传统伦理原则和道德标准要求相一致。旧教育以强制手段向人们灌输伦理道德，作为被教育者的他，又是怎样接受这种教育并运用它的认识社会事物的方法来看待社会的呢？由此，不妨进行一些分析。

邹韬奋在接触儒学之后，被儒学代表人物的人格所吸引，由敬仰开始，接受儒学的一系列基本思想和主张。他曾盛赞孔子为"挽既溺之世风，传一线之道绪，东亚道德赖其维"的伟大人物；在同一篇文章中，他认为王阳明是近世之大儒，"悟格物致知学，倡圣贤良知之旨，振人心之委靡，惠后进以无穷"。他们能够取得如此成就，是他们刻苦磨砺自己的意志，不怕尝人生最大之辛苦的必然结果，表现出意志坚定，不畏困难险阻，勇于实践的精神。

他引用儒学代表人物的观点为自己文章的立足点，《强毅与刚愎》一文，以曾国藩的"强毅之气决不可无，然强毅与刚愎有别"为文章的议点，论述强毅与刚愎的区别。此外，他还把儒学代表人物的生平事迹，做为论证自己观点的例证，认为这些代表人物都是道德的楷模，值得敬仰，把他们的人格视作典范，藐视在困难面前畏惧不前的猥琐人格。西汉甘英受班超派遣出使大秦，到达条支，面对大海畏缩不前，以致他不能创立哥仑布那样的伟绩，他痛感甘英的半途而废。可以说，邹韬奋接受传统伦理原则和道德标准是由崇敬儒学代表人物开始的。这是认识上的第一步。

中国古代没有直接使用伦理道德这个词，常作为"人伦""道德""伦理以为理"。"伦理"一词虽在《礼记·乐记》出现，"乐者通伦理者也"，其内涵与今日的伦理概念的内涵外延不尽相同，即使儒学的"道德"一词也比今天的道德外延大得许多。但就核心来说，古今所说的伦理道德或人伦道德是一致的，无非指人类生活的基本准则。大量的思想家研究道德原则，道德规范和德育方法，产生了丰富的关于伦理道德的著述，融合在文化中，并没有明确划分出来而建立伦理道德学，所以人们往往是在接受文化教育的同时，接受了伦理道德教育。

具有隐含特点的中国传统伦理，概括起来说，即道德的起源、最高原则与道德规范三个方面。不过，更多的是对具体关系的研究，比如义利、理欲、礼义与衣食、志功、"力命""义命"、修养方法等，内容极为丰富，几乎到了繁琐的程度。

邹韬奋的伦理思想形成时，客观上不可能对传统伦理思想进行全方位的分析研究，而是直观地偏重于对道德现象中具体关系的分析，对义利、理欲、志功、知行等认识较花工夫，提出正确处理这些关系的主张。对修养问题，他直接继承古代思想家，重视它的作用。偏重接受道德关系的处理、规范、道德修养，且进行一定程度上的研究，这样做合乎他的阅历和积累的人生经验。例如，不惧困难的人格力量是怎样形成的呢？他认为要以儒学的人伦标准来要求自己，通过"修身""养性"等方法，达到"仁、智、勇"的高度。在南洋公学时，专门有一科称为修身科，传授宋明理学，油印的讲义充满慎独的功夫、克欲的方法。修身科的成绩，直接关系到评优行生，关系到奖学金。他在南洋中院时，时常被评为优行生，可见他对儒学的融会贯通和修身的刻苦。

邹韬奋对中后期儒学主要代表人物如韩愈、王阳明、曾国藩的思想研究相对多一些，这在他早期文章和后来的回忆录中均有反映。这些人的思想都是以儒学伦理道德观为核心，在一定程度上发展了儒学。韩愈作为宋以后唯心主义理学的先驱，上承董仲舒，下启宋代理学，为天理人欲之说开辟了道路。王阳明提倡"致良知"和"知行合一"的心学，本质上和宋代程朱没有什么不同，都以传统的儒学伦理道德观为核心内容，只是侧重有所不同。曾国藩是近代史上继承和阐发儒学和唯心主义理学的集大成者，以"诚"为世界观的中心范畴。

在学习研究中，邹韬奋认识到传统的儒学伦理道德原则是"俟诸百世而皆准" 的真理。这一个基本观点的确立，为他形成伦理道德找到理论上的依据，其他的一切问题将基于此展开。在天理和人欲问题上，他认为"人的一息之顷之所思，不在天理，便在人欲，亦未有在天理人欲之间而中立者也"，基本上是把"天理"和"人欲"对立起来，并认为人如果"所思在天理"，那么"诚于中，形于外，所行之事，自合于天理"；假使"所思在人欲"，就"生于心害于事，所行之事，自合于人欲"。在这里，他对天理、人欲的赞誉和贬斥鲜明，这个观点来自宋儒的"存天理、灭人欲"。而且，他所认知的"天理"自然是儒学的伦理原则。

对于孝，他认为：孝分小和大，末与本。所谓孝其小和末，"亲存则可尽其所谓孝，亲没则已焉"，这样的孝者，"仅孝亲之形质，非孝亲之精神"，是俗人之孝。孝之大和本，是君子之孝，这种孝，不孝父母之形质，即为背恩负义之人。然而，即使是君子之孝，"色难之道尽，父母唯疾之忧免，无违之道备"，也是孝的开始，而没有到达孝的最终目的。孝不达到最高境地，人照样会"或奸黠鄙劣以蠹其群，或攘权夺利以乱其国"。孝应该由从"小"到"大"，延及社会，超越家庭、血缘，成为"孝"社会，有益于社会。或者说孝包括敬爱父母和热爱社会、国家，在家敬爱父母是孝的开始，孝的初级状态，踏上社会，不为社会的蠹虫，而有益于社会；上而不为国家之害，而有利于国家。这才是孝的全部内涵，达到这一目的便做到了孝的全部要求。

传统伦理道德观中的"孝"，也是从孝敬父母开始的，一个人连敬爱父母也做不到，就难以把孝的内涵扩延到社会、国家。当然，传统的孝为集权专制服务，国家的观念往往与帝王紧密地捆绑在一起，目的是维护皇帝集权统治。去掉孝的这一目的，以孝养成热爱祖国、热爱社会和事业，也不失为一种手段。孝在特定的社会环境，表现出与传统观念有所区别的目的性。韬奋把孝的目的，归结为敬爱自己赖以生存的社会和国家，这个目的，可以说是他爱国主义思想启蒙的重要源泉之一，构成他爱国主义思想的原因。他直接把孝的作用，提高到兴邦安国的高度，认为国家如果拥有巨数爱父母，爱国家、社会的"孝子""则一国之兴不待言"。可见，他对孝的理解，在当时的历史条件下具有进步意义。在敬爱父母，有益社会、国家之间，他还补充了一个环节，就是热爱自己的学校，通过对自己学校的爱心培养，以达到爱社会和国家。因为，他那时是一个学生。

邹韬奋早年写下不少关于学生应该热爱自己学校的文章，发表在《学生杂志》和校刊上面。在《爱校心之培养》一文，他写道：一个人"欲培养爱校心，必学业笃实有恒也""欲培养爱校心，当知学校之所以恩惠我者何在也。知国家之所以恩惠我者何在，则发爱国之念；知父母之所以恩惠我者何在，则兴尽孝之思；知学校之所以恩惠我者何在，则爱校心油然，若江河之决莫之能御也！今天学校之所以恩惠我者，果何在耶？增长我才识、磨砺我品性、强健我身体、供应我起居。校长统其全，百职尽其务，为学生者，但唯日孳孳从事学问，如子弟之受庇荫于家长焉，无衣食之虑，无室庐之忧，但专心致志，立品为人。家长劳其心，子弟享其成，一家之有恩惠于子弟，夫人知之矣，一校之有恩惠于学者，奈何不之思也。愚自问，自入本校，我校之所以恩惠我者，已难尽述""孝"的直接来源，是"孝"的对象，有恩于行孝的人，祖国、学校、家庭始终给人以恩惠，不可知恩不报。作为学生，用培养爱校之心，达到热爱祖国的目的。他强调学校与国家关系到学生和国民的名誉，学校的名誉关系学生的命运，知学校与学生的关系，便可知国民与国家之间的关系。学校的名誉蒸蒸日上，学生也荣耀，校誉每况愈下，学生亦羞辱。这是至浅极明的道理。同样，国家无名誉而国民必受辱，国家强大，在世界上占有重要地位，国民必然也受到人们尊敬。

爱国、爱校、爱家三位一体无可分割，一个人如果不能做到爱家庭和父母、爱学校和师长，就不能做到爱祖国和同胞，三者的爱，道理一致。邹韬奋当时认为学生欲免除因校誉日下而自羞，光知羞愧无济于事，"必也各奋其爱校之心，保其良善之校风，守其神圣之规则，坚立其志，专心学业，而后得因其校日兴盛而获荣耀也"。同样，国民欲免除因国家无名誉而受辱者，唾人之面，发指眦裂，也无济于事，"必也各奋其爱国之心，保其良善之国性，守其神圣之法律，清白乃心，励精图治，而后得因其国跻之明而获荣耀也"。

"仁"一直被儒学奉为伦理道德的最高原则。孔子以"仁"为最高的道德，以孝悌为仁的基础，智、仁、勇三者并举为"圣"，为最高人格，表现出不惑、不忧、不惧。他的"仁"的内容，包含"恭、宽、信、敏、惠。恭则不侮，宽则得众，信则人任焉，敏则有功，惠则足以使人"。历代儒家常把"仁"作为最高的原则，孟子把"孝悌忠信"为伦理道德标准的第一步，"仁义礼智"为道德原则；汉代董仲舒把"仁"列为"五常"之首，唐代韩愈在《原性》中也肯定"仁"在"礼""信""义""智"的最高地位。

儒学把"仁"视为最重要的道德原则，为什么要这样做呢？韬奋在《仁者爱人有礼者敬人说》一文中认为，"宇宙之大，芸芸众生，持以维系而不至涣散者，果遵何道哉？毋相残害，毋相侮辱而已矣，然则爱敬之道"，也就是说维系人们关系，不至于相互残害相互侮辱的必然是"仁"，它是人人应该具有的品德，履行的道德规范。"仁"是一种关于人我关系的准则，仁的出发点应是承认别人也是人，别人是与自己一样的人，即要相互尊重。做到相互尊重便能做到爱人、敬人。

儒学中的仁爱观具有泛爱的色彩，孔子在《论语·学而》中说过"泛爱众"，即所谓仁是人类之爱，韩愈在《原道》中提出"博爱之谓仁""仁"可以延及任何人。然而，就"仁"的内在限度来说，它又是有尺度的，绝非姑息，"君子爱人以德，小人爱人以姑息"，爱人到了姑息的程度，韬奋认为便是残害而绝非是爱。

对于志功和义利等问题，邹韬奋在早年也作了一定的阐述。强调"尚志"，有崇高的理想，就此可以做到"富贵不能淫，贫贱不能移，威武不能屈"。他认为一个人首先要有志向，志是行为的准则，坚持"仁义"的原则，同时，"志之既立也，则行其志"，要实实在在地朝着立下的目标努力，刻苦实现，畏怯、顾虑不能说成在行志；半途而废，不可以说守志，因为这样的行志是没有效果的，即不可能达到"功"的目的。他把尚志看成人的重要的立身之道，认为一个人若没有明确的追求——道德理想，那么，一定是一个软弱、无能的糊涂虫；一个人立了志不刻苦地朝着那个理想目标努力，同样是一个弱者。这些弱者往往是被现实生活中的种种诱惑所阻挠，不能克服自身的弱点朝前努力。立志，就要去努力实现自己的志向，即意志与行动的统一，知与行的统一。

义利对立是儒学一贯主张，摆正义利关系是儒学要解决的一大重要问题。义指行为必须遵循的原则，利为个人的私利。汉代董仲舒认为"仁人者，正其谊（义）不谋其利，明其道不计其功"，义利对立、重义轻利一直为儒学所推崇。邹韬奋也认为一个人不能以谋取利为己任，也不能为取利而丧志或不符合天理。义与利在客观现实中往往表现为对立，若一个人以满足利为目的，必为低下者。可见，他也主张重义轻利。具体分析儒学义利观，重义轻利的消极面是对于事功的轻视，积极意义就是个人利益服从社会利益。这里，邹韬奋所信服的儒学的义利观，消极、积极面同在。

义利与理欲、志功有着密切关系，义、理、志、利、欲、功之间的对立和联系是存在的，利、欲、功又有区别，儒学认为，私欲要灭，而对于利、功，也加以重视的，"民之所利""食功"即如此。所以在义利问题上，他又认为人需要"利"，无"利"则不能生存下去，在获得"利"时要思义，"见利思义""义然后取"。统观邹韬奋的义利观，没有与儒学相悖，在强调义的重要性、利服从于义的同时，主张有条件、有节制地获得利。

中国历代的儒学思想家注重道德的修养，孔子认为"修己"能使自己的言行合乎原则，达到"安人"的目的。"子路问君子，子曰：修己以敬。

曰：如期而已乎？曰：修己以安人。"孟子在《孟子·尽心上》中说："存其心，养其性，所以事天也。夭寿不贰，修身以俟之，所以立命也。"孟子的"养性""修身"，对儒学以后的继承者影响巨大，后世所谓的"修养"大都从孟子"养性""修身"发展而来的，重视修养的目的，为的是达到最高的完美人格境界。至于修养的手段、方法，《大学》中归结为"正心""诚意"，"所谓诚其意者，毋自欺也，如恶恶臭，如好好色，此之谓自谦，故君子必慎其独也"；"所谓修身在正其心者，身有所忿懥，则不得其正；有所恐惧，则不得其正；有所好乐，则不得其正；有所忧患，则不得其正。心不在焉，视而不见，听而不闻，食而不知其味。"

邹韬奋强调修养的作用，在《专一静穆与修学之关系》一文中认为"吾人在求学时代，苟不潜自修养，坚其德性，将来出而之社会，欲不失足堕身，岂可得哉？"可见，他把修养看成"坚其德性""不失足堕身"的前提。故此，青少年时期的他，写有大量的文章，论及修养问题。

他的修养之道在概括儒学修身经验之后，在《在校修学杂感》中提出符合自身需要的修养方法，十分具体。他把古人的修身经验归纳为四个方面：慎独，能遏欲不忽隐微，循理不间须臾，内省不疚，达到心泰的境界；主敬，能尹肃整齐，内专静纯一，达到自强；求仁，"体则存心养性，用则民胞物与，大公无私"，故能做到人悦；思诚，心则忠贞不贰，言则笃实不欺，至诚相感，故神钦。他认为，这四者对提高人的自身修养，有着重要的作用。

理论上的探索显然不够，具体该怎么结合自身的特点去做，化理论为实践的指南，具体的方法，比如慎独，应该从哪几方面来开展？他在《不求轩困勉录》中系统地提出十项内容，包括思国家、父母、师友、责任、人品等。

个人怎样进行自身修养，从何做起？邹韬奋明确地总结出了一套经验，认为要达到修养的最高境界，必须从治心、治身、治口做起，治心首先要"去其毒"，一毒为"忿"，另一毒为"欲"；治身必须"防其患"，"刚恶自暴，柔恶日慢"；治口之道为治心身之道的两者结合，"日慎言，日节饮食"。他认为忿、欲、暴、慢是极端行为，与阳刚阴柔不协调。克服这种不协调的办法，无非是儒学总结而成的伦理道德的原则——乐、礼、敬等，"乐以道和：阳刚之恶，和以宜之；阴柔之恶，敬以持之；欲食之过，敬以检之；言语之过，和以敛之"。这样，可以达到理性的要求——适度的行动，即中庸，表现为"肃肃""雍雍穆穆绵绵"的"德容"，"德容"表现在外，"实根于内，动静交养，睟面盎背"。

从他所作的《强毅与刚愎》，可以看到他对于刚毅与刚愎、骄傲与谦逊等做了明确的褒贬和区分，摆正人的性格中具体的内涵的关系，认为一个人不可以不具有强毅刚强的性格，缺乏这一点，一个人无法克服种种阻碍，取得事业的壮大。然而强毅刚强不得刚愎，刚愎阻碍了人的进步，是人脆弱的表现。可以说，刚毅与刚愎，在许多人心中没有度的把握，容易混淆它们之间的限度，由刚毅沦为刚愎，或以刚愎误为刚毅。人们应该看到，刚愎已沦为刚毅的反面，起着刚毅的反作用。

他提倡谦逊，认为"吾人为学，最要虚心"，虚心使人进步。虚心对于求学者，可以获得更多的知识，加速知识积累，同时虚心、谦逊又可看到个人的修养程度、为人所在。傲慢、自大只能使人拒人于千里之外而学业无法长进，无友之光顾，呈现出个性的弱点。当然强调人的谦逊，不是说要人懦弱，懦弱同样使人不能进步，畏缩在困难面前。

邹韬奋的伦理道德观基于传统的儒家伦理道德原则和标准而建立起来，符合传统儒学伦理思想的要求，这是他伦理道德观形成时的主要特征。但是，由于社会现实和前辈知识分子对传统道德由怀疑到批判的否定，决定了他不可能无条件地全盘接受传统道德的原则和标准，这是一道选择题。

也就是择其精华，去其糟粕，以符合社会实际的需要。选择题的评判标准就是他确立的爱国主义思想。那个时代，爱国主义包含由两方面内容构成，表现为对外来入侵者的抵抗、维护民族的利益、找寻代表人民利益的政府，不同于古典爱国主义在抵抗外来入侵的同时维护一个没落的王朝，忠实地执行"尊王攘夷"的准则；其次，目光远大地凝望人类共同的生存圈——世界，积极吸收外来的先进科学技术、文化为民族的强盛服务，表现出古典爱国主义者从未有过的胸襟和气魄。近代爱国主义或称新爱国主义，它具有的这些特点，明显地影响了他的伦理道德观念的形成。自然，在青少年时代他不可能建立一个清晰完整的爱国主义观，但新的爱国主义思想，为确立他的伦理思想做出了方向性的引导。这一点恰又与儒学积极入世，"天下兴亡匹夫有责"的精神相一致。

邹韬奋在伦理道德观形成时期，所建立的儒学为主体的伦理道德有所侧重，强调与现实社会紧密相联系的部分，孔子说："君子道者三，我无能焉：仁者不忧、知者不惑、勇者不惧""智、仁、勇三者，天下之达德也"，这是传统道德提出的理想人格，要达到理想人格的境界不是一桩容易的事。他强调三者之一的"勇"的作用，认为一个人要具有刚毅、志坚、不惧困难的品格。利义问题上，他强调义。儒学讲究重义轻利，包含着告诫人们不要以个人的私利而破坏社会的秩序、维护皇权的利益的内容。这一消极面，在他生活的时代已失去作用，因而，重义轻利的积极意义直接演化为牺牲个人私利，维护社会的公共利益、民众的利益，尤其在民族灾难深重的时候提倡这一点，为培育爱国主义精神提供了理论基础和历史榜样，大批爱国志士慷慨捐躯、从容就义，为民族大义不惜牺牲自我，在义利关系上重义轻利表现得十分典型。对于孝的问题，他认为把狭义的"孝"转化为广义的热爱祖国、民族，为爱国主义找到了理论的渊源，其实儒学的本义也是由狭义向广义转化，只不过它把孝上升为对皇帝的忠诚上去了。

这说明，邹韬奋对孝的改造，是恰到好处的。

根据社会实际，有条件地要求自己形成的观念适合社会的需要，不守旧以使自己不僵化，这是以儒学为主体的传统文化所具有的特点。深受这种文化熏陶的邹韬奋，在接受这一文化的同时，自然而然地触摸到了它的脉系，把握它的精髓，不断实现自我开放，以适应现实需要。

我们应该看到，这一时期韬奋形成的人格特征是依照儒学的要求完成的。所谓人格（Personality）通常指人的思想和道德品格。第一代人格主义代表鲍恩（Borden Parker Bowne1847—1910）在《形而上学》中指出，人格具有自我意识和自我控制能力，"我们有思想、情感和意志，这是属于我们自己的，我还有一种自我控制的手段，也就是自己支配自己的力量。所以在经验中我知道有个'自我'和相对'自主'。这个事实使我们成为真正的人格。说得更确切一点，这就是'人格'的意义。"

作为宗教唯心主义哲学流派的人格主义者，对于人格的认识，存在着偏颇，容易把人的自我意识和自我控制能力绝对化，当成世界最真实的存在、一切事物的基础和本源，从人格出发来解决哲学上需要解决的一切问题。然而，我们又要看到，这种观点的积极面在于：对于人格上具有自我意识和自我控制能力的论述，有助于人们的自我成熟。

每个人都具有思想、情感和控制行为的道德品格，它受到人们所处的社会环境、教育等因素影响。辩证唯物主义者认为人格属于意识范畴，在物质与意识、存在与思维的哲学基本关系中，是处于第二性的。严格地说，人格不仅单纯受到社会物质存在的决定，而且受到同属于社会意识形态的伦理道德原则的决定。人格——通过自我自觉接受社会伦理道德的约束性，体现伦理标准的规范要求，在社会关系中充分表现出伦理的价值，显示人格的内在本质。可以说，人格与社会伦理道德有一种天然的密切联系，核心组成部分是社会伦理道德，使抽象的社会规范，变得具体起来，具有现实意义。

人格无法脱离衡量人与人之间关系的伦理道德而独立存在，后者直接受到社会物质生产和经济关系的制约。那么，人格本质上也只能受到社会存在的限定。

人的自我意识不可能离开社会意识，社会意识中的伦理道德观直接影响着自我意识的形成，人的思想与伦理观是紧密相连的有机体。故此，伦理道德观构成人格的主要内容，同时支配着人格的形成以及人格价值实现与否的尺度。一旦伦理道德标准出现混乱，人无法拥有自我的支配力量，人格的内涵呈现混乱和矛盾。所以，研究人格问题，首要是研究人格的核心——社会伦理道德对人的影响和人所建立的伦理道德原则标准。不从这方面着手研究人格形成和内涵无疑是一项没有意义的事情。所以，本文不惜笔墨地介绍韬奋生活的时代、道德现状，否则，将难以理解他一生的追求和努力，更无法认识他是一个什么样的人。

我们应该看到，人的自我意识和自我控制能力紧密结合在一起无法截然区分，自我意识中渗透着道德精神。综观邹韬奋一生，始终表现出极强的自制力，能严格把控自己的行为而又不懦弱，不畏惧困难，强调刚毅和刻苦，却不刚愎和缺乏理性。对于自己的行为，他一直严格要求，从不放纵，这不是什么人要求他这样做，而是他以自我意识决定自己这样做。童年时代他敬爱父母，不违背父母的意愿，父亲希望他成为一名工程师，他便进工科学校，努力完成学业。其实数理化之类不是他的擅长，即使萌生出做新闻记者的念头后，还克制自己，十分吃力地依照父亲的意志行动，直到青年时代，经济相对独立后才逐渐变化。做学生时几乎是刻板地遵守学校的规定，不加违反，刻苦用功，专心学习文化知识，对不喜欢的科目也不放弃，学习中有困难，凭着一股钻研的劲头去克服。听话、懂事，而又不失心中的刚强、坚毅、专一，认为刚强、坚毅是人性格中不可或缺的内涵，未来的建功立业，需要这种性格，否则柔靡不能成一事。孟子说至刚、孔子说贞固都是这个意思。还有专一、静穆，同样是学业和未来建立功名的重要基础，一切取得成功的人，难以脱离专一的精神使自己的理想变成现实，为社会造福，谋求人群进步服务。与专一相依存的是静穆，静穆让人做到心无芥蒂，韬奋引用梁启超的话："吾辈之为学，欲进其学也；欲进其学，则不得不求理想之日新。吾辈之治事，欲善其事也；欲善其事，则不得不求条理之晰备。而此二者，非胸次洞然无芥蒂，则其效不可见。"静穆能让人清心寡欲，专心致志完成某一项工作。透过对专一、静穆的提倡，本质上还是为了在奋斗过程中不受"利""功"的诱惑，而一心向高尚的境界迈进，"吾人意识之巨域，若有一种之观念占领，则他观念断无发生之机"。若一心为人生崇高目标奋斗，"利""功"自然不能占据心中。

有崇高的人生目的，视高尚的人生目标为人的需要，一切行为和努力都是为了完成这一目标。邹韬奋把志向直接定在爱国的高度，要求包括他在内的一班学子为解脱祖国的艰难困苦而努力，"今日吾侪国运所遭值与吾侪身家的遭值，两皆遭险艰，达于极度，诚可叹而足悲也！"国难家艰，永记心头，不能放纵自己而纸醉金迷、荒唐人生，要学好本领，报效祖国。这样，就要用大我克小我，勇于为大我的实现而牺牲小我。

讲究实际，反对虚荣。虚荣而不实，贻误人生，对学业、品格的进步阻碍极大。在学校读书时，他一直反对学生只追求分数，不注重实际能力的养成，认为中国社会的现状，不是需要大量高学分的人，而是需要大量的实干家、发明家、科学家，他们能促进社会的变革。单纯追求高学分是虚荣的表现，不能立足社会，而"实有技能，非虚有其表，则吾敢决其能自立也。吾未见业果精而终不得食者"，作为学生，就要注重掌握真才实学，学生要"书和心相容"不能脱离，"心与书愈不相蓄，愈不相入，则徒存求学之名而已矣。志在求学，力徒得其名而遗其实，可乎哉？当然不可哉"。

注重自己内心制约机制的形成，伦理原则和道德标准的建立，提倡反思自己行为是否合乎道德规范，规定自己反思的内容，以求达到纠正自己行为的目的，在行动过程中做到细致、谨慎，不莽撞和粗野，行动时前后因果考虑得十分仔细，有时也表现出思在前、行在后的局面，但一旦感受到行与知相脱节，便积极调整，以使自己的行与知相协调。

摆正自身内心把握行为限度，在实践过程能够保持一种坚毅、不屈不挠，勇往直前不退缩，不受"利""功"所困扰，能战胜自我，朝着目标前进，体现出一种从容不迫、敢于承认自己的错误，不断调整自己的行为，以服从大局需要。

可以说，在邹韬奋伦理思想形成的初期，是在追求儒学所要求人们达到的最高境界——智、仁、勇，对自己的要求主要是儒学所要求的那一套。

三、对中西文化的兼收并蓄和自我更新

说到这里，我们应该扼要地认识一下儒学落后的一面。以儒学为根本的传统伦理原则和道德标准，在发展过程中客观上阻碍了中国社会进步。儒学的创始人孔子倡导忠勇刚毅，孟子说的至刚，实际上肯定了人的价值与作用，这是原始儒学的特点。到了汉武帝刘彻时，接受董仲舒提出的"罢黜百家，独尊儒术"，削弱人的价值和要求，用儒学维护专制统治，到了宋明时候，强调"灭人欲，存天理"，再一次削弱了人的价值和意义。集权专制统治把儒学捧为与之相适应的主体思想，提倡的是后世儒学，与儒学发轫时不尽相同。而后世儒学，逐渐演化成强调牺牲个体而满足群体利益。所谓的群体利益在专制的中央集权体制下，最终利益归属于皇帝，从某种程度上来说，牺牲个体本质上是满足皇帝以及他所主导的统治集团利

益。否定人欲，制约人的个性发展，使人无条件地服从皇权认定下的社会分配原则，要求个体无视自我存在绝对服从这一原则，从而形成一种奴性的猥琐人格。它在解决个人与集体关系时否定个体与人的自我价值和利益需要，无视发挥个体的作用；在人格塑造上忽视智慧力量、道德力量和意志力量的全面协调发展，不注重个体需要的不断提高。在具体实践中，又往往用一种非人道的强迫手段迫使个体服从于统治阶级的意志。

传统伦理原则和道德标准制约下形成的人格、社会崇尚的弊端既然显而易见。因而，人们在对待这一传统伦理道德的态度上，应该去除糟粕，广泛吸取外来文化中优秀的成分，结合中国社会的现实和发展需要，形成新的伦理道德原则和标准。近代中国数代知识分子正是努力这样做的。

近代国门洞开后，祖宗之法不变不行了。不仅知识分子阶层中不少人认识到这一点，即使统治阶级内部有识之士也认识到这一点。怎么变？"中学为体、西学为用"没能走通，托古改制也没能善始善终，改出一个新制来。可以说，不对"中学"作出深层次的改造，不伤筋动骨、触及灵魂，制约中国社会的依然是传统的伦理道德，就连邹韬奋强调以传统伦理道德中适合于现实的部分，起到挽救国运的作用也如水中之沫，不可能发生重大的观念变化，从而引发社会的进步。这逐步成为当时精英知识分子的共识。应该清醒地看到，单从母体文化中寻找起弱扶贫的药方，不注入新鲜血液，对重病的中国不可能起到祛病强身的效果，而且在某一个特定的历史时期，不对中学作一次全面的洗涤，糟粕难去、精华难存，一方面中国社会在 19 世纪末和 20 世纪初，人们对传统儒学的优劣认识还是比较模糊，无法区分糟粕和精华，传统的东西市场不小，顽固地左右着人们的生活；另一方面就人们的认识过程而言，到了这一时期，需要一场认识上的革命，对传统进行否定之否定的扬弃，否则难以提高大众的认识水平。所以，一场新文化运动必然发生在 20 世纪初叶，换视角、换脑筋，注入新鲜血液，确定新的伦理原则。那么，邹韬奋是怎样转向确立新的伦理原则的呢？不妨让我们观察一下。

他生活的时代文化不是单一和纯粹传统的存在，内涵成分丰富，知识结构已经变得复杂，以儒学为主体的传统文化影响仍然存在，教育的蓝本还是儒学的经典，学习这些东西不是为科举，那时科举已废止，一部分知识分子认为传统文化还有用，抱着中体西用的观点，在打好国文基础的旗帜下，注重对传统文化的学习；外语、代数、几何、地理、图画、乐歌新式学堂已开设，所占比重逐日提升大。当然，一部分处在时代浪尖的知识分子，大力引进外来政治文化思想，通过报刊、书籍迅速在沿海城市传播，尤其在上海——当时中国开放最早、工业最集中的城市。

邹韬奋于1914年来到上海，逐步接触了西方教育，在南洋公学从小学一直读到大学二年级，转入西方色彩极浓的圣约翰大学，系统全面地接受西方文化。可以说，他打下以儒学为主体的传统文化基础之后，便接触到了西方文化，接受了系统教育。这是他们这一代知识分子接受到的文化教育的一个特殊背景。这两种建筑在不同经济基础之上的文化，历史渊源和认识方法各不相同，为什么能同时在他的脑子中扎下根呢？仔细分析，他在南洋公学接触到的西方文化是由上一代知识分子经过筛选，择其与传统文化中相一致的部分，例如由教员在授课中讲一些哥伦布的事迹论证刚毅、执着精神的重要作用之类，而且往往放在同孔子、王阳明等中国历史名人一起加以评论，证明古今中外一切成功者所具备的人格的一致性。教员很少讲授涉及西方文化的体系和根本，只是讲述一些人和事，十分浅显。但皮毛的了解也有好处，可以使人认识到任何形态的文化所寓含的道德仍具有某种同一性，为兼收并蓄提供了基础；也为他了解西方社会打开了窗口，激发他了解西方社会的兴趣。

邹韬奋就读的南洋公学不是一所传统的旧式学校，它是西方文化传入中国后的产物，公学中有一批直接留学英美归国任教的教师，又时常邀请海外学成归国的学者专家如李佳白、俞风宾等来校做演讲。加上他喜欢阅读海外通讯、海外传记，获得了认识西方社会的间接材料。这些材料在他心中烙下了深刻印象。1937年他在狱中回忆当时的情景："我偷点着洋烛躲在帐里偷看，往往看到两三点钟才勉强熄烛光睡去。睡后不久，还做梦看见意大利三杰和罗兰夫人（这些都是梁任公在《新民丛报》里所发表的有声有色的传记）！"

由大量文字、演讲组成的间接材料，诱发他认识西方社会的兴趣，一次俞风宾来校作报告，谈学生的卫生问题，邹韬奋作为校刊编辑，记录俞风宾的讲演，发表在校刊《学生杂志》上。当俞风宾谈到国人不讲卫生的陋习时，引发了他一段感叹，"美国旧金山凡街道两旁人行处，不许吐唾，犯者罚银五元……不卫生之辱及团体……吾望吾国人勿以其事较微而恶之也……梁任公先生尝谓西人行路，身无不直者，头无不昂者。吾中国则一命伛，再命而偻，三命而俯。相对之下，真自惭形秽"。

间接的材料积累让邹韬奋了解到西方社会具有许多优秀的东西，这些恰是中国社会缺乏，同时又是社会进步必须具备的。他浅显地认识到这一点，加上读到梁启超对中国社会的批判文章，使自己对中国社会的弊病有了进一步的认识。

经过在南洋公学6年的学习，邹韬奋转学考入圣约翰大学文科三年级。主修西洋文学，学校全英语授课，美国多所名牌大学承认该校学生的学历，并给予直升研究生院的优待。学校给他系统认识西方文化提供了一个直接和深入的平台。

邹韬奋崇敬梁启超，一次梁启超曾到南洋公学作讲演，他掩遮不住心头的激动，称赞梁启超为"全国有志之士无不知之，不惟吾国有志之士，东西各国无不钦佩仰慕"的大学者；并把梁启超来公学作讲演视为学校的光荣，表示"恩润于七年前，即获读先生著作，今日始得一瞻风采。"

梁启超的思想比较复杂，戊戌变法时主张改良，孙中山领导资产阶级民主革命，推翻清王朝统治时，他又成了保皇派，以后又转向北洋军阀立场。他在 1905 年前后写成的大量文章，发表在《新民丛报》的《新大陆游记》《新民说》等，系统地对传统伦理道德进行了批判，影响邹韬奋这一代人。他读南洋公学中院时，经常夜里跑到附属小学沈永癯先生那里，借阅《新民丛报》，读得入了迷。他认为梁启超一生最有吸引力的文章要算主办《新民丛报》时期，文字激昂慷慨，淋漓痛快，对于当时的政治作了深刻的评判，就社会实际问题作了敏锐的建议，他那支带着情感的笔奔腾澎湃，令人非终篇不能释卷。可恼的是，他夜里不得不上自修课，尤其讨厌的是做算术题目。他一面埋头苦算，一面心里却转到新借来放在桌旁的那几本《新民丛报》上走了神。可见，他对梁启超多么痴迷。

应该说，梁启超那时的著作充满着对新道德的提倡，对传统伦理道德的批判，尤其《新民说》，直截了当地提出中国第一急务就是培养新民，有了新民，"何患无新制度、无新政府、无新国学？"把中国的希望、未来寄托在新的伦理道德和国民性的建立上。

在中国资产阶级思想启蒙时期，似乎没有谁能超越梁启超对资产阶级意识形态的宣传，他结合中国社会的实际情况，具体、生动、活泼地宣传、介绍了西方的各种理论、学说和社会情态，效果广泛且有效，《新民丛报》在清政府的严禁下，暗中畅销国内高达 18000 册，在当时是个巨大的数字，他的论著和译文影响了几代知识分子的思想形成，鲁迅、郭沫若，也包括邹韬奋。直至今日，还有一部分学者，相当推崇梁启超，认为他对资产阶级意识形态的宣传所做出的贡献，可以抵消他一生的错误和罪过，他的伦理思想在近代伦理思想史上，具有重要的地位。

梁启超在所著中大胆揭示中国社会的弊端和国民的劣根性，促使邹韬奋对塑造这一国民性的传统伦理道德进行否定，梁启超在《新大陆游记》中，尖锐地指出，中国人的缺点，有民族资格而无市民资格；有村落思想而无国家思想；只能受专制不能享自由；无高尚之目的。梁启超所罗列的中国人的人格缺陷，帮助邹韬奋找到了中国社会贫弱的原因。他读着梁的著作，感到痛快、深刻、尖锐，没有那种因批判自己的民族而产生的压抑，反而产生一种对社会、民族的责任感。

梁启超大量介绍欧美社会政治、文化、风俗的文章，为邹韬奋进一步了解欧美社会起了极大的帮助，激发他对欧美社会进行深刻的研究。所谓的进一步了解、研究，就是在"五四"时期，对欧美建立的哲学、政治、伦理等理论基础进行系统的学习研究，达到对欧美社会深入的了解。梁启超的《新民说》直接促使他在"五四"时期演绎成"新人物"的内涵。梁启超的著作启发他注重国民性的问题，直接把目光投向自己的生活圈，通过生活周围发生的人和事，揭露存在的弊端，依据梁启超的观点来进行批判。邹韬奋当时是名学生，自然而然地把目光投向学生界，批评学生身上存在的弊病，这些缺点恰是传统伦理原则和道德标准中腐朽因素所造成。

传统社会形成"万般皆下品，惟有读书高"、读书为了做官、光宗耀祖的观念，直接导致学生片面强调读书的作用，忽略人的全面发展。他在《论学生专务考试之流弊》一文中表示，一些学生过分追求学分，满足于对课本的理解，获得好成绩而图面子上的好看，不顾自己的综合能力的提高，尤其是动手能力极差，除了一个好成绩之外，其他的综合能力低下。追究原因，问题不单出在学生身上，教育当局的办学方针，受到错误的传统观念的影响，强调学生的考试分数，认为考得好成绩，此生将来就能出人头地；家长也因子女考了好分数而洋洋自喜，脸上有光，以为孩子必能光宗耀祖。社会氛围在长期的错误传统观念的影响下，使学生走向追求虚名、不重视社会实践和创造发明的死胡同，把教育的目的看成一条出人头地，谋求光宗耀祖的途径。

　　教育的根本目的在于起衰扶弱，振兴中华，一旦沦为追求分数、满足虚荣，无疑与现实对教育的要求背道而驰。在邹韬奋青少年时代，新教育开办已有年头，社会贤良竭精殚思、惨淡经营新教育，开办了不少新式学校培养具有新文化知识结构的青年人，可这种新式教育并没有能够改变社会现实，"国势之陆危如故也，民智之茅塞如故也"，他认为之所以如此，问题就是人们过于注重学分而不注重实践应用、能力的培养。西方社会能够培养出许多发明家，实实在在地推动了社会、国家综合实力的增进。然而，我们的学生，鄙视实践应用，一心专读"圣贤书"，其实也不能说"专读"，不少学生平时得过且过，到考试之前临时抱佛脚，死记硬背，图高分脸上有光，家庭生辉；对一般的实践应用性的事，置之不顾，视为下等，总想着劳心者治人，不愿动手，追求"君子"之风范，不做动手的"小人"。

　　在学生界还存在早婚现象。邹韬奋有位学友，因家里要他成婚，不能继续学业。而且，这在当时的学生界不是什么少数，否则他不会就学生早婚现象接二连三地写文章进行批判，他《早婚与修学》一文中，表示这一现象的背后，正是传统伦理观念中的糟粕在作祟，"不孝有三，无后为大"。传统思想重视人口繁殖，认为此乃立国之本，却并不重视人口的素质提高。他认为青少年时期本处在求知、立志、励品性之年，急着成婚，荒废学业，怎么能使人进步？他的一个学友，原先忍耐、精细，悟忆俱强，令他敬佩，成婚后坐一二小时就暴躁不堪，须臾即起，不断在教室中走动，理解能力下降，同学觉得不难解的题目，对他而言非常难，记忆力亦下降。早婚是种错误的婚姻观念，小而延误人生，大而延误民族。

　　早婚现象产生于传统伦理基础上，不加否定，此风会继续下去，影响一代又一代人。何况，自己不能完成修学之志，出校之后，无非谋一个小职位养家糊口，或无所事事，成一游民，根本无力使他的子女接受高等教育，且子女既不能受高等教育，则亦难望得到较好的职业，家庭的教育水平不能提高，"苟一国国民多夷其家于下流社会，蠢蠢然如鹿豕，如木石，受其害者，又不仅一家而已"，最终影响社会进步。

学生界存在的弊病与社会不良习俗有密切关系，懒散不守时，不讲个人卫生，不重视体育锻炼等。那时学校规定暑假大约是六点半钟起床，春假大约是六点钟起身，但是学生恋床得厉害，几乎人人在所不免，每于冬季严寒时尤甚。晚上又不愿按时早睡，那时学校的就寝时间大约是每晚十点钟，可没有人按时就寝。白日上课也拖拉，不能专心于课堂。"不讲个人卫生，懒于勤沐浴、换衣、随地唾沫咯痰、乱扔杂碎。"凡此种种，难以罗列，而且琐碎。此类恶习严重影响人们的身体素质，加上又不注重体育运动，人们的身体素质自然而然地下降了。身体素质下降，是人们的生存环境决定的，尤其是在一系列社会观念误导下而养成不良习惯。这类恶习看起来是一些个人的小问题，其实不然。他认为一个人要具备健康强固的体魄，才能有坚韧不拔的精神。一个人生活上的恶习，影响自身的身体素质，最终影响人的精神世界的形成，人格的形成。他在《学生杂志》上发表《学生卫生丛谈》一文，说："孱弱之躯，想要达到沈毅几乎是不可能的，衰颓之脑，想要达到穷理深思也是不可能的。"个人卫生、身体素质与人格形成关系密切。良好的生活方式，也是个人素养的体现，文明程度的体现。中国人在本世纪初才趋于近代文明，有必要在个人自身上向近代文明学习，克服由错误的传统观念影响下产生的不良生活习惯。

邹韬奋当时着眼于学生界来观察国民性，由于他对生活在周围的人与事，观察仔细且认真，发现了其中的问题。那时的学生，尤其是大中学生，为社会的骄子，骄子身上表现出的种种缺陷，不能孤立地看，与传统道德观念相联系，不能仅把它看成是学生界存在的问题，其实是社会的不良反映。作为一个学生，他主要是通过生活周围的一些人与事来认识国民性中的缺点，不可能像梁启超、邹容等人那么尖锐地看到整个社会存在的问题，不免在认识上存在肤浅，而这种肤浅直接反映到他的"新人物"的构成中。

促使邹韬奋接受资产阶级意识形态的是他对西方社会的间接认识和近代思想精英的先导作用，以及传统伦理原则和道德标准中的不良因素在现实生活中暴露无遗所致。辛亥革命后资产阶级革命已经胜利了，可是，中国社会没有发生重大的变化，旗帜换了，辫子剪了，可没几日又爆出一个皇帝，随即便是一帮军阀混战；民众的观念变化不大，制约人们生活的，还是那一套陈旧的伦理道德。外国侵略势力，依然在中华大地横行霸道，耀武扬威。面对这些现状，人们应该从构成社会的分子——人身上寻找症结所在，从长期以儒学为基础而形成的伦理原则、道德标准所塑造的人格上找毛病。一旦具有西方社会这面镜子，极容易照出自己的丑陋。中国近代知识分子在给自己找毛病，一些善意的外国人也帮助国人找毛病，不约而同地都汇聚到了国民性上，肯定了人格中存在缺陷，揭露传统伦理道德原则标准存在误导性，是到了重塑国民性的时代了。于是，文化成了先导，表现出超越社会经济基础发展的独特风采，为塑造新的国民性摇旗呐喊。处在这一时代中，邹韬奋的伦理思想出现了转换，积极向外来文化中的优秀东西学习，以弥补以儒学为主体的传统文化的不足。

同时，也应该看到邹韬奋接受资产阶级意识形式，还有他自身成长的原因，当时他处在生理突变阶段，他的思想出现变化大约在1920年前后，当时他已经结束了少年时代跨入青年时代，自我意识已经觉醒，自我表现和自我价值的实现欲望已经生成、拓展。传统的伦理道德正是抹杀个体自我存在的需求和价值，以维护社会平衡，自然而然制约了人的行为。当时邹韬奋为了完成学业，不得不一边工作一边求学，为了得到勤工俭学的职位，需自己在竞争中占优势，战胜对手，赢得职位。否则，他就无法完成学业。在那个社会里，尤其在上海，商品经济一定程度上制约了人们的生活，没有钱无法生存，也无法完成学业。早已破落的家庭，不可能向他提供金钱，完成学业。要靠他自己，争取优行生的资格，以获取奖学金，也向外投稿，赚取一些钱补贴生活。他第一次拿到了 6 块大洋的稿费，与弟弟高兴了好一阵，不仅买了笔、墨，居然冒险地掏出大洋买了彩票，后来这彩票和报纸没有采用的稿子命运一样，没有丝毫经济效益。他没有气馁，继续向《申报》、商务印书馆出版的《学生杂志》和校刊投稿，采用频率颇高，对生活在贫困中的他大有裨益。稿酬并不能维护正常的生活开销，他发挥多种能力，做校刊编辑，也去做家庭教师。

像他这样一个没有经济实力、政治靠山的穷学生，唯有依靠自己坚强的意志和个人的聪明才智，才能立足社会。试想，如果他见困难就退却，缺乏奋斗精神和毅力，缺乏独立精神，怎能完成学业，走向成功？靠自己，这是唤醒自我的第一步。一个人意识到自身的存在，且努力去实现存在的价值，必然获得社会的承认。被社会承认的个体价值，不应单纯视为个人价值，它是社会价值的一部分，自我价值中包含着社会属性。通俗地说，自我价值是通过社会加以实现的，这种价值自身无法单独实现，而一旦得到实现，必然是社会价值的组成部分，最终服务于社会。所以，他主张人应该具有独立精神，对社会有所贡献，尤其是青年，切不要抹杀了自我。传统的伦理道德控制下的中国社会，人往往不需要什么独立意识的，所谓的贡献也局限在某一个小团体中——家族。

中国社会的贫弱挨打是历史事实，外来势力一方面以反人类文明的野蛮手段血腥屠杀中国人民，掠夺中国的财富资源，另一面也向古国灌输了近代的文明。近代文明的传播，传统人格遭到知识分子的批判，固有传统伦理道德塑造的人格适应不了近代社会，自身的个性唤起等综合因素，动摇了他形成的以儒学为基础的传统伦理道德观。

从动摇到破裂走向新生的过程，他思想上产生矛盾、斗争，有着痛苦。

应该说明的是这种思想斗争在邹韬奋伦理观形成的初期就存在，当时占主导地位的是继承了传统的伦理道德观，他发出"今者欧风美雨，汹汹而来，国人每蔑视祖国之善俗，而徒窃他人之皮毛，滔滔狂澜，不知所届，怵大陆之将倾"的惊呼。可见，他试图维护传统的"善俗"，而又认识到这种所谓"善俗"，导致了"夜郎自大数千年，以为横宇宙之间莫吾"，以使中国社会发展迟滞，最终处于挨打的地位，任人宰割。

在没有完整、系统地接触到西方文化前，韬奋对于传统伦理道德表现出困惑，他没有办法具体区分传统伦理道德的精华和糟粕，哪一部分是有益于中国社会发展，哪一部分阻碍了中国社会进步，留下什么，去掉什么，在他心中没有底数，表现出矛盾。

解决这一矛盾，是在"五四"时期。在这一时期，他完整、系统地接触了西方的哲学、社会学的著作，并且对它们进行一定程度上的研究。一旦理论上的问题解决了，有了批判传统伦理道德的利器，便能剔除传统文化中的糟粕，实现自我更新。

1919年5月，五四运动爆发，成了邹韬奋自我更新的历史契机。"五四"前后一段时期内，思想精英对旧的伦理原则和道德标准的批判，倡导新的人格。他们像中国历代知识分子一样注重伦理道德问题，陈独秀指出：人类不幸现象是道德不进步所致，而且是一种不限于西洋、东洋的普遍规律，"道德是人类本能和情感上的作用，不能像知识那样容易进步"。在他们的言论中渗透着对新的人生哲学的倡导，对旧的伦理道德的批判。

这期间知识分子对于旧道德的批判所表现出的尖锐程度，是"五四"以前数代知识分子无法比拟的，这一时期不同学派、不同政治观点的思想精英有力地批判儒学，喊出了"打倒孔家店"的口号。"孔家店"的内涵不单指孔孟——儒学的开创者，也包括他们的继承者。陈独秀认为封建三纲"既失个人独立之人格，复无个人独立之财产"与现代社会和生活根本不能相容，封建礼教使人无法投身于现代的政党生活，不能发挥个人信仰独立自由精神，认为孔子所主张的政治是封建时代的政治，孔子所提倡的道德是封建时代的道德，"封建时代之道德、礼教、生活、政治，所心营目注，其范围不越少数君主贵族之权利名誉，于多数国民之幸福无与焉"。另一位思想精英，邹韬奋一度极为崇拜的胡适，也认为被古人称为真理的"三纲五伦"，到现在时势变了，国体变了，"三纲"便少了君臣一纲，"五伦"便少了君臣一伦。还有"父为子纲""夫为妻纲"两条，也不能成立。古时的"天经地义"现在变成废话了。有许多守旧的人觉得这是很可痛惜的。其实这有什么可惜？衣服破了，该换新的；这支粉笔写完了，该换一支，这个道理不适用了，该换一个。这是平常的道理，有什么可惜？

"五四"时期思想精英对传统伦理道德的批判，直接继承了上一代知识分子的血脉，甚至所用的武器也一致，陈独秀、李大钊等人都是以进化论为基本思想武器。他们在积极向外寻求真理的同时，促使中国人在以儒学为核心的传统伦理道德的桎梏中解放出来。从龚自珍、魏源对传统伦理道德形成的人格的怀疑，到知识分子提倡向西方社会学习，之后，康有为、梁启超、谭嗣同、严复这一代知识分子，对儒学的批判，寻得"进化论"的武器，基本的思维模式相一致，只是在向西方寻求的真理过程中，由于历史等因素的局限，认识西方社会、认识真理的程度不同。同样，对传统伦理道德的批判，也有局限性，批判的程度并不相同，或者说龚自珍等人仅是有所怀疑而已。

"五四"一代知识分子对传统的伦理道德的批判全面、完整，这是包括他们上一代乃至上几代知识分子都没达到的空前的境界，比如谭嗣同认为："二千年来之政，秦政也，皆大盗也；两千年来之学，荀学也，皆乡愿也。惟大盗利用乡愿；惟乡愿又媚大盗。二者交相资，而罔不托之于孔。"这些批判仍然是局部的而非整体性的，多着眼于政治，把孔孟之道与作为集权专制理论内核的"三纲"截然区分开，把罪恶归诸后者。可以说，"五四"之前的知识分子批孔大多为政治批判，"五四"时期的知识分子从儒学的本体着手批判儒学，把批孔上升到对儒学内在缺陷及其实质的剖析与评判上，从而在更深的层面里揭露两千年来历代统治者尊儒的秘密，而且把矛头直指儒学的渊起者孔子，不论是孔子的观点，还是他的继承者的发挥；不管原始儒学，还是后世儒学，他们内在有着一致性，都需要批判，彻底程度是上几代知识分子所不及的。

"五四"精英不仅批判儒学，而且引来了各种"主义"，罗列起来有尼采主义、国家主义、柏格森康德的先验主义、经验主义、实验主义、民主主义、无政府主义以及各种社会主义学说……林林总总的主义对中国社会打开天窗看世界、了解世界提供了个比较与选择的机会。同时，也反映了中国社会对这些"主义"寄托的希望，和心中的诉求。这种"百花齐放"的局面，促进中国社会了解外部世界更上一层楼，提高人们的自觉意识，它总体上形成的文化氛围，对生活在那个时代的人有一种综合力的影响。就像邹韬奋，不仅受到杜威实用主义的影响，英国哲学柏特兰·罗素、尼采的"重新估定一切价值"也有一定影响。当然杜威学说对他的影响是主要的，这一点我们将放在后面再作详细分析。

然而，我们不能简单的看待问题，其实对于以儒学为核心的传统伦理道德的批判本身，也是为儒家思想的发展提供了一个大转机。表面上"五四"时期对"孔家店"进行荡涤，推翻儒学，且引进了许多新的观念。但实际上，它还具有促进儒学发展的功绩，是历史上一切推崇儒学的运动所不及的。新儒学代表人物之一的贺麟，在《儒家思想之开展》一文中就持这样的观点，认为"五四"的最大贡献"在破坏扫除儒家的僵化部分的躯壳形式末节，和束缚个性的传统腐化部分""并没有打倒孔孟的真精神、真意思、真学术"，反而因为"五四"精英对儒学的"洗刷扫除工夫，使得孔孟程朱的真面目更是显露出来"同时，"西洋文化学术之大规模的无选择的输入，又是使儒家思想得新发展的一大动力。"可见，"五四"思想精英没有割裂儒学发展的脉系，自觉或不自觉地为儒学发展带来了新的生机。他们是用一种激烈的手段来革除儒学的糟粕，以呐喊、抗议、斗争反抗儒学的束缚。然而，这时的邹韬奋似乎要温和得多，认识到"五四"时期对儒学的批判是历史的必然，对国人重新评估它的作用，辨析它的精华、糟粕有着积极的意义。但是，如果系统地观察他在"五四"时期的文章，可以发现他对传统的伦理道德的批判，只是集中在这种伦理道德指导下形成的宗法制、家庭模式上，而全面剖析、批判以儒学为核心的伦理道德内在的缺陷及其实质的文章几乎没有。他并没有像"五四"时期的精英一样，走上对传统伦理道德的全面否定之途。这说明，他对传统伦理道德的批判有节制和限度。

那么，邹韬奋为什么没有与"五四"思想精英一样走上全面否定儒学之途呢？第一，他深受传统文化的影响，建立了以儒学为基础的伦理原则和道德标准的人格雏形，认识到这种原则和标准要求下形成的人格具有优秀的一面。其实，"五四"时期的精英的人格雏形同样是建立在以儒学为基础的传统伦理原则和道德标准之上的，陈独秀、李大钊、胡适、鲁迅早期接受的也是儒学，比如陈独秀自幼"由其祖父教他读书，读的是《四书》《五经》《左传》等。十二三岁时由大哥教他读书，读的除经书外，还有《昭明文选》等"，可以说，他们这一群体的思想受到儒学的影响更甚于邹韬奋。他们猛烈抨击儒学，出于推动中国进步的战略需要这一目的。胡适承认这一点，在他《先秦名学史》中讲了两个要点：解除传统道德的束缚；提倡一切非儒家的思想，亦即提倡诸子之学。

"五四"精英从儒学的本体着手批判，包含着政治目的性，批判儒学成了实现他们政治理想的手段。而这时的邹韬奋政治理想恰还处在朦胧阶段，中国何去何从，实现怎样的政治体制和社会形态对他而言尚没有明确的答案。他不可能像"五四"精英们一样把批判儒学作为政治斗争的手段。

第二，他系统接受西方文化是在五四运动前后，比"五四"精英晚了一大步。李大钊于1915年从日本留学回国，这时期内，他接触社会主义思想和马克思主义学说；在李大钊之前，1902年陈独秀已在日本东京高等师范学校速成科结束学业。在日期间，他专攻西方的思想文化，特别是法国资产阶级革命时期的民主学说；胡适在美国待了7年，成了杜威实用主义哲学的信徒。邹韬奋在这一群体系统接受西方文化时，尚是一个孩子，一直受着传统儒学的影响，五四运动前后才全面系统地接触到西方哲学和社会学、伦理学。由于缺乏外来文化的参照，他只是朦胧地意识到传统伦理道德中有不适合社会现实和发展的部分，但这种模糊的认识不是理性思考的产物。这样就导致了他的对儒学批判表现出节制，小心谨慎。

第三，由于他人格雏形中含有主张有条件地进行社会变革，实现自我开放，呈现一种"中庸"的人生态度，促使他认识问题、改造社会持着有条件、有理性地进行，不希望突变和激进，更容易接受的是渐进、逐步改造，这就决定他不可能与激进派走在一起，无情地喊出打倒孔家店的口号，砸烂儒学的体系，虽然他认识到矫枉必然出现过正，且有一定的推进社会进步的意义，他能理解这样的做法，但自己并没这样做。即使在他全面系统地接受了杜威实用主义哲学，建立了实现资本主义政治制度的理想后，他对传统伦理道德的批判，依然保持着一种慎重的态度。

这三点原因使他没有与"五四"精英一起走上全盘否定儒学的道路。同时，也使他没能成为"五四"时期的青年领袖。

现在我们不妨来看一下邹韬奋在五四运动时期的活动和他对新文化运动的态度。

1919年5月，五四运动爆发。这一年初春，他准备离开南洋公学大学部，转入圣约翰大学攻读西洋文学。这一改换门庭，肯定失掉奖学金，为了筹措学费，他去宜兴蜀山镇一户有钱人家做"西席夫子"——家庭教师。"五四"由北向南地蔓延，6月中旬转移至上海，他在闭塞的乡镇里，对外面的风潮有所耳闻，便回到上海，投入到运动中。这时，运动已处高潮，他参加了宗旨为"唤醒农工商各界，共做救国事业""团结一致、誓与旧势力抵抗"的上海《学生联合会日刊》的编辑工作。9月他参加圣约翰的考试，不可能全身心地投到"五四"大潮中。在那个时期，他追随诸先进，用笔直抒自己观点，为一名有思想、见识的青年学生，对新文化运动也有自己的独特的认识。

他认为"五四"时代是一个怀疑、重新评估一切的时代，在《怀疑与夸大》一文中，他说："思潮愈高之时代，即怀疑愈甚之时代。思潮绝巅之时代，即怀疑极峰时代。思潮之消长，与怀疑之程度，盖若辅车相依，不能分离……在思潮绝盛之时，新理趋势，有如澎湃，一切旧制度、旧学说、旧风俗以及其他等等，无一不在重新估值之中，适者生存，劣者淘汰"。可见，他为这一个时代的到来高兴，认为它将重新评估一切事物，而且经过重新评估让"适者生存，劣者淘汰"。他在这里并没有主张一概否定传统制度、学说、风俗，而是提出一个重新评估的问题，去除它们与时代不适应的糟粕，使得精华保存下去。

对于外来的"新理"邹韬奋并不主张全面否定或盲目肯定。"五四"时期引进的各种主义，总体而言，它们汇集在一起，有力地抨击传统观念中的腐朽部分。但是对于某一学说，要进行研究，不加以研究、比较、选择，就否定某一学说，这种态度不具有科学性。

重新评估一切，是中国社会发展到一定时期的历史必然，这种评估需要建立在科学态度上，研究包括以儒学为核心的传统伦理道德在内的一切中外学说，究竟适应中国社会现实和发展需要与否。适者生存，劣者淘汰。

然而，那个时代的青年也存在怀疑与夸大相混淆的毛病。怀疑一切，重新评估是需要的；夸大怀疑对象的弊端，甚至一概排斥，不以科学的态度进行研究、分析是要不得的。他常听到一些青年说，某无学问，某无知识。这"某"通常指当时某学说的引进者或某观点的主张者。他反问他们，那么你自身的知识何若？方针何在、方法何在？这些人大凡遇见理论或著作，未加研究，而大肆诋毁，不加以切实研究，反因此而漠然视之。知识不增而徒增浮嚣之气。由此可见，邹韬奋对于新文化运动时期社会出现的不良风气，持着批评态度，并没有一概给予肯定。

五四运动触动他的伦理思想转换，实现自我更新，除去上述原因外，当时的社会伦理道德状况，也是推进他实现转换的重要原因之一。当时社会伦理道德状况处在何种状况中呢？我们不妨先来分析一下。

社会道德标准继续处在混乱的局面中，新旧道德进行着尖锐的交锋。关注社会道德现象的邹韬奋，认为"社会腐败恶习挟其万钧莫御之吸收力，软化力，陶冶力以俱来，继续腐蚀了人们的灵魂，连具有新思想、新观念的人，也不能幸免"。他在《青年奋斗精神与国家前途希望》一文中，举例说明了社会腐败恶力的凶恶：有一个留学日本的青年人，形成了一系列新观念、新思想，当时爱迪生正在日本游历，与他论及中国，那个留学生表现出对祖国的热爱和对祖国贫弱、落后的痛惜，抱定回国改造社会宗旨。可是，一等到他踏上国土，担任铁道总办，很快被腐恶势力同化，舞弊营私，窃公款数万金，娶妾纳小。什么国事、什么社会进步，一概不顾了。说白了，这种现象不是个别零星的，青年时代思想进步，可踏上社会之后，迅速被旧道德腐化，可见传统道德形成的社会恶习的荼毒。

腐恶现象无论在何种社会形态下，都可能产生，这已经被事实所证明。然而，在社会伦理原则和道德标准出现混乱的历史时期，腐恶会以强劲的势头膨胀，道德制约的能力极为有限。

邹韬奋认为社会腐败产生的主要原因是旧道德的糟粕部分在起作用。妻妾成群的现象是旧观念、旧道德、旧风俗所结出的恶果，原意无非是传宗接代，多子多福，同时以妻妾多寡标明社会地位。一人做官，恩泽家族。做官本应为民，可在中国一人做官，七大姑八大姨，沾亲带故者皆受到恩泽，大则提拔重用，小则仗势欺人。官的职责不是为黎民百姓，一方面是替天子行道，以维护皇权；一方面是为家族利益而操劳，安插亲朋等名目繁多。

儒学讲究克己，灭人欲，也鼓励生育，表现出矛盾性和虚伪性，所谓鸿儒、道学家之流妻妾成群者不乏其人，满嘴仁义道德，背后男盗女娼强占民女亦有之，人格极为猥琐。以儒学为核心的传统伦理道德千余年来，造成人格的内在逻辑混乱和人格呈现分裂的特征。

邹韬奋伦理观实现自我更新，吸收外来文化的还有一个特定的客观条件，就是他的观念的转化，是在圣约翰大学这所外国人直接设立的学府里实现的。五四运动后不久，也就是那年的9月，他转学考入圣约翰，自觉在南洋时功课上所感到的烦闷一扫而光，在教授方面，也有几位令他比较满意的，如西方哲学教授卜威廉、历史学教授麦克纳尔、经济学教授伦默等。在这所大学里给他最有益的教育，一是提高他的英语能力，为他了解西方社会提供了强有力的武器；二是阅读了大量西方出版的社会科学类著作，对近代社会科学有了充分的了解。他一边埋头苦读一边积极了解外部世界，夯实转化的基础。在"五四"前后，他翻译了十余篇反映西方社会最新科技和人物的传记，介绍西方新科技的有《激烈紫色射光之新功用》《世界强烈之探照灯》《军用汽车厨房》等；反映第一次世界大战的有《欧战中之妇女》《英国伪舰愚练记》《德人退之诡计》；介绍西方著名人物的《美军总司令潘兴将军幼年时代》。这些涉及科技、人物的译文帮助他了解西方世界，起到一定的积极作用，看到西方科学技术的发达，赞扬科学技术的发展给人类带来的便利，否定了科学给战争增加残酷性的观点，认为战争的残酷是野心家利用科学技术的结果。同时，他的主要精力放在翻译西方学术名著上，如《科学底基础》（W.O.D.Whetharn），T.E.Cveighfom 著的《穆勒底实验方法》，柏特兰·罗素的《社会改造原理》和杜威的《民主主义与教育》等。实现思想转化，光靠积累一些感性认识上的东西还不够，要上升到理性高度。达到这一步，必须在理论上提高自己对社会的认识能力，接受一种与自身观念有着一致性的理论体系，帮助自己实现思想观念的大转变，否则要做到转换，也非常困难。综合上述几个方面条件，邹韬奋思想观念出现了转换，伦理道德观也将跟着变化。

他在思想观念转变的过程中，出现了转换的标志，就是《吾国国民体育怎样可以增进》和《青年奋斗精神与国家前途之希望》的发表，后篇更为重要，这篇文章先发表在 1919 年 11 月 25 日出版的圣约翰大学校刊《约翰声》社论栏中，做了完善和部分修改后，又发表在 1921 年 10 月 10 日的《申报》上。可见他对这篇文章的重视。邹韬奋在文中向全国青年呼吁："坚持奋斗之精神与社会腐败恶习宣战也！"认为社会腐败的根源是传统伦理道德观维护下的封建家庭关系，所形成的"彼此倚赖而互失其自立之精神"，使人（尤其是青年）"丧失了独立的性格和意志"，阻碍政治步入规范和铲除腐败制度，改变这种状况通过"力倡家庭革命""以达健全国民之目的"，旧道德强调子女对父母的绝对服从，扼杀了子女的独立人格形成，摧残年轻一代积极前进的生机，如果青年丧失了积极前进的奋斗精神，那么社会就会变得毫无生气，客观上阻碍社会的发展，助长了腐败的滋生和存在。在这篇文章中，他首次触动了以儒学为核心的伦理道德观要求下形成的社会基本构成单位——家庭，把希望寄托在"新人物"的身上，这些"新人物"不仅"英俊有力""体魄坚强"，而且在精神方面具有"忠恳真挚之热诚，百折不回之毅力，与己身之腐败恶习奋斗，与家庭腐败恶习奋斗；

不受前人种种腐败陈言所羁縻，不受现在种种腐败环境所诱惑，卓然自立奋往前迈"的青年。"新人物"的内涵限定并不严格，还有些含糊，偏重于人格的塑造，隐含着新道德的标准。他的"新人物"内涵，根本源头在严复身上，直接从梁启超的"新民"说演化而来。梁启超的"新民"说针对中国人的缺点加以界定，中国人的缺点表现为"愚陋、怯弱、涣散、混浊"，综合素质低下，从民力、民智、民德三方面反映出来，认为要使中国走向富强，中国人必须从上述三方面来一番革新。邹韬奋的"新人物"的内涵概括起来也是力、智、德三个方面，构成人的综合素质，试图从这三方面加以提高。他虽没有明确地把"新人物"归纳为这三个方面，但内涵则相一致。而对传统的旧式家庭改造，成了他推动社会进步的抓手。

为什么他要直接提出家庭问题？他在文中说："为吾国社会进化阻碍之最大者，殆莫甚于家庭腐败恶习"，那时的人们包括他在内，认为欧美国民以个人为单位，我国民众以家庭为单位。以个人为单位，强调个人的利益；以独立家庭为单位，强调相互关系、家庭利益，而忽视个人的存在。

力倡家庭革命之说，达到健全国民之目的的主张他非常赞同，认为中国传统的宗法社会，构成合乎于旧伦理道德要求，单个的人没有人格，只有家格，以丧尽人格而维护家族利益。要释放人的自身能量，关键是挣脱家族的枷锁。

至于如何改造社会，他不主张以任何形式的暴力（包括"攻讦"）来实现，认为靠青年长期不懈的斗争，必然战胜腐朽，青年的"深明奋斗之精神及坚持此奋斗之精神"就能实现这种改造，具体地说，"成室必恃奋斗之精神，而为自立之新家庭"。数年之后，"中国可得四百余万之新家庭"，这样，腐败就能被铲除，中国社会就会前进，他写道："青年奋斗精神，吾国前途惟一之希望也！"

《青年奋斗之精神与国家前途之希望》一文，不仅表明邹韬奋认识到中国社会腐败的根源，同时提出了改造社会的政治力量和斗争手段。应该说这是一篇政治宣言，反映他的反旧道德和对革命的认识。虽然，文中表述的思想不一定成熟，但就它的出现，说明邹韬奋已明确地认识到儒学沉淀下的糟粕和这些糟粕引导下形成的社会腐败现象，认识到儒学的缺陷，找到了批判的焦点，为他接受资产阶级伦理思想打开了通途，为他的思想实现兼收并蓄打下了基础。

这一时期，邹韬奋对传统伦理的批判，建立在他对传统伦理的认识和对外来文化吸收基础上，尤其在吸收外来文化之后，对传统伦理的认识变得深刻起来。他系统地接受了外来文化的哪些部分和哪种学说呢？我们不妨来看看。

1919 年 12 月邹韬奋与友人陈霆锐合译发表了英国著名哲学家柏特兰·罗素的重要著作《社会改造原理》。罗素的这一部著作写于第一次世界大战期间，作者认识到"这场战争不涉及原则问题，最好的建议则是能得到自由的制度，建立民主管理。为此他企图创立一种政治哲学，以提供一个比较好的社会秩序的模型"。

邹韬奋与友人在译文的《译者附识》中认为：《社会改造原理》极有价值，作者的"眼光远大，心胸公允没有丝毫私意或是感情作用夹在其间，所以真理透澈为别人所不及"。被他誉为无"丝毫私意或是感情作用夹在其间"的柏特兰·罗素，他的理想社会，建筑在他对人的研究之上，渗透着伦理理想。他认为冲动比有意识的目标在形成人的生活方面具有更大的影响，冲动的目的不同可分为两大类，占有和创造，占有的冲动在政治上体现为国家、战争和财产，往往给人带来的是最坏的生活；创造的冲动通过教育、婚姻和宗教体现出来，给人带来最好的生活，"最好的生活大多数是建筑在创造的冲动上面"，政治制度应该促使人们放弃占有性的冲动，增加创造性，解放尚还做得不够的创造冲动，"应该成为政治和经济方面改革的原则"。应该说，罗素肯定了人的冲动的本能对于社会进步的巨大作用，认为冲动和愿望一样来自人的本能，这种唯心主义的认识世界的观点，为邹韬奋所接受。对于渴求个性解放，释放人的力量的任何人来说，从人的自身来认识社会，充分肯定人对社会的作用，具有十分重要的意义。后来，他在答复一位读者来信中，就明确地沿用了这一认识社会的视角，指出："人的苦闷可以促进社会进步，人没有苦闷的感觉，说明他已经满足现状，现状到了尽善尽美的境域，用不着做什么努力了。'苦闷'是能推进新时代的车轮。"

邹韬奋对伯特兰·罗素的研究，使他认识社会的视角出现了变化。由一种强调社会群体力量和素质，维护群体利益的基本点，以社会需要为塑造个人的伦理标准，转向从人自身对于社会的作用。视角一变，伦理的要求和原则非变不可，注重于自身的能力、精神的培养，实现自身的价值变得重要起来。当然，他强调的个人价值的实现，还是为社会整体利益的需要，服务于社会，有利于中国社会走出困境摆脱任人宰割的悲惨命运。

然而，他并没有把罗素的理论，作为自己思想进一步发展的方向。此后，他选择了杜威。把罗素和杜威两相比较起来看，他的观点更倾向杜威的思想。而且，杜威是教育家，主张民主教育。邹韬奋是一个长期主张教育救国的知识分子，这一点决定了他选择杜威而非罗素。"教育救国"论者，很容易接收杜威的学说，这与杜威学说的特点有着密切联系，他的哲学思想包容在他的教育观点中，为世界广为流传。美国作家欧文·埃德曼评说杜威学说时指出："杜威作为一个教育家而驰名，远在他作为一个专业哲学家而同样具有广泛的影响之前，这是历史的偶然，这个偶然……符合杜威本来的意图。"杜威的哲学思想与他的教育思想糅合在一起，通过教育思想来传播哲学观念，杜威在《民主主义与教育》一书中这样表述，"如果把哲学看作必然有影响个人的行为，把教育看作塑造人的理智和情感的倾向过程，那么我们可以给哲学下的最深刻的定义，就是哲学乃是教育的最一般方面的理论"。同时，"教育乃是使哲学上的各种观点具体化并受到检验的实验室"。可见，杜威的实用主义哲学观，和他的教育观紧密联系在一起，灌输给人们。邹韬奋在接受他的教育观的同时，也接受了他的哲学观和伦理思想。

杜威为了推行他的学说，接受蔡元培的邀请，来到中国作了历时两年的考察、演讲。杜威在考察了中国教育的现状后，提出了中国迫切需要"实行平民主义的教育"，宣传平民主义教育，成了杜威在华演讲的一个重要内容，杜威的平民主义教育的内容和目的与邹韬奋对教育的认识有着相当程度上的一致性。

当杜威还在中国时，他便翻译发表了他的《民主主义与教育》，在"译者识"中，流露出对杜威的崇敬，"杜威博士是近世大思想家教育家，这次他来中国游历，举国稍有智识的人无不表示崇敬之忱"，他充分肯定了杜威对中国的影响，"现代教育思想，最有影响于中国的当推杜威博士"。杜威的实用主义哲学从教育、伦理两个方面影响他的思想。

这里，先来谈谈杜威实用主义教育对邹韬奋的教育思想的影响。他大学毕业后，由于为完成学业而欠下了债，不得不找一个薪水较高的职业，于是经朋友介绍进了民族资本家穆藕初创办的上海华商纱布交易所。工作轻松，薪水倒有 120 元。这对一个刚毕业的青年而言，不能算少了。另一个吸引他就职的原因，是穆藕初正在办厚生纱厂，不久以前已出资输送 5 个大学生出国留学。但没干多久，邹韬奋对交易所里一些自恃有后台的人，盛气凌人，霸道、侮辱人格的行为十分痛恨，也顾不得还债了，便决定跳槽，致信黄炎培，进入中华职业教育社担任编译股主任，并对青年进行职业指导，先后赴宁波、南京、武汉、济南等地作了职业教育的考察。同时，他还着手编译国外的资料，撰写研究职业教育、职业指导的文章。从这些文章中可以看到他的教育思想，与杜威的实用主义教育观有着相当大的一致性，有的直接从杜威的实用主义教育观中演绎而来，并有所发展。

杜威在考察了中国社会现状后，认为中国当时迫切需要发展平民教育，他在南京演讲时这样说："我观察中国的社会教育，受教育者也大多为有势力有金钱的贵族子弟，根本没有平民教育……平民教育乃是公共的教育，是国民人人所应享受的……普及教育是为国民所急需而不可缓的。"邹韬奋在《介绍郑洪年君之职业教育谈》中也认为平民职业教育"是中国现在亟需的教育"。这里他所说的平民职业教育实际上是平民教育的一种，包含在平民教育之中。同时，他还阐述了中国迫切需要发展平民职业教育的原因，在《职业教育之所由来》一文中谈了四点，"为无知识无职业之游民太多，不得不筹济之方""为欲救济学校毕业，与中途辍学学生之失业，不得不提倡职业教育""为利用丰富的物产，与过剩的人工，以增进国家之生产力""欲使青年热心社会服务，而先予以相当之充分准备"。

对于平民教育的目的，他和杜威的观点又极为一致，均把职业教育的目的分为广义和狭义的两个部分，并不赞成把这种目的仅归为狭义的实用性质，解决一个单纯的生计问题。

杜威在《民主主义与教育》中，指出职业教育不应该理解为"狭隘的实用性质"，1919 年他在沪演讲时明确指出："职业教育不单是教学生一种比人家好些的职业，使得他容易赚钱""同时，需要教学生知道这种职业本身的好处，使得他对于这种职业有精神上的快乐""发展社会上个人的才智与精神""养成一般人民有知识有能力及有自动、自思、自立的精神"。

邹韬奋也把平民职业教育的目的分为狭、广两义，狭义的"不过受以机械的工作技能，借以糊口而已"，单是这点"实乃大谬不然"，认为平民职业教育不仅要解决生计问题，关键在于精神方面的训练和修养，即"知识技能道德品性"各种方面的均衡发展，"使有业者乐业，除改进物质方面之环境外，尤须注意其精神上之修养"。可见，他的平民职业教育的目的，除去划分狭、广两义上同杜威相同外，还在内容上有一致性，"有业者乐业"与"对于这种职业有精神上的快乐""遂能有以自立"与"自动、自思、自立的精神"。他结合中国社会的现实，进一步阐述了平民职业教育的深层目的，通过职业教育培养人的"自立"的精神，替"国家养成健全分子""对社会有所贡献"。具体地说是"替大多数民众谋福利，而间接就是替国家求得稳固的基础"。这里，可清楚地看到，邹韬奋通过教育手段提倡新人格，对个人要求自立，以求形成健全分子，这样的人对社会必然有贡献。不能自立的人，自然达不到健全之要求。

邹韬奋和杜威为什么都要把平民教育的目的区分为狭义和广义两个部分呢？这和他们所持的职业观有关。

杜威和邹韬奋都把职业的意义划分为利己与利他两部分，邹韬奋认为职业的意义一方面可以有利自己，另一个方面可以有利他人，"一个人生在世界，受了人群的许多利益，人人都应该各尽所长，对于社会有尽量的贡献，这是人人所以必须有一业以服务社会的愿望，一个人果能尽其所长服务社会，社会对他自然有相当的报酬，所以于利人里面，利己的结果自然而然的同时顾到"。他在《职业教育之所由来》一文中，说得更明白："职业之原理，在一方面利己，一方面利人，故个人为己谋生，同时尤须注重为群众服务"，这和杜威在《民主主义与教育》一书中所论述的职业的意义是一致的，杜威说："职业的意义无他，不过是人生的活动所循的方向，在人自己方面能成功种种结果，对于他人方面也有用处"。

由于对职业的意义是从利己与利他两方面来认识的，便决定了他们的职业教育观不可能呈现一极，仅利己或仅利他，不仅如此，还往往以提倡"利他"作为推广职业教育的重要方面，杜威如此，邹韬奋也如此。

　　邹韬奋接受杜威实用主义教育思想的同时，也接受了实用主义的伦理思想。1923 年 4 月，他的《伦理进化的三时期》一文，在《民铎》杂志上发表，绪论中他说："本文是根据杜威与脱虎斯先生合著的伦理学写作而成"，不过，应该看到的是该文是他对原著进行研究之后的产物，并非单纯意义上的翻译或编译，他在绪论中还指出，原著对"我国新旧伦理冲突，递遭的时候，尤其有研究的价值"。

　　他依照杜威等人的观点，把人类伦理发展史分为三个时期，第一时期是"本能的行为时期"，第二时期是"群体的（或习俗的）道德时期"。关于第二时期，需要说明的是个人湮没在社会里，自身没有独立的存在价值。所以这种行为可以叫做群体的道德，道德制约力是这群体里的习俗，此时所谓的伦理道德，含意不过是顺从这群体中的习俗而已。群体的道德同它的习俗能力，诚然建立一个标准，但是，这种标准是群体的，不是个人的。它对于行为有的赞成，有的反对，这个环境里就是他诚然也有一个善的观念，但是由于训练，苦乐、习惯所致，不是全自由行为。这种道德所以获得稳定是因为习惯和社会的压迫，不是自由选择而养成的品格。它虽能使得感觉与行为成为公共所有，但是出于不知不觉，不是明确具有社会性的。这种道德只宜于维持固定的秩序，不宜促进并保证进步。第三时期是"反省的（或个人的）道德时期，是个人自由地认识善之所在，或自由的选择善之所在，不受外力拘束，既已认识之后即聚精会神去实行起来，并使他有进步社会性的发展，社会里每个分子都参与的阶段"。

　　邹韬奋认为中国社会的伦理处在"脱离第二时期而趋入第三时期"，即"个人是湮没于社会里面的，他自身没有独立的存在与价值"，正向一种完全的"个人为主体的道德"转化。第三时期的伦理内涵基本上属于资产阶级的道德范畴，由个人认识到这种道德的"善之所在""不受外力拘束"而选择得到。对第三时期的道德，他加以赞扬。

　　他认为处在第二时期向第三时期转变的中国社会表现为两种冲突："陈旧和进步，习惯和改造间的冲突；群体的权威与利益和个人的独立与私利间的冲突，而群体的权威与私益"是旧的习惯的第二时期的产物。同时，他认为要实现这种转变，必须"第一用理性的方法来建立标准，构成价值，把这种方法代替习惯的被动的内容。第二必须获得自由的个人的选择与兴趣，代替对于群体的福利之先意识的承认，或对于群体的需要之本能的或习惯的反应。第三必须于同时鼓励个性的发展和人人应得参与这个发展之要求。"

　　可见，这时邹韬奋基本上是站在实用主义伦理观的基础上，对中国社会的伦理发展作出判断，从某种意义上来说也是对中国社会的发展作了预测——实现资本主义制度。

　　这时，他的世界观同前一时期一样是唯心主义的，实用主义是一种隐蔽的唯心主义，它之所以是隐蔽的，是因为"它把经验当作整个世界的基础，而经验则是主体和环境的相互作用"，例如杜威在他的伦理学中提出反省是促进人类伦理进步的基础，这里"反省"同他的"经验"有复合一致的地方，他接受了杜威推动人类伦理进步的动因是反省的观点。

　　这时邹韬奋伦理观的视角转移到了个人的立场上，希望有一个适合这种人格存在发展的社会环境。

　　在以后一个相当时期内，他并没有放弃这些观点，并且由此影响了他办《生活周刊》的宗旨形成。他提倡的"平民式"的文风和"有趣味"的内容，可以说是广义的平民教育的继续。他希望通过通俗易懂的文章，"暗示人生修养，唤起服务精神"，使人"得到丰富而愉快的生活""力谋社会改造"，最终实现"养成健全的社会"的目的。这一目的，与实用主义教育观所要达到的目的基本上是一致的。1927年11月他采访杜威在中国的大弟子胡适时，明确谈到自己办《生活周刊》的宗旨是受到实用主义思想影响，"先生（指胡适）曾经说过，少谈主义、多研究问题，本刊是要少发言论，多叙其'有趣味有价值'的事实"。他还赞同杜威关于中国社会如何改造的观点。杜威认为："倘若纵任腐旧不合潮流的道德，腐旧不合潮流的观念，腐旧不合潮流的孔子主义以及腐旧不合潮流的家庭制度，不加以改造与刷新，则谓仅须采用西方的经济学，即可以救中国，实在是等同梦呓。虽有经济的和财政的改造，苟非同时附以文化上伦理上及家庭生活上的新观念，那不过好像把身上的病疮移地位置了。这样办法虽可除了一些弊端，而同时又必创造些新的弊病出来，还是弄不好的。"他在《杜威对于新中国的言论》一文中引用了上述观点后写道："杜威先生的意思，要救中国，不但要在物质方面救穷，同时还要在思想方面革除顽旧腐败的心理"，如若不这样，"去了老官僚，又来新官僚，一面尽管高喊打倒土豪劣绅，一面却自己也具体而微的模仿土豪劣绅的行为，还不是要一直的糟下去。"

邹韬奋赞同杜威对于中国社会改造的观点，中国社会改造不仅要在经济体制上向西方国家学习，而且要在政治、社会体制、伦理观念上革除腐败的东西，这样中国社会才能真正的进步，若仅以"西方的经济学和其他的先进科学为己用，不铲除固有的腐败，腐败依在，还会滋长出新的腐败的东西来，还不是要一直的糟下去"。

他接受了西方近代资产阶级学说，以此为武器，对传统的伦理道德影响下产生的社会腐败现象展开了批判，形成了不同于建筑在儒学为基础的伦理原则和道德标准。这时期他的伦理原则和道德标准，与他人格初期形成的伦理道德观相比较，发生了根本性的变化。

确立邹韬奋伦理道德原则和标准的基础发生了变化。传统的伦理原则和道德标准赖于存在的基础为集权统治制度下形成的群体，一切的原则和标准以实现群体利益为目标，所谓的群体利益，群体中至高无上的集权者，获取得利益最多，且无视个体的需要、存在的价值和利益的实现，造成贫弱、虚伪和迟滞；道德的实现也以群体的力量，不惜以野蛮和强制手段，摧残人性。杜威曾说过群体会戕贼个性，"使人无道德的责任心。要使人人都毫无义勇，心里虽然有点怀疑，因为怕人家骂，不敢明目张胆地讲出来，只好糊里糊涂随着潮流走了，新思想新改革都没有立脚地，社会还有进步的希望吗？"杜威分析群体时代为什么不能进步的原因，他表示赞同，曾把这段话以语录方式，摘印在《生活周刊》上。一味强调人的群体性，抹煞人的个性。无个性和独立思想之人自然只能随着社会的大流，大流好尚可，一旦大流是社会进步的反动，新思想新改革都没有立足地，社会如何有进步的希望？

当邹韬奋全面系统地掌握杜威学说之后，伦理思想的基础转向肯定个人的独立和利益，认为组成群体的是单个的人，个人的精神、品质无疑关系到群体精神面貌；有单个人的利益实现才有群体利益的实现。单个的人是群体的基础，伦理道德应该确立在个人的基础上，而非群体。伦理道德原则和标准，在肯定人的价值、作用、需要的同时，强调对人行为的制约。这种制约力来自人格内部，所接受的伦理道德的教育和由此产生的道德信念。

肯定单个人的利益实现，并不妨碍社会的群体利益实现，个体通过独立的手段，达到利益实现和增进，推动社会群体向高一级的利益要求发展，抹杀个体利益的实现和增进，社会群体的利益只能潮落船下，处于低下状况中。个体利益的实现，社会利益的增进，社会便能进步，结合中国社会现实来看，便能起死回生，抵御外侮，内达昌盛。那末，具体用怎样的方法来实现群体利益？过去宗法社会实现群体利益，就像一个大家族，一个人得到收入，家族中"德高望重"者有权把那个人的收入进行分摊，以维护大家族的利益。不从，就有不孝不忠之名。其中不乏保护了游手好闲之徒，养出些懒汉。宗法社会用强制手段来实现群体利益，伦理道德一定程度上成了实行强制手段的一块遮羞布。邹韬奋伦理思想转化后，主张用内心制约的方法，调节人与人之间的利益关系，以实现群体利益。肯定人人有独立的谋生的方法，不至于发生饿死人的局面，随后就是吃得好些，用得好些的问题，或者一部分人尚维持着最低生活水平，一部分人已住上洋房、吃上西餐，后者只要来路正当，无可非议，生活好一点是每个人所追求的。但住上洋房、吃上西餐的人应该节制自己的欲望，不能不顾大多数维持最低生活水平的民众，在人格中有制约自身欲望、行为、言论的机制，为社会整体利益的提高努力。在肯定人的利益实现和增进的同时，强调人格中包含着制约的成分，要充分顾及到利他的一方面，注重为群体服务。

制约机制的形成，是通过自身修养而获得的，千余年儒学形成的一整套关于修养的理论和方法，对人的制约机制的形成，依然有着作用。这一点邹韬奋没有脱离传统文化对他的影响，强调修养对于国民形成服务道德及丝毫不容虚假的社会责任心的培养有着巨大的作用。他在接编《生活周刊》后不久，公开宗旨为："暗示人生修养，唤起服务精神，力谋社会改造。"他把人的修养的增进，服务精神的形成，提高到社会改造的高度，可见他对人生修养的注重。

可以说，邹韬奋在思想转换后，出现了与前时不同的观念，也保持前时的一部分观点。以儒学为核心的传统伦理道德与西方的伦理道德根植于不同的土壤，经过比较之后，很快分辩出不同的特点，并根据社会实际和发展的需要，给予肯定或否定。但是不容忽视的是，这两种体系不同的伦理道德仍然有某种内在的同一性，值得研究。虽然它们诞生在不同的经济形态中，社会分配原则亦不相同，社会意识差异极大，一般人往往强调资产阶级意识形态与集权统治形成的意识形态的区别和不同。其实，人类的社会意识不可能随着社会形态的变化而完全割裂。一种社会形态形成与之相适应的社会意识形态相对独立，相对独立的社会意识不是天生的、上苍赋予的，恰是从前一种特定的社会意识基础上，通过传承和根据现实的客观要求批判发展而来。人类社会的伦理原则和道德标准、理想，包含在社会意识形态中，同社会意识形态形成的特点一样，它的形成不外乎以批判、继承、发展等手段来确立，寻求一种符合现实社会实际和发展的伦理原则道德标准、道德理想。

不仅如此，作为伦理道德更有它的发展的内在规律。邹韬奋深知这样的规律：所有在一定历史时期表现出进步性的伦理道德，都要求人们为最大多数人利益的实现而奋斗。他曾引用杜威的一段话："世界种种道德的规律或文或野、或东或西、或古或今，都有一相同而不变的地方，就是尊崇公益，实行道德方法，条理万端各个不同，但目的总在谋最大多数的最大幸福。"

邹韬奋这个站在社会变革、新旧意识并存的历史转折点上的知识分子，自身不断对自己建立的伦理道德观进行否定之否定的扬弃，形成融合传统、西方伦理道德观的优秀部分为一体，以适合中国社会实际和发展需要的伦理原则、道德标准和理想。历史不同阶段的道德精华成了他兼收并蓄的对象。

中西社会的伦理道德，产生不同的经济、文化背景，前者适合于中国皇帝集权统治下的形成的经济模式和宗法社会形态，一整套条条框框制约人的行为，磨灭人的个性和个人的若干合理欲望，塑造孱弱、猥琐之人格，维护集权统治阶级的利益。西方近代伦理道德强调人的个性发展，内心建立制约自身的伦理标准，完成具有高度个性和强有力的自制能力，从而构成一种完整的人格。可见，西方伦理中也存在制约机制，不是说一强调个性发展、满足个体需要并提高需要的层次，就是不讲制约了。建立人格中的制约机制，同样是西方资产阶级伦理学家重视的问题。它不同于中国传统的伦理道德把人的个性、需求降到最低点，甚至忽视人的需要，以此来强调制约和自制能力。"灭人欲"，人欲能全灭吗？那些提倡极端"灭人欲"思想的人，就没有七情六欲？其中有大量的假道学，集贪、懒、淫于一身，只是空喊一些伦理道德要别人做罢了。西方中世纪的宗教道德，为了适应神权和专制政治的需要，借助"神启"和经院哲学、制定了一系列严格的道德训条作为约束人们思想和行为的道德法规，手段也极野蛮和残酷，经院派哲学家和神学家阿奎那曾说，人本性是追求幸福，所谓的幸福不是感性的物质欲望，而是理性的幸福——信仰上帝才是最大的幸福，他断言："只有上帝才能满足那种存在于人类心中的欲望并使人幸福。"14世纪文艺复兴运动在欧洲大陆兴起，西方人开始矫正这些错误，产生、形成了与宗教伦理思想对立的资产阶级伦理原则和道德标准。我们一直说的中西伦理道德，其实，"西"大都指14世纪以后产生的西方资产阶级伦理思想。而西方的中世纪和中国的高度集权社会的伦理道德，如杜威所说是伦理进化中的第二时期，群体或习俗的道德时期，个人没有独立的存在价值。14世纪西方社会进入向第三时期转变的时期，以后进入了反省的或个人的时期。

在转变时期里，一部分资产阶级思想家试图从人的本性来解释道德，如唯物主义哲学家培根、霍布斯、洛克、斯宾诺莎、卢梭、爱尔维修、费尔巴哈，相反的哲学家从神性、理性和绝对观念上来解释道德。然而不管他们如何理解道德、认识伦理，反对专制制度对人的个性的压抑、摧残，注重对自然和人的本性研究，提倡个性解放，是他们伦理思想的基本特点。表现为政治上要求自由平等和人权，与道德上满足个人利益、追求个人的幸福相一致。18世纪哲学家爱尔维修说："人们也不会朝着自己的利益这股急流逆水前进"，他甚至肯定人的"感性的痛苦和快乐促使人们去思考和行动，它们是推动道德世界的唯一杠杆"。

　　就是这样一位敢于肯定人的作用,揭示人的本性就是自私的哲学家(而且强调让人们抛弃自私心是枉费心机,简直就是要消灭人性,消灭人本身),又明确提出对自私心应该加以限制和约束,使其能够适应社会公共利益,使个人利益和公共利益结合起来,而且指出社会公共利益高于个人利益和整体的利益,甚至牺牲个人也是合乎正义的。其实,资产阶级伦理学家强调社会公共利益高于个人利益的人,不仅是爱尔维修一人,而是这群体的共同的道德制约的体现。

　　资产阶级强调个人利益的同时也强调社会利益,这比中国传统的伦理道德进了一大步,在个人利益与社会利益关系处理上有他们相一致的地方。资产阶级文明优秀于封建地主阶级所建立的曾在历史长河中也优秀过的文明,历史大潮一浪高一浪,不停地往前奔涌。

　　以儒学为基础的传统伦理道德与外来的近代资产阶级的伦理思想具有相同的地方,为邹韬奋能做到兼收并蓄,确立与中国社会实际和发展所要求的伦理道德思想提供了基础。一面肯定人的独立、自主、自由,满足个性发展的需要,并不断提高这种需要的层次。同时,强调社会的总体利益的增进,推动社会的进步,认为个人利益在国家、社会利益发生冲突时,以维护国家、社会利益为最终目标。后一点与他人格雏形时建立的伦理道德思想相一致,早年强调道德修养,注重对传统伦理原则、标准、方法的确立、吸收,目的还是服膺早年建立的爱国主义理想,服从于祖国对外抵抗侵略、对内力求昌盛的需要。

　　在邹韬奋伦理道德观转换后,他的伦理思想不再单纯强调群体利益的实现,认为个人的利益的实现才能增进群体利益,协调人与人之间的利益分配,个人的利益关系着社会利益,社会利益的提高,是建立在个人利益之上,方能实现。这一观点符合中国的历史需要,一个长期忽视个人利益实现和提高的社会,必然出现的是贫穷和落后,在物质生产能力低下、社会财富匮乏的年代里，社会群体的利益只能是停留在低层次上的实现。近代中国社会要摆脱贫穷和落后，不调动人的积极性，去创造财富，提高民族的整体利益，建设一个强大的家园，实质上是做不到的。同时他自我更新后形成的人伦思想，也符合他对中国社会未来发展的理想，资本主义社会制度的实现。中外文化兼收并蓄，为他正确认识传统伦理原则和道德标准的精华和糟粕的限度，提供划分的理论基础和鉴别的标准。糟粕部分要批判、清除，但不能泼了污水倒掉了孩子，精华要存。在一片砸烂、打倒的呐喊声中，要保存精华，发扬光大。精华可以完善新确定的伦理道德观；对社会进步依然有着一定的积极作用。中国传统道德中的忠孝信义仁等等，不能仅视它为封建集权制度下的产物，到民国时期或者说在资本主义时代就不需要了。其实，忠依然需要，当然不是去忠于已经崩溃的集权统治者，而是国家、民族，一个国家若无忠诚的国民，此国如何独立、繁荣，尤其对处在灾难深重中的中国。再如，孔子的人格是不是要否定？他视富贵如浮云，积极对待人生，明明知道"道之不行，已知之矣"，却并不赞成长沮和桀溺一般隐士的行为，为了宣扬自己的观点而表现出坚韧不拔的精神，自三十五岁起由鲁国往齐国，周游列国，仍冀于无可为之中而或可获得多少的结果，一直奔波到六十八岁才回到故里。这种积极的人生观，艰苦不拔、百折不挠的奋斗精神，岂能随着打倒孔家店的口号而一股脑被扫地出门？

以儒学为核心的传统伦理原则和道德标准中，还有一部分内容属于道德的普遍原则，勤、俭、信、廉等，超越了时代的局限，成为中国社会的传统美德。邹韬奋等一大批知识分子形成的伦理道德观，包涵多方面的成分，他与许多同时代的人一样，伦理道德思想的发蒙，直接受到在中国延续了数千年的传统道德观的影响，20世纪初又受到西方现代资产阶级思潮的影响，前者的影响不可能全部在脑海中消失而全盘接受西方伦理道德思想。否则，显然违背人的思想发展规律了。事实上，他只能从传统道德中自觉或不自觉地寻找出与他接受的西方伦理道德原则相吻合、能组成有机统一体的部分，进行融合。同时，他的接受西方观念一定程度上受到传统文化观念的过滤，而传统的东西也经过他所建立的新思想的甄选。

另则，就邹韬奋伦理思想演化的社会现实原因来分析，他的伦理思想发展符合历史发展的必然。在帝王集权的社会体制崩溃而向资本主义社会过渡时，尤其在这种社会趋势已被他所认识，并明确自己的政治理想是实现资本主义社会，他必然要用资本主义的一套伦理思想来武装自己，若不对原先形成的伦理思想进行否定，吸取其中的精华以完善他新接受的伦理思想。那么，他难于随着时代的步伐而同行，终究被社会前进的浪潮所淹没。他没有这样，始终把社会现实需要作为自己的需要，审时度势，务本求实，顺应社会进步大潮。随着 20 世纪 30 年代民族解放运动的日益高涨，西方资产阶级以个人为中心的伦理标准，不能适合于中国社会的抗战需要，贫弱的中国在对付外来入侵时，显然并不拥有战争优势，需要人们以集体力量、艰苦奋斗来完成这项历史重任。集体主义、艰苦奋斗与共产党人所提倡的共产主义道德原则相吻合，为他转向接受马列主义思想开通了道路。

在这里，还需要重申的是邹韬奋伦理思想的发展，不单纯受到伦理演化规律所决定。同时，也受到现实社会实际要求的影响，不能脱离两者的存在，而做简单的结论。本质上，他不是研究人伦道德的思想家，而是实干家。实干的前提是为什么干、怎么干，且边干边学，边学边干。这样的做法，也符合中国知识分子的惯例。

四、抨击旧道德制约下形成的社会腐败现象和对新道德的宣传

邹韬奋伦理思想转换后，对于传统伦理道德制约下形成的社会腐败现象的批判变得尖锐起来，呈现目的性明确，批判焦点集中的特点。

中国社会长期受传统伦理道德禁锢，人们的心态不适应于时代的变化。近代思想精英引进西学达半个多世纪之久，经历了几次高潮，科学、民主思想在人们心中有了一定的认识，但转化为实际，阻力尚大，旧观念、旧道德依然有着市场，制约着人们的生活，即使在"五四"以后也没有彻底地改变。他针对这种状况，把主要的矛头对准旧式家庭制度、婚姻制度和不良风俗，提倡文明、科学、独立、自由、民主，宣传他受过"五四"洗礼的新人格精神，以促使民族的整体素质的提高。

他认识到中国社会不能发达，关键是无数个大家族制约了人的行为，人的社会属性被家族性所取代，所以社会出现不健全的状态。

针对中国宗法社会制度下的大家族的弊端，他在《大家庭》一文中，一针见血地指出它导致了中国出现了大量的"半死人"，使儿童无活泼之气，青少年精神、举止呈现呆滞的面貌，"一个儿童举止迂滞，亲长不以为失却天真和童趣，反而认为这孩子可造，勉励青年，无不以'持重老成''大器晚成'相助，死气沉沉、暮气重重却被誉为人才，行路迂缓、方步为贵，谈话以俯首侧目为恭，凡此种种怎么不导致中国死暮之弥漫"？

而婚姻一开始就没什么爱情，以"父母之命""媒妁之言"，连接人们的婚姻，没有个人的选择余地；结成婚姻后传统伦理又要求婚姻双方"夫妇相敬如宾"及"举案齐眉""夫唱妇随"，表面上让人觉得美好，实质破坏了夫妇之间正常的关系，抹杀夫妻之间的个性，成婚后的男女生活在无爱的家庭里，过着死气沉沉的生活，又增添了社会的死气。

宗法社会下的家庭、婚姻人际关系，倾注着传统伦理道德的精髓，抹杀了人的个性，中国传统社会的弊端，集中体现在家族制度中。批判旧式家庭、婚姻制度成了批判中国社会积弊和维系社会运行的传统伦理道德的一个重要突破口。

邹韬奋对于旧家庭、婚姻制度的批判一直延续到20世纪30年代初期。

他批判中国家族制度的参照对象是"世界文明国的办法"，认为对照世界文明国的办法，做父母的人，只有尽自己的力量，造成儿子的学业，使他在社会上有一技之长以谋取自立，同时能有一些储蓄，由他自己在社会上发展。故此，在自立能力未达到的时候人不妨缓办自己的婚事；能力达到了，能在社会上立住脚跟了，然后再考虑婚事，这样他不会牵累家庭，也不会牵累自己。然而，在中国的情况就不同了，做父母的看见儿子到十八九岁，在内地甚至仅仅到了十六七岁，别的都不想，一心一意地替儿子成婚。他有一位朋友，从外洋学得一肚子的专门学问回国，有较好的职位，颇丰的收入，本该是日子红红火火。但是他受旧式家族制的连累，除自顾妻子外，还要顾及他老太爷的三个姨太太，各姨太太都有小儿子和仆佣，简直以一人而担负四个家庭的支出，日日叫苦连天，弄得病魔缠身，灰心到了极点，对于社会的贡献也就大大地减少了。

他继续以西方的家庭组织为范例，主张以"家庭主义，打破大家族主义"。他所说的"家庭主义"是由夫妻和孩子构成的小型家庭，"大家族主义"即指传统的宗法社会制度下的家族集团，以直属血缘关系构成的庞大的家族体系。

对旧家族制度的批判，占了他对旧伦理原则和道德标准影响下的社会陋习和病态批判的主要地位，确信理想的社会必须开始于理想家庭，把家庭、社会合为一谈，从中可见他对社会进步认识的单纯和幼稚。他后来在《经历》中，对这一点也有反思，认为五四运动以后，"男女青年对于婚姻的自由权都提出大胆的要求，各人都把理想的社会和理想的家庭混做一谈，甚至相信理想的社会必须开始于理想的家庭！我当时也是这许多青年里面的一分子，也受到了相类的影响……"

邹韬奋的批判还涉及其他方方面面，包括在旧道德影响下形成的腐朽没落观念、信条、行为准则和与此相适应的心态、生活方式等。他针对国人长期持有的明哲保身的传统观念，进行了批判，指出明哲保身的心态"浸润充盈于大多数国民，于是大多数国民便只知有身，不知正义公道。不知有血气心肝，不知有国，不知有民族"。这种心态在近代，直接助长了西方列强对华的侵略行径，"当八国联军攻破京津时，顺民旗随处高悬，当联军占据北京时，该处绅士至请联军统帅瓦德西大看其戏，优礼迎迓；当天津尚在八国联军手里，该地绅士居然歌功颂德，鼓乐喧天的恭送匾额给德国将帅。所为者何？亦不外乎明哲保身而已矣！"因此，他指出："全国对内对外大家受着明哲保身的遗毒，以只顾自己一条狗命的苟延残喘为唯一宗旨，于是结果如何？在内则纵任少数人之倒行逆施，斫伤国脉，兵匪遍地，民不聊生，死于天灾者动辄以数百万人计，死于兵祸者动则以数十万人计。这种死路都是大家但求明哲保身之所赐！"

中国社会积疾深久，一些传统观念貌似平常，无关紧要，它所带来的恶果却是非常严重，危及民族和国家。

中国素有礼仪之邦的美誉，可传统的礼仪繁缛、拖拉，含有侮辱人格的成分。结婚用的跪礼，跪了又跪，拜了又拜，弄得新郎新娘两双腿酸痛得不亦乐乎。韬奋对这种社会陋习亲眼目睹，所谓的礼貌中包含虚伪的成分。

采用比较的方法批判旧伦理道德所形成的社会陋习、心态，是他使用较多的手法。把西方人对待国家、事业、求学、家庭、婚姻、卫生、体育运动的态度方法介绍给国人，与中国相比较找出差距，剖析国人自身的弱点，使得批判变得针对性极强，且生动和具有说服力。

邹韬奋平时遇到朋友从国外回来，总喜欢了解外国的政治、社会近况，他的朋友顾荫亭由欧洲考察回国，通过顾氏之口，他向读者介绍欧洲人对工作事业的态度，并与国内一般人所持的工作事业的态度作了比较，"欧洲人对于各事不办则已，既办必求彻底，决不肯随随便便，就心满意足；

不怕失败，一而再再而三地去干，必至做好，方始甘心。失败者自己固不以自馁；就是社会上对于失败者的态度，也觉得多一次失败多一次经验，值得让他再试。做事专一，分工明确，各人对各人范围内的事，十分认真，这一部分事错了，他要完全负责。他们各人对各人的事，无不积极的时常改进，增加效率，决不敷衍塞责，依样画葫芦，便算尽职"。

由此，他发出感叹，办事不彻底，只求表面过得去，苟安目前，不计久远。没有坚韧的精神，遇上挫折就想改走别条路，无心再努力；社会上对失败的人，也觉得他既已失败，便不行了。

邹韬奋认为采用中外比较的手法，找差距、寻弱点，可以使人们明白世界大势，了解西方社会的情态，更可以供国人参考或比较，去掉我们身上与社会进步不相适应的习俗、心态，提高人生修养，扩大胸襟，放远眼光，这样中国方能迎头赶上。

有一位从德国旅行回来的朋友告诉他一桩有趣的事情，有一天他在大街上行走，看见前面一个德国老太婆走路走得很快，他便打起劲儿在后面跟，竟赶不上她，后来尽力赶上去了，自己已觉得气喘，那位走快步的老太婆却泰然若无其事，再仔细一看，那位走快步的老太婆还是跷脚！朋友十分惭愧。

由此，引出了他这样一段文字：

说到走路，我国向来最重视做官，做官的人最重摆架子，而在摆架子的许多方法里面，弯着背脊梁方步也是最重要的一件！好像他们方步非如此大踱而特踱，不足以表示他是闲暇阶级中人，不足以表示他的身分之特高！至于称为"读书人"的，他们的目的也在做官，所以对于做官所需要的弯着背脊梁踱方步，当然也须有一番准备，于是他就养成了这种习惯。一般平民羡慕做官，羡慕"读书人"，于是大家对于走路也就养成了"鸭步"的特色!

邹韬奋在这里分析了中国人走不快的原因,是一种"唯官""唯上"的虚伪表现。他更不以为走几步路是形式上的事情,"挺着胸走整齐紧凑的步子,于体格的健康上是很有益处的;弯着背脊梁踱方步,于体格的健康上是很有害处的。等到体格糟了,胸愈挺不起来,脚步愈整齐紧凑不起来,于是背脊梁弯得更厉害,方步也踱得更厉害,相为因果,循环不绝,只有让德国的跷脚老太婆争先了"。

包括邹韬奋在内的许多爱国者的脑海里,反对外来侵略势力的经济掠夺、政治压榨,同时对西方的文明大胆引进、吸收,在爱国者与顽固派之间,吸取外来文明和洋媚外之间,准确把握住限度,他做到了。制约他能够准确把握住限度的正是他早年接受的儒学,一方面使他把个人利益与祖国利益结合在一起,祖国、民族利益是个人利益的根本,使他形成了以爱国主义为基本特点的人格,决定他不可能沦为崇洋媚外、一概否定自己的民族、国家、社会之徒,同时又要求他吸收外来的文明,以完善自己的民族,改造自己的民族。另一方面,儒学主导下形成的认识社会,改造社会的方法,使他以客观的态度认识西方社会,既不主张一概否定和一概肯定,也不主张脱离社会实际来评估西方社会和中国社会。正是长期的儒学教育,他在历史更变的激荡时代里能够以"天下为己任",正确地对新旧事物,汲取它们的优秀成分,促使社会的进步。

邹韬奋包括他以前的几代知识分子,能把握、爱国和顽固不化之间的限度,可以说是传统文化中优秀部分教诲的结果,这也进一步说明了,西方文化固然可以帮助人们过滤传统文化,为区分传统文化中的精华与糟粕,提供某种参照系数;而传统文化又可以帮助人们过滤外来的西方文化,为区别外来文化中的精华与糟粕,为区分外来文化中哪些对我们是适宜的、有益的，同样提供了某种参照。外来文化过滤传统文化，而传统文化又过滤外来文化，两者相互过滤，使一个人脑子中的思想，不断地产生质的飞跃。这是他头脑中思想演化的过程，其实也同样是他那个时代优秀的知识分子思想演化的实际过程。了解这一过程的规律性，对于我们的认识文化领域的诸多现象，是有教益的。

邹韬奋对儒学为核心的传统伦理道德，给中国社会带来的种种阴暗面并没有停留在单纯的批判上，到了20世纪20年代后期，他在批判的同时，更注重破中有立。批判旧的伦理原则和道德标准，其中隐含着对新的人格的宣传，在他的大量批判文章中，渗透着他确立的新的伦理道德思想。20年代后期，他不再做单纯的批判，更注重引导人们尤其是青年在现实中怎样摆脱旧礼教残余的束缚，确立符合时代要求和发展的人格。是到了立从破出的时候，他把自己新的伦理道德思想完全亮出来，正面、直接引导人们进步。《生活周刊》成了他的工具，他开诚布公地在早期出版的《生活周刊》刊头上，标明宗旨："本刊期以生动的文字，有价值有兴趣的材料，建议改进生活途径的方法，同时注意提醒关于人生修养及安慰之种种要点，俾人人得到丰富而偷快的生活，由此养成健全的社会。"早期《生活周刊》偏重人生修养、向青年提出改进生活途径的方法，1928年以后，单纯批判以儒学为基础的传统伦理道德的文字明显减少，渗透在对读者教育中的是建立在西方近代伦理思想基础上融传统伦理道德精华的新的伦理原则和道德标准，强调人的才干和优良性情的养成。

1926年10月间，邹韬奋接编《生活周刊》，那时它还是一份发行不足3000册以赠送为主的中华职业教育社的机关刊物，在社会上影响甚微。他并非这份刊物的创办者。当时职教社有一本月刊《教育与职业》，专发表或讨论关于职业教育的种种问题，但是后来觉得月刊每月一次，时隔久了一些，只宜于发表理论或有系统的长篇文章。为传播职业教育的消息起见，中华职业教育社试图创办一种周刊，这就是《生活周刊》。第一位主笔是王志莘，由美国学银行学回国，后离开了《生活周刊》成了银行家。在王志莘担任主笔时，邹韬奋只是客串帮助写些文章，一年后王志莘去了银行任职，他接编了该刊。在以往的文章中，有人把他称为《生活周刊》创办者，显然是不合事实的。

接编该刊时，他新的伦理思想已经确立，对该刊的内容和形式自然有自己的主张，以利宣传自己的伦理思想。他一开始就主张刊物要吸引读者，让读者能接受，不讨嫌，有一种需要它的欲望，然后才能起到一定的教育作用。否则一切良好的愿望都白费了。读者看也不看，什么新人物的内涵、旧礼教的罪恶、外来的文明，读者统统无法接受。

邹韬奋希望这份小小的周刊在星期天进入读者的家庭，要做到像来了一位好友，聚拢来随意交谈，没有拘束，避免呆板，力求轻松生动简练雅洁而饶有趣味，读者好像在短时间内参加一种趣味的谈话会，大家在谈笑风生的空气中欣欣然愉快一番。做到这一点，读者方能在愉快中接受刊物中的思想。

首先在内容上要选择短小精悍，有价值和有趣味的材料，力避陈腐，要使读者看一篇获得一篇的益处，每篇所花时间不多而看完了又都觉得时间并不是白费的。要求编者用敏锐的眼光，深切的注意和诚挚的同情，研究一般大众读者所需要的是怎样的"精神食粮"，针对读者所思和所遇的问题，解决他们关心、急迫想知道的问题，这样他们会产生出极大的阅读兴趣；发表大多数读者闻所未闻或知之甚少的介绍国外情况的文章，吸引读者。文章要求一般在两三千字内，短则数百字，所包含的精义敌得过别人的两三万字的作品，要求作者必须对自己所写的内容彻底明了，彻底消化，替读者省下许多探讨和研究的时间，省下许多看长文的费脑筋的时间，而得到某问题或某部门重要知识的精髓。其次，力求文字的明显畅快——

平民式文字，力避佶屈聱牙的贵族式文字，强调平民式的口语，生动、流畅，意义明确，让包括初识字半通文字的妇女、孩子、工友、农夫在内的大多数人能够十分愉快地读完刊物上的全部文章，不觉得吃力。《生活周刊》不是给那些深于世故的老滑头或学问已经博得无所不知的人看的，它是给大众读者的。内容文字生动、精辟、有趣味，民众关心的各项重要问题，无所不谈，不趋于专门化。但是，用这些手段不足以说明仅是满足读者需要，邹韬奋的目的是诚恳地暗示人生修养，积极促进社会的改造，整个周刊充分体现出他的政治、伦理思想和主旨，抓住一切可以利用的机会，直接宣传他的主张，让读者在不知不觉之中得到伦理和其他一切进步的有益的教育。由他亲自执笔的《小言论》不用多说，每篇不足 2000 字的评述性的小文章，篇篇都有着生动、幽默的"说教"，即使别人的译作、在外国的游历，他都不失时机地插上一两句话暗示读者，或在文中或在文末，轻轻巧巧，好似十分随便，却有机地把自己的主张、观点交待给了读者。可以说，整个《生活周刊》渗透着韬奋的智慧和机智，渗透着他的思想观点。

邹韬奋宣传自己形成的伦理思想的方法，一反传统的强制的手段，硬性向人灌输，甚至不惜以残酷手段逼迫人接受，而是通过一种民主的教育手段，愉快地使人接受他所主张的人生教育，后一点正是他从杜威那里学来的。杜威不仅影响了他的人生观发展，就具体的教育方法、教育目的、性质方面，也影响了他。

邹韬奋是怎样由批判传统伦理道德影响下的中国社会的腐败面为主，转向引导人们确立新人格为主的轨道上来的呢？

前面说过，传统的伦理道德原则和标准及其影响下产生的道德现象，遭到近代知识分子的批判，国民性中的弱点也大都遭到无情的揭露。20 世纪 20 年代末至 30 年代始的几年时间内，就社会总体而言，人们对传统社会的腐朽性，有了广泛的认识和一定程度上的领会，人们已经认识到旧伦理道德体系在运行过程中，阻碍中国社会进步，尤其是青年知识分子，对此更是深恶痛绝。旧礼教以其惯性影响人们的力度日益在减弱，无法继续有效地控制人们的行为，调节人与人之间的关系，批判下去，扫除其残渣余孽固然有必要。然而，更需要的是在社会上确立新的伦理原则和道德标准，大力宣传具有新思想新观念的人格，引导人们用新人格内涵充实自己，要求自己，用新的伦理道德观调节社会关系，最大限度地去占领旧礼教伤败撤逃弃下的战场，站稳脚跟，发动攻势，清除其残余或防止其回潮。这也是一种批判方式，而且较之单纯的批判显得更为积极。批判的本身可以分为消极和积极的两种，单纯的批判以破为主体；积极的批判则以立为主，以破为辅。

时代要求邹韬奋这一代知识分子接过前人手中向旧礼教猛烈抨击的大笔，通过积极的批判方法，彻底清除旧礼教，努力促使新人格的内涵在最大多数人脑海中形成，确实解决青年在与旧势力斗争时遇到的种种困难和问题，帮助他们立身、独立、谋职、求学。确立新的人格内容，以新的人格内涵，新的伦理原则和道德标准为行为准则，积极有效地清除旧意识的残渣。光停留在消极的批判层次上，难以有效地推动新人格的广泛确立，新的伦理道德也难以自觉地在社会现实中起到强大的作用，调节人与人之间的关系和成为个人行为的准则。这样，提倡新人格的目的就无法达到，社会进步就会流落为空洞口号。邹韬奋是一个务实的人，反对无休止空洞的议论、批判，而是要随着社会的进步，把握事物发展的进程，切实地做一些推动进步的事情，成了他能够不断进步，与社会发展脉搏紧密相扣的重要原因。

在这一时期他能够以积极的批判方法，正面引导、宣扬自己理想的人格形成，客观上是他对中国社会现状有了比较多的认识，他到了中华职业教育社后从事过一段职业指导工作，与黄炎培、杨卫玉这些职教社领袖，跑了国内好几个省份，亲眼目睹了中国社会尚处在贫困之中，教育不普及、就业困难，青年新思想、新观念虽已萌生却又不成熟、不坚定，常处于动摇犹豫之中，也有把新观念推向绝对化的。当然后一部分人甚少。更多的是青年由于求学求职的目的不能达到，难以取得独立，萌生的新观念在现实种种的艰难面前，被击垮而随波逐流。这就急切需要去帮助他们解决具体的困难，提供他们方法、途径，促使他们形成的新观念，朝坚定、成熟的方向发展；广泛宣传新道德、新人格，改变人们的心理素质和生活方法。

除去上述客观原因之外，他主观上的原因也十分明显。其一是他早期人格形成时，所体现出的务实精神，使他对社会进程的脉搏，有着符合发展规律的把握，不流露于形式和空洞，所以能适时地调整自己的行为，由一种消极的批判转向积极批判——以确立新的伦理道德原则，清除旧礼教的残余，一个脚印一个脚印地推进社会进步。其二，也是一个主要的主观原因：他的伦理观最初建立在以儒学为主体的传统文化基础之上，形成了人格雏形，经过近代西方伦理文化的冲击，确立了新的道德标准和伦理原则，并在现实中得到逐步完善，形成了自己的人格。有了这一个基础，他理所当然地能够宣传自己的伦理思想。内涵以自己建立的人格标准来作为自己主办的文化事业的基本标准，评判事物和对外界与自身人格相适合的事物进行肯定和宣传，发扬光大。所以韬奋主办的出版物和出版机构，一方面主张适合多数人的知识水平，引起他们的兴趣，为大多数人服务；另一方面出版物又不会流入庸俗，做到通俗而不庸俗，在通俗的形式背后，是他对读者灌输的新道德、新生活、新思想的目的。

这样，邹韬奋在批判传统道德观和国民性的弱点基础之上，便更加注重新的国民形象的塑造，《生活周刊》上正面引导的东西多了，其中一个得心应手的方法便是读者通讯和读者信箱，直接与读者交流，解决他们的具体困难，排除他们心中的苦闷，完善他们心中尚处萌发状还不坚定的新人生观。提倡科学、文明的生活方法，养成良好的生活习惯，鼓舞人们与旧势力作艰苦卓绝的战斗；还有大量介绍西方文明社会情态的外国通讯，直接向人们灌输了现代文明，把外国优秀的东西介绍给读者，让他们自己对症下药，对旧势力、旧风俗、旧心态进行批判，唤起他们追求文明、科学的热情。

正面宣传的形式，还包括把大量的中外杰出人物的传记介绍给读者。在相当长的一段时期内，每期《生活周刊》上都发表传记，介绍杰出人物的成功经验，精神品质和人格内涵。这些人物对社会、人类都有某一方面的贡献，不论是政治家、外交家、军事家，还是科学家、文学家、工程师和体育家，包括各个方面，让读者了解他们人格的内在精神的同时，潜移默化中自觉向他们学习，以达到他要求达到的塑造新人物形象的目的。

正面宣传是塑造新人格的重要手段，着重在于确立乐观向上的人生态度，艰苦奋斗、不屈不挠以及服务精神，有制约自己行为的意志；引导人们正确处理人与人之间的关系，学习、工作、婚姻家庭的关系，扎实掌握服务于社会的本领，独立地立身社会，成为社会有用的一分子。

他有关正面宣传新人格的一系列文章，其宗旨非常明显，那就是紧扣人物成功背后所具有的品质、精神，告诉给读者，让每一个追求文明、科学生活方式的读者从这些成功者身上汲取精神的养料。

他这一阶段在提倡乐观态度和艰苦奋斗精神时，曾经举过一个例子。他曾亲笔为一位钱庄的老司务赵泉生写过小传，介绍他克勤克俭，忠于职守，不惜生命保卫钱庄的财产的事迹。老司务为 7000 元免遭歹徒抢劫，不惜用生命保卫。他的行为所具有的意义，绝不是仅限于为了 7000 元免遭抢劫，也决不限于一个钱庄的营业。从更深一层意义来看，邹韬奋认为他直接服务的阵地虽然只是一个钱庄，但间接服务的却是全部社会。而为社会之兴荣在各业之协助，所以尽忠于各业者即所以尽忠于社会，因此他的公而忘身，忠诚职责对于社会有重要的意义，有很宝贵的性质。

不单是老司务的职务，无论什么人从事何业，都不要忘记两个方面：一方面是借以维持人的生计；另一方面也就是借此有所贡献于人群。这样一来，每日所做的事，无论大小，总都是有价值的。忠于所业，即忠于社会。

他是把忠于职守与为社会作贡献联系在一起的，否则后者成了一句空话。每个人都能忠于职守了，就等于在为社会做贡献。

他在《呆气》一文中进一步指出，忠于职守要有几分呆气。所谓呆气，就是献身精神。寻常人大都知道敬重"勇气"，敬重"正气"。他举例说：过去曾子问子襄说："子好勇乎？吾尝闻大勇于夫子矣。自反而不缩，虽褐宽博，吾不惴焉；自反而缩，虽千万人，吾往矣！"这是从理直气壮中所生出的勇气。孟子说："我善养吾浩然之气。"有人问他什么叫"浩然正气"，他说"难言也，其为气也，至大至刚，以直养而无害，则塞于天地之间；其为气也，配义与道，无是，馁也。"这是天地的浩然正气。但是邹韬奋以为非有几分呆气，勇气鼓不起来，正气亦将消散。因为"虽于万人，吾往矣"，非有几分呆气的人决不肯干；"以直养而无害"，亦非有几分呆气的人也不肯干。试想富贵不能淫，威武不能屈，贫贱不能移，不是呆气十足的表现吗？

研究任何学问，欲求造诣深邃者，也不可不有几分呆气。据传，发现地心引力学说的牛顿，他有一天清晨正在潜心深究时，他的女仆把鸡蛋置小锅旁备他自煮早餐，他一面沉思，一面把手上的一只表放入锅内滚水中大煮特煮，这不是呆气的表现吗？又据说，大发明家爱迪生结婚之日，与新婚夫人同车经过实验所，自己跑进去取东西，不料进去之后，忘其所以，竟在一张桌上大做实验，把夫人丢在门外许久。最后。新婚夫人进来找到了他，才一同回家，这不又是呆气的表现吗？他发出感慨，大概研究学问非研究到有呆气的境界，钻得不深，求得不切，只能得到皮毛。"科学家创造一物，发明一理，当其未创造未发明之前，人莫不讥为梦想，甚乃狂易，认为徒耗光阴，结果遥远，而科学家独能不顾讥笑，埋头研究，甚至废寝忘食，甘之如饴，非有几分呆气为后盾，岂能坚持得下去？"

投身拯救祖国的爱国者，也需要几分呆气。革命志士，为国家谋幸福，为人民除痛苦，而当他的目标未达到之前，没有一兵一卒，没有弹丸凭借之地，在他人看来，会认为是纸上谈兵，痴人说梦，必不可以实现，"然卒以彼大革命家之规谋计划，冒万险，排万难，忍人之所不能忍，为人之所不敢为，刀斧不足以惧其心，穷困不足以移其志，置身家性命于度外，而登高一呼，万方响应，翕然从风，固为万流景仰，但在流离颠沛之际，非有几分呆气为后盾，岂能坚持得下去？诚以凡事非有几分呆气来应付，处处计及一己利害，事事顾虑前途得失，无丝毫之冒险精神，迟疑不进，趑趄不前，永在彷徨歧路之间而已"。

可见邹韬奋提倡的呆气，是一种敢于牺牲自我的利益，甚至不惜生命的献身精神，与乐观的人生态度、艰苦不惧的精神相一致，能够融会在一起的有机体。

一个人不仅要具有积极的人生态度和精神品质，同时还需要有"能"，即能力和技能。他认为有了"能"，就可以使他所强调的人生态度和精神品质，在实际中加以体现出来。一个人没有实际的工作能力，不具有一般的技能，光有对待人生的正确态度和崇高的精神品质，同样不能有什么进步作用和对社会有什么贡献。另则，一个人不在具体的实践中，不断学习，掌握技能，也不能陶冶出正确的人生态度和高尚的精神品质。再分析一下，也可以得到这样一个结论，即不在实践中建立正确的人生观和高尚的精神品质，要掌握高超的技能，也会成为空话。

技能、能力的获得需要人们的刻苦和牺牲精神，需要几分呆气，过于强调个人的利益、眼前的获利，要掌握高超的技能，拥有极强的工作能力，非常困难。世界上一切的成功者，对人类所做出的贡献，都因为他们在某一方面具有技能和能力，达到了炉火纯青的地步。在整个获得技能的过程中，他们形成了高尚的人生观和精神品质，再在这种人生观指导下，促使自己掌握某方面的技能，以成为杰出技能、能力的掌握者，是人生实现理想的重要一环，也是一个人真正能独立、自立起来，不依赖于他人而存在，对社会切实有所贡献的重要一环。邹韬奋曾反复强调人的独立精神的重要性，认为一旦具有了独立精神，他便会努力去实现自身的存在价值，不仅能求得自身生存的物质基础，同时对社会有所贡献，推动社会进步。那末，一个人要独立，具有独立精神是一方面，还需要具有技能、能力。技能、能力的获得，能够直接保障人的物质的获得和经济的来源，立足于这一点，一个人方能有独立的保障。有独立之精神，有工作的技能，这样的人才能真正地独立起来。这也是邹韬奋自身的经验之谈，若在经济上是由家庭资助完成学业，并且家庭通过经济手段来资助他完成婚姻的，他的学业、婚姻将受到家庭的支配，听从父意，不敢违背。然而，他的学业、婚姻的基本保障，是靠自己勤工俭学和工作以后的一定经济积累所完成，他对于自己学业和婚姻的选择，都比较自主。邹韬奋反思自己为什么能做到这一步，就是他具有一定的翻译、写作、教书的技能，尤其是精通一门外语，对他的帮助极大，一边翻译文章、一边教授英文课程，使他能够独立生活下去。由此可见，他自己的新人格的形成，对于《生活周刊》的宣传内容而言，实际上正好是同一内容的两个方面。

由于他的努力，加之技能的充分发挥，改版后的《生活周刊》受到读者的好评，销路也日益见好，并逐渐成为当时发行量最大的刊物之一。

《生活周刊》刚开设《读者通讯》（后改为《读者信箱》）时，读者来信平平，不久便多了起来，每年收到两三万封以上，1932年达到了顶峰，每天来信件最多时在千封以上，国内外都有，主要内容涉及求学、家庭、婚姻、职业问题，读者信任韬奋，信中把一些连对自己父母都不愿意透露的秘密都提出来跟邹韬奋商量，使他十分感动。他每天差不多要用整个半天的时间来看这些信，为了不影响《生活周刊》出版发行工作，他经常把看信、复信的工作放在夜间，一次妻子笑着对他说："我看你恨不得要把床铺搬到办公室里面去！"后来，他纵然把床铺搬到办公室里，也是来不及复信。最盛时五六个同事全天为着信件的事帮他的忙，有时还来不及，不睡觉也干不了！"

邹韬奋并没把为读者服务看成一桩"苦差使"，而是倾注着自己的热情，不顾一切地去做好，满足读者的需要，言行一致地体现出自身对人格要求，乐观积极、敬业尽职，不惜个人的利益以满足多数人的需要。他曾回忆：当自己每日一到夜里，独存斗室之中，就案旁拥着一大堆的来信，手拆目送，百感交集，"读者以知己待我，我也以极诚恳的极真挚的情感待他们，几乎到了随他们歌泣而歌泣，随他们的喜怒为喜怒，恍然若置身于读者之中，与无数诚挚的朋友言欢，共诉衷肠，倍感负托之重，期望之殷切。竭尽智能，尽诚代谋。答复的热情不逊于写情书，一点不肯马虎，鞠躬尽瘁，写而后已。"这些来信，不可能全部在《生活周刊》上公开发表，大部分是直接写信答复。信有长有短，长的达三四千字，短的有千把字，一点不肯马虎。

五、"五四"以后邹韬奋人格的特征和理想人格的诞生

《生活周刊》由小到大，发展过程倾注着邹韬奋的全部心血和智慧，融进他人格的力量，渗透着他确立的伦理原则和道德标准。可以说，《生活周刊》的成功是他人格经社会检验并被社会肯定的象征。

他曾为《生活周刊》以及以后创办的生活书店概括了八种精神，一是

坚定、二是虚心、三是公正、四是负责、五是刻苦、六是耐劳、七是服务精神、八是同志爱。这虽是邹韬奋为自己创办的出版机构概括的精神，同时也应该视为他自身内在的精神体现，是他在长期工作中要求自己所要做到，并在实际中得以成功的经验。邹韬奋曾表示过他创办的书店应该长存，与其说是书店，不如更确切地说是书店形成的精神。

可以说，他的人格特征是从这八个方面体现出来，下面我们结合这几个方面概括地谈谈他在"五四"以后形成的基本人格特征。

《生活周刊》白手起家，他接办时并没有什么大宗的经费，办公的地方在辣斐德路（今复兴中路）上一个过街楼里，三张办公桌摆得满满的，连人都要侧着走，既是编辑部、又是总务部、发行部、广告部、会议室，什么活动都在过街楼里。不仅办刊的条件差，而且刊物的销量也小，稿费没有，外界无人投稿。职员的工资也由中华职教社开支。这等困境，的确可怜。邹韬奋没看出它有什么远大的前程，只是想既然接编了它，不能让它夭折，应该用自己的心血，努力换得读者的同情、赞助，让它长大。

令他忘不了的，是那个小小的过街楼和创业时的艰辛。他常回忆在小过街楼里，几盏悬挂在办公桌上的电灯光下面，自己和同事共同工作到午夜的景象。当时因为稿源紧张，往往全期的文章，长长短短的、庄重诙谐的，都由他这个光杆编辑包办，并不是他喜欢这样做，实在因为人手不够的无奈。他模仿孙悟空摇身一变的把戏，取了十来个不同的笔名，每个笔名派它一个特殊的任务。例如一个叫因公，专门用来阐述宣扬三民主义及孙中山遗教的文章；一个叫心水，任务是摆出道学面孔，专做修养的文章；一个叫落霞，任务是译述世界名人传记或轶事，还有孤峰、秋月等分别负责写各种各样的短篇文章。这样一来，在光杆编辑主持下的这个"编辑部"，似乎人才济济，应有尽有了。

仅仅有了许多笔名是不会凭空写出文章的，那时没有听说什么"资料室", 补救的办法是采用"跑街"政策, 他常常到上海的棋盘街和四川路一带的中西书铺里东奔西走, 东翻西阅, 利用现成的"资料室", 有些西文杂志实在太贵, 只得看后记个大概, 请脑袋偏劳, 有的也酌量买一点。奔回编辑部后, 他便伏案以各种笔名著文。

除去著文, 编辑方面的事也十分吃重。邹韬奋不愿有一字或一句为他所不懂的, 或为他所觉得不称心的, 就随便付排。校样也完全由他一人看, 看校样时的聚精会神, 就和在写作的时候一样, 因为他的目的要使《生活周刊》没有一个错字。一个错字都没有, 在实际上也许做不到, 但是他总是以此要求, 至少能使它的错字极少。每期要校三次, 有的时候, 简直不仅是校对, 竟是重新修正一遍。《生活周刊》初期的状况, 是他艰苦奋斗精神的外现, 体现出他的人格特征。

《生活周刊》渐渐繁荣以后, 读者来信也渐渐地增多了。他亲自动手拆信、看信、起草复信, 忙得不可开交, 但也乐得不可开交。因为, 在他看来做编辑最快乐的一件事就是阅读读者的来信, 尽自己的心力, 替读者解决困难或与读者商讨种种问题。把读者的事看作自己的事, 与读者的悲欢离合, 甜酸苦辣, 融成一片。当然, 他也不是万能的, 遇到有必要的时候, 还须请教专家, 拿笔之外, 还须跑腿。

服务是"生活精神"重要的因素, 也可说是"生活"的奠基石。最初表现为尽心竭力答复广大读者的来信, 一点不肯马虎, 读者和他真做了好朋友, 不但读者提出的大大小小的事, 要他和同事商量解决; 在海外的侨胞和在内地的同胞, 还时常寄钱来托买东西, 什么鞋子、衣料、五花八门, 同事跑腿、选择、包寄, 买得不十分称心还要包换; 麻烦虽是麻烦, 但大家没有丝毫烦躁或不高兴的意思。简直跑得愉快, 麻烦得愉快。读者为什么不信托别人而信托《生活周刊》呢? 这是《生活周刊》在读者中所建立的信任感。所代买的东西之中, 书籍为最大部分, 起初《生活周刊》只是兼带照料，后来愈来愈多，兼顾不了，于1930年成立了"书报代办部"。"生活"的发达，当然有许多主观和客观的条件，但是服务周到，鞠躬尽瘁的精神，在读者心坎中播下了种子是重要的一个因素。

《生活周刊》一有起色，邹韬奋便图发展。最初它是一单张，慢慢地扩展到一张半，至1928年第5卷起，扩展到本子的格式。本子格式可算是《生活周刊》的一个新纪元。然而要达到此目的，也不容易。一是靠平时的积累，二是拉广告。为能多拉些广告，他经常亲自出马。一次，他来到韦廉氏去拉广告，心里预先做好了不怕难为情、不怕麻烦的准备，甚至不怕被人赶出去的准备。到了该行，总经理听了他一大顿说明后，叫一个中国买办来问一下后对他说：这个刊物销路虽好，但只是一个小报（洋话叫蚊虫报）。他心里恼火，真想打他一耳光。买办走后，他又费九牛二虎之力重新把这位总经理请出来继续商谈。邹韬奋因为得到总经理的允诺，更大胆地和他们的另一位洋经理作胶着战讲价钱，首尾花去了两个小时，居然把洋合同订好了——每期登全页四分之一的"大"广告。

《生活周刊》的发展靠邹韬奋和同事艰苦奋斗而来，拉广告也是《生活周刊》得以发展的重要手段。为了发展，他需要资金，欢迎有大量广告刊登，对周刊大有裨益。但对于广告，他作了非常严格的限制，违反道德原则的广告不登；招摇撞骗的广告不登；花柳病药的广告不登；滑头医生的广告不登；有国货代用品的外国货广告不登。邹韬奋办出版物的宗旨是为民众服务、社会改进，谋取积累也是为让事业做得更好。弄一些不道德和虚假、或不利于民族工业发展的广告，本质上违背他的宗旨，损害了消费者的利益，也做塌了自己的牌子，反被人误认为周刊是一个滑头货，说的是假话。他的办刊物的宗旨，刊登广告的原则，充分显现了他人格的内在品质。

崇高的志向，激发他去努力实现，真正做到知行合一。接编《生活周刊》恰使他有了"行"的良好机会，能够切实地去体现他内在的人格力量。

一个人要有崇高的志向，否则难以形成人格的内在制约机制，即无法形成人内在的控制自己行为的能力。有了崇高的志向，人们一切的努力、行为会自觉地去适合这一个崇高的志向需要，也就有可能去调动自己的潜在能力，努力实现这个目标。

《生活周刊》销量增加后，他是赚了钱。这些钱派什么用场？如果他稍有对事业的动摇，会用它来满足自己的私欲。当时，社会上的确有人怀疑他，说他赚了钱，购了洋房、买了汽车、讨了小老婆，五花八门的谣传都有。可是，他根本没有这样做，也不会这样做。他赚了钱不去买汽车、购洋房、讨小老婆，这并非出于外部的压力，而是自身人格机制的制约。他的人格内涵，就是为事业、为社会。邹韬奋和他的同事"憨头憨脑"地立下一个心愿，就是把所有赚来的钱，全部用到事业上面去。《生活周刊》屡次增加篇幅，出版特刊，但定价不变。刊物内容要精彩，稿费一加再加，最初稿费为千字 8 角，后来由 1 元、2 元提高至 10 元。在当时，全国刊物中稿费标准最高的要推《生活周刊》了。

为了发展事业，发扬艰苦奋斗精神极为重要。当然，不是说一提倡艰苦奋斗，人们就应过着衣不遮体、以糠填肚的日子。他曾说过，职业一方面是为社会服务，增进社会财富，另一方面也是保障自己的生活需要。生活基本问题得以保障，提高生活水平，也是必要的。这也是他人格的一个组成部分。

邹韬奋坚持认为，一个人的生活要不断提高，只要不是作弊弄来的作孽的钱，买汽车、住洋房有什么不好？并不发生道德问题。然而，实现这些个人的物质享受，取决于不是作弊获得的收入。他工作后换过好几次住房，收入小、事业没成功时，住房小，等到《生活周刊》发展，个人收益好了，他就搬进了公寓，雇了保姆。提高生活档次是人的需要，人不能老在一个低的物质水平中生活,在收入增加的基础上提高消费层次实属应该。

邹韬奋在《生活周刊》一方面倡导新人物,在社会上形成积极向上、努力奋斗的民众心理;一方面努力恪守人生信条,表现出行为意志的统一。保持行为意志统一,在他人格中得以充分的体现,与人格中求实的人生态度相一致,很好地把自己的志向与实际结合起来。这是他人格被社会所承认和肯定的一个重要原因。

求真务实是他一生所坚持的人生信条。接编《生活周刊》是他实现成为新闻记者心愿的一个契机,他把握住了。在此以前,他勤于写作、积极到报馆兼职,都是为实现这一目标服务的。当然,写作也能帮助他解决一些生活问题,根本的目的还是有朝一日能从事他自己热爱的事业,把自己确立的新的伦理观加以广泛的传播。《生活周刊》每一次的扩版,走得十分扎实,每一个细小工作都由他亲自过问,尽力免除可能发生的细小错误,求得它的茁壮成长。他曾批评过"五四"时期出现的夸大风气,以后他同样批判过社会上的浮夸之风,在民族危亡之际,繁荣之日尚未到来时,社会风气日趋浮夸,往往以窃虚名做阔人相夸耀的多了起来,而肯潜心实学,务实际,埋首尽力为社会国家做点有益民生的工作者实在不多见,故极有必要从自己做起,扎实地去做好一项能促进社会进步的工作。

从这一阶段的邹韬奋人格精神来看,一部分直接来自他人格雏形形成时的精神,内涵渊源于以儒学为核心的传统伦理道德的原则和标准,表现出积极介入生活,以群体利益为自身利益所在,注重人生修养,提倡立志,强调敬、乐、勤、俭。他人格中这一部分内涵,起到了积极的作用,推动了他的事业发展。在这一阶段中,他的人格呈现肯定人的价值和人的个性,认为人是推动历史进步的主要动力,提倡人与人之间的平等,要求实现民主体制,使人的积极能动性能得到充分发挥,强调人的利益的实现和提高,有利于社会的发展和整体利益的实现与提高。这一点在他人格形成的初期是模糊的，至这一阶段得以明确起来。这两部分内涵来自西方优秀文化，与前者的那一部分有机地联系在一起，弥补了传统伦理道德中的缺陷。同时传统伦理道德中强调修养、内心制约机制的形成，为他人格中勇于进取，敢于冒险，强调人的利益增进，安装上了"笼头"。应该看到，自我制约机制，是中外伦理道德中的共识，为他提供了能够实现兼收并蓄的契机，中外伦理道德中的优秀成分，能够在他内心有机地联系在一起，正是这一契机所致，而延及到他人格的全部，形成融中外伦理精华为一体的人格特征。

在邹韬奋人格形成，伦理原则和道德标准确立的漫长的过程中，他无疑建立了理想人格，这是他伦理原则和道德标准发展的必然产物，体现他对人格的最高境界的追求。

理想人格是人格的最高境界，本质上是伦理原则和道德标准逻辑发展所要求达到的最高阶段的表现。他所理解的理想人格，比较直观，没有太多的理论色彩，理想人格与他理解的现实生活中称谓的完人基本一致，理想人格一旦在现实中得以转化，无疑是完美的人格——完人。

在他的观念中，理想人格与完人相一致，且认为理想人格能够实现，所占比例自然绝对少数。如果是百分之百不能达到的人生的理想境界，理想人格仅存在理念中，这种人格理想一定不切实际，没有多大的实际作用。

理想人格可以由单个的个人实现，自成为完人；也可以有一个群体汇集他们的优秀面而实现。他在《人物述林序》中表示，"许多成功的人物，往往各有所长，亦各有其短"，群体体现出的优秀面构成典范性。同时，局部的优秀面提供人们吸取的养分，摒弃其短、吸取所长，这样也可达到完人的境界。这就是儒学思想中"三人行，必有我师"的观点的发挥，也是对完美人格符合实际的诠释。

完人对于社会来说毕竟为极少数，只能要求包括任何个体在内的人朝着这一境界努力，也不是说一经努力便能获得完满的结果。

邹韬奋心目中理想人格转化成完人的典范就是孙中山。他认为孙中山四十年不顾身家，流离颠沛，以致力于中国自由平等之邦的建立，为自己的唯一职责，艰苦卓绝，矢志不移，自我牺牲、廉洁公正、忠勇奋发，他的精神品质无一不体现出理想人格的内涵目标。可以说，孙中山的人格，就是他的理想人格在现实社会中的转化。

他强调孙中山形成的人格，是一个典型的爱国主义人格，集博爱、乐观、牺牲、奋斗、大无畏精神于一身，表现出心中只有四万万同胞而不自顾一身的伟大精神，感人至深，与日光争晖，宇宙同寿，一切自私自利之人应知自愧。他的事迹可以点燃人们心中为民众谋福利的心愿。孙中山身上具有天下感人的品质，在于"忠贞"，表现为"富贵不能淫，贫贱不能移，威武不能屈"的中国历代杰出士大夫的气节，一生彻始彻终。知难而进，屡遭败而不悔，不消极对待人生，孙中山曾自述"虽身当百难之中，为举世所非笑唾骂，一败再败，而犹冒险猛进者""仍未敢望"革命事业"能及吾身而成"，可见，他认识到"未敢望"革命就能在他身上实现，却敢于不怕失败，"一败再败"之余"而犹冒险猛进"，自始至终对革命事业抱有乐观积极的态度。他在撰写《孙中山先生》一文中，用意志坚定、不怕失败、不畏强暴、浩然正气、虚心好学、负责认真、刻苦耐劳、为大众鞠躬尽瘁，对同志宽宏大量来概括孙中山的人格。

他在编译《坚（艰）苦卓绝的甘地》一文时，自己几乎感动得要流泪，他写道："现在一般人往往自命救国，自命拯救被压迫的苦难同胞，而自己却攘权夺利，坐享安富尊荣的生活。甘地则不然，他哀痛被压迫同胞之惨苦，不遑宁处，把财富都为穷苦的同胞用掉，自己也过很艰苦的生活，和他们一样。他就是在监狱里，也要和其他因犯吃同样的苦，不肯受一点点特别的服待。"他用了"坚苦卓绝"四个字来形容甘地，对甘地为群体牺牲自己的奋斗精神而致礼，甘地认为被压迫的凄凉同胞未得解放是大苦，自己受的苦并不以为苦的精神更为感人，"他对人总是笑着脸，就是入狱的时候也是这样，不像是到监狱里去，好像是赴婚礼"一样，可见甘地对于人生抱定的乐观态度。这一态度正是邹韬奋在《生活周刊》上所提倡的愉快精神，民族处于危机之中，每个人都要抱定民族总有一天会脱离危机走向昌盛的乐观态度，兴会淋漓地干自己的工作，为民族的独立和繁荣而努力。

邹韬奋认为这些杰出人物体现出他的理想人格，他们身上优秀的品质，集中反映了他对人格的要求和追求的境界。当然生活中的杰出人物是丰富多彩的，向读者介绍时他并不是无所强调和侧重，单纯地介绍他们的事迹、生活，而是紧扣他们的精神，反映他们具有常人不同或缺乏的人格力量，强调他们身上的人格内涵对于事业成功的巨大作用，鼓励包括他自己在内的大众，以他们为榜样。

《生活周刊》上大量的人物介绍是一种正面宣传，摆出伟大的人格，供一切希望成功者学习，汲取前辈人格的精华，以达到事业的成功。

他选择介绍给读者的人物，人格与他理想人格往往有一致或部分一致的地方，是理想人格单个或群体的体现。而且，他的理想人格从他们表现出的共同特征得以完善，找到理想人格尚欠缺的部分。同时，也照出他自身人格的欠缺，克服身上的软弱，完善自我。他们不仅是读者的楷模，也是他自身的学习榜样。

无论是孙中山，还是邹韬奋编译的大量人物传记中的人物，概括他们身上的特征无外乎有这几个方面的共同点：为大多数人谋利益，艰苦奋斗、尽职尽责、自强不息、不惧困苦，对人生持乐观态度。可以说这就是他理想人格的内涵的主要方面，与他对自身的要求，对《生活周刊》、书店的要求，对大多数人的要求，内涵基本一致。自然，这不可能是一种巧合，是他的伦理原则和道德发展的规律性的产物，其中基本的一点上面已经说了。要强调的是，现实要求他这一代人建立这样的理想人格，达到人生的最高境界。试想有大量持有这样人格理想且不断努力去实现的国民，中国社会进步还会有疑义吗？

在众多的著名人物介绍中，他突出了孙中山。应该看到，孙中山人格形成过程也是兼收并蓄了中西伦理精华，在此精华基础之上诞生的人格。一方面他早期受到中国固有的传统文化的影响，有学者认为，他的"民族主义讲中国传统的道德，固有的智能，以及修齐治平的政治哲学与世界大同的理想，这些皆从传统儒学来"另一方面，"他的哲学、他的心灵主要来自英伦经验主义的观点，他的人性论深受达尔文进化论的影响，他的进化人性观的基础来自西方的自然科学"。

孙中山人格形成的现实和理论基础，与邹韬奋人格形成的基础如此相似，他们两人所处的历史阶段虽有不同，而祖国、民族的处境根本没有改变；理论基础具体的接受对象不尽相同，但是在自觉吸收中外人伦思想精华这一基本的格局上，他们是一致的，从而导致邹韬奋能够正确认识孙中山，确立他为理想人格的楷模，继而接受他的政治主张和目的。

说到这里又看到了，中国近代历史上的先进人物，在人格形成上的某些共同规律。他们往往是先接受了以儒学为主体的传统文化，特别是传统文化中的"以天下为己任"的积极入世精神，和严格的自我修养要求，而后在接受西方文化的过程中，逐步剔除传统文化当中的糟粕部分，也逐步有选择地接受西方文化中的有利于中国改造的部分，这样就使他们的思想发生变化、产生飞跃，从而形成了一种崭新的、有利于推动中国社会进步的人格，这种人格力量的影响，往往能召唤成批的仁人志士，团结在他们周围，逐步形成改造社会的群体力量。何止孙中山如此，"五四"前后的先驱，陈独秀、李大钊、周恩来、胡适、鲁迅、邹韬奋等人，又何尝不是如此？在中西文化的交汇、融合、过滤、渗透中，往往会出现成批的具有崭新的人格力量的仁人志士，这已是一种带有普遍性的规律。认识这一规律，对于今天的文化建设极具益处。

六、政治观的形成促进人格思想的发展

邹韬奋长期偏重人生哲学的思考和宣传，五四运动以后他提出自己的政治理想，要求确立的人格以适合于自身的这一理想，推动它的实现。但是他的政治理想开始时只是一些较为抽象的概念，内涵并不明确，大致在他接受杜威学说时，肯定资本主义社会形态。至于，中国社会怎样进入资本主义社会，这一社会形态是何种模式，美国式还是英国式，或者是中国特有的资本主义模式，他都没有进行过深刻的思考，认识上是笼统和模糊的，更没研究过中国未来社会的利益分配原则，这一个伦理原则和道德标准赖以确立的根本性问题。一旦他的政治观确立，对于伦理思想的发展无疑是有着促进作用，可以完善已形成的伦理思想，对自己的道德标准有一个正确性的认识，也可以更为坚定。这一政治观的形成，与他确立孙中山为理想人格，由崇敬孙中山的人格，继而接受孙中山的政治观，有着密不可分的联系。但是，由于他的政治观从确立到动摇，直到后来为马列主义的政治观所取代的过程相对比较短促，他的伦理思想出现了又一次较大的变化，没能沿着五四时期形成的伦理道德观的轨迹继续发展下去，而是以马列主义的伦理观来取代了"五四"时期形成的人生观，这是后话。

邹韬奋是一个知识分子，认识世界、看待人生的方法沿袭了中国传统知识分子的思维模式，关心社会人伦现状和人伦原则的确立，以及强调自身的修养和制约机制的形成，以服膺于社会、国家、民族的需要。这一点，在社会利益分配原则已经确立的社会中，无疑不应非议。然而，在社会利

益分配原则尚处于变更中的社会里，继续用传统的认识世界、看待人生的方法自然是一桩左右为难的事情，所以，对于他而言，要求社会利益分配原则能确定下来，变成了一个重要的核心问题。政治观的确立，必然促进对社会利益分配原则确立重要性的认识，国家政治体制、政权构成、社会各阶层人员的分工和利益分配等问题得到明确后，符合于这种政治体制需要的伦理原则和道德标准将会随之而提上议事日程。

他的伦理思想的发展，最终推动了他的政治观的形成，找到与他伦理思想相吻合的政治制度，确立这一政治制度下的社会利益分配原则。从"五四"时期肯定资本主义制度到接受孙中山的"三民主义"，在这过程中，可以看到他思想发展最丰富的是他的伦理思想，由一个朦胧地希望资本主义制度在中国实现，要求人格为这一政治制度的实现服务，到明确了资本主义制度内涵，要求这种制度得到实现，确立社会利益分配的原则，以达到社会伦理标准的确立，肯定符合这种新的伦理标准为内涵的人格。可以说，这是他伦理思想发展的成熟标志。

邹韬奋撰写了长篇人物传记《看看中山先生的生活》，介绍孙中山的一生，同时在《生活周刊》上大量发表了孙中山各时期的照片，或加说明、或摘取语录，做普及性的宣传和介绍。不仅如此，他还以"灵觉"的笔名，撰写了研究三民主义的文章，分别为民生、民族、民权主义三大类，做系列研究和介绍，共有15篇。民生主义研究中有《什么是民生主义》《民生主义的吃饭问题》等5篇；研究民族主义的有《民族主义中的人口问题》《怎样恢复我们民族精神》等6篇；民权主义研究的有《民权的意义与由来》《什么是真平等》等4篇。这些文章一方面介绍三民主义，另一方面是用三民主义来分析研究中国社会问题。他还有大量的随笔、小言论，论述孙中山的观点思想。他留下的这些文章，为研究他从哪几个方面来接受中山主义提供了依据。

　　邹韬奋对于中国社会的分析，在未接受孙中山的思想之前，一直没有明确的论述，也缺乏分析社会的具体方法。接受了这一思想之后，他认为"中国人大家都是贫，并没有大富的特殊阶级，只有一般普通的贫。中国人所谓贫富不均，不过是在贫的阶级之中，分出大贫与小贫。其实中国的顶大资本家，和外国资本家比较，不过是一个小贫，其他的穷人都可说是大贫……可见中国人通通是贫，并没有大富，只有大贫小贫的分别"。这样的观点，直接来自孙中山，几乎是只字不差地转用。基于这一分析，他与孙中山一样没有用阶级分析的方法来划分中国社会的构成，进而反对阶级斗争。孙中山在《民生主义》一文中，明确表示：阶级斗争是社会发展过程中的一种病态，是社会发生的偶然现象，"社会之所以有进化，是由于社会上大多数的经济利益相调和，不是由于社会上大多数的经济利益有冲突"。

　　邹韬奋认为孙中山的这一观点正确，在《社会革命的两条路》中他说："阶级斗争激烈手段，其末流乃至杀人放火，残酷无伦"这是他不希望看到的社会局面。他一再表示要防止这样的局面出现，认为：中国社会革命有两条途径，一条是阶级斗争激烈手段，一条便是孙中山所主张的民生主义。他主张走第二条路，应该努力实现孙中山的主张："国人如不实事求是的努力实现中山先生主张的民生主义，因循苟且，混战捣乱，则势必在实际上等于鼓励了走第一条路。"

　　他不折不扣地接受了孙中山分析中国社会的观点和方法，作为他解决中国社会积弱、批评社会黑暗势力的重要思想武器。三民主义的实现，成了他政治理想。

　　邹韬奋认为在孙中山提倡的"民生、民族、民权"三民主义中，民生主义的实现最为重要，民生主义可以消除贫富阶级之争——不是用马克思的阶级斗争来进行社会革命，而是用政治方法来解决革命问题，他说：要把这种区别弄到大家平均，都没有大贫，要用什么方法呢？是孙中山所主张的政治方法"平均地权、节制资本"，发展"国家资本"来振兴实业。他特别提出了三种振兴实业的方法：第一是交通，第二是矿产，第三是工业。这种实业既由国家的力量来办，不为任何私人或外国商人来垄断，便不致发生大富阶级的不平均，而能顾及全国民众的衣食住行。

同时，他认识到民生主义是人的基本生存的保障，中国当务之急所要解决的是人民的食、衣、住、行的问题，要把人民的生存需要降低到最便宜的地步，使全国的人民都能享用。他认识到民生主义的作用，把中国社会的文明不能发达，经济组织不能改良和道德不能进步的原因，归结为民生问题没解决上，"所以社会中的各种变态却是果，民生问题却是因"。他在接受三民主义后，第一次认识到中国社会的"道德不能进步"主要的症结是人民的基本生存问题没能解决，生活最低要求得不到保障，社会道德现象出现混乱成了必然，这是他强调民生主义一个主要原因，也是孙中山曾强调过的，"社会文明发达、经济组织的改良和道德进步，都是以什么为重心呢？就是以民生为重心"。

于是，邹韬奋就解决人民的食、衣、住、行等问题，作了一定程度上的研究，提出了自己的看法。在《民生主义中的吃饭问题》中，他认为中国人吃饭难的重要原因是农业不进步和外国经济的压迫。外国的经济压迫，使中国每年损失12亿元。同时农业生产也大有问题，急需改进。要解放农民的生产力，大量农民没有土地，耕田大都为地主所有，农民辛辛苦苦收获粮食，只得四成，其余都归坐享其成的地主，这是不公平的，农民问题要想彻底解决，必须做到"耕者有其田"。同时，改进种植方法，用现代化手段增加产量，广泛利用机器耕种改变人畜刀耕的原始方法，施以化学肥料，改良物种，交替使用土地，让土地得到一定的休息；有效地防止、消灭虫害。增加贮存手段，传统的晒干和碱咸外，宜利用罐头装法，改进农业运输，预防天灾。

解决了生产问题后，还要注重分配问题——公平分配。在以赚钱为唯一目的私人资本制度之下，不能实行，要由国家来担负这种责任。每年都有储备的粮食，要全国人民有三年的储备粮食，有了储备粮以后，才能够把盈余的粮食运到外国去销售。使全国人民都有饭吃，有很便宜的饭吃。孙中山三民主义之一的民生主义就是要解决人的吃饭问题，还有衣、住、行。对于解决衣的问题，他在《民生主义中的穿衣问题》一文中，认为解决这个问题就要发展民族纺织和成农业，排斥外国势力对中国市场的占领，达到护体、美观、方便三个目的，让人民得到便宜的衣服。关于人人有住房。他认为现阶段不求洋房，但求人人能住得起的房子，使天下人居有屋，不至住草棚冻死。行，即道路的问题，要发展工业，道路的问题一定要解决，物资运输、商品调运都需要有发达的道路；道路通达还可便利民众的生活。

接受孙中山的三民主义之后，他认识到了中国社会新的伦理原则和道德标准不能确立的原因，中国只有解决了人民的生存问题，满足了最大多数人的基本生存要求，新的伦理原则和道德标准才能确立，这无疑在他的伦理思想发展过程中，有着积极的意义。与此同时，他认为自己已经明确了中国社会发展的方向，即用和平政治的方法来实行集产社会主义。这一观点的确立，为他的伦理思想发展，提供了明确的方向，要求自己的伦理思想，服从于社会发展的需要。自然，集产社会主义在中国的实现，也是孙中山的主张。孙中山在他的《社会主义之派别与方法》一篇演说词中，把社会主义分为两派，"所谓社会主义者尽可区为二派：一即集产社会主义，一即共产社会主义""夫所谓集产云者，凡生利各事业，若土地、铁路、邮政、电气、矿产、森林，皆为国有。共产云者，即人在社会之中，各尽所能，各取所需""各尽其生利之能，各取其衣食所需，不相妨害，不相竞争，郅治之极，政府遂处于无为之地而归于消灭之一途""然今日一般国民道德之程度未能达于极端，尽其所能以求所需者尚居少数，任取所需而未尝稍尽所能者随在皆是；于是尽所能者其所尽未必必充分之能，而取所需者其所取恐又为过量之需矣"孙中山则主张集产社会主义，认为"实为今日唯一之要图，凡属于生利之土地、铁路收归国有，不为一二资本家所垄断渔利，而失业小民务使各得其所，自食其力，既可补救天演之缺憾，又深合于公理之平允，斯则社会主义之精神，而和平解决贫富之激战矣"。

邹韬奋撰写的《民生主义中的精髓》，认为集产社会主义是中山先生民生主义的骨干，共产社会主义所用的方法是阶级斗争，激烈手段；至于集产社会主义，依中山先生的主张，是用平均地权节制资本，用国家资本来发展国家的实业，所得利益归人民大家所有，乃用和平的方法来解决社会革命的问题。他在《我们最近的思想和态度》一文中强调，"剥削大多数民众以供少数特殊阶级享用的资本主义的社会制度终必崩溃；为大多数民众谋福利的社会主义的社会制度终必成立。"这里他所说的"社会主义"，恐怕指的就是集产社会主义。社会经济利益分配平等，人民的平等政治权利，才有一定的保障，独立、民主、自由才能实现，人民的生活、教育水平得以提高，国家走向独立昌盛。所以，他认为中国的情况最妥适的法子莫过于孙中山先生的三民主义。

据现代学者认为，孙中山的思想可分为前后两个时期，前期有一定的局限性，在民族主义问题上缺乏明确的反对帝国主义的纲领；在民权主义问题上，要实行资产阶级社会政治，即资产阶级专政；在民生主义问题上缺乏明确的土地纲领，所谓"平均地权"，主要是解决城市工商业占地问题，防止因为土地垄断妨碍资本主义的发展，并未明确提出解决农民的土地问题。邹韬奋主要接受了前期孙中山思想。故此有学者指出，这是政治观落后的表现，孙中山在后期提出了新三民主义"联俄、联共、扶助农工"邹韬奋并没有接受。对联俄，他在相当长的时期内站在民族主义立场上，认为苏联是帝国主义群体中的一员，对中国还享有一部分特权；他对共产党人领导的农民暴动认为是杀人放火；对待工农问题，他表现得比较复杂，一方面同情工农悲惨的命运，为改变工农的生活状况呐喊；一方面又不赞同工农起来以暴力手段闹革命。其实新三民主义是孙中山的革命手段，而非目的。

这一时期邹韬奋的政治观，存在着局限性。作为他这样的一个知识分子，政治和经济地位处于社会的中层，害怕国内出现激烈的革命，且认为激烈的革命手段无法使祖国变得强大起来，摆脱外患，求得独立繁荣，人民的政治和教育诸权利实现，非国内的团结一致不可，而且把孙中山和国民党统治的中华民国视为正宗，强调只要三民主义能够得以确实的实现，中国自然会强大起来。就他个人而言，努力塑造新国民形象，广泛地在民众中确立新的伦理原则和道德标准，做一些扎实的实际工作，以推进社会的进步。然而，孙中山的政治理想，在中国社会现实中并没有得到验证，那些自称为他的继承者，把中国革命引向了反面，推向了反动。但是孙中山的政治理想，对中国当时的社会各界吸引力巨大，尤其是大批的知识分子都曾信服过，邹韬奋也不例外。这是一个确定存在的历史事实。

他信服三民主义并非偶然，孙中山的三民主义与他的政治思想，所追求的目标有着一致性。孙中山的三民主义依照他自己的解释，就是救国主义，"三民主义系促进中国之国际地位平等，政治地位平等，经济地位平等，使中国永久适存于世界。"三民主义完整表述了这一时期的他的政治理想，作为一个爱国者的理想，无非就是想使灾难深重的祖国能自立于世界各国之林。他早年提出的"教育救国"的目的如此，提倡的新人格的目的也在此。一个政治上平等，经济发达、教育普及、文化繁荣，科技高度发展的中国是他梦寐以求的理想社会。

在孙中山的三民主义思想指导下建立的政治制度，本质上还是资本主义制度的社会形态，与他"五四"时期希望实现的资本主义的想法是一致的。而且，孙中山的政治理想，较之西方的资本主义社会模式似乎更符合中国社会实际情况，表达了一大批爱国的中小资产阶级的心声。可以说，实现三民主义是邹韬奋"五四"时期建立的政治理想的延续和发展。

孙中山的三民主义不主张暴力革命，表现出与邹韬奋要求的有条件的实现社会变革相一致，又构成他接受孙中山的思想的重要原因之一。有条件的实现社会变革是儒学对待社会变革的一贯主张和态度，儒学反对激进，以中庸的态度来处理社会变革，作为严格接受过儒学的他，自然而然地以中庸的态度来对待社会变革，希望社会的变革是一种和平的过渡，而不是流血的暴力革命。同时，他又希望社会能够革除弊端，为包括他自身在内的各阶层人员的发展打开通途，得以政治、法律上的保障。就社会各阶层来说，这种变革可以使最大多数人得益，享受到变革带来的好处。孙中山强调的政治平等、经济平等的思想是他追求的目标。

邹韬奋长期努力塑造的人格，本质是为实现资本主义制度服务的。从根本上说，这正是他与孙中山之间相通的地方。

邹韬奋自接编《生活周刊》以后，直到出国流亡的六年多时间内形成的政治观念，基本上是以孙中山的观点为指导，解决民众生计、立国问题，无不以孙中山的观点为准绳。他政治上反对军阀混战，力求国家的统一，旗帜极为鲜明，认为辛亥革命后，溥仪皇帝下了台，中国有民国之名，却无民国之实，南北军阀在各自的帝国主义后台指使下，互相攻打，争夺地盘，自 1912 年以后，几乎年年有战争，全国烽烟遍地，到处响着军阀混战的枪声，连年内战，使国家经济遭受严重破坏，给人民带来无穷的灾难。所以他在《生活周刊》上发表了大量抨击军阀的文章。不过，正因为此时他的指导思想是三民主义，所以，他站在以民国为正统的立场上，甚至对中国共产党领导的红军，也持批评的态度。当然，从他留下的大量文章中可以看到，对大小军阀批判最多，他指出：军阀们人格表现出强烈的虚伪性，他们往往以爱国志士面目出现在公众面前，其实，他们口称保卫和平，就是表示要捣乱的意思。他深刻地指出：军阀所谓的爱国口号，无法掩遮他们捞一票的罪行，不顾人民的死活，自己大享官室之美妻姜之奉。他们的心术和行径与强盗不过有明暗之分，无本质区别。《生活周刊》第二卷上发表了一篇题为《令人惊骇的军阀官僚私产统计》的短文，对一系列大军阀的"私产"作充分的曝光，指出军阀的巨额"私产"都是从人民身上剥削而来，以维护他们的骄奢淫逸的生活。在军阀的统治下，人民过着饥寒交迫的生活，卖儿卖女，日子苦困，冻死饿死者不计其数。邹韬奋看到军阀是阻碍中国社会进步的最大障碍，又是中国传统文化中糟粕部分的保护者，他们抬出旧礼教来为自己的统治服务，阻碍了文明风气的形成。他曾在小言论专栏上揭露军阀张宗昌强占民女的事。有一天，张宗昌正在一个戏院包厢里听戏，见邻近包厢里有美妇，顿起歹意，竟悄悄吩咐随身马弁注意美妇的行迹。马弁奉将令会同几个"弟兄"，跟踪而去，最后挟着美妇装进汽车风驰电掣离去。张宗昌迫使美妇成了他第二十五房的姨太太。邹韬奋在揭露这一丑闻之后，写道："军阀时代'疯狗'之无法无天，人民生命财产之毫无法律的保障，那些'疯狗'罪不容诛。"

在对军阀的批判同时，他把笔指向了国民党内部的腐败势力，给予抨击。当时，他所抱的并不是否定国民党的态度，而是试图通过手中的舆论工具，敦促国民党清明起来，团结一致带领国民完成孙中山的遗愿。在《国民党与中华民族之惨痛》一文中，他说："中山先生以四十年之艰苦奋斗，遗下'目的在求中国之自由平等'的国民党，凡爱中国的国民，无不殷切盼望国民党之成功，其重要原因无他，以国民党这一个集团是以救中国为前提，即以拯救中国老百姓的中心。"这是他当时的真实的想法，无庸讳避。

对于蒋介石统治集团，邹韬奋在相当一段时间内认为蒋介石是受孙中山托付重任的继承者。1928年7月，蒋介石在北平祭告孙中山，瞻仰遗容时，失声痛哭。他评述道："我们想蒋总司令的哭灵，凡有血气的人，无不激于'同情心'，而惊然感动。"他认为统一了中国南北，国民得到灾难中的喘息机会，建立自由平等之域开始显露端倪，希望蒋介石能实实在在地继承中山主义，领导国民实现中山先生的遗愿。

然而，蒋介石统治集团并没有像他期望的那样遵循孙中山的遗愿：革命尚未成功，同志仍须努力。蒋介石所表现出来的是争权夺利、排斥异己，腐败、虚浮之风盛行。国家尚处在列强分割的局面中，帝国主义势力依然横行于中华大地，主权独立尚没真正形成，南北虽统一，北方军阀改换了旗帜，内战隐患并未彻底消除，国家的工业、交通、科技、教育等，离繁荣尚相距十万八千里，在这种现状之中，蒋介石统治集团便急剧腐化起来，丢掉了孙中山的奋斗精神。他为此感到痛心疾首。邹韬奋希望国民党能振作起来，清醒认识现实，痛整腐败，刹住浮华之风，以国家、民众利益为重，放弃权力之争，铲除统治集团内部的腐败势力。对国民党上层的腐败现象，他在后来的一些文章中进行了有力的抨击。

他是个坚定的爱国者，人格特征围绕着爱国主义这个基点展开，所以他能清楚地看出：这些所谓的孙中山继承者，口称中山主义，无处不讲爱国、民族独立和昌盛云云，但在政治上却违背孙中山的遗愿，人格上站到了孙中山的反面。这是他毅然揭露国民党的丑恶现象的前提。在这时，他并没有接受马列主义，认为阶级斗争学说并不切合中国的实际。所以，他是以三民主义的信徒的身份来揭露和批判国民党的。

由此出发，渐渐地在种种社会黑暗和腐败面前，他对孙中山的"继承者"整体上持有怀疑。他曾经提出，希望能有合格的孙中山的继承者，这样，无须强迫命令，全国民众自然会衷心拥护他成为救国于垂危之际的领袖。

邹韬奋形成的领袖观的基本人格特征，足以令他置疑南京政府领袖人物的人格，同时也反映出对他领袖的要求。在《民众厌乱心理中的政治领袖》一文中，他提出了"三是"。一是，希望领袖具有卓越的能力，所谓能力，含有自知之明与知人之明两个方面。他认为天下绝无万能的人，也没法要求做领袖者生着三头六臂，不过领袖除自知所长外，须能用人——不是"能用胁肩谄笑、逢君之恶的小人，是能用各具专门学识经验而正直真诚的全国英俊贤良"。二是，具有公忠心。能力仅是工具，公忠是动机，动机倘若不正，即有工具亦徒然增长罪恶，制造祸乱。他认为，动机出于公忠的显著例子莫过于印度的民族领袖甘地，英帝国主义的政府虽恨死了他，国内虽有政敌不能和他完全一致，但对他赤心为国的动机毫无怀疑。三是，廉洁。动机表现在外最显著的为自我牺牲，继而率领人民共同牺牲。领袖不是来掠夺人民，自己享福，而是为拯救同胞牺牲个人利益。牺牲个人利益起码的表现是廉洁。倘若亲戚故旧盘踞要位大肆搜刮民脂民膏，共同分赃，贪婪之风随之盛行，人民侧目相对，志士痛心疾首，外表上虽冠冕堂皇，骨子里实为剥削腐朽，政权必然会崩溃。他指出："昔贤有言：'为治者不在多言，顾力行何如耳'，不妄以为政治领袖的条件，亦不在乎多举，苟能具备上述三条件而确能实行，确能言行相顾，中国不足治，祸乱不足平，全国民心无须威迫强制而自然如万流归海，沛然莫之能御。"

邹韬奋开列的领袖标准本质上是他理想人格标准的转化，融合了历史优秀的伦理道德标准和现实中包括孙中山在内的中外优秀人物的人格特征。从中，这也明显看出了，他对以蒋介石为代表的国民党领袖人物，显然是越来越失望，越发持批判态度了。终于，他发出了最后通牒式的警告，指出南京政府"所恃者不过几支枪杆子，民不畏死，奈何以死惧之"。他们胡作非为，不顾民生和国运，以为靠枪杆子就能维护他们的利益，这样做，这样想，最终要被人民所推翻。

对孙中山所谓继承者的人格怀疑、批判，是邹韬奋后来转向接受马列主义观点的一个重要原因。这种转换的原因固然其他，诸如日本对华侵略的不断升级，九一八事变的爆发和七七事变全面抗战的开始；孙中山主义在中国没能走通，和平进入集产社会主义成了泡影，不通过激烈的革命手段，无法解决中国的实际问题等诸原因，综合地影响他的思想观、人生观出现再一次转换。而国民党领导层的人格糜烂、贪污、无能，尤其在民族危亡的时刻里，暴露出的退缩、猥琐、软弱、逃跑种种丑恶表现，理所当然地成了他思想转换的契机。

在当时的中国背景下，他希望的领袖是集政治权威、理论权威、道德权威为一体，同样领导层也应该是这样，方能率领民众奔向民族的新天地。否则，很难起到民众的核心作用。孙中山是他的理想领袖，而自称继承者在邹韬奋看来本质上并不是他所要求的领袖人物和领导群体。他的这种失望，是从他的伦理道德观念和社会实际需要出发的，因而，这种失望又极有理论深度和现实意义。

就理论深度而言，这里又可以看到，邹韬奋早年所接受的以儒学为主体的传统思想，在他身上所起的积极作用。中国传统儒学，自孔子的"笃信好学，守死善道""志士仁人，无求生以害仁，有杀身以成仁。"，到孟子的"富贵不能淫，贫贱不能移，威武不能屈"的士大夫精神，所一贯强调的无非是知识分子要从社会的利益出发，坚持理论信念的原则性。需知道的是，在这时候，由于邹韬奋所主编的《生活周刊》的成功，使他的生活水平有了很大的改善，他的收入已远高于一般的市民，据有关材料表明，当时一个技术工人的月收入为二十余元，他的月收入已是一般技术工人月收入的十余倍。对于一般没有理想的芸芸众生而言，有这样丰厚的收入，自可安安稳稳地过舒适惬意的日子。但是，在传统文化熏陶下的他则不然，所持有的道德原则要求他，不管是贫无立锥之地，还是贵居庙堂之高，都要毫无例外地按照明确原则的道德标准执行。此时，他所信奉的政治理论为三民主义，他所提倡的新人格，则是将儒学的精华部分与西方的民主、自由思想有机结合起来以服务于民众的人伦道德标准，若以这一政治理想与人格原则来衡量以蒋介石为代表的国民党领导群体，马上就能发现，他们不但是不合格的，而且背道而驰，这就不能不促使他按照自己已形成的政治观与道德观，对国民党领导层由怀疑而转向采取较为激烈的批判。要知道，当时政权掌握在国民党手里，这种批判对于他的人生、事业，就有了风险。正是这一点，可以看到了邹韬奋曾经接受的儒学思想中的骨鲠精神，强烈地发挥作用。"五四"时期的仁人志士，大都有着这种为自己的理想而毫不顾及身家性命的精神力量，这绝不能看成是一种偶然的现象，而应该看到传统文化对于其时的一代知识分子的熏陶作用。特别是当传统文化的影响在社会生活中逐渐减弱以后，这种骨鲠精神也同时减弱了。这实在是一个值得人们深长思之的问题。

还是说回邹韬奋，正是他对国民党的愈益失望和激烈的批判，促使他转向寻找中国社会继续前进的他途，这反过来又促进了他思想发生新的变革，实现伦理思想和道德观的第二次转换。

七、从邹韬奋兼收并蓄看儒学的开放性

现在讨论的问题，虽然有题外之意，但还是有必要来说一下。以儒学为主体的传统文化，为何不会妨碍邹韬奋接受先进的思想，不妨碍他接受资产阶级的思想精华，并且甚至不妨碍他后来接受马列主义的思想，从某种程度上看，以儒学为主体的传统文化，在各个不同的历史阶段，帮助他有选择地吸取了西方以及同样来自西方的马列主义思想，使他的思想日趋

成熟、人格日趋完善，这是什么道理、怎样的规律在起作用呢？这个问题牵涉到文化发展的一般规律，并且具有现实意义，不妨从两个不同的角度来加以讨论。

从传统文化的主体——儒学的历史发展过程来进行观察。在先秦的诸子百家当中，儒学乃是一个相当特异的存在。孔子"述而不作"，实际上整合了之前的优秀文化遗产，表现出一种兼收并蓄的倾向，而在兼收并蓄中形成自己的体系。如与法家相比，法家排斥其他学派，极端表现形式则是焚书坑儒；墨家的"尚同"，也妨碍墨家吸收其他学派的长处。所以，孔子以后的先秦儒家能吸收墨家和法家，而墨家和法家却表现出某种不能广泛吸收其他学派长处而显出停滞的状态。例如孔门后学孟子就吸收了墨家的思想而表现出对民众利益的重视；另一孔门后学荀子则又表现出对法家中央集权制与重视军事观点的吸收，表现出适应未来集权政体需要的倾向。若以儒家与道家相比，则儒家的入世态度，和由此而产生的以天下为己任的精神，及其积极探讨修、齐、平、治经验的努力，又使儒学适于经世需要，从而吸引着一切有志于治国安民的士人。这又是道家的避世倾向所不可比拟的。开放和入世的两大特点，遂使儒家在诸子百家的学派竞争中，处于一种特殊的优势地位。

儒学在中国古代社会，经历过两次重大的广泛吸收的阶段，而使自己不断变得丰富起来。一次是汉儒阶段，以董仲舒为代表的新儒学，一定程度上吸收了道家、墨家、法家、阴阳家等文化中的有用的部分，由此形成汉代儒学，虽然不免驳杂一些，但其学术领域却宽广了许多，所以汉武帝的独尊儒学和秦代的独尊法家，是不相同的，独尊法家是禁绝其他百家，而独尊儒学只不过是把其他各家的有用的部分收罗进儒学领域，在儒学的旗帜下整合百家思想而已。为什么独尊法家会导致法家思想的狭隘化和秦代的灭亡，独尊儒学则导致儒学的丰富和汉代的昌盛，其关键正在这里。

再一次则是宋儒阶段。因为自汉末至宋代，外来的佛学因为逐步吸收新的儒家思想而在中国站稳了脚跟。同时，它的源于印度佛教的静修的学问和逻辑学也在吸收儒学中得到发展；另一方面，中国化的佛学在向广大善男信女普及其思想方面，也创造了丰富的经验。外来的佛学在这几个方面的特点，给了儒家的唐宋后学以启发，自唐代的韩愈开始，在辟佛的同时，就出现了吸收佛家思想入于儒学的倾向，到了宋代儒生，差不多把佛学的这些长处，一古脑儿都吸收入儒学领域了。所以，儒学的宋儒阶段，实际上是将佛学中的优秀的东西都吸收进来了，并且在此后与佛家的竞争中，表现出了明显的优势。正是因为中国儒学的这种开放性，加之以儒学的入世态度，才使得由鸦片战争导致的口岸开放中，那些接受了传统儒学的士人，能够迅速吸收西方思想，一以充实自己，二以寻求富国强兵之术。从"中学为体，西学为用"开始，一直到"五四"的打倒孔家店，在先进的士人当中，那些曾经打过极深的儒学底子的人们，始终没有拒绝接受西方先进思想，反而不断地表现出吸收西方先进思想的倾向来。

为什么不是单说"儒学"，而说"以儒学为主体的传统文化"，因为，正是儒学的这种开放倾向，和它的不断吸收其他学派的有益的东西，所以儒学已成了一种不断发展、变化的学术，它确实已经包容了并且不断包容传统文化以至外来文化中的优秀内容，并将外来文化融入传统文化之中。从某种意义上而言，儒学与传统文化有着一种同义的倾向而不易加以区别，只有用"以儒学为主体的传统文化"的提法，似乎才觉得能将意思表达得更为清楚些。

这是从儒学的角度来看，学术本身的开放性，并不妨碍人们去吸收儒学以外的先进思想，甚至于儒学的入世态度还会鼓励人们去吸收儒学以外的东西，以利于经世致用。

若从另一方面来看，马克思主义的形成又是以人类全部优秀文化作为来源的，马克思主义的三个来源，英国的古典政治经济学，德国的哲学以及法国的空想社会主义，就其原来形态而言，都是封建的、资产阶级的学术，它们在无产阶级的政治实践中，经过改造，形成了马克思主义。

这一历史事实，也可以说明，马克思主义既来源于人类的优秀文化传统，它就必然不会排斥这三个来源以外的一切优秀传统文化。如果视传统文化如蛇蝎，马克思主义失去了来源，还会产生吗？所以马克思主义能与中国的儒学，或者说以儒学为主体的传统文化结合起来，这可以说是一件不言而喻的事情。

就中国传统儒学的入世性与开放性，以及马克思主义的来源原本就是人类共同的优秀传统文化遗产而言，打下了深厚儒学根底的人们，广泛吸收西方文化以致接受马克思主义，原本是一个符合逻辑的现象。所以，在那个历史时期，或先或后地接受马克思主义的知识分子，无不是先打好了以儒学为主体的传统文化的深厚底子的人。这就说明，本文中以邹韬奋作为个案例子进行解剖，其实述说的乃是一个杰出人物成长的普遍规律。这一规律，不仅有历史的根据，而且也是为"五四"前后许多杰出人物的身世经历所一再证明了的。

由此可见，在解放以后所实行的，对以儒学为主体的传统文化愈来愈加以排斥的方针，在理论上不符合科学规律，而且在实践上又是与"五四"前后的成批杰出人物的成长规律不相协调。这种排斥传统文化的做法，至"文化大革命"而达于极限，终于出现了十分严重的负效应。这一惨痛的教训又从反面教育了人们，忽视本民族的传统文化，将会受到历史惩罚。

现在，读者可以理解，在本文的前面部分，作者何以详尽地，而且不免有些繁琐地介绍邹韬奋青少年时代所接受的以儒学为主体的传统文化了，因为正是这一切，构成了他人格发展的基石，形成了他人格不断向前发展、完善的契机。不妨设想，假若邹韬奋不是打好了前述的儒学基础，而是一个缺乏文化基础的芸芸众生，其后他还能继续向前发展吗？其实，何止邹韬奋如此，鸦片战争以后，以及"五四"前后涌现的杰出人物，仔细分析下来，哪一个又能逃得过这一规律呢？

历史的经验、教训从正反两方面告诉人们，摒弃以儒学为主体的传统文化，是一种违背文化发展规律的行为，而认真接受以它，不但不会妨碍人们接受一切外来的先进思想，反而能帮助人们选择吸收外来文化的优秀部分，造就一批杰出人物。这是本文结束时所要强调说明的观点。

（1993 年 5 月初稿，1997 年 7 月定稿。原载《韬奋人格发展的轨迹》上海文艺出版社 1998 年 5 月版）

《抗战三日刊》对"八一三"时期大众抗战的指导

邹韬奋（1895—1944），中国现代史上杰出的新闻记者，出版、政治活动家，他长期致力于平民的文化教育，主编的《生活周刊》等报刊，深受广大群众的欢迎，开创了杂志发行量的新纪元；他创办的生活书店，由小到大，出版了大量进步书籍。

邹韬奋早年信奉杜威的实用主义哲学，鼓吹平民教育，试图通过提高平民的文化素质，改变中国现实社会的贫穷和落后面貌。杜威的实用主义教育观，影响了他的办刊物的指导思想的形成。他主办的报刊贯穿为民众服务、提高民众素质的主线。随着民族矛盾的日益尖锐，抗日救亡成了中华民族主要的任务，他投身到民族解放运动中，逐步认识到国民党政府逆历史潮流而动的真实面貌，从而逐渐转向接受马列主义观点，提倡集体主义，反对个人主义。

"九一八"事变爆发，中华民族面临着日益严重的民族危机，邹韬奋用手中的笔，大力宣传抗战，增强民众抗战必胜的信心，促进国内的各政治势力的团结一致抵抗外来侵略。从"九一八"到全面抗战的前夕，他主办的《生活周刊》（后期）、《大众生活》《生活日报》等报刊，都呈现出一种以通俗易懂的文字、民众喜闻乐见的形式，进行抗战宣传，成为有一定影响，拥有广泛读者的主张团结、抗战的报刊。抗日战争全面爆发后，邹韬奋结束长达二百四十余天的监禁生活，回到上海。当时，形势十分危急，日寇不仅从华北不断向南逼近，且很快把战火烧到工业、金融中心的上海。

邹韬奋仅花五天时间，筹备创办了《抗战三日刊》。这时，他的思想已转向公开反对帝国主义、封建主义和资产阶级的个人主义，并认识到中国不可能走资本主义道路。他的思想转化在一九三一年"九一八"事变发生后显露端倪，对马列主义做了大量的研究、交结了许多共产党人，从中国社会实际出发，摆脱中山主义对他的长期影响，丢掉对国民党的幻想。"九一八"到七七事变的六年时间里，他所主编的《生活周刊》（后期）、《大众生活》《生活日报》直接受到共产党人的影响，一批共产党人参与了创办、发展过程，一九三六年一月邹韬奋在香港创办《生活日报》，他的办报方针是在共产党人潘汉年、胡愈之帮助下制订而成，得到刘少奇的热情肯定。

一九三七年"八一三"上海抗战时期，邹韬奋创办的《抗战三日刊》，共产党人不仅参与创办，而且成了共产党人宣传抗日主张的阵地，几乎每一期刊物上，都有潘汉年、胡愈之、钱俊瑞、钱亦石等中共党员撰写的文章，如第五期上，五篇重要文章，竟有四篇出自共产党人之手。

1. 关于《抗战三日刊》的基本状况和特点。"八一三"中日上海战役打响的第六天该刊创刊，每逢三、六、九日出版，由于受到上海租界当局的干涉，第七号起开始改名为《抵抗三日刊》，第二十八号又恢复原名。随着上海战役的不断恶化，日寇占领了租界以外的上海地区，邹韬奋被迫撤离上海，取道香港进入大后方，《抗战三日刊》也迁往汉口继续出版。

邹韬奋面对中日战争全面爆发的新局面，充分认识到对平民实行战时教育的重要性，他提出在抗战的"政治准备落后于军事的行动，实有迅速补救的必要。例如后方民众的整个的彻底组织和工作计划，都要有通盘筹划的打算和切实的执行。"他试图通过《抗战三日刊》与民众一起完成政治上的准备，"反映大众在抗战期间的迫切要求，并贡献我们观察讨论所得的结果，以供国人的参考。"

《抗战三日刊》在上海共出版三十期，几乎贯穿了中日上海战役的全部过程，成了"八一三"时期指导上海民众抗战的重要报刊之一。

"七七"事变后，全国进入全民动员、全民抗战的新阶段。但是，由于对战争缺乏认识，不少民众存在着恐惧心理，表现出无所适从，大量无组织的撤逃，影响了后方对抗战的支持，甚至影响到前方抗敌将士的情绪，被汉奸和日寇的特工人员钻了空子。首要的问题是让民众充分了解战事和战争的发展，正确对待近在面前的战争。《抗战三日刊》以大量的篇幅，用平民乐意接收的形式，配有地图和漫画，分析战势的发展，让民众了解战况，加强民众对抗战意义的认识。《抗战三日刊》上连续以专栏形式，发表了国际问题专家、进步人士金仲华撰写的《战局一览》对上海地区的战势和全国抗战的形势作了详细的介绍和分析。

《战局一览》对战争介绍客观、公允，不仅告诉人们中国军队的英勇抵抗和取得的战绩，而且如实向民众反映中国军事上的薄弱之处和失利。十一月中旬，中国军队进行大规模的撤退，《战局一览》作了详细的报道，并用图表加以说明。作者向民众分析撤退的原因，如对东部战场中国军队的后撤，作者认为是由于敌军采用外线迂回战略，先后从杭州湾、浏河口、自茆口和浒浦口登陆，切断中国军队的后路，战略上后退是必要的。但是，"许多据点放弃得过速，似乎对于牵制敌方的战略，并没有经过适当的布置。所以敌军从各方面推进，并无后顾之忧，而我方像松江、昆山、常熟这样的重要据点，倒是常常感受到前后几面的威胁。"

如实让人民知道战争的实际情况，是动员人民群众自觉参加抗战的一个重要途径。否则，被蒙在鼓里的群众无法积极、有效地把自己与战争紧密地联系在一起。

同时，《战局一览》还根据战争情报对战势发展进行预测和估计，让民众对战争前景有充分的了解和认识。上海战役初期，日寇极有可能从海上登陆，"关于敌海军登陆的企图，要完全加以阻击，在我国一向没有海防的情况下，大概是很困难的。"作者把日寇从海上登陆的可能性告诉民众，并认为非常难以防范。事实证明，作者的预见是正确的。不久，敌人分别从临近上海的江海口岸登陆，向上海呈包围之势。

当中国军队节节败退到苏州河岸边时，《战局一览》预测，日寇不可能正面突破苏州河防线，进入南岸的中心城区。但日寇极有可能从两翼突破防线，占领租界以外的地方。

这些正确的预测，为民众对战争的防备提供了依据，有助于他们把握战争的发展方向，作出正确判断，积极有效地保护自己。在国家没有充分有力地把民众组织起来时，民众无法有效地投入战争，甚至出现无组织无计划的逃跑。《抗战三日刊》在引导民众对战势的认识，发展的前景，做了一些工作，为民众在战争中作出准确的选择，提供了依据。

《抗战三日刊》不仅对上海战势发展做出介绍和分析。同时，充分体现出编者邹韬奋对于中日上海战役是全国抗日战争一个组成部分的思想，反映全国的抗战形势的发展，给予民众整体上的对战争了解。九月中旬，华北日军越过丰镇，与中方绥远省守军防线对峙，敌军遭到中国军队猛烈反击。《战局一览》的作者认为，华北正处在激战的前夜，从保定到沧州之间数百里长的战线上，中日两国军队将展开真正的大战。

《战局一览》不仅对国民党军队的动向作了大量的报道和分析，还对共产党人领导的八路军的活动情况也做了报道。在一片退却、溃败的报道中，通过对八路军的报道，透射出一线希望给广大民众。第十四期上，有这样一段文字，"华北方面，我第八路军在晋北平型关冲破敌军的阵线以后，几方面的敌军都受到了牵制。最显著的是平汉路的敌军，已不能不停滞前进。在游击战略上，所谓'冲破敌人的一环，即是冲破敌人的全环'，在这里已得到一个证明了。"

通过对战争的分析和预计，准确向民众传递战争信息，战争前景的目的，关键的还在于让民众参与抗战，在战争中学会战争、保护自己打击敌人。《抗战三日刊》辟出大量的篇幅，介绍战争常识和民众自我防卫、救护知识，《从飞机谈到炸弹》一文，对日寇的飞机种类进行了介绍之后，详细地向民众说明怎样避免飞机的轰炸，提出："有职务者紧急分散集合；无职务者各居防空室内，如无防空室，至少亦应居室内。切勿外出或聚集街头屋顶东眺西望；夜间全市电灯熄灭，拒绝一切声音……"整篇文章对怎样避免轰炸，做了十分详细的介绍，对民众的防卫有实际用处。以后，《抗战三日刊》上又发表了如何防止毒气弹、战争中的救护等文章，对民众的自救进行指导性的宣传和介绍。

除了战争常识的介绍外，《抗战三日刊》上发表了大量对于战时的民众组织、文化教育的研究文章，一批共产党人和民众救亡运动的领袖章乃器、李公朴、沙千里纷纷在该刊上发表自己的主张。这一些文章，在该刊中占有大量的篇幅，很好地体现出邹韬奋创办该刊的宗旨。

2. 关于战时教育。战时教育方针的贯彻，是在有组织的全面抗战中进行的，要根据不同实际情况，采用各种不同的形式，鼓舞民众的抗战热情、自觉学会战争，并切实提高民众的文化素养。他们把战时教育的对象分为五种类型，即直接参与战争的军队，抗敌后援会、各界救亡协会以及救护队、各种服务团等；一般职业团体，如工厂、商店、行政机关的职员和工人，大学或专门学校、研究院的教师学生；中小学校的教职员工和学生、一般散漫的民众。

实行战时教育，对第一、二、三、四类人员来说比较容易做到，只要把他们组织起来，设立专门机构负责，认清自己的团体单位在全面抗战中的使命，围绕抗战的需要开展工作，成为战争中有机的一部分，为抗战的全面胜利而努力。对于第五类人员，执行战时自我教育比较困难，应该由政府、救亡团体、教育团体切实合作，组织战时普及教育委员会，负责设计指导，动员大中小学生、文化人组织战时普及教育服务团深入他们中间，开展教育活动。

3. 关于战时的民众组织。对于城市居民的组织，应该由从事民众工作的人员，与民众打成一片，和自己的邻居携手，在里弄进行广泛的宣传，与管里弄的住户联系，调查住户的职业，请在社会上比较有地位的住户，一起发动里弄互助会。组织起来的居民应该得到战争常识、救护方面的教育，保持弄堂安静，对外来人员实行管理等。

对于农村的民众组织，应该由大量的城市爱国青年奔赴农村，与农民朝夕相处，在农村中的基层领导协助下，向农民做深入仔细的抗战宣传，把他们组织起来，直接为战争服务，如慰问抗日官兵，提供军事运输、看护伤兵等。邹韬奋专门在薛暮桥撰写的《农村组织》一文后附言，认为农村民众组织十分重要，希望有大量的青年到内地去实行，并在国家权力机构的引导下努力工作。

第五期《抗战三日刊》上发表了中国农村经济研究会拟订的《非常时期乡村工作大纲草案》，对农村民众的组织训练、农业生产及粮食储藏等问题作了详细的规定和说明。

4. 对战时的难民救济。全面抗战爆发后，战争迫使民众背井离乡，成为难民，对于难民应有最善良周全的安置方法。化难民为战时的积力，不自白消耗物力，有助于军事行动，加强后方的防备。

李公朴在《救济难民工作计划大纲》一文中阐述了自己的主张，认为对于救济难民事业，一般人常视为与救济灾荒无异，是一种消极的救济事业，提供物质，这仅是治表的办法，原从事生产的人民，战时仍然可以从事生产，仍然是国家生产上的一种生产力。因此，在救济的同时，应该把难民组织起来。随着抗战的展开，难民救济事业成为一个最严重的问题，在观念上应当化消极为积极，把难民工作作为抗战中后方的一项重要工作。

李公朴对难民教育、救济做了具体的论述，他认为应该急赴已爆发战争的地区，考察救济难民机构及现状，并与当地赈务委员会取得联络，按照《救济难民工作计划大刚》实施。而且要对有可能发生战争的地方，作出积极的筹划救济工作。

5. 对于战时文化。战争爆发之后，许多知识分子都感到苦闷，觉得文化派不了什么用场。艾思奇专门撰写文章，指出："我们的抗战自然直接是军事的抗战，但同时间接地也是经济、政治、外交等等的动员，是军事抗战不可或缺的后盾。文化的动员，也是决定抗战胜利的一个必要条件。"《抗战三日刊》上发表了胡绳的文章，他指出了抗战时期的文化发展的方面，"现在必需向文化界做一个紧急的建议，"到内地"以至在一切小城市，小乡镇中，去开展整个的文化运动"，直接反映各地抗战需要。"在抗战时期我们的文化活动决不能一刻的停止，恰恰相反，倒要更加扩大，更加深刻。"

文末，邹韬奋对胡绳的这一主张给予明确的肯定，认为他的建议值得文化界的考虑。

《抗战三日刊》上不仅对战时的文化，指出了宏观上的发展方向，而且介绍了大量具体的发展抗战文化的做法，如群众发起的歌咏活动的开展、战时教育的具体实施，为一些面对抗战而没有找到自己位置的文化工作者指明了方向。

《抗战三日刊》在中日上海战役期间，不仅在宏观上给广大民众以指导，为完成国家抗战的政治准备提供了大量的依据和初步实施的方案，更可贵的是邹韬奋坚持自己一贯的办刊方针，与民众紧密地联系，对读者进行了直接的指导。这种指导方式分为两类：一类是《信箱》，用较大的篇幅解答一些读者来信中提出的关于"八一三"战事的问题，但由于这一类所占篇幅大，每期只能解答一个读者的来信；第二类是《短简》一栏的设置，《短简》是一种收到读者来信提问，简短答复读者的专栏，几乎每期都有，少则答复五六个读者的提问，多则一期答复十五六个读者。这样就克服了《信箱》的弱点，能够与较多的读者进行交流，切实地指导民众的抗战活动，提高他们对抗战的认识。如有一位学习中医的读者，想改学西医，为战争服务，编者回信说，学西医必须有相当的基础，三五年内才能学成。中医也能在后方替民众服务，对国家有所贡献，同时还可以参加民众工作，为抗战服务。在第十五期该刊的《短简》上，编者还详细地回答了读者关于"八一三"与"一二八"的不同。有一位吴姓的读者，对于人们分析日寇内部矛盾和弱点的言论，抱着错误的认识，认为是一种"无异自己不能打倒敌人，却希望敌人能暴疾"。编者耐心地做这位读者的思想工作，举出中国古代兵法上的观点，说服读者这种分析对于抵抗有利，知己知彼方能百战百胜。

归纳《短简》上编者回答读者的提问，一部分是解决一些读者在抗战初期无所适从或轻易想投入抗战的问题；另一部分便是做读者的思想工作，使读者对于抗战有比较正确的认识。这两部分的《短简》，是编者对民众抗战的直接且具体的指导，充分体现出邹韬奋的办刊风格和指导思想。

　　（《继往开来——纪念〈向导〉创刊七十周年暨发扬党报传统学术研讨会论文集》　上海社会科学院新闻研究所编 1993 年 1 月）

从《新评论》到《救亡情报》

章乃器（1887—1977），浙江实业银行副经理、中国征信所董事长、救国会创始人之一，以七君子事件闻名遐迩；解放后历任政务院委员、粮食部长，中国民主建国会副主任委员、全国工商联副主任委员等职，1957年被错划为右派，撤销一切职务。23年后得到平反。

在许多人记忆中，章乃器仅是一个政治活动家、经济学家，长期工作于经济界。其实，他文思敏捷、才华横溢、笔力犀利，除了撰写诸如《中国货币金融问题》《中国货币制度往哪里去》等大部头经济著作外，还留下大量散见于《申报》《东方杂志》《世界知识》等报刊的政经文章，结集出版的有《激流集》《出狱前后》《民众基本论》等。他还擅长起草政治宣言、纲领，被朋友誉为"宣言专家"，救国会和初创时的民主建国会的一系列重要文件许多出自他的笔端，对现代中国社会产生了一定的影响。

鲜为人知的是章乃器的编辑出版生涯，他办报刊的经历与政治生涯密切相关，思想观点和政治主张通过自己主办或参与办的报刊公之于众，引起社会反响。29岁时，他在上海独自创办《新评论》半月刊；1936年5月上海各界救国联合会言论机关》《救亡情报》出版，他是实际的运行者和主要编辑、撰稿人。以后他又兼任《平民》周刊编委，解放后任《光明日报》编委，直到1957年为止。

在章乃器的编辑出版经历中，《新评论》与《救亡情报》占有相当重要的地位，集中反映了他抗日救亡思想的发展过程；对国民党的幻想逐渐破灭，转向批判国民党的方针、政策，联合共产党结成广泛的统一战线共同抗日。

1. 章乃器筹备出版《新评论》是在 1927 年"四一二"政变之后。以蒋介石为首的国民党统治集团违背孙中山制定的路线方针，背叛了广大民众，公然代表大资产阶级、大地主以及帝国主义的利益。章乃器站在孙中山三民主义的立场上，希望国民党统治集团坚持中山主义，造成一个平等的社会，打倒军阀、官僚、洋奴财阀、土豪劣绅，维持民族资产阶级的利益，给予工农适当的"赢余分配"，保证广大民众的生机。他针对"国民革命资本化"的问题，尖锐指出："中山先生明明白白地说，民生主义就是社会主义。我们只要问，目下国民党的主义，是否仍是中山主义？""对于这种背叛主义的理论，应当不应当有断然的处置？"鼓吹中山主义，抨击蒋介石统治集团所制订的政策、方针，揭露国民党统治的腐败，成了章乃器创办《新评论》的主要动机。

当时，章乃器身为"南四行"之一的浙江实业银行营业部主任，职位显耀、收入颇丰，大可不必卷入政治旋涡，尤其在白色恐怖的 1927 年，不少人退出政治舞台亡命、隐匿。但是他从小接受"大丈夫志不在温饱"以天下为己任的传统教育，勇于担负社会的责任，希望许多职业者像自己一样关心国事，"提倡有职业的人的政治运动"，而且不是那种人云皆云的政治，"做潮流的指导者，不要做潮流的追逐者"。他明确告诉读者创办《新评论》是一种适合个人而有利于人类、国家社会的事业。

他展开一系列活动筹备该刊，走访《生活》周刊主编邹韬奋，商谈出版刊物事宜；10 月致信胡适寻求支持，希望他介绍一些作者为刊物撰稿。

胡适只题写了刊名。

1927 年 12 月《新评论》半月刊创刊，每月 15、30 日出版。编辑所设在江西路吉庆里七号，次年迁往霞飞路 24 号。三个月后，这份半月刊已在上海之外的天津、成都、西安等城市设置了一百多个固定代销点。它首倡的"做潮流的指导者，不要做潮流的追逐者"的口号，赢得许多青年的赞同，广泛被青年刊物沿用，引起社会的反响。次年 5 月，由于销路大增，半月刊从创办时的 40 页扩至 50 页，增加不少内容。1929 年 1 月改为月刊，刊物的容量较前增加了一倍多。不久，国民党以该刊"袒共"的罪名强行禁止出版。

章乃器承担下《新评论》的编辑、校对和发行工作，同时他还是该刊的主要撰稿人，大部分的政治评论性文章出自他笔端。"日间坐了十小时办公室，晚间余闲，还要分一半到《新评论》里去，余下的一半，还要应付另外几种小事业"。在中国现代出版史上，一个银行高级职员独自一人办个刊物还是少见的。

2. 章乃器办《新评论》的初期试图以一种超然的、纯客观的态度来进行评述，他阐述道："我们的立足是公正，我们的目标是一切事物的艺术化，所以我们对于合于艺术化的事物都要赞美，对于一切反于艺术化的事物，都要反对""倘使要做一个超然的言论机关，——一个潮流的指导者，就不许有很具体的主张。"在十一期上他说的更加明白，以"绝对超然的态度""平心静气，完全用旁观者的眼光，来发表公平的议论"。然而，严酷的现实不允许他保持"超然"的态度，在整个办刊过程中，自觉不自觉地否定了自己的办刊的宗旨，回到早期办刊的动机上。

章乃器接受了中山先生的三民主义，以此为基准对国民党政府违背中山遗愿，展开尖锐的批判，《新评论》上章乃器发表的不少政治评论性文章就是从这个角度撰写的。他怀念孙中山时期敢于发动民众，打击军阀土豪，使北伐革命得到迅速发展。四一二反革命政变后，蒋介石统治集团害怕工农运动，借"停止民众运动"进行疯狂的镇压；杀戮无辜平民，章乃器认为此为"灭绝人道的杀人方法"。害怕民众运动、屠杀工农，已证明国民党站到大众的对立面，代表不了民众的利益，"国民党和民众，俨若对立的治者阶级和被治者阶级"。如果国民党不放弃反动立场，"那末，我要说它要变成一个被毁灭的势力，即不在目前，亦当在不久的将来"。他懂得民众力量的伟大，谁赢得了民众的信赖，谁就能立足于中国政治舞台。章乃器大胆的预测终被历史验证，而他的论断发表于当时的险恶环境，不可不谓是大无畏精神的体现。

《新评论》中还有大量揭露国民党统治的黑暗和腐败的文章，章乃器在《新评论》第16期上发表的《国民党的生死关头》一文，堪称代表。"现在国民党如何？在都市当中，我们只看见党里要人，勾结政客式的商人，分赃自肥……在乡间，我们看见党里要人，勾结政客式的商人，代行压迫民众的职权，专向穷人头上搜刮捐税"。章乃器清醒地认识到现阶段的国民党与旧军阀一脉相承，所谓的革命换汤不换药，除掉旧军阀为了让新军阀登台，除掉旧官僚是为了让党棍成为新官僚，他提倡对统治阶级展开斗争，以民众干预政治的办法，阻止国民党急速堕落。

1928年3月发生济南惨案，《新评论》集中地评述抗日和中国出路的两大问题。章乃器要求蒋介石统治集团及早回头，重新实行孙中山三大政策，抵抗日本侵略。他认为中国的抗日不是针对日本民族，需要联合日本民族中的反战势力，共同反对日本民族中占极少数的日本帝国主义野心军阀。这些帝国主义者，不仅对中国是蛮横的侵略，对世界和平也是践踏；对日本整个民族同样是压迫，"中国向日本帝国主义者宣战，是要解除日本民族的痛苦，是要保持世界的和平"。

他深信外来侵略无法征服中华民族，其原因不在于中国的统治者，而是民众力量的伟大。民众力量是粉碎日本侵略者唯一的保障，"巨数的人民散在这般辽阔的土地上面，只要坚持不屈服的精神，永不至受任何民族的支配，何况这微乎其微的日本？"同时，他还指出在危急的形势下，迫切需要组织民众，成立抗日协会，利用大众的力量抑制侵略。而不是寻求国联、美国总统的保护。

章乃器在《新评论》上阐述的抗日主张，为他成为杰出的爱国者奠定了思想基础。但是就总体上说，创办《新评论》时期的章乃器，思想带有明显的历史局限性，如对中国社会阶级的划分、阶级斗争的认识以及马列主义在中国传播的作用，认识得极为模糊。他这一时期的思想代表着尚未接受马列主义学说的激进的资产阶级知识分子，他们以孙中山三民主义为武器，向蒋介石统治集团展开批判，随着民族矛盾日益尖锐，逐渐认清国民党政府的真实面貌，逐步丢掉对国民党的幻想。

3. "九一八"事变不久，章乃器对蒋介石为首的国民党政府制定的"攘外必先安内"的政策，进行针锋相对的批驳，"'攘外必先安内'，这是什么话？依照现阶段的形势，我们该说'安内必先攘外'或者'非攘外无以安内……眼前可能的举国一致的出路，只有反帝的民族革命；所以欲求中国的统一，我们应该说'非攘外无以安内'"。

章乃器主张停止"剿共"，联合共产党一起抗日，到了1935年前后，他的这一主张更为强烈。

章乃器不单发表文章阐述自己的观点，还与宋庆龄、何香凝、马相伯一批有志之士联合起来，发起组织中华民族武装自卫委员会。1935年12月，他和上海文化界进步人士沈钧儒、邹韬奋、陶行知等发起组织上海文化界救国会。之后，运行《救亡情报》的出版。

《救亡情报》原系上海各界救国联合会的机关报，出满十期后转为全国救国会的机关报。该报于 1936 年 5 月在上海以半公开的形式出版，每星期出一张（四开），遇有特殊情况出增刊或号外。先后参加采编的有刘群、徐雪寒、吴大琨、恽逸群、陆诒，其中不乏共产党人。《救亡情报》成为全国救国会的机关报后，直属全救会负责宣传的章乃器领导，编辑部一度也设在他的家中，他多次出席编辑会议，具体指导编辑、记者的编采工作，当报纸遇上经济困难时，章乃器想方设法向社会筹款，甚至不惜毁家纾难把私人住宅卖掉，所得款项允为办报经费。

《救亡情报》是救国会的机关报，性质决定它服务救国会的宗旨，该报发刊词明确告诉人们，"各社会阶层分子的利益，只有在整个民族能够赓续存在的时候，我们必须联合一致，与敌人及敌人走狗——汉奸斗争"。同时点明该报是"为了检讨各部分救国工作的得失，使各地方各界人士能够积极参加救国工作，从救亡斗争中检阅自己阵线里工作不够的地方，互相批判"。为此，《救亡情报》用大量篇幅发表各地各界救国会的纲领、宣言、工作计划，介绍它们的活动情况，指导全国群众性的抗日救亡运动。

《救亡情报》发表了宋庆龄、何香凝、马相伯以及其他著名爱国人士的言论。他们主张国共再度携手合作，抵抗日本帝国主义的侵略，何香凝发表讲话指出："日本帝国主义是我们当前的最大敌人。我们决不能堕入他们'中日合作防共'的烟幕中，而忘了我们失去的土地和人民……历史上从没有一个国家借用外力来平内乱而结果不是这个国家自己毁灭掉的！"《救亡情报》宣传国共统一抗日的思想，为日后国共合作打下了群众基础。

《救亡情报》还刊载国民党爱国将领蔡廷锴、傅作义、方振武、翁照垣的抗日文章。在该报第三期上，翁照垣将军撰文认为"帝国主义的利益和殖民地及半殖民地国家的利益是始终势不两立的。只有反抗和不断地斗争，殖民地和半殖民地国家才能得到解放。这就中日关系说来，也是千真万确的真理。叩头和摇尾乞怜，决不能把民族解放出来。我们必得振臂挥拳向敌人反攻"。

《救亡情报》在促进国民党官兵抗日方面做了大量工作。绥远事件发生后，该刊发表救国会分别致国民党政府和张学良、傅作义、宋哲元、韩复榘等的电文，要求出兵援绥，坚决抗日。不仅如此，他们还组织市民募捐援助前线的抗日官兵，捐款送往前线，深得抗日官兵的称赞，鼓舞了士气。傅作义复函道："热心爱国，慷慨输将，拜领之余，莫名惭篆，穷思敝部成守边疆，责无旁贷，日前绥东于役，不过稍尽天职。"

《救亡情报》的采编工作充分体现出章乃器以及其他救国会领导人的抗日救亡主张。

章乃器在繁忙的救国会活动中，抽出时间为《救亡情报》撰文，开辟"时事一周"的专栏。他坚持自己主办《新评论》时的抗日主张，认为抗日不能脱离民众，没有民众抗日热情，不去巩固民众的抗日力量，单纯指望高层当权者或单纯军事行动必然遭受失败。他在《西南事件所给与我们的教训》一文末写道，"总之，西南事件所给与我们的教训是：一、没有民众的基础，决不能抗日；二、发了大财，不要民众的官僚军阀，决不能彻底抗日；三、救国阵线永远不能放弃立场，不然，便要有极大的危机。"他坚信"日本帝国主义决不敢欺侮怒吼中的广大中国民众，而只配威吓中国的恐日派官僚"。

在主持《救亡情报》时，章乃器已经获悉共产党的《八·一宣言》的精神，对中共现阶段的抗日主张有较为深刻的认识，与中共派驻上海的党组织负责人潘汉年、冯雪峰有着交往，使他早年依靠民众力量抗日的思想更为明确、实际。在《章乃器先生的谈话——联合战线的意义和救国阵线的立场》一文中，他重申结成广泛的抗日救亡统一战线的必要性，批评一些过"左"的行动或口号，吓退了一部分落后的群众和保守的上层分子，"我们必须明白我们的工作对象，主要的不是思想前进和情绪高涨的，倒是比较落后的一般群众。否则我们便不是联合战线，而是一个进步的政党了"。他的这一观点符合中国现实社会的实际，和中共对于救国会的要求基本一致，让更多的人团结起来一致抗日。这时的章乃器抗战思想与中共的基本趋于一致，他与救国会起到中共党组织在白区不能起到的作用。

国民党政府对于章乃器以及救国会的主张和举措极为仇视，阻扰救国会的活动和《救亡情报》的出版，威胁章乃器等人的生命。他章置个人安危于度外，充分做了"去受罪"的准备，不断通过《救亡情报》向民众呼吁用实际行动去争取民族解放和独立，"我们要用我们的血，把'九一八'的耻辱，洗刷的干干净净，我们要在'九一八'的遗迹上，发扬出来民族的光辉"。

《救亡情报》紧扣社会实际，切实指导群众性的抗日救亡运动，喊出了民众团结一致抗日的心声，在各界爱国民众中间产生广泛的影响。但由于章乃器与救国会的其他六位领导人突然于 1936 年 11 月 23 日被捕，该报不得不随之停办，共计出版了三十期。

从《新评论》到《救亡情报》，人们不难发现章乃器抗战思想发展的脉络，由此可以看到一个杰出的爱国者在民族解放运动中丢掉对国民党政府的幻想，发动民众联合共产党人结成统一战线的思想发展过程。

（原载《出版史料》1992 年第二期）

韬奋早期思想论纲

一

思想形成是一个过程，由无数的量的积累和若干质的飞跃构成，形成一个完整的系统，有着内在的有机联系。整个过程，往往以某些飞跃点为界，划分为若干时期或阶段。

韬奋的思想形成过程大致可以划分为两个时期，1931年"九一八"以后，他的思想出现转变的端倪，从群众性抗日运动中受到了锻炼，逐步接受了共产党的政策和马克思列宁主义思想，政治观念得以转化。有学者认为"九一八"构成韬奋的思想形成过程中的一个划分时期的重要标志。姑且，认同这一说法，把"九一八"以前，视为早期思想，以后则为后期思想。值得注意的是，两个时期所包含的思想虽形成体系，相对完整，但是内在存在着必然联系。

本文限于篇幅，仅拟阐述1931年"九一八"以前的韬奋的思想，亦即早期思想，对他的早期思想进行分析、梳理，探寻他早期思想的发展轨迹，以及早期思想的基本特征，得出一些规律性的东西，以便更好地认识他后期思想出现的必然。

二

韬奋的早期思想发展过程中的三个阶段。韬奋早期的思想发展，可以划分为三个阶段。目前可以查到的韬奋最早刊发的文章，是 1914 年收入苏州振新书社出版的《南洋公学新国文》中的《斯宾塞谓修道之法在于尝人生最大之辛苦说》等一组七篇作文。

以后，韬奋又在上海商务印书馆出版的《学生杂志》、圣约翰大学校刊《约翰声》、《申报》等报刊上，发表了几十篇文章（包括记录名人的演讲、翻译国外社会科学以及介绍国外新科技的译文）。不少文章直接反映了 24 岁以前的韬奋的思想。从这些文章中可以看到，他尚处在思想启蒙阶段。这一阶段韬奋的思想，由两大部分的内容构成，一部分是接受儒学伦理道德观而形成的传统文化思想；另一部分则是受西方哲学思想影响产生的萌发状的资产阶级思想，并在一定程度上显露出这两种不同的文化思想所带来的矛盾。1919 年 11 月 25 日，韬奋在《约翰声》上，发表《青年奋斗之精神与国家前途之希望》。可以认为，这篇文章的发表，标志着启蒙阶段的结束。

之后，韬奋的早期思想趋于系统化，比较完整地建立了以美国实用主义哲学家杜威的思想为主体的资产阶级伦理观和教育观。韬奋翻译杜威的《德谟克拉西与教育》一文，于 1920 年 1 月在《新中国》杂志上连载。韬奋认为，这是一本"最能有系统的概述他（杜威）的教育学说的全部"的论著。次年，韬奋又在《时事新报》副刊《学灯》上系统介绍这本著作的前六章。在介绍文章的题志中，韬奋说："虽甚为简略，不能包括原书要义；然得窥一斑，亦可唤起阅读原书之兴趣"。

1921 年，韬奋进入黄炎培、蔡元培等人创办的中华职业教育社，投身到职业教育活动中。黄、蔡两人均为我国现代实用主义教育的倡导、支持者，前者在本世纪初首倡学校教育采用实用主义，在当时的教育界、知识界掀起一场教育思想上的大辩论；后者支持实用主义教育观在我国的传播，邀请杜威来华巡回演说，推荐杜威在中国的大弟子胡适为北大教授。

参加职教社的工作后，韬奋着手研究职业教育，撰写了不少阐述自己教育观的文章。这些文章的观点，与杜威的教育思想基本上是一致的。

韬奋还接受了杜威的伦理观。1923 年 4 月，他在《民铎》上发表了《伦理进化的三时期》。该文不是单纯的翻译，而是作者依照杜威的伦理观编译写作而成，不乏编译者自己的理解和分析。韬奋基本上肯定了杜威的伦理观，并依照其观点对中国社会的伦理道德作了分析和归类。

1926 年 10 月韬奋接编《生活》周刊，次年 3 月发表了《本刊与民众》一文。它的发表表明韬奋的思想发展到一个新的阶段，即韬奋早期思想发展过程的第三阶段。

韬奋在《本刊与民众》中，明确提出："本刊的动机完全以民众的福利为前提……今后仍本此态度，容纳民众之意见，使本刊对于民众有相当的贡献"。在以前的两个阶段中，韬奋提到"民众"这个概念，是站在如何教育民众，开发民众的智力的角度来做文章，没有把自己划入"民众"的同一类内。这时，他明确了认识对象，研究、关心民众，并愿为他们作出贡献，这是思想认识上的一次飞跃，为他实现思想立场的转变打下基础。由于立足点发生变化，《生活》周刊反映民众疾苦、揭露政治腐败的文章逐渐增加，"转变为主持正义的舆论机关"。

需要指出的是，进入第三阶段后，韬奋没有放弃他在第二阶段所形成的思想，仍然信奉杜威的学说，提倡平民式的文化教育。韬奋接编《生活》周刊之后所制定的办刊方针，与实用主义的思想仍有着密切的联系。

以下，将对上述三个阶段进行较为详细的论述。

1. 韬奋早期思想的第一个阶段。众所周知，他出生在一个破落的封建官僚家庭，祖辈是在贫困中靠刻苦攻读谋求功名获得官职，韬奋又称自己的家庭是个书香门第，"我六岁的时候，由父亲自己为我'发蒙'，读的是《三字经》……母亲觉得非请一位'西席'老夫子，总教不好，所以家里虽一贫如洗，情愿节衣缩食，把省下的钱请一位老夫子……我到十岁的时候，读的是'孟子见梁惠王'"。1912 年，韬奋离开福州，进入上海南洋公学附属小学就读，后又升入公学中院（中学）。南洋公学虽以工科为主，但是校长唐文治（蔚芝）重视学生的国文学习，积极倡导研究国文，造成风气。同时，学校还有一些令韬奋敬佩的国文教员，促使他越发重视国文学习，并且展开研究。韬奋认为光靠课堂上的学习是不够的，他还利用课余时间读完了《古文辞类纂》《经史百家杂钞》《韩昌黎全集》《王阳明全集》《曾文正全集》等著作。

这种文化教育，除了单纯意义上的启蒙智力，传授知识技能外，也向他灌输了以儒学为根基的传统伦理道德观，韬奋后来也认为"从小所接触到的，是封建思想与旧礼教的'熏陶'"。

这种"熏陶"在韬奋这一阶段撰写的文章中得到反映。首先，反映在他对儒学的一些代表人物的敬仰上，他在《斯宾塞谓修道之法在于尝人生最大之辛苦说》一文中称赞孔子是"挽既溺之世风，传一线之道绪，东亚道德赖其维"。在同一篇文章中，他认为王阳明是近世之大儒，"悟格物致知之学，倡圣贤良知之旨，振人心之委靡，惠后进以无穷"。同时，他还大量引用儒学代表人物的观点，作为自己文章的论点。《强毅与刚愎》一文，韬奋以曾国藩论述的"强毅之气，决不可无。然强毅与刚愎有别"为文章的出发点，阐述了强毅与刚愎的关系。此外，他还把儒学代表人物的生平事迹，作为论证自己观点的例证。

其次，韬奋对中后期一部分儒学代表人物的思想进行研究，如韩愈、王阳明、曾国藩。这些人都以儒学伦理道德观为思想核心，在一定程度上发展了儒学。韩愈是宋以后唯心主义理学的先驱，上承董仲舒下启宋代理学，为天理人欲之说开辟了道路。王阳明提倡"致良知"和"知行合一"的心学，本质和宋代程朱没有什么不同，均以传统的儒学伦理道德观为核心内容，只是形式有所不同。曾国藩在近代史上继承和阐发了儒学和唯心主义理学，以"诚"为其世界观的中心范畴。韬奋在研究这些人的思想后，写下了以下这段文字："一息之顷之所思，不在天理，便在人欲，亦未有在天理人欲之间而中立者也。"韬奋基本上是把"天理"和"人欲"对立起来，并认为人如果"所思在天理"，那么"诚于中，形于外，所行之事，自合于天理"；如果"所思在人欲"，就"生于心，害于事，所行之事，自合于人欲"。在这里，韬奋虽然没有对"天理"与"人欲"作出明确的褒贬，但仔细分析，他对天理、人欲的赞誉和贬斥还是鲜明的。这个观点符合儒学伦理道德观"存天理、灭人欲"。那么，韬奋所理解的"天理"是什么呢？他没有直接点明。但在《问王阳明先生不动声色而擒宸濠功业冠乎有明一代论者谓其生平学问之得力在于龙场贬谪之后其说如何》一文中，他认为理是"放之四海而不惑，俟诸百世而皆准"的真理。在我国漫长的封建社会里，能够被誉为"放之四海而不惑，俟诸百世而皆准"的理，除去儒学外，还有其他什么呢？

再次，韬奋接受了儒学伦理道德观，还表现在对孝的理解，基本上符合儒学关于孝的要求。他在《原孝》一文中认为孝敬父母固然是孝的重要内容，但这仅是孝的开始，还不是孝的全部。应当由孝父母发展成"不为社会之蠹而有益于社会""不为国家之害而有利于国家"。国家如果拥有许多这样的孝子"则一国之兴不待言""则其国强"。儒学所提倡的"孝"，本来也是和"忠"相联系的，是试图从孝敬父母，进而达到忠君爱国。

以上说明韬奋的思想自启蒙起便接受了以儒学为根基的传统文化，并非有些研究者认为的那样，韬奋一开始便具有与儒学的伦理道德观相决裂的思想。少年韬奋不可能像近代中国资产阶级思想先驱们——康有为、谭嗣同、严复、孙中山、章炳麟等人一样，在这阶段内建立以西方资产阶级思想为主体的世界观。韬奋建立这样的世界观是在下一个阶段，这将在下一节里加以详细论述。

在启蒙阶段，韬奋接受了儒学伦理道德观为主体的传统文化思想，同时，也感知了西方社会的文明。韬奋就读的南洋公学不是一所传统旧式的学校，它是西方文化传入中国之后的产物。公学中有一批留学英美归国任教的教师，又时常邀请海外学者或学成归国的学者如李佳白、俞凤宾等来校作演讲，加上他喜欢阅读海外通讯、海外传记，获得认识西方社会的间接材料，这些材料在韬奋心中烙下了深刻的印记。"我偷点着洋蜡烛躲在帐里偷看，往往看到两三点钟才勉强吹熄烛光睡去。睡后还做梦看见意大利三杰和罗兰夫人！（这些都是梁任公在《新民丛报》里所发表的有声有色的传记。）"

间接的材料是韬奋认识西方社会的开始，他在《医学博士俞凤宾氏学生卫生宗旨谈》中发出慨叹："美国旧金山，凡街道之两旁人行处，不许吐唾，犯者罚银五元……而居彼地之华人，多凌乱秽浊，为彼等所厌。不卫生之辱及国体，于此亦可想见。吾望吾国人勿以其事较微而忽之也……梁任公先生尝谓西人行路，身无不直者，头无不昂者。吾中国则一命而呕，再命而偻，三命而俯。相对之下，真自惭形秽。"这种比较容易辨出落后所在。他认为，如果中国早日向西方学习，何至于"夜郎自大数千年，以为横宇宙之间莫吾若"。

以儒学为主体的传统文化和近代西方的科学文化各自建立在不同的经济、社会基础之上，前者适合于中国的古代社会经济基础和没落的宗法社会，代表着日益腐朽的旧势力，后者则产生于资本主义经济和社会。这两种不同的文化思想共存在他的大脑中，必然会产生矛盾。他既为祖国的落后、愚昧而叹息，呼吁向西方社会学习，但又害怕西方文化的冲击，发出"今者欧风美雨，汹汹而来。国人每蔑视祖国之善俗，而徒窃他人之皮毛，滔滔狂澜，不知所届。怵大陆之将倾，悯国人之不悟"的惊呼。

有矛盾必有斗争。斗争的结果，就像适合于中国古代社会经济基础和没落的宗法社会的儒学思想，没能经受住近代西方科技文化的冲击一样，韬奋的思想开始向系统接受西方资产阶级思想转化。1919 年，五四运动爆发，韬奋卷入了这场新文化的启蒙运动中。当五四运动的中心，由北方转移到南方的上海时，韬奋参加了宗旨为"唤醒农工商各界，共做救国事业""'团结一致'誓与旧势力抵抗"的上海《学生联合会日刊》的编辑工作，成为"五四"参与者。

"五四"前后（1918—1919）韬奋共计著译文章十六篇，出现以译为主、著文甚少的现象。译文十二篇，除了翻译介绍西方科技成果的文章外，主要精力放在系统翻译西方的哲学著作上，如翻译英国唯心主义哲学家伯特兰·罗素（韬奋译为罗塞尔）的《社会改造原理》，美国实用主义哲学家、教育家杜威的《德谟克拉西与教育》等。著文四篇，有《在校修学杂感》（1918）、《青年奋斗之精神与国家前途之希望》（1919）等。出现这种以译为主的现象，并非偶然，排除其他偶然因素，可以说他是在广泛地了解西方社会，对西方文化作深层次的研究，对国家前途作缜密的思考。《青年奋斗之精神与国家前途之希望》就是这种思考和研究的结果。

韬奋在该文中首次向全国青年呼吁："坚持其奋斗之精神，与社会腐败恶习宣战"。他认为社会腐败的根源是儒学伦理道德观维护下的封建的家庭关系，所形成的"彼此倚赖而互失其自立之精神"，使人（尤其是青年）"丧失了独立的性格和意志"，阻碍政治规范和铲除腐败制度。他说："时贤所为力倡家庭革命之说，以达健全国民之目的。其所主张，实获我心。"他认为，封建家庭之腐败恶习，使青年丧失了积极前进的奋斗精神，以至社会变得毫无生气，客观上阻碍社会的发展，助长了腐败的滋生和存在。在这篇文章中，韬奋不仅第一次触动了儒学伦理道德观指导下形成的社会基本构成单位——家庭，还提出实现自己主张的社会力量和途径。他把希望寄托在"新人物"的身上，这些"新人物"不仅英俊有为、体魄坚强，而且是在精神方面具有"忠恳真挚之热诚，百折不回之毅力，与己身之腐败恶习奋斗，与社会之腐败恶习奋斗，与家庭之腐败恶习奋斗，不受前人种种腐败陈言所羁縻，不受现在种种腐败环境所诱惑，卓然自立，奋往前迈"的青年。

但是，韬奋不主张以任何形式的暴力（包括"攻讦"）来实现这种改造。他认为靠青年们"深明奋斗之精神及坚持此奋斗之精神"，就能实现这种改造。具体地说，"成室必侍奋斗之精神而为自立之新家庭"，数年之后，"中国可得四百余万之新家庭"，这样，腐败就能被铲除，中国社会就会前进。《青年奋斗之精神与国家前途之希望》一文，不仅揭示中国社会腐败的根源，同时提出了改造社会的力量和手段，可以看作是一篇政治宣言，反映出韬奋的反封建性和对社会革命的认识。虽然，文中表述的思想并不成熟，手段过于理想化。但它说明韬奋已结束了儒学与西方文化兼容并蓄的状况，为完整接受资产阶级的思想观念打下了基础，标志着启蒙阶段的结束，下一个阶段的开始。

2. 韬奋早期思想发展过程中的第二个阶段。从1920年开始。这一阶段，韬奋已经比较系统、完整地接受了西方资产阶级思想，建立了以杜威实用主义哲学为主体的资产阶级世界观。

韬奋为什么选择了杜威学说呢？第一，韬奋自身就是个"教育救国"论者。早在思想启蒙的开端，他就在作文中提出，"国小不足为患，而民愚始足为患"的观点。克服愚昧、落后只能靠文明、科学，要达到文明、科学，韬奋认为只有通过普及教育。"开浚民智"，是"兴国振民一大要政"。

1920 年，他在《教育群众的责任在那里？》一文中，指责当权者不重视普及教育，认为广大群众没有文化知识，已经阻滞了国家的进步和社会的改良，不应该"眼巴巴的随他拖过去"。

"教育救国"论者是很容易接收杜威的学说。原因是杜威作为一个教育家驰名，远在他作为一个专业哲学家而同样具有广泛的影响之前。杜威的哲学思想与他的教育思想糅合在一起，通过他的教育思想来传播他的哲学思想。韬奋在接受他的教育思想的同时，也就自觉或不自觉地接受了他的哲学思想。

第二，杜威为了推行他的学说，接受蔡元培的邀请，来到中国作了历时两年的考察、演讲。杜威在考察了中国教育的现状后，提出了中国迫切需要"实行平民主义的教育"的论点。宣传平民主义教育，成了杜威在华演讲的一个重要内容。杜威的平民主义教育的内容和目的，与韬奋对教育的认识有着很大程度上的一致性。

杜威还在中国时，韬奋便翻译发表了他的《民本主义与教育》，在"译者识"中，韬奋流露出对杜威的崇敬心情，同时充分肯定了杜威对中国的影响。杜威的实用主义哲学从教育、伦理两个方面影响这一阶段的韬奋的思想。

1922 年韬奋离开民族资本家穆藕初创办的上海华商纱布交易所，进入中华职业教育社担任编辑股主任，对青年进行职业指导，先后到宁波、南京、武汉、济南等地作了职业教育的考察。同时，韬奋还着手编译了国外的职业教育和职业指导的文章，撰写了研究职业教育、职业指导的文章。从这些文章中可以看到他的教育思想与杜威的实用主义教育观有着相当大的一致性，有的直接从杜威的实用主义教育观中演绎而来，并有所发展。

杜威在考察了中国社会现状后，认为中国目前迫切需要发展平民教育。他在南京演讲时这样说："我观察中国的社会教育，受教育者也大多为有势力有金钱的贵族子弟,根本没有平民教育……平民教育乃是公共的教育,是国民人人所应享受的……普及教育是为国民所急需而不可缓的"。韬奋在《介绍郑洪年君之职业教育谈》中也认为平民职业教育"是中国现在亟需的教育"。这里他所说的平民职业教育实际上是平民教育的一种,包含在平民教育之中。韬奋还阐述了我国迫切需要发展平民职业教育的原因,他在《职业教育之所由来》一文中谈了四点,"为无知识无职业之游民太多,不得不筹救济之方""为欲救济学校毕业,与中途辍学学生之失业""为利用丰富的物产,与过剩的人工,以增进国家之生产力""欲使青年热心社会服务,而先予以相当之充分准备",凡此均"不得不提倡职业教育"。

对于平民职业教育的目的,他们都把它分为广义和狭义的两个部分,并不赞成把这种目的仅归纳为狭义的实用性质,解决一个单纯的生计问题。韬奋和杜威都把职业的意义划分为利己与利他两个方面。韬奋认为职业的意义一方面可以有利自己,另一个方面可以有利他人。"职业是一方面利己,一方面利人的行为。一个人生在世界,受了人群的许多利益,人人都应该各尽所长,对于社会有尽量的贡献。这是人人所以必须有一业以服务社会的原理。一个人果能尽其所长服务社会,社会对他自然有相当的报酬。"这和杜威在《民本主义与教育》一书中所论述的"职业的意义无他,不过是人生的活动所循的方向,在自己方面能成功种种结果,对于他人方面也有用处"是一致的。由于对于职业的意义是从利己与利他两方面来认识的,便决定了他们的职业教育观不可能呈现为一极性,仅利己或仅利他。不仅如此,他们还往往以提倡"利他"作为推广职业教育的重要方面,杜威如此,韬奋亦如此。

1923年4月,韬奋的《伦理进化的三时期》一文,在《民铎》杂志上发表。在"绪论"中,他说:"这篇文是根据杜威与脱虎斯先生合著的《伦理学》做的。"它是韬奋对原著进行研究之后的产物,并非单纯意义上的翻译。

韬奋在绪论中还指出：原著"在我国新旧伦理冲突递嬗的时候，尤其有研究的价值。"

韬奋依照杜威等人的观点，把人类伦理发展史分为三个时期，第一时期是"本能的行为时期"，第二时期是"群体的道德时期"，第三时期是"反省的（或个人的）道德时期"。韬奋认为我国社会的伦理处在"脱离第二时期而趋入第三时期"，即"个人是淹没于社会里面的，他自身没有独立的存在与价值"，向一种完全的"个人为主体的道德"转化。第三时期的伦理内涵基本上属于资产阶级的道德范畴，由个人认识到这种道德的"善之所在""不受外力拘束"而选择得到。可见，这时的韬奋基本上是站在实用主义伦理观的基础上，对中国社会的伦理发展做出预测的，从某种意义上来说，也是对中国未来社会作了预测——实现资本主义。

这时的韬奋思想是唯心主义的。原因是"实用主义是一种隐蔽的唯心主义"，它把经验当作整个世界的基础，而经验则是主体和环境的相互作用。杜威在他的伦理学中提出反省是促进人类伦理进步的基础，这里的"反省"同他的"经验"有复合一致的地方，韬奋也接受了杜威推动人类伦理进步的动因是反省的观点。

3. 韬奋的早期思想发展的第三个阶段。韬奋继续沿用了杜威的学说，影响了他初办《生活》周刊时的宗旨的形成。他提倡的"平民式"的文风和"有趣味"的内容，可以说是广义上的平民教育的继续。韬奋希望通过这些通俗易懂的文章，"暗示人生修养，唤起服务精神"，使人"得到丰富而愉快的生活""力谋社会改造"，最终实现"养成健全的社会"的目的。这一目的，与实用主义教育观所要达到的目的基本上是一致的。1927年11月韬奋采访杜威在中国的大弟子胡适时，明确谈到自己办《生活》周刊的宗旨是受到实用主义思想影响而形成的，"先生（指胡适）曾经说过，少谈主义、多研究问题，本刊是要少发空论，多叙述'有趣味有价值'

的事实"；韬奋还赞同杜威关于中国社会如何改造的观点。1929 年 9 月韬奋在《生活》周刊上撰文介绍杜威对于中国社会改造的观点，杜威认为"倘若纵任腐旧不合潮流的道德，腐旧不合潮流的观念，腐旧不合潮流的孔子主义……以及腐旧不合潮流的家庭制度，一一不加以改造与刷新，则谓仅须采用些西方的经济学，即可以救中国，实在是等于梦呓。虽有经济的和财政的改造，苟非同时附以文化上伦理上及家庭生活上的新观念，那不过好像把身上的痛疮迁移地位罢了。这样办法虽可革除了一些弊病，而同时又必创造些新的弊病出来，还是弄不好的。"韬奋在引用了这段文字后写道："杜威先生的意思，要拯救中国，不但要在物质方面救穷，同时还要在思想方面革除顽旧腐败的心理。"如若不这样，"去了老官僚，又来新官僚，一面尽管高喊打倒土豪劣绅，一面却自己也具体而微的模仿土豪劣绅的行为，还不是要一直的糟下去"。这种观点，并没有着眼于政治革命和社会制度的根本改造。

韬奋的思想在这一阶段与前两个阶段的显著区别，是对民众的认识和态度发生了重大变化。1927 年 3 月，他在《生活》周刊上发表了《本刊与民众》一文，首次提出："本刊的动机完全以民众的福利为前提""尽量容纳读者的意见……使本刊对于民众有相当的贡献"。在文中韬奋还对民众作了整体研究，划分出他认识中的民众的范围。以民众为自己的服务、认识对象，这是此前两个思想发展阶段所没有过的。在前两个阶段中，韬奋基本上是把民众放在被教育的地位上，认为他们的愚昧落后阻碍了社会的前进，迫切需要开发他们的智能，以摆脱愚昧落后，达到社会进步的目的，谈不上接纳民众的意见，为民众服务。对民众的认识和态度的转化，为他的立场的转变打下了基础。1930 年 12 月在《我们的立场》一文中，韬奋明确指出自己的立场已转移到民众中来，"立于现代中国的一个平民地位，对于能爱护中国民族而肯赤心忠诚为中国民族谋幸福者，我们都抱着热诚赞助的态度。"

这一阶段，韬奋认识中的民众的概念，范围比较广。他在回答什么是民众时说："我以为搜刮民膏摧残国势的军阀与贪官污吏不在内；兴风作浪，朝秦暮楚，惟个人私利是图的无耻政客不在内；虐待职工，不顾人道主义的惨酷资本家不在内；徒赖遗产，除衣食住及无谓消遣以外，对于人群丝毫无益的蠹虫也不在内。除此之外，一般有正当职业或正在准备加入正当职业的平民都在内；尤其是这般人里面受恶制度压迫特甚的部分。"从韬奋划分的民众的定义域来看，他的民众的概念，包括工农，也包括从事正当职业的平民以及"优待职工热心群众利益的实业家"，这些便是韬奋所对之有相当贡献的对象和接纳他们意见的群体。应该说这时韬奋的民众概念符合于那个时期的社会现实，他站在这一群体中间，做他们的代言人，显示出他的思想的进步性。

由于韬奋思想的变化，《生活》周刊增加了反映民众疾苦、民众呼声和揭露统治阶级的腐败、社会制度的黑暗的内容。反映民众疾苦、呼声的如《说不出的苦呀》《农村生活亟宜改良之说》《改良学生生活》《女教员问题》等等，翻阅这一阶段的《生活》周刊，满目皆是此类文章。同时，揭露统治阶级的腐败、社会制度的黑暗文章也逐渐增加，并且有相当的份量，造成一定的社会影响。第2卷第39期《生活》周刊上，有一篇题为《令人惊骇的军阀官僚私产统计》的短文，对一系列大军阀的"私产"作了曝光。

1931年初出版的第一期《生活》周刊上，韬奋揭露国民党高官——安徽省政府主席陈调元用搜刮来的十多万元为母亲做寿，韬奋认为这是"丧心病狂的举动""一掷巨万闹阔的青天白日下的高级官吏，不知他的钱是哪里来的，本人不以为耻，社会不加制裁，且有'党政军界各要人各团体等'趋跄恐后的凑热闹！呜呼！哀莫大于心死，中山先生在天之灵而有知，哀此民生，复见此奢像荒谬的公仆，其唏嘘悲愤之情状必有非吾人所忍言者！"《生活》周刊成为主持正义的舆论机关，一直持续到它被国民党当局扼杀为止。

韬奋对民众的认识和态度的变化，为他以后的思想得以转化奠定了基础。正如毛泽东所说："革命的或不革命的或反革命的知识分子的最后的分界，看其是否愿意并且实行和工农民众相结合……真正的革命者必定是愿意并且实行和工农民众相结合的。"

三

一个基本特征。在论及邹韬奋早期思想发展过程的三个阶段以及特点时，不能忽视的是强烈的爱国主义精神贯穿整个过程的每个阶段。

韬奋的爱国主义思想的产生，有家庭的影响、个人经历等复杂的原因，但主要原因，来自严酷的现实和传统文化的渊源。他的思想的启蒙时期，正处在国家"敌无日不可以来，国无日不可以亡，数年以后，乡井不知谁民之藩，眷属不知谁氏之奴，血肉不知谁氏之俎，魂魄不知谁氏之鬼"的危难时刻，人们在思索、探寻救亡图存之道。以孙中山为首的资产阶级革命派，发动了推翻清王朝的辛亥革命，但是这场革命没能改变中国社会的最后命运，只把一个皇帝赶跑，中国仍旧在帝国主义和封建主义的压迫下。这种社会现实，是韬奋滋生爱国主义思想的现实基础，他提出了自己的救国主张——以教育起衰扶弱，达到振兴祖国的目的。

而思想基础则来自韬奋从小接受的以儒学为主体的中国传统文化。儒学为主体的中国传统文化经历了两千多年的发展，沉淀出许多糟粕和渣滓，但总的说来，它是面对现实而不是脱离实际的，是理性的而非神学的，是有条件地主张变革的。近代以来，中国传统文化与严酷的现实一经接触，立即变成了近代爱国思想的思想基础。如中国历代知识分子具有的"以天下为己任""天下兴亡匹夫有责"的精神，在祖国危难之际直接表现为"常思奋不顾身，而殉国家之急"（司马迁语）。出现这样的现象，关键一点是他们把自身的利益和国家的利益联系在一起，把个人的命运和国家的命运联系在一道。这样的精神，在韬奋身上表现得极为强烈，他曾这样写道："国家之盛衰兴亡，与吾青年之升沉荣瘁有密切之关系焉。其盛其兴，吾青年之受荣独至；其哀其亡，吾青年之受祸亦独惨。"

爱国主义精神在韬奋心中自启蒙起，便不是单纯的抽象的概念，而是和寻找祖国愚昧落后的症结，探索强盛发达之路紧密联系在一起的。

1914 年，他在《唐高崇文讨刘辟军士有食于旅舍折人匕箸者即斩以徇论》一文中提出："国小不足为患，而民愚始足为患"的观点，韬奋并没有停留在发现国家落后症结所在这一点上，同时还探寻一条摆脱愚昧，使国家强盛发达的道路。他在同时期发表的《西国自活版兴而人群之进化以速论》一文中说："强国异于弱国者，学而已。夫学也者，非伏案呻唔，无补于世之谓也。有法律之学焉，有工商之学焉，有农桑之学焉，有军事之学焉。人群有学，则文化进而国势兴。人群多数有学，则文化速进而国势愈兴。"韬奋以"学"作为改变国家、民族愚昧落后命运的途径，而且认为大多数人的"学"，才能促进文化的发展，从而达到国家兴旺发达的目的。这里韬奋所说的"学"，延伸开来也可理解为教育。1917 年他在《对于吾校二十周（年）纪念之感想》一文中指出：强国之所以发达兴旺，在于它的教育普及到了"聚精会神、图谋尽善"的程度，"吾国忧时之士，亦莫不以普及教育，开浚民智，为兴国振民一大要政。"教育救国成了他第一、二阶段的爱国主义思想的主要内容。

1928 年"济南惨案"后，民族矛盾不断加剧，直到 1931 年"九一八"事变发生，国家处在生死存亡的关键时刻。韬奋除了大声疾呼民族团结、抵抗外国侵略外，还在积极探寻中华民族摆脱危难的局面的道路，他曾把希望寄托在蒋介石为首的国民党政府身上，但是，在现实的教育下，他看清了国民党政府"攘外必先安内"的真实面目，把希望转移到人民大众身上，与中国共产党人结合在一起，逐渐建立了只有社会主义制度才能使中国摆脱愚昧、落后的观念……

韬奋所持的爱国主义内容是随着时代的发展而起着变化的。他的早期思想发展过程的第一、二个阶段，爱国主义的主要内容表现为提高民族的文化素质，铲除腐败的社会体制和没落的封建意识，达到振兴民族、强盛祖国的目的。到了第三阶段，韬奋的爱国主义思想的内容，逐渐表现为呼吁民族团结，抗击外来侵略，连续发表文章猛烈抨击日本帝国主义的侵略行径，号召人民"团结努力，誓雪国耻"。

随着民族矛盾不断加深，以呼吁民族团结、抵御外来侵略为主体的爱国主义精神，在韬奋身上表现得越发突出，并成为他以后生涯中的爱国主义思想的主要内容之一。

总之，强烈的爱国主义精神是贯穿韬奋早期思想各个阶段的一个基本特征，他把爱国主义思想同寻找中国社会图强兴旺的出路结合在一起，并随着时代的变化不断更新、调整，充实其内容，体现出他身上的求真务实和不断进取的精神。同时，也应该看到他身上体现的爱国主义精神，超越了传统意义上的忠君报国和狭隘的民族主义，是中国社会现实需要的现代爱国主义精神。

（该文在 1990 年 11 月举办的首届韬奋思想研究会上宣读，后收入1997 年上海人民出版社出版的《韬奋研究论文集》）

略论文学作品的扁形人物

人物形象成功与否，是文学作品实现审美价值的根本所在。读者通过文学作品中的人物形象感知人物的性格和气质，影响情绪、思想乃至处世方法，以达到审美的最高境界，实现文学艺术创作的目的。正是人物形象的这一特质，在文学作品尤其小说的故事情节、典型环境的要素中，有着决定性的作用，支配着情节的展开。情节起着沟通人物和读者之间情感交流的桥梁和媒介作用；典型环境构成人物性格实现的必备土壤，虽然它是人物赖以生存的条件，但一旦脱离了人物之间的冲突也将消亡，在审美活动中典型环境帮助读者理解人物在特定环境中的特定行为,渲染人物性格,使之趋于完美。

从小说三要素的关系分析，人物形象在实现小说审美价值上有着举足轻重的作用，决定着小说创作的成败，是小说家、评论家以及读者高度关注的要素和不容忽视的要求。所以，探讨人物形象的现象，成为研究小说创作的重要一环。而本文将注重对小说创作中被冠以扁形人物之名的这一类型人物形象加分析和论述。

一、研究人物形象的两种方法以及关于扁形人物

纵览小说发展史，中外小说创作形成的人物形象若星辰璀璨，文学理论家一直做着艰辛的劳动，他们有的提出以现实主义、浪漫主义、魔幻现实主义、象征主义、符号主义等不同的文学创作方法，研究人物形象形成的性格特点；有的以人物形象呈现的不同面貌来概括分析人物形象的特征，探寻人物形象性格发展的规律。英国作家、文学评论家爱德华·摩根·福斯特（Edward Morgan Forster，1879—1970）以上述第二种方法来研究人物形象，他在 20 世纪 20 年代，提出小说人物分为扁平和圆形两大类的观点。据他在《小说面面观》中所表示，这种划分在西方 17 世纪便产生了，当时扁平人物又被称为"性格"人物。福斯特认为，扁平人物"依循着一个单纯的理念或性质而被创造出来"，它们的"性格可以用一个句子描述殆尽"，好处在于容易被读者辨认和记住。圆形人物即在扁平人物基础上加上另一种因素，呈现弧形趋于圆形。在他的认知中扁平人物"无法与圆形人物相提并论，而且只有在制造笑料上才能发挥最大的功效。一个悲剧性的扁平人物令人厌烦。"

我国文学理论家刘再复，提出小说人物"性格组合论"的观点，他观察的角度与福斯特相一致，在福斯特的理论基础上，他的表述比较周密、清晰，阐述了这两种人物形象特征的内涵。同时，在文学理论界第一次使用了"扁形人物"这个词。刘再复在出版的《性格组合论》中认为扁形人物就是"单一性格结构的人物"，它的"性格是一种静态的封闭结构"，这种人物的性格不是二重组合的，而是单一化的。从审美价值上来认识，它呈现太露、太浅、太简单的特点，"未能具备足够丰富的性格内涵，缺乏再思考、再创造的空间"，同时属于较低审美价值层次。刘再复的观点，发展了福斯特关于扁平人物的理论，这大概与他提倡的人物形象需"包含

着肯定性性格因素和否定性的性格因素，它们的有机统一，构成真实、生动的性格形态"，有着密不可分的关系。

刘再复在为扁形人物做了注释后，还设定了扁形人物的定义域，认为，除去具有对立性格特征的人物形象外，便是扁形人物范畴。他说，"这种人物的性格不是二重组合的……"什么是二重组合的性格呢？他认为二重组合的性格就是对立型性格，"是性格正、反两极的对立统一"。由此可得出这样的结论，凡是不具有二重组合性格即对立型性格的人物形象，就是扁形人物形象。

刘再复对于扁形人物的否定和提倡"人物性格二重组合原理"以及"文学主体性"等理论，引起文学界的广泛关注和争论。

在这里，暂且不论对立型性格即二重组合性格的观点是否符合社会关系下形成的人格普遍原则和文学创作的实际状况，就刘再复对于扁形人物的认识，我的观点与之并不相同，认为他们对扁形人物所持的认识存在偏颇和错误，扁形人物在文学史上的地位和文学审美活动中的价值绝非如他所云。

二、扁形人物产生的渊源

1. 神话是人类启蒙时代产生的文学，这种文学样式中的神和英雄的形象，性格呈现为单一化，基本上可以归纳到扁形人物的行列中，是人类早期对自然或社会现象观察、体验后思维活动的产儿，一般可以认为是人类早期形成的理想，转化成形象的被审美体。黑格尔认为神话中神和英雄是一个具体的并且表现为人形的东西，来源于人的理想。这与马克思在《政治经济学批判导言》一文中，对神和英雄产生的论述相一致，"用想象和借助想象以征服自然力，支配自然力，把自然力加以形象化"，通过人的幻想，用一种自觉或不自觉的艺术方式加工过的自然和社会形式的本身。在这里，黑格尔强调人类主体意识对于神和英雄产生的作用，而马克思则立足于自然和社会形态来解释这一现象，在此基础上肯定人类主体意识活动对神和英雄形象的产生有着巨大的作用。但是，无论是主观唯心主义大师黑格尔，还是辩论唯物主义者的马克思就神和英雄诞生的本质来看，共同一致认为是人类主体意识的对于客观存在需要的形象化体现。

他们的观点和福斯特认为的扁平人物产生的基本原因是一致的，依循着一个单纯的理想、理念或性质而被创造出来。这些神和英雄的形象性格特征大致又和刘再复认为的扁形人物性格特征相吻合，"性格是一种静态封闭的结构""反映人类原始思想的某些特点，绝大部分不具备对立性性格"。比如，精卫填海中精卫的形象美丽、善良、坚毅；女娲补天中的女娲是融智慧、勇敢、慈祥于一身的人类母亲的形象；盘古开天中盘古的充满毅力、刚强、拥有执着追求、献身精神的英雄形象，他们的性格唯有一极，更无对立型性格可言。《山海经》中夸父的形象，性格中没有勇敢和畏缩、刚毅和怯弱、高大和卑微两种或两种以上的对立性格，他是勇敢、刚毅、强壮的象征，就追逐太阳这件事本身也可以感觉到这一点。何况，他还有"饮于河，渭；河，渭不足，北饮大泽"的壮举。上古时代的创作者为了实现某个美好的心愿，往往把敢于与大自然作斗争，意志坚强、具有大无畏的牺牲精神的英雄气质、行动、能力集于一体，并且自觉不自觉地进行艺术夸张，即使他们明知英雄的壮举在日月星辰的自然规律面前注定要失败，但也不希望美好的愿望就此罢了，以一个富于浪漫的局结结束全篇"弃其杖，化为邓林"，在追逐太阳的道路上留有一片郁郁葱葱的邓林，为后人的再续创造条件，召唤后来者去完成遗愿。

2. 神和英雄的形象产生在上古时代有其必然，那个时代有着适合它们产生、成长的土壤。上古时代生产力低下，人的行为、思想更多的是受到大自然制约，人与大自然作简单、直接的斗争，向大自然索取维持生存的需要。人的行为、思想只要符合这种索取的需要，会得到人们的理解和赞扬。人们似乎遵循的是自然法则，行为、性格并没有受到社会环境的制约，规范人的行为的法律尚未制定，而后来出现的道德、法律、正义、秩序都是由神和英雄制定出来的，在这种背景下容易产生神和英雄的性格。黑格尔深刻地分析神和英雄出现的条件，指出："希腊英雄们都出现在法律尚未制定的时代，或则他们自己就是国家的创造者，所以正义和秩序，法律和道德，都是由他们制定出来的，作为和他们分不开的个人工作而完成的……他（指古希腊神话中的英雄赫拉克勒斯）本着他个人意志去维护正义，与人类和自然中的妖怪作斗争，他的这种自由的独立，自足的道德并不是当时的普遍情况，而只是他所特有的。"

这样，可以理解为在人类社会尚未建全前，适合单一化的神和英雄的形象诞生，他们往往表现出与自然的关系，与其他英雄、神，关系不大，甚至没有联系。不能不说，这是当时人与自然、人与人之间的真实反映。

从文学创作的角度来认识上古时代的神和英雄的出现根源，黑格尔又指出："直接呈现在诗人面前的就是艺术现实所要求的"，即呈现在上古时代艺术创造者面前的生活现实和艺术现实具有高度的一致性。

纵观上古时代的中外神话，绝大部分反映的是英雄对于自然的斗争，自然神是自然力的形象再现，而描绘人类关系的神话则为少数，古希腊的《伊利昂纪》和《奥德修纪》较之前者出现得晚些。因为人类主要矛盾是向自然展开艰苦卓绝的索取活动，这种活动震撼上古时代人们的心灵，激发他们的艺术灵感。相比之下，上古时代人们构成的社会关系平淡多了，没有利益分配冲突，人与人之间是平等的。他们的性欲在父系社会形成之前，可以毫无制约地通过杂婚方法得到满足，这样平淡的群体生活不足以激发上古时代艺术家的创作灵感。

由于上古时代产生的神和英雄的形象，相当程度上与扁形人物特征相一致，绝大部分属于扁形人物，在认识神和英雄产生在上古时代的原因和条件的同时，也在讲述扁形人物在上古时代产生的原因、条件。同时，应该认识到从某种意义上说，上古时代创造的神和英雄形象的特征，奠定扁形人物的基本特征以及今后发展的方向。

三、扁形人物的存在意义以及发展

1. 就一般而言，事物存在于相当长的过程中，需要自身进行不断的扬弃和升华，谋求长期存在的价值。反之，生命力不会长久，必将消亡。神话这一文学样式，在历史长河中越发弱化，以至于固化，也符合这一法则。然而，扁形人物没有随着孕育自身的母胎而衰弱，大概也从另一个侧面证实了这一规律的意义。因为，它自身进行着不断的扬弃，寻求发展的途径，依然具有存在的必要性。首先，神和英雄这一类型的审美对象并没有随着人类审美意识的发展和多样化的出现而失去它的审美价值，这就在宏观上决定了扁形人物不可能被排挤出文学人物长廊的命运。它所具有的本能、原始、粗犷、雄浑、纯粹、意志、果敢、强劲的审美价值，是人类在任何社会形态中都渴求的，超越社会关系的人生大写。在社会关系复杂，人性扭曲的社会中，它往往成了人们的向往。关于这一点将在本文的第五章节加以比较详尽的论述。另则，作为塑造神和英雄这一类型的人物形象的创作方法没有被历史所淘汰，谁会否定神话是早期浪漫主义创作方法的雏形呢？而这种方法在欧洲文艺复兴运动，18世纪中后叶到19世纪中叶近百年间一直引领着欧洲文坛，产生了一大批杰出的扁形人物的典型形象，成为文学的经典。在我国文学史上，这种创作方法几乎没有断绝过，出现了诸葛亮、刘备、武松、鲁智深、包拯、杨子荣、梁生宝、江雪琴、朱老忠、乔光朴等优秀扁形人物的形象。何况，浪漫主义的创作方法始终和包括现实主义创作方法在内的一切创作方法融渗在一起，优秀的文学作品从不排斥浪漫主义的成分，它们有机联系在一起，创作出来自生活又高于生活的艺术典型。无产阶级思想领袖和作家早就一针见血的指出了文学艺术创作方法上的真谛：浪漫主义和现实主义的创作方法相结合，并指出无产阶级文艺在创作方法应追寻革命的浪漫主义和现实主义相结合的原理。

再次，扁形人物在小说的情节展开、结构的均衡性上起着相当大的作用，这也是存在的意义之一。一般而言，小说创作者无法在一篇篇幅有限的短篇小说中充分展现主人翁对立型性格合理性的演化过程，并左右着小说情节展开；小说创作者也无法在长篇小说中创作的人物都呈现对立型性格特征，这既违背客观生活的实际，又违背小说创作的原则。比如，《红楼梦》中林黛玉的性格复杂，具有对立型性格特征，而相当一部分女性性格是单一化或趋于单一化的。若小说中都如林黛玉，恐怕《红楼梦》就无法创作而成。同时，还需要说明的是林黛玉与其他单一性的人物，具有同样的审美价值。

2. 在论及扁形人物发展时，要弄清楚一个基本问题，扁形人物是不是圆形人物发展过程中的初级阶段，扁形人物的终极目标是发展成为圆形人物吗？如果不搞清楚这些问题，无益于扁形人物的研究，甚至根本无需揭示它的规律。因为，扁形人物是圆形人物发展过程中的一个环节，圆形人物的存在意义便可以取代扁形人物。

刘再复对这个问题所持的是肯定态度，他认为扁形人物是圆形人物的初级阶段，扁形人物发展的必然结果是圆形人物。他的这一观点，应该说犯了一个错误，把人由表及里，由简而复杂的认识方法，与事物由低级向高级发展的一般规律，混淆于两种不同特质的人物形象的研究中，没有认识到它们的特点、作用和不同的创作方法，从而否定扁形人物的存在价值。

我认为，在文学创作中扁形人物的出现，比圆形人物早得多，可以追溯到人类早期诞生的神话故事中，扁形人物发展到一定的高度，才出现圆形人物的文学形象，这与人类生存环境、认识事物的方法发生变化和文学表现手法上扁形人物的大量存在，有着必然的联系。圆形人物形象出现，并未否定扁形人物存在的意义和价值，扁形人物在相当一个时期内和圆形人物一同发展，形成自身的特点。同时，还应该看到，圆形人物出现后，与扁形人物相互影响、相互依存的关系，并不是谁取代谁，他们沿着不同的轨迹发展，具有不同的艺术价值。

在我国神话故事、传说出现后，鬼怪故事中的人鬼形象大部分为扁形人物，唐宋元笔记体小说的人物形象也如此。可以说，我国传统小说中的大量的人物形象呈现为扁形人物特征，以明代小说为例，冯梦龙、凌濛初"三言两拍"中的人物大都为扁形人物。它是由民间口头传播的故事，经过文人再创作的我国第一部规模宏大的白话短篇小说总集，经过冯梦龙、凌濛初塑造的人物众多，让读者喜欢，比如《警世通言·杜十娘怒沉百宝箱》中的女主人公杜十娘，曾为妓女，深受压迫却坚贞不屈，为摆脱逆境而顽强挣扎，将全部希冀寄托于公子李甲身上。然而，她怎么努力也逃脱不了悲惨命运的束缚，李甲背信弃义，将其卖给别人。万念俱灰之下，杜十娘痛斥李甲，把多年珍藏的百宝箱中的一件件宝物抛入江中，最后纵身跃入滚滚波涛之中。闻淑女是冯梦龙的短篇小说《沈小霞相会出师表》中的女性角色，她身怀六甲，在虎狼环伺、岌岌可危的环境中，精心筹谋、步步为营，不仅帮助丈夫沈小霞成功脱险，自己也全身而退，还用计谋让敌人得到惩罚。可以说，沈家的冤屈最终昭雪，闻淑女是有不可磨灭的贡献的，她是沈家的大功臣，也是中国古典文学中罕见的女性形象：智勇双全、巾帼不让须眉。

同样，在《三国演义》《水浒传》《西游记》中的人物，大都为扁形人物，到清代，清人笔记体小说、蒲松龄的《聊斋志异》、吴敬梓的《儒林外史》等等塑造的形象也如出一辙。蒲松龄的笔下的宁采臣形象，为人慷爽正直，帮助聂小倩逃离魔掌，并收留她侍奉母亲和久病的妻子。宁妻病逝后，宁采臣娶聂小倩作鬼妻。后在聂小倩指点下，宁采臣用剑袋消灭夜叉。几年后，宁采臣考中进士，聂小倩也生下一个儿子。蒲松龄塑造的另一个形象燕赤霞，是一位降妖除魔的侠义之士，为人正气凛然，宽和从容，颇有仙风道骨之姿，是一位性格怪异的降魔者，一个有血有肉的人物。读者熟悉的《儒林外史》中的范进、王惠、马二先生、王冕、杜少卿等人物形象，无一例外。作者往往在这些人物身上赋予一两个生动细节，也就把人物塑造的栩栩如生，比如周进六十多岁还是个童生，在村里私塾任教糊口，后跟随姐夫经商记账，在参观贡院时，他看着号板，满地打滚，放声大哭，同行者一左一右架着他，不肯起来，哭到口吐鲜血。后来，同行者答应为他捐一个监生进场，他破涕为笑，趴到地上磕头，表示要变驴变马来报答他们。

而涤荡起伏、曲折离奇的故事，又往往把这些扁形人物形象的艺术性推向高潮。范进是一个连考二十余次不取的老童生，考到五十四岁才中举，心理惨遭巨大摧残的典型人物。他在生活中受尽凌辱，岳父胡屠户骂他是"癞蛤蟆想吃天鹅肉"。听到中举的消息后，他起初不敢相信，继而拍着手大笑，欢喜得发了疯。直到挨了胡屠户的耳光之后才清醒过来。故事情节助力了人物走向高峰，形象也丰富、饱满起来。我国重要的古典长篇小说《红楼梦》，除如林黛玉等少数几个人物外，其他几乎都为扁形人物，晚清的小说也呈现这样的特点，性格复杂对立的人物不多。到了后期，新文化运动发端，西方近现代文学作品的大量引进，我国小说中的圆形人物才渐渐多了起来，丰富了我国的文学创作的形象。

3. 扁形人物并没有因为圆形人物大量出现而消亡，这不单在我国文坛上，即使在欧美、日本也是如此。在中外现代文坛上，揭示人物形象内心矛盾冲突、性格对立的圆形人物一定程度上左右读者的审美情趣。然而，扁形人物依然光彩夺目。诺贝尔文学奖获得者、日本新感觉派代表作家川端康成，善于运用意识流的创作方法进行写作，细腻描写人物内心错综复杂的意识活动，但是他笔下不乏性格单纯、内心纯真的人物，《伊豆舞女》中的熏子，无论她的外貌还是内心世界高度的一致，成为作家理想的美的化身。这种美，不无动人之处，不无激发读者高尚之美的情感，净化读者的心灵，即使小说中被朦胧情爱所驱使的"我"，也不得不在这座晶莹透彻的美神的雕像面前，低下惭愧的头颅。这样的扁形人物形象，是绝对不可能被其他类型的人物形象取代。如果熏子这一形象性格呈对立，一定失去美的光彩。

现代派鼻祖、俄国文学大师陀思妥耶夫斯基以塑造病态人物形象著称，笔下大量的人物内心极其矛盾，性格对立突出。就是这样一位作家，也没有忽视对扁形人物的塑造，《卡拉马卓夫兄弟》中的阿辽沙，《白痴》中的梅里金公爵，《罪与罚》中的索菲娅，在这类人物身上陀翁倾注了自己的理想，作为小说中的闪光点，与对立型性格的人物相对抗，产生强烈的艺术效果。

四、扁形人物的两种形态和五种表现

扁形人物有着自己发展的规律。那么，这规律是怎么呈现出来的？接下来，我们就来谈谈扁形人物发展过程中的两种形态和五种表现，以揭开这一规律。

1. 单一形态的扁形人物，是一种作家通过对事物、社会观察，形成主观意识，根据需要进行单一或者简单转换的结果，这与福斯特所说的扁形

人物依循一个单纯的理论或性质而被创造出来的观点相一致，也符合刘再复所说的"一种简单的意念和特性"。但是任何文学形象诞生单纯凭借意念、理论、性质是不能成立的，还要补充的是主观意识融合在现实生活细节中，才能创造出人物形象。如果作家不这样做，就主观理念而主观理念，创作不出任何人物形象，只能是一个主观的符号。比如一个作家试图创作一个善良的典型，他绝不会用善良等于某人物形象简单的数学等式来解决问题，而是调动储存在大脑中关于善良的生活细节来表现这个观念。文学是形象思维的产物，扁型人物也是形象思维的产物，离开形象思维，谈文学领域中的某一类人物形象，本身就是错误。唯美派作家王尔德笔下的快乐王子，可以说是作者理想的产儿，代表着他理想的最高境界——善良。王子的善良是通过他乐于济贫救穷的行动表现出来，性格单一，一句话就是善良，不呈现其他的特质。如果没有他的行为和细节的再现，他善良的性格是无法表现的出来。

人类早期的神话故事、传说中的神、人形象也能证明这一点，比如盘古、女娲等的形象，创作者通过对事物、社会观察，形成主观意识，融合人的行为、生活的细节，创造出性格单一的文学形象。三国人徐整在《五运历年纪》里记载："盘古龙首蛇身，嘘为风雨，吹为雷电，开目为昼，闭目为夜，死后骨节为山林，体为江海，血为淮渎，毛发为草木。"盘古的故事最早见于他著的《三五历纪》，盘古"万八千岁，天地开辟。阳清为天，阴浊为地，盘古在其中……天日高一丈，地日厚一丈，盘古日长一丈，如此万八千岁。天数极高，地数极深，盘古极长，故天去地九万里。后乃有三皇。"，应该说人类早期的神话故事、传说中的神、人的形象，很大一部分为单一形态的扁形人物，它们无法摆脱现实生活的细节和实际存在的形象反映，而存在于文学作品中，且放射出形象的光芒。

单一形态的扁形人物除了上述性格特征单一之外，还以人物的外在特征表现他的性格，比如《水浒传》中戴宗，特征是一个"神行"——跑得快。《阿Q正传》中的假洋鬼子，在阿Q生活的时代，穿西服、持文明棍是一种新派人物的象征，而假洋鬼子虽然呈现新派人物的表象，但实为假新派，他的行为举止，足以让读者一眼就看出他的虚伪本质。借助于人物外形特征，表现人物性格的手法，在文学作品中常常得以使用，故这类的形象例子实属不为鲜见。

单一形态的扁形人物符合福特斯和刘再复对扁形人物的论述，但他们的观点只是符合这一类型的扁形人物，不能概括扁形人物的全部。

2. 复合形态的扁形人物。分析这一类型的人物特征，我依然使用观察上一形态人物特征的视角，从作家的主观意识入手。这时的作家主观意识不再是简单或单一的，而是以复杂的主观意识活动与现实生活细节相结合创造出来的人物形象，其主观意识复杂程度大都是在同一类型范畴内进行，由几种相邻或相近的属于相同性质的性格成分复合而成。往往呈现出以下三种面貌，同一类均衡型复合性格、同一类主干型复合性格以及同一类递进型复合性格。

同一类均衡型复合性格是由几个相邻或相近属于同一类性质的性格平均展开，性格中的成分没有主次之分、递进发展的特征，例如忠诚与智慧的复合，忠诚与坚毅的复合，善良与慈爱的复合，吝啬与狡猾以及虚伪的复合，暴戾与邪恶复合。《三国演义》中的诸葛亮就是属于这种复合性格，在他身上，忠诚和智慧是相互联系，均衡发展，贯穿全书，形成的典型形象，他高卧于隆中却能知晓天下，刘备三顾茅庐之后，他依靠自己的才智报答刘备，忠诚于刘备到了鞠躬尽瘁，死而后已的程度，《三国演义》中第八十三回诸葛亮舌战群儒，这场舌辩，并非是只写出了诸葛亮的辩才，而是表现了一个务实、深刻了解政治时事的杰出政治家的才能和智慧，显示他随机应变的超人智慧和精彩。在第四十八、四十九章里，虽然重心是描写赤壁之战的酝酿和爆发，并且围绕着这个中心描绘曹吴两个集团主要是东吴的许多政治风云人物，但是诸葛亮的形象一直处于喧宾夺主的地位，用蒋干中计，黄盖受刑，突出表现高于周瑜的智慧，同时还有草船借箭、七星坛祭风表现他的神机妙算。在我国广大劳动人民心目中，诸葛亮历来是"贤相"和智慧的代名词，这恐怕和他身上的忠诚、才智分不开。

复合形态的扁形人物表现之二，就是同一类主干型复合性格，其特点是某一个主干性格为主体，同时还有某一个或两个以上的同一类性格特点围绕着主干性格展开，渲染衬托主干性格，复合而成人物的性格，譬如《水浒》中的武松、《欧也妮·格朗台》中的老格朗台等一大批人物形象的性格，都可以归纳到这种性格特征中。施耐庵笔下的武松形象，侠义图报，刚猛不阿，敢作敢当，嫉恶如仇、集正义、勇敢，恩怨分明于一身，他身上体现出的勇敢和正义，构成主干性格特征，而知恩图报，不向恶势力低头正是辅助他主干性格的性格，乃至成为突出他主干性格的存在。

再来看看巴尔扎克笔下的老格朗台主干性格为吝啬，视金钱如生命，临终之前，要女儿把金币堆放在自己面前，嘱咐女儿好好看管，死后向他汇报，并试图夺过神父手中金亮的十字架。衬托他的主干性格是狡诈，每次碰到自己切身利益时他都会变得语无伦次，利用结巴的间隙在心里盘算得失；凶残，当女儿资助堂兄后被他发现，竟然强令她不准吃饭。

正是这些辅助性格的存在丰富了老格朗台的形象，使之栩栩如生，呼之欲出，越发具有立体感。

复合形态的扁形人物表现之三，同一类递进型复合性格。这类性格特征的人物形象往往一开始性格极其单一，随着情结的不断发展，最初状态的性格发展成了同一类性质性格的复合体。《钢铁是怎么炼成》中的保尔·柯察金的性格，从一个贫苦的正直少年成长为一个刚毅、坚强不屈的年轻布尔什维；高尔基《母亲》中母亲安娜的形象，小说一开始，她是一个备受生活折磨，善良、仁慈的普通妇女，后来发展成一个直接投身革命，意志坚定，不畏强暴，敢于向敌人作斗争的母亲典型。再如，柳青《创业史》主人公梁生宝的形象，也属于递进型复合性格。当然，这种创作方法不单纯用在正面人物身上，同样可以使用在反派角色身上，方法的效果是一样的，都使人物丰满起来，具有立体感。

以上文字，论述了扁形人物的两种形态，其实，也就把扁形人物的五种表现说清楚了。现在，再做一个归纳，扁形人物呈现单一性格特征表现的人物、以外在特征表现的单一人物性格，同一类主干型复合性格、同一类主干型复合性格、同一类递进型复合性格五种。

五、不同的创作方法与扁形人物

浪漫主义创作方法塑造的人物形象往往呈现出扁形人物的特征，一个重要的原因扁形人物与浪漫主义创作方法同出于一个祖先——源起古代的神话，它们有着天然的血脉联系，神话中塑造形象的方法，一定程度就是浪漫主义的方法。当然，浪漫主义的名词是以后才出现使用的。它们的创作思路基本相一致，无论是神话人物，还是浪漫主义作家创造的人物形象，力图表现作家心中的事物，表现他们追求的思想境界，赋予笔下的人物形象崇高理想的光辉，致力于英雄形象的刻划。乔治·桑在1876年3月25日与福楼拜通信中表示：艺术应当寻求真理，而不是描写罪恶。在上一年的12月间，与福楼拜通信中她劝福楼拜"尽量朝远处看。好的，坏的，近旁周围，远处，四处；注目一切明显和不明显的事物不断被善、好、真、美的必然性所吸引的情势"。应该看到，浪漫主义强调和倡导的艺术形象，只是一部分扁形人物，而不是全部，扁形人物中还有一部分不被浪漫主义作家所倡导，揭露人性中的畏葸、贪婪、吝啬等阴暗面的典型，虽不被倡导，但他们笔下还是出现了不少的反派典型人物。还需要说明的是，浪漫主义是一种文学创作方法，扁形人物是作家创作的一种人物类型，有方法与类型之间的区别。从方法上观察，浪漫主义的创作容易产生扁形人物。但是，不排斥现实主义的创作方法也能产生扁形人物的艺术形象。

浪漫主义创作方法不屑对现实做精确的描绘，人物形象往往是典型的英雄或者悲剧人物，常常具有超越常规的特点。可以归纳，浪漫主义文学的情感表达，强调情感和个人感受，追求真、善、美的完美境界，强调个性、独立和自由；描写手法倾向于使用诗意化、象征化的语言和手法；价值取向追求理想、信仰和人性的升华，强调个人的情感和精神追求。这样，就导致浪漫主义的创作方法塑造的人物形象大都是扁型人物，作家善于把理想的光环戴在他笔下的人物头上。大量浪漫主义经典人物都充分体现出这一特点。

浪漫主义文学和现实主义文学有着不同的审美取向、艺术表现手法和价值取向，但它们都是文学史上重要的文学流派，对于人类文化和思想的发展产生深远的影响。现实主义的创作方法也不排斥扁形人物的存在。

认识这个问题，要从文学创作的思维方法过程来加以诠释。文学人物形象产生的根源，无外乎是对外部事物的反映。就认识主体而言，是作家主体意识对外部事物的感受、认识，反映方法各个不同，文学作品、人物形象的产生，是作家大脑思维的产物，但是从来不是机械地对外部事物的反映，总是融合着自己的思想感情、意愿和人生经验以及经历，文学创作不可能离开作者精神和意识活动而独立进行，是再现与表现的统一，再现似乎是对人、物，客观的描绘，表现就是传达作家对外部事物的认识，表达他对外部事物的情感。现实主义的创作方法不可能违背这样的规律，黑格尔认为"在艺术里，感性东西是经过心灵化了，而心灵的东西也借感性化显现出来了"。因此，只有通过心灵而且由心灵的创造活动产生出来，文学作品才能成为艺术作品。

高尔基在论说什么是现代现实主义文学时说："对于人和人的生活环境作真实的，不加以粉饰描写的，谓之现实主义。"其实，这一点不仅是现实主义作家做不到，就是自然主义作家也不可能做到。所以他又说："现实主义作家倾向于综合、归并他的时代一切人们所持有的，具备一般意义的特点，使之成为唯一完美的形象。"他的这一补充，强调综合、归并这两种人类思维的活动，不可能脱离作家主观意识包括情感在内的思维活动而进行，何况纯粹的综合、归并的思维方法，科学工作者也在使用，单纯的综合、归并不可能产生优秀的人物形象，还需要有一个黑格尔所说的"心灵化"的过程，这个过程包含着观察、体悟、综合、归并、概括、提炼、舍取和形象化。但这一过程，作家一般是融合在一起完成的，不是割裂后贴上标签而存在。

现在，再来看看现实主义文学的一些特点，人物形象的塑造更加真实，具有更多的普通人的特点，人物的性格特征呈现多元化；情感表达注重客观、冷静地描述和分析现实生活，强调真实、客观和实用；注重客观、真实的描写，尽可能地还原生活的本来面貌；价值取向注重社会现实和人类生存问题，强调实用、现实和社会责任。

应该说，现实主义塑造的人物形象，相当一部分呈现性格二重或者多重，甚至性格对立，这是现实存在的真实。但是，现实生活中未必充满对立型人格的人，扁形人物特征也真实存在。

观察社会，生活在周边的人群性格单纯、由几种相邻或相近的属于相同性质的性格成分复合而成的人，不在少数。他们的性格或是一生、或是阶段、或是相对比较而存在扁形人物特征，由此呈现于社会。但不能说他们不存在。既然现实主义文学也是通过作家主观意识活动而真实客观地反映现实生活，那么，他们不可能无视于这一部分人的存在，笔下就不可能排除对于扁形人物的塑造。

其次，现实主义作家创造的典型环境和文学表达，需要扁形人物的存在，这是创作规律决定的，就如前文所说，在现实主义的文学作品中，出现的人物不可能全部都是多重性格、性格复杂和对立的人物；而创作规律也要求作家，详略得当、主次分明、相互渲染。应该说。无视这些，也是违背文学创作规律和创作的必然。

六、扁形人物的审美价值

扁形人物的审美价值比圆形人物低吗？否定扁形人物的评论家往往给予肯定的答复。这是不公正的评判。比如观赏者在两幅相同题材的人物肖像画面前，一个画家细腻刻画，人物表情丰富，形象生动；另一个画得粗犷、简洁、洗练、神情呆滞，观赏者不能对此作出艺术成就上的褒贬，只能是观赏者自身喜好与否而已。其实，不同风格的作品，同样具有审美价值，能不能打动观赏者的心，才是审美价值高低的评判标准。

1. 扁形人物的审美价值。黑格尔的美学思想强调艺术形象必须具有崇高的理想和英雄性格，他在《美学》第一卷里指出：一个真正的人物性格必具有勇气和力量，去主动把握现实世界。在这里，我将继续用夸父的形象加以论述，夸父具备极大勇气和力量，他敢于以自己的意志和理想去把握现实，改造自然，征服自然，而这种观念正代表着早期人类的共同理想，激励无数的子孙为现实人类由自然王国走向自由王国的理想而努力。这样的艺术形象起到了振奋人心、激发人的崇高感情的作用，这样的艺术价值和审美价值能鼓舞劳动者，美化生活，陶冶人的情操。

另一类的扁形人物，它们呈现人性的反面，丑陋、卑鄙、罪恶、贪婪、自私、狭隘、吝啬……给读者带来的是憎恶、反感，同样也具艺术价值。

可以使读者克服、摆脱、批评人性的阴暗面。

　　同时，黑格尔还尖锐地批评了只会把眼睛朝自己看的主观性所引起的兴趣，他认为这"只是一种空洞的兴趣，尽管这种人自以为是高人一等的纯真的人物，自以为有些神圣的东西藏在他的心灵最深处，而其实所谓神圣的东西一经揭露，只是穿便衣戴便帽，最平凡不过的东西。"他这一段话是在批评哥德笔下的维特形象之后而写下的，他指出维特的那种忧郁、软弱，思想和行为极端尖锐的呈两极性格的人物形象"是一个完全变态的人性格""这种性格的软弱在后来的艺术作品里就每况愈下"。黑格尔为什么要强调艺术形象的理想主义色彩呢？说到底，是他充分认识到了文学的社会功能，总不能激发读者效仿维特，频频自杀吧。

　　2. 所谓审美价值还应该表现为人物形象是否给人的创作想象带来再创作的空间和意境，这里所指的"人的创作想象"，无非由审美价值创造者的想象和读者的想象两部分构成。扁形人物是审美价值创造者通过强烈的主观意识而创造出来的，这一点无需再讨论；至于扁形人物能够给读者带多少的再创作空间，刘再复认为：它们"缺乏再思考、再创造的空间"，这是扁形人物所谓处于比较低的审美价值层次的一大关键。其实，读者的想象空间多少并不能决定审美价值的高低。审美价值的实现，很大程度上由两个方面决定，一是文学形象是否经过作家的心灵化过程，饱含作家的思想情感，达到感人的境界；另一个便是由文学欣赏规律决定。黑格尔指出："艺术这种形式的观念性特别引人入胜的并不是它的内容，而是心灵创造的快感"，读者是如何获得快感的呢？是根据自己的思想、情感和生活经验，来理解作品中的形象，使之丰满而站立在自己的面前。读者再创造的人物形象，可以是作家创造的人物初衷时的样子，也可以是带着读者自身特点的人物形象，甚至可以是与作家创作初衷毫不相干的人物形象，只不过在某一点上有相通之处。产生这种情况与读者的思维能力、思想情感和自身的人生经验、艺术实践有关。

现在我们再来谈谈再创作的空间和审美价值高低的问题，即使作家给读者留有广阔的空间进行思考和再创造，如果离开了读者自身进行审美活动的一些必备的条件，再大的空间也等于零，更不要说产生共鸣了。可见审美价值的层次高低，和再思考、再创造的空间大小没有必然的联系，决定它高低的是作家创作的文学形象是否饱含思想情感，达到某一种境界，读者则通过作品，以自身的综合素养感受到作家的创作，优秀扁形人物与圆形人物都可以做到这一点，无需偏颇乃至错误。

从审美价值上来看，扁形人物的形象与圆形人物同样可以是倾注作家的思想情感，形象生动感人、立体丰满、栩栩如生。扁形人物做到这一点，与作家对人物细节的把握和刻划有着密切的关系，作家用符合现实生活常识、逻辑而创造的个性化细节，准确运用在人物身上，以实现人物个性化的目标，甚至一两个有效细节，就可以使这个人物活起来，让读者过目不忘。在跌荡起伏、曲折离奇的故事情节中，表现人物的个性，也可以使得扁形人物形象表现的有声有色。比如一个善良的人，最终成了杀人犯，看似矛盾，或者可以把他写成多重对立性格导致，做出如妥思陀也夫斯基般的心理分析和描写。但也可以写成扁形人物，善良遭遇霸凌和侮辱，善良者对施暴者的抗争和反击，也不失为善良的反噬，把善良者的善良推向高潮。如果，作家把人物置于这样的故事情节中展开，读者同样可以获得阅读带来的快感，得到审美上的享受。

另外，作家还需要自觉或者不自觉地顾及读者的审美习惯，这也是扁形人物存在的重要原因之一。人类早期口口相传的故事、传说，一定程度上奠定了人类的欣赏习惯，口口相传的神话故事、传说演变而来的文学作品，例如以人物、情节、环境为三要素的小说，长期给读者灌输的为扁形人物形象，给予人简洁、易懂、明了的享受，也是扁形人物形象经久不衰的原因。在我国，这与中国人的审美习惯有着密切关系。

在文学人物长廊中，我们不能褒扬这个贬罚那个，应该看到正是不同类型的人物形象的存在，丰富了文学形象，文学创作中立足于自然、人性，创作出的经典艺术形象，具有不朽的审美价值。对于它们的价值评判，需要摒弃那些仅凭自身好恶而进行的做法，或者以某种现实需要为导向，打压这打压那，违背事物的本质和规律，这样的研究违背科学研究的基本要求。我国当代文学评论周天在他的《论〈创业史〉的艺术构思》中精辟的表示："浪漫主义的理想英雄同现实主义性格描绘相比较是互有联系。现实主义性格描绘在总体上所起的作用更多是认识作用，它导致人们认识社会、认识历史，而浪漫主义性格描绘更多是起鼓舞作用。这两者虽然不可能截然分开，但侧重显然是不同的。"

现在，应该重申的是，浪漫主义是一种文学创作方法，扁形人物是作家创作的一种人物类型，有方法与类型的区别。从方法上观察，浪漫主义的创作方法容易产生扁形人物，但是，不排斥现实主义的方法也能产生扁形人物的艺术形象。另则，浪漫主义强调和倡导的艺术形象，只是一部分扁形人物，而不是全部，扁形人物中还有一部分是不被浪漫主义作家所倡导，揭露人性阴暗面的典型。归纳一下，在典型环境中扁形人物的性格是比较而存在的，它本已活灵活现，具有审美价值。

（1987 年 5 月写于曹村观旭楼）

后　记

这四卷本的文集经过一年多的收集、整理、编辑，终于得以出版，是一桩令人高兴的事情。

作者潘大明老师长期工作在文化、新闻、出版、传媒行业，经历不同寻常。壮年时，离开体制，成了体制外的人，不从属于任何公营机构，比如高校、研究机构、媒体出版单位，相继创办了文化传播教育类的企业，举办各类大型文化活动，推出上百余项文化艺术展览，出版书籍，向社会提供文化教育产品，成了养活自己的"社会人"。他说，自己是一个胆怯的人，中年时下海，得益于文化的力量——历史人物的启示，以及时代的要求、个人的判断和图强。那会儿，他常会想到邹韬奋在过街楼里，以两个半的人力，办《生活周刊》，后来成就了著名的周刊和同名的书店。当然，时代不同了，邹韬奋的当年，一定不是今天的模样。

"时代激发每个人的创造力，文化学者只能且做且学，让书本上或经历中获取的知识经验融入时代"，这是潘大明老师在五十岁时对一家杂刊记者采访时说的话。他的思想是自由的，这正是他的需要。在他看来，没有思想的自由，难有一定程度的财务自由，没有财务的自由，很难实现思想的持续自由。他是一个善于思考，勤于践行的人。在践行前，他往往花费许多时间进行思考，使得践行时意志坚强，行动大胆，步伐坚定，表现出低调、耐久、务实、创新的作风和特立独行的风格。

下海后，他没有沉缅于经营活动，而是热忱地投身公益性的文化事业。2008 年，他与朋友们一道发起成立了国内唯一的"民间资金、媒体主办、专业评审"的文汇·彭心潮优秀图书出版基金，十年间资助出版的图书大部分获得国家、省市级奖项和相关基金的资助，令人欣慰。他先后向贵州贫困地区小学，上海徐汇区、浙江青田、安徽天长图书馆捐赠大批图书。同时，在市民中发起组织"寻访上海城市发展轨迹之旅""发现您身边的美丽系列寻访动""淮河流域系列寻访活动"等体验式文化活动，受到市民的青睐和好评。

他始终保持学者的底色，笔耕不辍，从第一篇小说发表，已有四十个年头，积累的作品和文章丰富，部分出版发表过，尚有许多处于手稿状态。当初，编者只是想把他所写的作品与文章汇编成集子，以庆贺他从事文化工作四十载。

这看似容易的事情，做起来有诸多困难。由于时隔比较长，发表的文章，到底在哪一期、哪一时间已经模糊，散文随笔特写发表的报刊更为分散，这样就为收集带来了困难；大量的手稿则呈现于文行半途，或者为片断，甚至是素材，需要完善，补充成篇；一些已付梓的文章发表时间过早，出版时间较久，某些观点比较含糊，需要重新确定边界，进行梳理和系统阐述。还有，要删去一些不能收录文集的文稿，包括两个部分，一是作者工作中形成的简报、讲话稿、总结、调查报告、新闻稿，即使文化艺术性强的电影剧本、电视专题片脚本，也没有录入；另一种就是不合时宜发表的文字。作者的敝帚自珍，往往与编者发生争执，最后相互妥协，形成了这套一百余万字的文集。同时，在征求业内人士的意见后，选择了部分相关报道、评论，作为附录放在书中，以方便读者了解他和他的作品、文章。

文集以文体分类，分为小说、纪实文学、文论、散文随笔特写四卷，这四种文体差别化的显现，综合起来可以完整地反映作者的思想感情，对人与事的认知、理解和看法，以及创作写作过程。说实在的，这样的归类有些牵强，某些文章难以用文体归纳，原因是作者笔下的文章有一些文体难辨，无非是编辑所需不得而为之。

在编排上采取创作写作和发表时间，由近及远的排列方法，这与其他的文集编排不同，大多采用的是由远及近。由当下到过去的编排，可以使读者能够更好地了解作者最新的创作和研究成果。在编辑过程当中，小说、纪实文学、文论卷收录的作品和文章，不做同一类题材或者同一人物、事件的归类性分编，比如写石库门的、写工厂的、写机关的；研究某一历史人物的评传与轶事没设置专编。散文随笔特写卷分散文随笔编、特写编和附录（部分评论与报道）三个部分来编。此外，没有再做更仔细的分类，例如散文随笔编继续细分为生活感悟、文史思考、书评等，可能会给阅读带来不便。不过，编者以为还是粗线条些为好。否则，作茧自缚。

在编辑的过程，潘大明老师花了许多心血进行文稿修订、完善、重写，这个工作量巨大。据编者统计小说卷，仅五六篇在报刊上发表，大部分为首度公开出版；纪实文学卷，半数在报刊上发表过；文论卷，绝大部分仅在会议内部论文集中刊出，可以视为首次公开出版；散文随笔特写卷，相当部分未发表过，一部分见于报刊。这就需要他动笔进行处理，下一番功夫，非一般可为。同时，他还要为编辑工作，付出劳动，整体的策划和编排；提供写作发表的时间线索，具体的文章归类等。

文集做成后，每卷约二十六万字，一百四十余篇，长则数万字短则百余字。这些作品与文章，反映、研究发生在上海的重大历史事件、产生的人物以及普通市民的生活情状、心态变化，尤其是在不同历史转折期，出现的思潮和他们的心路历程，散发出浓郁的地域文化气息，是深度认识、研究上海的一种补充，也是对那些渐行渐远的大历史的细节诠释。同时，反映出作者观察细致，体悟敏灵，形象塑造生动；思想深刻，多维思考严密；擅长使用多种写作方法表达。而他笔端流露出的对上海的挚爱，正是他完成这一系列作品与文章的动力所在。

该书从策划编辑，到排版设计，得到文化教育、新闻出版界人士的关心和支持，他们提出了许多很好的意见和建议，使编者汲取到一种力量，能够继续编完。中共上海市委宣传部、世纪出版集团、上海市出版协会相关领导，中华全国新闻工作者协会原副主席贾树枚，著名出版人、同济大学教授王国伟等先生，对文集的编辑给予热情鼓励，提出了意见和建议。中新网以《百万字〈海上四书〉编辑成功》为题目，报道了编辑过程。

在本书文稿的收集、出版过程中，《解放日报》总编辑陈颂清先生给予了热心帮助；书籍装帧艺术家张天志先生亲自参与了设计。同时，这套书的出版得到上海三联书店的总编辑黄韬先生与他的编辑团队的大力支持，在此一并表示感谢。

编者识

2025 年 7 月 18 日